UN CŒUR COUPABLE

Paru dans Le Livre de Poche :

EN MÉMOIRE DE MARY

NOIR DESSEIN

PIÈGE DE SOIE

JULIE PARSONS

Un cœur coupable

ROMAN TRADUIT DE L'ANGLAIS (IRLANDE) PAR LISA ROSENBAUM

CALMANN-LÉVY

Titre original :

THE GUILTY HEART

Macmillan (Pan Macmillan Ltd), Londres, 2003.

REMERCIEMENTS

Je remercie tout particulièrement les membres de la *Garda Siochana*[1] qui m'ont parlé de leur travail et de leur vie ; Gemma Holland du projet COPINE ; P.J. Lynch et Ursula Mattenburger qui m'ont fort impressionnée par leur connaissance des papiers, pinceaux, plumes et encres ; Dave Wall pour ses renseignements sur le renard urbain ; Selma Harrington et Nasiha Hravçic qui m'ont décrit la Bosnie avant et après la guerre ; Paula O'Riordan et Renée English pour l'intérêt de leurs entretiens sur les enfants ; Alison Dye pour la confiance qu'elle m'a témoignée et son inébranlable sens de l'humour ; Phil McCarthy, Cecilia McGovern, Renate Ahrens-Kramer, Sheila Barrett et Joan O'Neill pour leurs commentaires, leurs critiques et les bons moments que nous avons passés ensemble ; Maria Rejt pour ses bonnes idées et Chantal Noel pour son soutien ; mon mari, John Caden, pour son amour.

---

1. Littéralement « les Gardiens de la Paix », police nationale irlandaise. *(N.d.T.)*

À Liz, ma mère, la meilleure des conteuses.

Le regret d'avoir péché
Déchire le cœur coupable.

J.-S. BACH,
La Passion selon saint Matthieu

Les enfants sont toujours là. Ils se comptent par centaines de milliers. Ils sont aussi nombreux et aussi beaux que les étoiles de la Voie lactée. Leurs frimousses apparaissent sur l'écran des ordinateurs. Ils ouvrent la bouche, leurs dents blanches brillent. Les uns ont des cheveux aussi sombres que la nuit, les autres des cheveux clairs et dorés comme les fleurs au printemps. Certains sont potelés, bien nourris, choyés. Des fossettes creusent leurs joues et leurs bras comme si un doigt y avait laissé son empreinte. D'autres sont maigres et osseux, négligés, faméliques. Les omoplates saillent sur leurs petits dos telles des ailes d'anges miniatures. Ils sont debout ou assis, accroupis ou allongés. Ils sont dociles. Ils manifestent peu de douleur. Ils attendent en silence, dans le noir, qu'on frappe les touches du clavier, qu'on caresse la souris. Le ronron agréable de la machine leur donne vie. Ils sont toujours là, disponibles, consentants. Ils sont à vous.

1

Le plein été. Le pire moment de l'année à La Nouvelle-Orléans. Chaque fois que Nick s'éloignait du souffle d'air froid du climatiseur, la sueur se mettait à couler entre ses omoplates. De lourds nuages pareils à des tours noires menaçaient la ville tous les après-midi avant de déverser d'énormes gouttes sur le sol.

Il aurait dû partir juste après mardi gras, peut-être retourner dans l'Ouest, en Californie, à San Francisco, chez la propriétaire de la boutique de perles. Elle lui avait dit qu'elle lui garderait une place à sa table. Il y aurait toujours du travail pour lui : concevoir et illustrer les catalogues destinés à ses clients par correspondance. Elle créait son propre site sur Internet et il pourrait s'en occuper. Mais cette femme essayait de se rapprocher de lui plus qu'il ne le désirait. Aussi la quitta-t-il, elle et sa fille aux yeux noirs, pour s'installer dans cette ville du Sud, bâtie sur la rive d'un méandre du Mississippi.

Il aurait dû partir après mardi gras, mais il était

resté. Il était tombé sur un bon travail. Il enseignait le dessin d'après nature à l'école des beaux-arts de Tulane. Et, grâce à une annonce épinglée sur le panneau d'affichage de l'université, il avait trouvé une chambre dans une maison de bois délabrée, sur l'Esplanade, juste en bordure du Quartier français. Il pouvait vivre ici, se dit-il. Il avait enfin découvert une ville américaine où il déambulait à son aise. Il parcourait les rues bien droites du quartier, regardant à travers des portails treillissés des cours ombragées par une végétation luxuriante. Il longeait le fleuve dont les digues se dressaient à trois mètres, ou plus, au-dessus des toits de tuiles rouges. Il flânait dans les avenues du Garden District plantées d'arbres et bordées de hautes façades décorées, à la fois accueillantes et sévères. Ou bien il parcourait en tramway l'avenue St. Charles, entouré de touristes qui, une caméra vidéo à l'œil, s'exclamaient devant les immenses chênes couverts d'une mousse vert-de-gris qui pendait au-dessus des rails. Il descendait en face d'Audubon Park, à l'université, dont les constructions aux élégantes voûtes romanes s'élevaient au milieu de pelouses et de jardins.

Une école des beaux-arts classique, avait-il pensé le premier jour, alors qu'il accueillait les nouveaux étudiants. On n'y enseignait ni un merdique art conceptuel ni un fichu art *performance*. Derrière lui, dans l'atelier à haut plafond, le modèle s'était installé sur l'estrade et avait retiré sa robe. Les gosses la regardèrent le souffle coupé. Non parce qu'elle était belle. Elle ne l'était pas. Mais parce qu'elle était *nue*. Il s'était retourné pour la regarder lui aussi. Une vraie femme. Des seins blancs aux larges mamelons bruns

16

qui pendaient sur son torse. Ses aisselles garnies de poils noirs. Un ventre lisse et rond, strié de vergetures pareilles à des traces brillantes qu'auraient laissées des escargots sur sa peau. Un fin réseau de varices derrière les genoux. Des pieds aux talons couverts de callosités et aux orteils laids et déformés. Il se souvint d'avoir pensé qu'elle servirait à quelque chose. Elle montrerait à ces adolescents que tous les corps féminins n'étaient pas parfaits comme ceux, modelés sur un même gabarit et prêts à l'emploi, des publicités.

« Changez de position », lui criait-il toutes les deux minutes. « Changez de position », et encore « Changez de position ». Tel un Monsieur Loyal dans un cirque. Ou un maître de ballet russe. Docile, elle avait tourné le torse, levé puis baissé les bras, s'était penchée sur une jambe, puis sur l'autre. Avait levé le menton, rejeté la tête en arrière, s'était accroupie, assise sur les talons. Roulée en boule pour finir, les mains sur la figure, les genoux ramenés sur la poitrine jusqu'à ce qu'il lui crie d'arrêter. Il lui avait dit de se reposer un moment pendant qu'il faisait le tour des étudiants pour voir leur travail.

Ils étaient amusants, ces cours. Pendant ce premier semestre, les étudiants avaient fait chaque jour une expérience différente. Il les avait regardés tracer sur de grandes feuilles à dessin leurs premières ébauches au crayon ou au fusain. Certains de ces élèves étaient vraiment doués. Leur travail le fascinait : voyant au-delà de l'apparence charnelle, ils donnaient au modèle une personnalité, un caractère, une nature unique et individuelle. Leurs esquisses lui rappelaient celles qu'il avait faites de Susan, sa femme, ou ex-femme, des années auparavant, quand ils étaient encore tous deux à l'université. C'était durant une journée ensoleillée à Stephen's Green, à l'époque des examens. Elle, entourée d'une pile de livres de médecine, montrait des planches qui représentaient des muscles, des ligaments, des os, ses doigts saisissant les pages comme si elle voulait creuser la surface pour s'emparer de ce qui se cachait dessous. De son côté, serrant son crayon, il lui jetait de brefs coups d'œil tout en transposant son image sur le papier. L'image de son abondante chevelure blonde, de la peau lisse et claire de son visage, de son cou et de ses bras. Les rondeurs de son corps sous sa longue robe imprimée de marguerites blanches et bleues. Ses pieds nus dont les orteils se recroquevillaient et se détendaient, comme animés d'une vie propre, pendant qu'elle parlait.

Des pieds qui étaient ceux d'Owen. Nick les avait attrapés le matin où son fils était venu au monde. Il avait porté à ses lèvres leur plante ridée. Il avait glissé son index sous les orteils, les regardant agripper son doigt et le serrer aussi fort que la petite main de l'enfant, telle une étoile de mer, lui serrait le pouce. Puis Nick s'était promené dans la chambre de l'hôpital, tandis que Susan dormait, son corps délivré mollement appuyé sur les oreillers blancs, et il avait murmuré au bébé des promesses d'amour et de fidélité.

Toute une série de dessins des pieds d'Owen se trouvait dans une boîte en carton, probablement encore au sous-sol de leur maison, à moins que Susan n'eût mis à exécution sa menace de détruire tout ce qui pouvait lui rappeler Nick et la façon dont il les avait trahis, elle et leur enfant.

Maintenant, à la fin de l'été, alors que les étudiants étaient encore en vacances, il dispensait un enseigne-

18

ment à des débutantes d'âge mûr qui s'étaient inscrites pour un cours de six semaines, le matin seulement. Elles avaient rangé leurs peintures de luxe, nettoyé leurs coûteux pinceaux, enlevé leurs blouses fleuries et étaient parties déjeuner ; leur accent traînant du Sud résonnait encore dans le hall et elles laissaient derrière elles une légère odeur de parfum et de fumée de cigarette. Alors que vibrait le climatiseur encastré dans le chambranle d'une fenêtre et que le soleil de l'après-midi filtrait à travers les stores de bois, Nick, debout devant son chevalet, se remit à dessiner, cette fois de mémoire. Les pieds, les jambes longues et maigres, le torse mince, la tête avec sa crête d'épais cheveux courts. Mais le visage ? Pourquoi le vide à la place des yeux, de la bouche, du nez, du menton, du front ? Il n'avait rien pour remplir cet espace, rappeler son enfant. Pour le ramener de l'endroit où il était allé. Nick saisit le fusain, hésita, puis sa main s'immobilisa sur le papier. Il pressa plus fort. Le fusain se cassa en deux, formant sur la feuille blanche une tache intensément noire en son milieu. Nick la regarda, puis la lissa du bout du doigt. Son centre demeura très noir. On aurait dit un trou, une empreinte entourée d'un halo, un éclat de peau, de tissu, d'os.

Ce soir, il s'enivrerait. Déjà, au moment où il déchirait le papier en quatre, il sentait comme un avant-goût de bière sur sa langue. La bière locale s'appelait Jax, une boisson forte et amère, comme il aimait. Il prendrait le bus de Freret Street jusqu'à Canal Street, puis flânerait dans le Quartier, regardant les touristes et s'arrêtant en chemin dans tous les bars. Il se rendrait à Bourbon Street et ferait semblant de s'y trouver pour la première fois. Il reluquerait les filles à moitié nues dans les vitrines des clubs de strip-tease. Il achèterait un bouquet d'œillets chez le fleuriste au coin d'Iberville Street et le donnerait à la première jolie promeneuse qu'il rencontrerait. Il irait peut-être chez Pat O'Brien et commanderait un grand verre de Hurricane qu'il trimbalerait partout, le reste de la soirée, dans sa boîte de carton. Ou bien il draguerait une femme. Peu importait qu'il la paie ou qu'il lui offre simplement un verre. Peu importait qu'il finît ivre mort dans le lit de cette inconnue, avec une telle gueule de bois que pendant des jours il ne pourrait penser à rien d'autre qu'à la façon de s'en débarrasser.

Il faisait chaud en ce milieu d'après-midi où, après être descendu de l'autobus, il se plongea dans la foule. Il s'arrêta pour acheter une bouteille de Barq, une boisson à base de racines de plantes comestibles, et renversa la tête pour en avaler une grande gorgée, s'essuyant ensuite le menton du revers de la main. Tout autour de lui, le soleil faisait étinceler les vitrines, les toits et les capots des voitures qui roulaient au pas. Quittant la lumière éclatante, il gagna l'ombre d'un store et resta là un moment. Soudain, il vit un éclair, suivi, quelques secondes plus tard, d'un grondement de tonnerre, tandis que la rue s'obscurcissait et qu'une pluie torrentielle commençait à s'abattre. Les coups de tonnerre se répétèrent, couvrant le bruit de la circulation, la basse lancinante d'une musique de danse, les pas et le bavardage des passants. Les ruisseaux dans les caniveaux débordèrent sur le trottoir et jusqu'à l'entrée du magasin où il se tenait. L'eau tournoyait autour de ses pieds – une rivière de mousse et

20

de détritus : papier, mégots, canettes vides de Coca-Cola et même un hamburger à moitié mangé dans sa boîte de polystyrène. Il recula, s'écarta. Puis, comme le déluge s'apaisait, il se risqua hors de son abri et s'engagea dans Bourbon Street.

2

C'était une de ces affaires qui restent dans les mémoires. Malgré les années écoulées, les gens continuaient d'y penser. Le garçon disparu. Les parents angoissés. Les appels à la télévision. Les comptes rendus des recherches – les plus intenses et les plus minutieuses que la police eût jamais entreprises dans un cas étranger au terrorisme. Les témoignages. On avait vu l'enfant à Donegal, à Wexford, à Cork. On l'avait vu dans Grafton Street, en train de manger un McDonald en compagnie d'un homme ou d'une femme d'âge mûr. On l'avait vu ici, là-bas, partout, mais en fait personne ne l'avait jamais vu. Ni jamais revu.

Même au bout de dix ans, les gens se rappelaient encore son nom. Owen Cassidy, huit ans. Épais cheveux blonds coupés court. Yeux très bleus. Mince. Vêtu d'un anorak bleu, d'un pantalon en velours côtelé noir, d'un pull rouge tricoté à la main et chaussé de baskets. Vu pour la dernière fois par son meilleur ami, Luke Reynolds, alors qu'il traversait la pelouse devant Victoria Square, Dun Laoghaire, entre quatorze et quinze heures, l'après-midi de Halloween, en 1991.

Que pouvait-il bien fabriquer ce jour-là ? La même chose que n'importe quel autre gosse le jour de Halloween : ramasser du bois pour le feu, échanger des pétards avec ses copains, mettre la dernière touche à son costume. Calculer la quantité de bonbons, d'argent et de friandises qu'il récolterait en faisant la tournée des maisons du quartier ce soir-là.

Pourquoi était-il seul ? Sans surveillance ? Pourquoi n'est-ce qu'à dix-huit heures trente qu'on finit par remarquer son absence, et pourquoi personne ne savait où il était ? C'est là que les choses commencent à se corser. C'est bien fait pour eux, disaient certains en hochant la tête d'un air entendu devant leurs pintes. Voilà ce qui arrive quand les parents ignorent ce que font leurs enfants. Pourtant, ils semblaient former un si beau couple. Comment, vous n'êtes pas au courant ? Si c'est pas malheureux quand même : il s'envoyait en l'air avec une voisine pendant que sa femme était au travail et que son gosse disparaissait. Un gars pas sérieux.

Ils semblaient former un couple si charmant. Profession libérale. Elle, Susan, médecin, cancérologue dans le meilleur hôpital pédiatrique du pays. Lui, Nicholas, Nick pour ses amis, écrivain et illustrateur de livres pour enfants. Un « lauréat de prix littéraires », comme on l'appelait dans tous les journaux. Et si beaux, tous les deux. Elle, les cheveux blonds ramassés en un chignon sur la nuque, pas une ride, les mêmes yeux bleus que son fils. Lui, des cheveux bruns qui lui arrivaient aux épaules, ébouriffés comme le veut la mode – « l'allure sexy d'une rock star », écrivaient les tabloïds – avec le visage mince et les membres élancés dont avait hérité son fils ; souvent vêtu d'un jean et d'une veste en cuir et paraissant la moitié de son âge.

Et puis, il y avait la baby-sitter. Où était-elle fourrée en ce fatal après-midi ? Une triste histoire que la sienne. Elle s'appelait Marianne O'Neill, avait dix-neuf ans, presque vingt. Délicate et jolie. Cela faisait deux ans qu'elle habitait chez les Cassidy, mais elle connaissait la famille depuis beaucoup plus longtemps. Elle avait été l'une des patientes de Susan Cassidy. Atteinte d'une leucémie à douze ou treize ans, elle avait suivi un traitement qui l'avait guérie. Ses parents étaient restés en relation avec le médecin et, lorsque Marianne avait voulu quitter Galway pour vivre à Dublin, elle avait été logée chez les Cassidy comme fille au pair, solution qui arrangeait tout le monde. Les O'Neill étaient rassurés de savoir leur fille en sécurité dans la grande ville, les Cassidy heureux d'avoir quelqu'un pour s'occuper de leur fils. De cette façon, ils pouvaient continuer à mener en toute liberté une vie très remplie. Elle avec ses semaines de soixante heures à l'hôpital, lui avec ses livres, ses dessins et ses aventures sentimentales. Une solution parfaite.

Comment se faisait-il donc qu'au lieu de surveiller l'enfant, travail pour lequel on la payait, Marianne avait passé l'après-midi en compagnie de son voisin et petit ami Chris Goulding, de Róisín, la sœur de Chris, et d'Eddie, le petit ami de Róisín ? Ils étaient descendus dans la cave des Goulding pour fumer des joints, boire de l'alcool et faire toutes sortes de bêtises du même genre. Pendant ce temps, le gosse et son copain étaient partis avec de l'argent dans leur poche. « Achète-toi des bonbons, ramasse du bois, va où tu voudras, mais ne reviens pas ici avant cinq heures, tu as bien compris, Owen ? » Elle avait coupé court aux protestations et aux pleurnicheries de l'enfant, qui insistait pour rester avec eux, en lui disant : « Va-t'en, Owen. Combien de fois il faut te le répéter ? Je ne veux pas de toi cet après-midi. »

Cet après-midi-là, Halloween, le 31 octobre 1991, jour où leur vie si bien organisée s'était effondrée. Et jamais rien ne devait plus être pareil pour aucun d'eux. Jamais.

Owen Cassidy, un nom et un visage. Que lui était-il arrivé ? Il ne pouvait pas avoir simplement disparu... Pourtant, c'était bien le cas.

3

Il avait toujours son trousseau de clés sur lui. Il l'attachait à sa ceinture quand il sortait. Il le posait sur sa table de chevet quand il restait chez lui. Il le prenait dans sa main dès le réveil, le touchait une dernière fois avant de se tourner sur le côté pour dormir. La clé de la porte de la maison qu'il avait habitée avec sa femme et son fils. Celle du sous-sol où était autrefois installé son atelier. La lourde clé de fer qui ouvrait le portail du mur du jardin. La clé du garage et celles des voitures, sa voiture à lui et la voiture de sa femme. Parfois, tenant le porte-clés, il jouait du bout des doigts avec le trousseau. Ou, mettant les clés devant lui, il les vérifiait l'une après l'autre, précisant à mi-voix à quelles serrures elles correspondaient. Pour se rappeler sans cesse ce qu'il avait laissé derrière lui.

Ses rencontres d'un soir, au cours de ses longues années d'exil, finissaient par demander :

« Dis-moi, Nick, que s'est-il passé ? Pourquoi ? Où ? »

Il lui était arrivé d'éprouver un début d'attachement pour certaines d'entre elles. Parfois, il leur racontait toute l'histoire, d'autres fois, il ne disait rien. Cela dépendait. De leur corps, de leur odeur, de la façon dont elles se servaient de leurs mains et de leurs yeux, de leur manière de sourire. Les femmes auxquelles il racontait tout le prenaient dans leurs bras, le serraient contre elles, repoussaient les mèches de son front et l'embrassaient doucement. Elles essayaient de lui remonter le moral, d'atténuer ses responsabilités, de faire taire ses remords. Mais très vite il les rejetait avec colère, leur criant qu'elles ne pouvaient l'empêcher d'être totalement conscient de la faute qu'il avait commise. Que leurs paroles et leurs gestes ne lui étaient d'aucun secours. Et, surtout, qu'elles ne parviendraient pas à lui ramener son fils.

Alors elles comprenaient qu'il en avait trop dit. Qu'il s'était trop découvert. Qu'il serait impossible désormais de revenir en arrière. Et que leur relation était terminée.

Après, Nick changeait de décor. Il partait vers une autre ville, un autre boulot et un autre appartement. Une autre table de chevet où il poserait ses clés la nuit. Une autre femme qui le prendrait en pitié, deviendrait son amie, tomberait amoureuse de lui. Et les questions recommenceraient. Parle-moi de ces clés. À quoi servent-elles ? Dis-moi tout, dis-moi tout.

Eh bien voilà, il y a de cela plusieurs années, j'avais une femme et j'habitais une belle maison dans une jolie rue d'une petite ville. J'avais un fils qui s'appelait Owen. Il était petit et maigre, avec des cheveux blonds et des yeux très bleus. Il avait les incisives écartées et le menton marqué d'une cicatrice due à une chute de bicyclette, sa première bicyclette. Et puis un jour, je l'ai laissé, je suis parti retrouver quelqu'un. Une femme qui n'était pas mon épouse. Je pensais qu'il ne risquait rien en compagnie de ses amis et de la jeune fille au pair. D'ailleurs, je ne m'en préoccupais guère. Ce que je voulais, c'était aller chez cette femme. Je n'ai même pas dit au revoir à Owen. Je ne me souviens pas des dernières paroles que je lui ai adressées. Car jamais je ne l'ai revu. Et jamais personne ne l'a revu. Il a disparu. Il lui est arrivé quelque chose. Quoi, je n'en sais rien, mais sûrement un malheur. Et maintenant, il ne me reste plus comme souvenir que les clés de ma maison. De notre maison. Où nous vivions, Owen, sa mère et moi. Je ne pouvais plus continuer à y vivre. Je l'ai donc quittée. Et je n'ai rien emporté, à part ces clés.

Ferme la porte, papa, surtout n'oublie pas.

Ferme la porte, papa, pour empêcher les méchants d'entrer.

Ferme la porte, papa, comme ça nous serons à l'abri.

Il avait toujours son trousseau de clés avec lui. Le jour où Owen disparut, il s'étalait à l'endroit où il l'avait déposé avec sa monnaie et sa montre : sur la table de chevet de Gina Harkin. Vers quelle heure avait-il décidé de laisser sa maîtresse pour rentrer chez lui ? Entre quatre et cinq heures de l'après-midi. Mais il s'était endormi, la tête enfouie dans l'oreiller de Gina et, quand il avait ouvert les yeux, il n'avait pas la moindre idée de l'heure qu'il était. Le beau milieu de la nuit ou le matin ? Il avait envie de rester au lit, sans bouger, d'absorber la chaleur du corps de Gina, mais celle-ci l'aida à se réveiller avec une tasse de thé. Et lui dit qu'il était temps qu'il s'en aille. Lui tendit ses clés, sa montre et déversa les pièces de monnaie de sa petite main à elle dans sa large paume à lui. Lui fit un signe d'adieu derrière la vitre sale de sa fenêtre qui donnait sur la rue. L'observa alors qu'il tripotait ses clés, cherchant celle de la porte d'entrée. Avant qu'il ne l'eût trouvée, quelqu'un lui ouvrit. C'était Susan, rentrée de son travail plus tôt que prévu. Alors que Nick franchissait le seuil, Gina le vit qui agitait dans sa direction son trousseau de clés. Puis, le bras tendu, il leva le pouce. Ce fut la dernière chose qu'elle aperçut avant qu'il ne s'engouffrât à l'intérieur. Le geste effronté de son amant la fit rire. Ensuite, elle n'y pensa plus jusqu'au moment où la police frappa à sa porte, de bonne heure le lendemain. Ils avaient des questions à lui poser.

Avait-elle vu quelque chose, que savait-elle, que pouvait-elle leur dire ?

Elle demanda : « À quel sujet ? »

Au sujet d'Owen Cassidy, huit ans. On ne l'avait plus vu depuis l'après-midi de la veille.

Quelques jours plus tard, ils l'interrogèrent de nouveau.

Parlez-nous de Nick, le père d'Owen Cassidy. Parlez-nous encore de lui, madame Harkin, nous pouvons vous appeler Gina ? Dites-nous tout. À quelle heure est-il venu chez vous ? À quelle heure est-il reparti ? Et qu'est-ce qu'il venait faire, Gina – cela ne vous ennuie pas, que nous vous appelions par votre prénom ? –, qu'est-ce qu'il a fait au juste, pendant tout ce temps qu'il a passé ici, avec vous ? Vous êtes une artiste, comme lui, n'est-ce pas ? Venait-il ici pour affaires ou pour le plaisir ? Pour quelle raison, Gina ?

Elle ne pouvait leur répondre. Pas plus que lui. Elle ne pouvait prononcer aucune parole qui eût expliqué, atténué, défendu, excusé.

Elle ne pouvait rien dire du tout.

4

Nick était-il très ivre lorsqu'il aperçut la fille ? Pas au point de s'écrouler. Il tenait encore debout, pouvait encore s'asseoir sur son tabouret de bar et en descendre. Se rendre aux toilettes. Évaluer à quelle distance il pissait, son urine jaune pâle cascadant sur les carreaux tachés de l'urinoir, tandis que son regard, levé sur le miroir sale qui courait autour du mur couvert de graffitis, rencontrait les yeux de l'homme à côté de lui. Fermer sa braguette, se laver les mains, retourner au bar et commander un autre verre.

« Un demi pour tous les amis qui sont ici, siou plaît », dit-il au barman, désignant la rangée de clients accoudés au comptoir. Pas assez ivre pour voir trouble et être incapable de parler, mais assez ivre pour se sentir engourdi et presque heureux. Comme si le monde allait redevenir beau et agréable, fût-ce pour un instant.

Puis il aperçut la fille sur la scène devant le bar. D'autres filles y avaient dansé à tour de rôle toute la soirée, mais il ne leur avait prêté que peu d'attention.

La bière l'attirait davantage. C'était une drogue plus puissante que l'exhibition de la chair nue. Des filles d'ailleurs banales dans l'ensemble. Ni plus laides ni plus jolies que n'importe quel autre spécimen de la population. On en voyait des petites, des grandes, des potelées et certaines n'ayant que la peau sur les os. Les seins de quelques-unes dégringolaient, chez d'autres, ils semblaient gonflés à la silicone, animés d'une vie propre. La plupart d'entre elles regardaient au-dessus des spectateurs, mâchant du chewing-gum au rythme de la musique, se caressant la pointe du sein avec nonchalance ou effleurant leur sexe en pensant – Nick l'aurait juré – à ce qu'elles prépareraient pour le dîner ou à l'heure où s'en irait la baby-sitter.

Il se faisait tard, cependant. La salle avait changé de clientèle. Les touristes aux portefeuilles bourrés de billets étaient partis rejoindre leurs épouses qui les attendaient près de l'autocar. Rassemblés par petits groupes, ces hommes ne cessaient de remuer les doigts, tripotant des clés, des cigarettes, de l'argent. Ils venaient d'un autre monde. Comme la fille qui maintenant le dominait depuis la scène. Nick recula pour mieux la voir. Elle avait un corps ravissant et dansait bien. Nick promena son regard sur ses longues jambes, sur son ventre lisse et rond, ses petits seins menus qui pointaient. Une peau blanche. Elle avait un air presque enfantin, comme si elle était encore innocente, déjà pubère sans être vraiment adulte. Nick but une longue gorgée. Il fixa le visage de la danseuse. Elle portait un masque. On aurait dit la gueule d'un animal. Petites oreilles saillant de la tête. Ouvertures triangulaires à la place des yeux. Un museau pointu, qui lui donnait une expression rusée et inquiétante, jurait avec la délicate beauté de son corps. Nick éprouva une sorte de vertige. Le sang lui cogna dans les oreilles tandis que, devant lui, la fille se mouvait sur la scène. Un étrange silence s'était établi dans la salle. Tous les regards étaient braqués sur la danseuse masquée. Nick observa les visages levés qui l'entouraient. Qu'est-ce que ces hommes peuvent bien ressentir ? se demanda-t-il.

Ensuite, il cessa de se poser des questions. La fille se penchait dans sa direction. Sa figure cachée lui parut à la fois étrange et familière. Il s'aperçut alors qu'elle tenait un fouet, une cravache au cuir luisant et rigide. Elle l'agita au-dessus de la foule, avec des claquements de plus en plus rapprochés. Puis, d'un geste brusque qui fit faire à Nick un bond en arrière, elle s'en frappa les cuisses, la droite et la gauche. Se tournant, elle se flagella les fesses et le bas du dos. Il faillit escalader la scène et lui arracher sa cravache, mais, tout autour de lui, les hommes s'étaient mis à applaudir, clamant leur enthousiasme. Elle continua à se fouetter, si fort parfois que Nick sursautait et reculait. D'autres fois, la lanière glissait sur sa peau et n'y laissait aucune marque. Les hommes se pressèrent en avant, contenant à grand-peine leur excitation. Nick se joignit à eux pour crier bis. Elle se pencha de nouveau dans sa direction, tendit le bras et lui donna un coup de cravache sur la tête. Nick sentit l'extrémité du cuir mordre son crâne à travers ses cheveux, et il grimaça de douleur.

Soudain, la musique s'arrêta et la fille s'avança au bord de la scène. Pliant un genou, elle se courba en une révérence classique et, d'un grand geste, arracha son masque qu'elle balança ensuite, le tenant au-

dessus d'elle par un élastique : tête levée par le bourreau devant la foule avide. Nick examina le masque :
il représentait un renard, la gueule entrouverte, souriant de ses petites dents pointues. Puis il regarda la
fille. La sueur collait ses cheveux blond platine. Elle
haletait. Sur ses traits délicats se lisait une expression
à la fois joyeuse et triomphante. Elle fit une autre
révérence, le dos plat parallèle à la scène, un pied en
avant. Plutôt une pose de ballerine que de strip-
teaseuse, se dit Nick, alors que la tête de la fille touchait presque le sol et que le masque se balançait à
quelques centimètres de son visage à lui. Puis il la vit
qui se redressait. Montée sur la pointe des pieds, elle
s'étira de toute sa hauteur, se tourna, sauta de l'estrade, fendit la foule et se dirigea vers une porte au
fond du bar.

« Sacré nom de Dieu ! » Le type debout à côté de
Nick leva son verre. « On peut dire que ça, c'est une
nana ! » Il avala le reste de sa consommation et désigna le verre de Nick. « Vous en voulez un autre, mon
vieux ? »

Nick ne répondit pas. Il avait un goût aigre de bière
et de bile dans la bouche. Le cœur au bord des lèvres.
L'odeur désagréable d'une abondante transpiration lui
emplissait les narines : il se jugeait dégueulasse. Dans
la pénombre du bar enfumé et bondé, le visage de la
fille lui revint soudain avec une netteté absolue.
C'était Róisín Goulding, la petite voisine. La sœur de
Chris, la fille de Brian et de Hilary Goulding. Son
frère et elle étaient plus âgés qu'Owen. Lui, il avait
vingt et un ans, elle dix-neuf. C'étaient des amis de
Marianne O'Neill, la fille qui gardait Owen. Ils étaient
tout le temps fourrés chez lui. Owen sortait avec eux

et ne les quittait pas d'une semelle. Où qu'ils aillent. Écoutait leur musique. Rentrait à la maison avec des tas d'histoires à raconter. Ce qu'ils avaient fait, où ils étaient allés, qui ils avaient rencontré. Owen les suppliait, Susan et lui, de le laisser rester avec eux, tard le soir, quand ils se cachaient dans la remise des Goulding pour voir la renarde et ses renardeaux entrer dans le jardin au clair de lune. « Vas-y, Owen, tu es le plus petit, elle n'aura pas peur de toi. Vas-y, Owen, peut-être qu'elle te mangera dans la main. Donne-lui un biscuit, un morceau de pain. » Nick se tenait alors à une fenêtre du premier étage, des flots de lumière d'un bleu argenté tombaient sur les toits, sur les arbres et, en bas, sur les cheveux blonds de son seul et unique fils.

Nick suivait des yeux la chevelure platine de la fille qui, devant lui, montait et descendait dans la foule. Il se fraya un chemin dans son sillage, poussant les gens qui encombraient le passage, écrasant des pieds, indifférent aux cris de protestation des consommateurs qui renversaient leur bière. Mais la porte par où il avait vu passer Róisín était fermée à clé. Alors qu'il tournait la poignée dans tous les sens, s'apprêtant à forcer la porte de l'épaule, un agent de la sécurité, dont le tee-shirt moulait le torse et les biceps gonflés, l'attrapa et le tira brutalement en arrière.

« Pas question d'entrer là-dedans. À moins que vous n'ayez payé d'avance et que la petite dame n'ait donné son accord. Or ce soir, elle m'a rien dit. Alors vous vous calmez, vous retournez auprès de vos amis et vous prenez une autre bière, sinon... »

Il planta son index dans la poitrine de Nick et se

mit à ricaner quand il le vit reculer en chancelant et essayer de ne pas tomber.

« Fous le camp ! Ne me touche pas, bordel ! riposta Nick en se redressant, soudain conscient qu'il avait la voix pâteuse. Je la connais, y a pas de problème. Elle acceptera de me voir. Laisse-moi passer. » Il s'avança en roulant les épaules. « Hé, tu m'entends, connard ? »

Mais il se hâta de reculer de nouveau : le videur avait posé un doigt sur ses lèvres et s'était mis à jouer avec une lourde matraque noire.

« Allons, mon gars, on ne parle pas comme ça dans un endroit aussi convenable que celui-ci. Elle veut pas vous voir, elle veut voir personne qu'a pas payé. J'ai commencé par vous parler gentiment. Si je suis forcé d'insister, ça risque d'être moins gentil. Alors, vous dégagez, vous retournez prendre un verre au bar et vous rentrez chez vous. Ou bien il faut que je vous parle autrement ? L'hôpital de la Charité se trouve pas loin, dans Tulane Avenue. On s'occupe très bien des gens là-dedans. Même des connards dans votre genre. »

Iberville, Bienville, Conti, St. Louis, Toulouse, St. Ann, Dumaine, St. Philip. Il enregistra les noms des rues transversales qu'il lisait depuis qu'il suivait la fille. Elle marchait hardiment et d'un bon pas au milieu des fêtards qui grouillaient dans les rues, buvaient à même le goulot de bouteilles emballées dans des sacs en papier kraft, se hélaient les uns les autres et apostrophaient toutes les femmes qu'ils croisaient. Maintenant qu'elle n'avait plus son masque, elle paraissait très quelconque, vêtue d'un jean et d'un banal tee-shirt. Au coin d'Ursulines et de Bourbon, elle tourna à gauche, en direction de Royal Street. Il fit de même et, dans un silence soudain, entendit les sandales de la fille claquer sur les pavés. Elle tourna dans une nouvelle rue, puis fouilla dans sa poche, plantée devant une porte qui se trouvait juste à côté d'une vitrine dont la publicité vantait des herbes médicinales et des produits diététiques. Alors qu'elle levait la main, son trousseau de clés accrochant la lumière d'une enseigne au néon, il l'appela.

« Hé, Róisín ! C'est bien toi, hein ? Róisín Goulding de Dublin ? »

Elle se tourna lentement vers lui, le visage soudain anxieux.

« Róisín. » Nick s'approcha. « Salut, comment ça va ? Je pense que tu te souviens de moi, non ? »

Malgré les dix années écoulées, elle n'avait pas du tout changé. Son petit visage pâle ressemblait à celui qu'il avait gardé en mémoire. La gamine d'à côté. Celle qui disait à peine un mot quand il la rencontrait, vêtue de son uniforme d'écolière, ou qui buvait un café dans la cuisine lorsqu'elle venait rendre visite à Marianne, ou se prélassait sur le lit de la jeune fille au pair en lisant des magazines. Avant Marianne, c'était elle qui avait gardé Owen, avec son frère aîné, Chris. Sans leurs deux ans d'écart, on aurait pu prendre Chris et Róisín pour des jumeaux. Ils avaient le même corps mince, les mêmes cheveux châtain clair. La même façon de parler, les yeux baissés. De détourner la curiosité des gens, de tenir les étrangers à distance. En fait, s'il se rappelait bien, Róisín n'ouvrait la bouche que contrainte. C'était toujours Chris qui répondait à sa place ou qui posait la question qu'elle voulait poser. Une attitude ostentatoire de protection envers sa sœur.

« Alors, Róisín, tu te souviens de moi ? Nick Cassidy. De Dublin. Ça ne te dit rien ? »

Mais la fille avait déjà fourré la clé dans la serrure et ouvert la porte. Elle la claqua avant que Nick ait pu l'en empêcher. Elle le laissa dehors dans la rue, le visage pressé contre la grille de la lourde porte de bois. Il appelait la fille dont la silhouette descendait rapidement le passage obscur et se dirigeait vers une lampe qui brillait au bout. Il frappa avec sa paume et appuya au hasard sur les sonnettes du mur extérieur. Espérant le grésillement qui annoncerait le déverrouillement de la serrure. Mais personne ne répondit.

Nick descendit du trottoir et gagna le milieu de la chaussée. Tout était tranquille à présent, pas de circulation. De la lumière filtrait à travers les jalousies et les rideaux. Il leva les yeux vers les longues fenêtres et l'avancée sur la rue des balcons en fer forgé. Il aperçut la forme de quelqu'un qui le regardait, une forme noire découpée dans un halo jaune. Puis plus rien : de lourds rideaux se fermèrent et tout replongea dans l'obscurité.

5

Dehors, la lune paraissait accrochée au ciel noir.
Des nuages voilaient par moments son éclat. Dans sa
chambre, Nick, couché sur le dos, contemplait les dessins que projetaient au plafond les lumières de la rue.
À son réveil, il n'avait plus su où il était. Il avait rêvé
de sa maison. Un rêve complètement décousu. Des
images impossibles à relier entre elles, mais il était
allé là-bas, dans sa maison d'autrefois, et à présent
qu'il regardait autour de lui, il trouvait la forme de
la chambre étrange, méconnaissable. Les fenêtres
n'étaient pas à leur place. Le plafond était trop bas. Il
ne voyait plus le miroir sur le mur en face du lit. Et
où était Susan ? Dans son rêve, elle se blottissait
contre lui. Il sentait encore les cuisses de sa femme
contre les siennes, la caresse de ses seins et de son
ventre contre son dos, sa main enlaçant la sienne.
    Immobile, il tendit l'oreille, à l'affût des bruits exté-
rieurs. Qu'entendrait-il ? L'appel matinal d'une grive
ou d'une mésange bleue ? La cloche de l'église et le
bruit de la porte d'entrée que Mme Morissey claquait

énergiquement, deux maisons plus loin, quand elle partait assister à la première messe ?

Sur le fleuve retentit la sirène d'un remorqueur, un son grave et mélancolique. Un autre bateau répondit une ou deux notes plus haut. Leurs voix résonnèrent à tour de rôle au-dessus des eaux noires et ridées. Nick se rappela la corne de brume qui mugissait chaque hiver dans la baie de Dublin. Un avertissement lancinant, désagréable. Un temps de novembre. Brouillard matin et soir. Calme et silence, ténèbres la nuit et presque pas de soleil le jour, même à midi. À la veille de Halloween, les feux brûlaient pour dissiper l'obscurité. Le jour où Owen avait disparu. Cet après-midi-là, il y avait eu du brouillard et du nord soufflait un vent glacial. Nick se rappela cette nuit et les autres nuits de ce long mois de novembre où Susan et lui ne pouvaient trouver le sommeil. Ils n'arrivaient pas à détourner les yeux du réveil et guettaient la sonnerie du téléphone, mais seul leur parvenait le son déchirant de la corne de brume, toutes les vingt secondes, inexorablement. Le visage glacé par l'air froid de la chambre, ils se demandaient : où est-il ? A-t-il faim ou soif ? Il a peut-être peur. Il était possible qu'il fût blessé. Les appelait-il, espérant qu'ils le retrouvent ? Cherchant la main de Susan, il se rendait compte que sa femme s'était enfin endormie, son oreiller trempé de larmes. Il savait que, dès qu'elle se réveillerait, il s'endormirait à son tour. Ainsi éviteraient-ils une fois de plus de se parler, comme il aurait fallu.

Comment as-tu pu faire une chose pareille ?
Comment as-tu pu le laisser seul ?
Pourquoi n'as-tu pas cherché à savoir où il était ?

Pourquoi n'avoir pas vérifié qu'il était bien avec Marianne ?

Et puis qu'est-ce que tu as fait tout l'après-midi ?

Pourquoi ne me dis-tu pas la vérité ?

La vérité aurait pourtant mis fin à leur relation.

Est-ce que tu m'aimes ?

Si tu m'aimais, comme tu le prétends, comment aurais-tu pu faire ça ?

Est-ce que tu veux encore de moi ?

Non, c'est clair.

Et ils restaient allongés côte à côte, sans se toucher, s'écoutant respirer tandis que résonnait la corne de brume. Pleurant l'un après l'autre. Et les heures passaient...

Il s'assit dans son lit et alluma, incapable de supporter davantage les images qui l'assaillaient. La chambre où il se trouvait reprit sa forme. Petite et carrée. Murs blancs et nus, plancher sombre. Le lit, la chaise, la penderie. Le ventilateur qui tournait lentement au plafond. Nick se leva et ouvrit le sac de voyage posé, à peine défait, dans un coin de la pièce. Il fouilla dedans, en sortit un grand portefeuille en plastique dont il vida le contenu : des photos qu'il rassembla et prit dans ses mains. Les yeux d'Owen le regardèrent, un Owen dans les bras de sa mère, avec sa peau toute neuve de bébé. Parcourant les autres clichés, il vit Owen grandir, devenir enfant. Owen à quatre pattes, Owen debout, apprenant à marcher. Puis courant, shootant un ballon, juché sur son vélo, jouant avec Luke, son copain qui habitait de l'autre côté de la place. Son premier jour d'école. Owen, avec masque et tuba, apprenant à nager lors de vacances dans ce village crétois qu'ils aimaient tant. Debout au bord d'une piscine, sur le point de plonger. À l'arrière-plan, Susan qui lève les yeux de son livre. Reflets du soleil sur ses lunettes noires. Owen, toujours souriant, montrant ses dents écartées, ses cheveux blonds et drus dressés sur la tête. Un jour d'hiver dans le jardin. De la neige sur la pelouse, Owen avec Marianne et les autres. Chris, Róisín et leur ami, Ed. C'était bien Ed qu'il s'appelait ? Un garçon timide, taciturne, qui bégayait légèrement. Owen encore, repérant dans la neige l'empreinte régulière de pattes. Rayonnant, il fixe des yeux le photographe.

Tiens, papa, regarde qui était ici la nuit dernière. Je l'ai aperçue de la fenêtre. Tu vois que j'avais raison ? Tu ne me croyais pas, hein ? Tu croyais que j'inventais tout ça. Mais la renarde est bien venue ici. Elle est entrée dans notre jardin. La preuve.

La preuve de l'existence d'Owen, la preuve irréfutable, c'était cette photo. Huit années durant, il a été mon fils, mon enfant, mon amour. Et après ces huit ans ? Nick sortit du sac un deuxième portefeuille et répandit sur le lit les documents qu'il renfermait. Des tas de photos d'autres enfants. De garçons qui pouvaient avoir l'âge d'Owen. Qui auraient pu être Owen. Mêmes cheveux, même couleur d'yeux. Même carrure. Même expression. Des photos prises à des milliers de kilomètres de l'endroit où Owen avait été vu pour la dernière fois. Des mois, des années plus tard. Pendant que Nick était à Londres, New York, Toronto,

Boston, Washington, Chicago, Los Angeles. Puis dans ces petites villes semées comme des cailloux à travers l'Amérique. Ici et là, plus loin, revenant sur ses pas. Au gré de sa fantaisie. Et, finalement, à La Nouvelle-Orléans où les étés étaient beaucoup trop chauds. Il aurait dû partir après mardi gras. Il aurait dû être n'importe où sauf ici. Mais c'était ici qu'il avait vu la fille au masque de renard. Ici que, pour la première fois depuis des années, il avait retrouvé quelque chose de sa vie passée.

En plus de la collection représentant Owen et des garçons plus âgés auxquels Owen aurait pu ressembler, il y avait quelques photos prises récemment.

Un jeune homme à la peau légèrement basanée assistait à son cours. Quand il se penchait, Nick voyait le dessin de ses vertèbres sous le tee-shirt et à l'encolure. Ses cheveux courts épousaient son crâne et formaient sur sa nuque un angle pareil à une pointe de flèche. Nick savait le genre de corps qu'il découvrirait si jamais son étudiant se déshabillait. Il verrait les bras, les jambes et le bas du dos couverts d'un fin duvet doré. Il l'avait observé. Il eût aimé nouer des rapports amicaux avec lui. Le garçon avait de jolies petites oreilles et un espace entre ses incisives. Il n'arrêtait pas de balancer son pied pendant qu'il dessinait. De temps à autre, il posait son crayon et jouait avec les mèches qui rebiquaient sur sa tête.

Arrête, Owen, ça ne sert à rien. Laisse tes cheveux tranquilles, ils s'aplatiront tout seuls. Et cesse de bouger ton pied, ça m'empêche de me concentrer. Calme-toi un peu, nom d'un chien !

Le garçon s'appelait Ryan. Il avait dix-huit ans. Il habitait à Algiers, de l'autre côté du fleuve. Sa mère tenait un café qui vendait aussi de la brocante. Son père était dentiste. Ses parents avaient divorcé quand il avait dix ans. Sa mère s'était remariée, puis s'était séparée de son second époux. Ryan avait deux sœurs cadettes.

Nick s'était penché sur le chevalet de Ryan pour regarder son travail. Il sentit la lotion d'après-rasage du jeune homme : une odeur aromatique, épicée. Comme s'il avait besoin de se raser, avait-il songé en contemplant les joues lisses du garçon. Il examina le dessin. Le gosse était doué. Il avait des gestes sûrs et rapides. Il terminait son étude du modèle avant même que ses camarades eussent commencé. Et il avait orné les marges de son papier d'entrelacs compliqués d'oiseaux et de poissons.

« C'est joli, commenta Nick. On dirait une enluminure d'un de ces vieux manuscrits celtes.

— Comme le livre de Kells, dit le garçon.

— Exactement. Tu le connais ? »

Occupé à tailler son crayon avec un canif et à souffler sur les rognures, le garçon avait acquiescé d'un signe de tête.

« Ma mère vend ce genre de trucs dans sa boutique. Des cartes postales, des torchons à vaisselle et des posters qui reproduisent quelques-uns des dessins de ce livre. Elle est d'origine irlandaise. Nous sommes allés dans son pays quand j'étais petit et nous avons visité l'université où il y a le manuscrit. C'était vraiment chouette. J'y serais volontiers retourné tous les jours pour voir la page suivante. » Il se tourna vers Nick. « J'ai dit à ma mère que vous étiez de Dublin.

Elle vous invite à faire un saut chez elle si jamais vous passez dans le quartier. »

Le garçon dessinait et effaçait tout en parlant, balayant de la main les débris laissés sur le papier par la gomme et le crayon. Il avait le bout des doigts tout noir.

« Tu te souviens bien de Dublin ? Est-ce que cette ville t'a plu ? »

Mais le cours avait pris fin et Ryan s'était levé. Il avait rangé son bloc à dessin, ses crayons et avait rejoint les autres jeunes qui l'attendaient à la porte, brusquement gêné par cette conversation qu'il avait eue, par simple politesse, avec le professeur. Avec ce « drôle d'Irlandais », comme Nick les avait entendus l'appeler. Nick avait suivi le jeune homme qui descendait le couloir d'un pas tranquille, son jean informe battant contre ses baskets, sa casquette de base-ball enfoncée à l'envers sur sa tête. Il l'avait regardé disparaître sous les arbres avec ses amis, en direction du parking. Il aurait voulu voir où ils allaient et ce qu'ils faisaient, aurait voulu écouter leur bavardage, essayer d'apprendre leurs expressions, des expressions qu'Owen aurait employées lui aussi. Mais il remarqua que les garçons s'esquivaient à son approche. Ils avaient deviné qu'il cherchait un contact. Nick en était certain.

Il s'allongea de nouveau sur le lit, les photos étalées près de lui, et croisa les mains derrière la tête. Dans un premier temps, on l'avait considéré comme suspect. C'était sa faute, bien sûr. Il n'avait pas voulu dire aux policiers où il se trouvait cet après-midi-là. Il avait biaisé, éludé, puis menti. Affirmé qu'il était resté en ville tout l'après-midi. Qu'il avait vu un éditeur pour

45

un nouveau livre. Il aurait raconté n'importe quoi plutôt que d'avouer la vérité. Il s'était rendu compte que le policier chargé de l'enquête, un certain commissaire Matt O'Dwyer, l'observait d'une drôle de façon. À la fin, ce flic l'avait convoqué au commissariat pour un interrogatoire en règle. Déclaré qu'il allait l'arrêter. Après toutes ces années, il pouvait encore sentir son estomac se contracter et, dans sa bouche, un goût de bile, dû à la honte.

« *Bon, d'accord, je vais vous dire où j'étais. J'ai un alibi pour l'après-midi. Vous pouvez le vérifier si ça vous chante.*

– Comme nous avons vérifié les autres, monsieur Cassidy ?

– Non, ce coup-ci mon alibi sera corroboré par le témoignage d'une femme.

– Une femme, vraiment ?

– Oui, bande de fouille-merde. Une femme. Ça vous va ? »

Il avait fini par bien les connaître, ces policiers qui étaient intervenus dans leur vie. Une femme flic, notamment, qui avait confié à Susan qu'elle était une toute nouvelle recrue : Min Sweeney, vingt-deux ans. Elle s'était installée chez eux. C'était elle qui prenait leurs communications, bloquait les appels incessants qu'adressaient des curieux, des gens dépourvus de toute sensibilité ou agressifs. Il y avait aussi ceux qui téléphonaient la nuit pour proférer des obscénités. Insinuant qu'Owen pouvait se trouver dans des endroits où il accomplissait certains actes.

« C'est plutôt rude comme apprentissage », leur dit Min Sweeney.

Et, en effet, ils apprirent beaucoup pendant ces longs mois où ils attendaient des nouvelles. Combien les êtres humains s'avéraient bons et prévenants ou pouvaient, à l'inverse, montrer une cruauté sans limites envers les infortunés.

Ils en vinrent à douter de tout ce qui autrefois leur eût paru évident. La police avait établi une liste des suspects. La totalité de leurs voisins y figurait. Et tous ceux qu'Owen avait rencontrés. Ses professeurs, ses camarades de classe, ses amis et les parents de ses amis. Et leurs amis à eux. Leurs familles. La police les interrogea les uns après les autres. Les alibis furent vérifiés. Ils virent l'amoncellement des questionnaires remplis par ceux qui habitaient à l'intérieur d'un périmètre de trois kilomètres autour de la maison. Un nombre impressionnant d'informations. Heures, lieux, déplacements, visites, visiteurs. Une telle accumulation de renseignements devait à coup sûr permettre de retrouver Owen. C'était ce qu'ils se disaient l'un à l'autre.

On fouilla les maisons du voisinage ainsi que leurs jardins. Les greniers, les sous-sols, les remises. On sonda les plates-bandes fraîchement retournées et les potagers. On fit venir un équipement spécial pour détecter tout élément suspect enfoui sous la terre.

Quelques semaines plus tard, un soir qu'ils avaient vidé deux bouteilles de vin et allaient passer au whisky, Susan demanda à Nick :

« À ton avis, qu'est-ce qu'il vaut mieux : le savoir mort ou demeurer dans l'incertitude ?

– Et toi, qu'est-ce que tu préfères ? répliqua-t-il, debout devant sa femme, la bouteille à la main.

– Moi... » Elle lui tendit son verre. « ... moi, les enfants morts, je sais ce que c'est. Ils ne me font pas peur. J'en vois tous les jours. Je les assiste jusqu'à leur dernier soupir. Je lave leur pauvre corps ravagé. Je les recouvre d'un drap. Je les incise avec un bistouri pour découvrir de quoi ils sont morts. Je les remets à leur mère. Je vais à leur enterrement et je les pleure. J'ai constaté le désespoir comme le soulagement que leur décès apportait.

– C'est ça ta réponse, c'est ce que tu préférerais ? » Nick s'était assis à côté d'elle et lui avait pris la main.

« Non, espèce de salaud. Ce que je veux, c'est récupérer mon fils, le récupérer vivant et en parfait état, tel qu'il était le matin où je suis partie au travail en le confiant à tes soins. Souviens-toi, Nick. Souviens-toi, quand j'étais enceinte, tu m'avais promis de t'occuper de lui. Que je pouvais continuer à travailler parce que toi tu resterais à la maison et que tu veillerais sur lui. Toi, et non Marianne ou qui que ce soit d'autre. Et qu'est-ce que tu as fait ce jour-là ? Tu as obligé Marianne à le garder. Elle m'avait demandé son après-midi et je le lui avais accordé. Mais toi, tu n'en as tenu aucun compte. Tu ne voulais pas te charger d'Owen. Tu avais autre chose en tête. Alors tu as dit à Marianne de ne pas le quitter. Qu'on la payait pour ça. Seulement, elle aussi avait autre chose en tête. Comme toi. Elle suivait ton exemple. Elle était parfaitement au courant de ce que tu faisais. Mais parle donc. Parle-moi. Ça s'est bien passé au moins, ta partie de jambes en l'air avec cette femme, cet après-midi-là ? Tu as joui, hein, pendant qu'on assassinait mon fils ? Tu as joui plusieurs fois ou non ? Allez, dis-le-moi ! »

Il rassembla les photos et les rangea soigneusement dans leurs enveloppes en plastique. La lumière de l'aube filtrait à travers les jalousies. Il la regarda jouer sur le plafond. Il faisait déjà chaud. Bientôt, la chaleur deviendrait insupportable. Il se leva et prit une serviette de bain. Il ouvrit la porte et descendit le couloir jusqu'à la salle de bains. Tout était silencieux autour de lui. Il se mit sous la douche, ouvrit le robinet d'eau froide. Serrant les dents, il laissa le jet couler sur sa tête et le long de son corps. Cette fille, Róisín, a-t-elle fabriqué le masque elle-même ? se demanda-t-il. Ils s'étaient tous confectionné des masques pour la fête, cette année-là : Marianne, Chris, Róisín et Eddie. Des masques représentant des animaux, habilement façonnés avec des plumes et du papier mâché, puis colorés, ornés de perles et de broderies. Ils lui avaient demandé de les aider et il avait dessiné pour eux la forme des bêtes, leur avait montré comment préparer du papier mâché, leur avait donné des gouaches et des crayons de couleur. Marianne se déguisait en chat, Chris en pie. Róisín avait choisi d'être un écureuil, Eddie un blaireau. Et Owen ? Lui, c'était le renard. Les autres lui avaient même cousu une grosse queue rouge au dos de son manteau. Ils jouaient du flageolet et Owen du tambour irlandais.

« Quand il fera nuit, nous irons en procession de la maison au bûcher, lui avait dit Marianne. Vous voulez entendre l'air que nous avons composé ? Il vous plaît ? »

Il avait passé tout l'après-midi dans le lit de Gina

Harkin. Chez elle, ça sentait la peinture à l'huile et aussi cette odeur légèrement poussiéreuse que laissent le pastel et la craie. De temps en temps, Nick pensait entendre de la musique, le battement du tambour. Et, parfois, une explosion : un des gosses essayait ses pétards. Il avait enfoui son visage entre les seins de Gina, respiré lentement et profondément jusqu'à s'endormir. Bien au chaud, satisfait, détendu.

Il sortit de la douche et se sécha. Des poils gris parsemaient la toison qui lui couvrait la poitrine. Dans la glace, il aperçut l'ébauche du vieil homme qu'il serait un jour. Des plis lui barraient le front, d'autres se marquaient entre les sourcils, des ridules hachuraient le contour des yeux et des sillons profonds encadraient son nez et sa bouche. Il n'avait que trente-cinq ans à la disparition d'Owen. Quarante-cinq à présent. Il était le cadet de cinq enfants. La mort de son père remontait à plusieurs années, sa mère les avait quittés elle aussi. Cela faisait trois ans. Brusquement. Sa dernière lettre datait de deux mois avant sa mort. Comme d'habitude, elle avait demandé, au début et à la fin, s'il revenait bientôt.

Tu me manques, Nicky, écrivait-elle encore très lisiblement. *Tu manques à tout le monde. Nous parlons souvent de toi, nous voudrions savoir comment tu vas. Tu devrais rentrer, je suppose que tu t'en rends compte. Ta place est ici, auprès de ta famille.*

Il comprenait le véritable sens de ces phrases.

Tu n'aurais jamais dû partir. Tu t'es enfui. Tu aurais dû rester et refaire ta vie ici, parmi les tiens.

C'était d'ailleurs ce qu'elle lui avait déclaré le jour où il était allé lui annoncer son départ. C'était par un froid après-midi, et il s'était accroupi à ses pieds pour

50

allumer le feu. Il avait cassé du petit bois entre ses doigts, cherché à ranimer de minuscules morceaux de charbon incandescents, alimentant le faible foyer jusqu'à ce qu'il prît. Regardé le feu aspiré par le trou noir de la cheminée, la brusque apparition du gaz, bleu, vert, jaune, sur l'orange foncé des braises. La chaleur était devenue si forte qu'il s'était reculé, assis par terre, adossé contre les jambes de sa mère.

« Tu commets une erreur, lui avait-elle dit. Ça ne sert à rien de partir, tu ne peux pas échapper à tes problèmes. Ils te suivront partout. Tu le sais aussi bien que moi. »

Il n'avait pas répondu.

« Et Susan, qu'est-ce qu'elle va faire ?

– Elle ne veut pas partir. Elle ne veut pas quitter la maison. Elle dit qu'elle doit rester pour le cas où. Je lui ai demandé ce qu'elle espérait, mais elle n'a pas voulu m'écouter. »

« Qu'est-ce que tu espères ? avait-il crié. Tu te racontes des histoires, Susan. Owen ne reviendra pas. Il est parti pour toujours. Tu le sais. Moi, je le sais. La police le sait. Tout le monde le sait, bordel !

– Ah bon ? » Susan l'avait regardé sans bouger de son siège. « Eh bien, moi je ne le sais pas. J'attends mon enfant. Et je l'attendrai toute la vie s'il le faut. Si tu m'aimais autant que tu le dis, tu l'attendrais aussi, avec moi. »

Il avait vu des posters un peu partout dans le Quartier français. On l'appelait la fille-renarde. Elle devait bien avoir vingt-huit ans à présent. Owen en aurait dix-huit. Elle habitait dans le bloc d'immeubles portant le numéro 1100. Debout sur le trottoir d'en face, il leva les yeux vers les persiennes fermées, le balcon en fer forgé. Qu'est-ce qui a amené cette fille ici, à des milliers de kilomètres de la rue tranquille où elle logeait à Dublin ? se demanda-t-il. Il l'attendrait ce soir devant la porte, à l'heure où elle partirait au club. Et cette fois, il lui parlerait. Ensemble, ils remonteraient le passé jusqu'à cet après-midi de Halloween 1991. Le feu, les masques, les costumes, l'excitation. Ils évoqueraient toutes ces questions qu'on avait posées alors et qui demeuraient sans réponse. Nick prit une profonde inspiration et se raidit contre des souvenirs qui lui faisaient mal au point d'en suffoquer.

« Owen, murmura-t-il. Owen, je pars à ta recherche. Où que tu sois, attends-moi. Parce que bientôt je serai avec toi. Rappelle-toi cela, mon enfant. Rappelle-toi que je t'aime toujours. Je veux que tu sois auprès de moi. Rappelle-toi ça, Owen, parce que j'arrive. »

6

C'était Susan qui avait choisi la maison. Au 26 Victoria Square. Elle s'y était rendue un samedi, juste avant le deuxième anniversaire d'Owen. Cela faisait déjà de nombreux mois que la maison était sans acquéreur. Susan comprit pourquoi : elle était sale, négligée. Les élégantes pièces à haut plafond avaient été coupées, transformées en une taupinière de chambres meublées. Mais, ignorant les minces cloisons, Susan était parvenue à se donner une idée de l'aspect harmonieux qu'offrait la demeure à l'origine. Et, en levant les yeux, elle avait constaté que les belles moulures des corniches n'avaient pas été endommagées.

Elle avait aussitôt téléphoné à Nick.

« Il me faut cette maison, dit-elle. N'importe comment, nous devons quitter notre appartement. On ne peut pas continuer à vivre en ville avec un enfant. Je sais que tu n'as pas tellement envie d'habiter en banlieue, mais de toute façon on ne devra pas tarder à déménager. Je vais donc faire une offre. Les lieux sont entièrement à rénover, mais nous pouvons nous charger des travaux au fur et à mesure. Nous en ferons un vrai foyer, quelque chose de parfait. Après tout, ce sera pour la vie, non ? »

Il avait grommelé quelques paroles qui ne l'engageaient pas beaucoup. Et pensé : quand elle dit « nous », elle veut dire « toi ». Elle n'a jamais le temps de rien faire. Il avait ajouté en soupirant : « Bon, si elle te plaît tant que ça, vas-y, achète-la. »

Il devait pourtant admettre que, une fois le marché conclu, il s'était senti très satisfait. Victoria Square était l'une de ces places où les maisons et les jardins dessinaient une sorte de marelle entre les hauteurs au sud de Dublin et la mer d'Irlande. Les maisons dataient de la fin du XIXe siècle. Elles avaient deux étages et possédaient de longs jardins étroits qui menaient à un enchevêtrement de ruelles donnant autrefois accès aux écuries et aux logements des palefreniers.

Quand les Cassidy y emménagèrent, Owen avait deux ans et demi. C'était au printemps, en avril. Des journées chaudes et ensoleillées, des nuits froides et humides. Ils campaient dans la pièce de devant, cuisinant sur un réchaud à pétrole et se lavant dans un tub près d'un grand feu que Nick allumait tous les soirs avant la venue de l'obscurité. Susan évoquait volontiers ces premiers mois où elle avait été si heureuse. Owen était un enfant très facile. Joueur, souriant et ne cessant de babiller. Il grimpait les nombreuses marches de l'escalier et les redescendait sans jamais tomber. Il adorait le jardin de derrière et se roulait dans l'herbe folle. Il regardait son père enlever le papier peint et la vieille peinture. Abattre les cloisons. Nick pressait les plombiers, les électriciens, les menuisiers et les peintres. Tous les jours, quand Susan rentrait de l'hôpital, elle constatait les résultats du travail accompli en son absence. Et Owen l'emmenait visiter. « Regarde, maman, regarde tout ce que papa a fait », gazouillait-il. Et elle, elle leur entourait les épaules de ses bras, les embrassait et leur disait combien elle les aimait. Combien elle aimait leur nouvelle maison. Qu'ils y vivraient toujours ensemble. Tous les trois. Pour les siècles des siècles. Amen.

Maintenant, quand elle rentrait chez elle après une longue journée de travail, elle s'arrêtait un instant sur le seuil. Tendait l'oreille comme si elle attendait encore le cri de bienvenue de Nick.

Salut, ça va ? Je suis content que tu sois rentrée. J'ai beaucoup de choses à te raconter.

Attendait encore d'entendre les pas d'Owen sur le plancher poncé. *Maman, maman, devine ce que j'ai fait aujourd'hui. Devine ce qui m'est arrivé.*

Elle savait qu'elle agissait stupidement. Elle avait essayé de s'en empêcher, d'avoir un comportement normal à l'entrée d'une maison vide. Allumer les lumières. Couper l'alarme. Se baisser et ramasser le courrier. Se rendre droit à la cuisine. Mettre la bouilloire sur le feu. S'asseoir. Et attendre.

Attendre quoi ?

Peut-être cette lettre ramassée aujourd'hui sur le paillasson avec le reste du courrier ? Une longue enveloppe écrite à la main. Avec un timbre et un cachet des États-Unis. Pas de nom d'expéditeur, ni dans le coin supérieur gauche ni griffonné derrière, sur le rabat. Dégonflé ! pensa-t-elle en jetant la lettre sur la table. Comme si je ne savais pas de qui elle est. Comme si je ne savais pas que la seule personne à m'écrire des États-Unis ne peut être que lui. Comme si je ne me rappelais pas toutes les autres lettres. Les vœux d'anniversaire ou du nouvel an, les cartes rappelant une date, un événement. Autrefois. Il y a des années. Après son départ de la maison. Après m'avoir fuie, avoir fui Owen et ses responsabilités envers nous deux.

Elle s'assit et regarda l'enveloppe. Elle se versa un verre de vin, puis monta à la salle de bains. Elle ouvrit les robinets, ferma les volets. Il faisait sombre dehors. On était au début d'octobre, le mois qu'elle appréhendait. Aujourd'hui, il y avait eu neuf heures et quinze minutes de jour entre le lever et le coucher du soleil. Demain, il y en aurait moins. Après-demain, moins encore. Et le 31 du mois, anniversaire du jour où son fils avait disparu, il n'y en aurait presque pas. La lumière s'en irait et les ténèbres la submergeraient peu à peu.

Elle s'allongea dans la baignoire et ferma les yeux. Un profond silence régnait dans la maison. Quelle paix après le bruit de l'hôpital ! Ici, personne ne vous harcelait de questions. Personne n'exigeait de vous des réponses et des explications. Personne ne réclamait votre attention, votre temps, votre réconfort. Il n'y avait absolument personne. Paul ne viendrait pas ce soir. Comme il travaillait tard, ils ne se verraient que le lendemain. Et alors, leur discussion recommencerait.

« Pourquoi est-ce que je ne peux pas vivre ici ? dirait-il. Je t'aime. Et je sais que tu m'aimes. Pourquoi n'acceptes-tu pas que je partage ta vie ? Si tu veux vraiment rester dans cette maison, laisse-moi au moins m'y installer. Je te le demande, Susan. Je suis sûr que ça marcherait. »

Elle se redressa, sortit de la baignoire et s'enveloppa dans une serviette. La lettre l'attendait en bas. Par la fenêtre de sa chambre, elle regarda le ciel nocturne. La lune était levée. Un mince croissant qui dispensait une lumière fragile. Puis elle regarda le jardin. Elle avait passé le dimanche précédent à le nettoyer, à le préparer pour l'hiver. À tailler et à couper. Elle avait entrepris d'éclaircir certaines des plantes vivaces. Les géraniums et les chrysanthèmes. Les campanules et les rudbeckias. Elle avait creusé la terre jusqu'aux racines et détaché les nouveaux bulbes. Il était temps de les répartir dans les plates-bandes. De leur donner de l'espace pour pousser.

Elle s'habilla en vitesse. Un jean et un gros pull. Des bottes confortables au cuir souple et usé. Dans le vestibule, elle mit sa veste en peau de mouton et noua une écharpe autour de son cou. Elle prit dans le buffet une longue bougie et une boîte d'allumettes. Elle ouvrit la porte de derrière. Un escalier en bois menait de la cuisine au jardin. En été, elle s'asseyait sur la marche supérieure et prenait un bain de soleil. Comme ses nouveaux voisins de gauche. Les Whelan, un couple qui avait emménagé au mois de juillet. Ils échangeaient des plaisanteries et de menus propos. Les Whelan avaient trois enfants. Deux adolescents, un garçon et une fille. Et un tout petit, de quatre ans, qui allait entrer à l'école. L'école qu'avait fréquentée Owen. Les parents montraient à l'égard de Susan un certain embarras et de la maladresse. Ils craignaient de l'attrister, de la blesser. Elle essaya de dissiper leur gêne. De les convaincre qu'il n'y avait pas de problème. Elle pouvait parler d'enfants. Elle ne sentait pas le besoin d'être protégée. En vain. Elle se rendait compte que ces gens l'évitaient. Tout comme Chris Goulding, qui habitait de l'autre côté. Il restait tendu même en lui parlant de la femme dont il était tombé amoureux. Elle est bosniaque, avait-il précisé. C'est une réfugiée. Mère de deux enfants. Ils viennent habiter chez moi. Ce sera une bonne chose de revoir des gosses sur cette place. Susan avait acquiescé avec chaleur. Elle espérait qu'ils seraient heureux. S'ils rencontraient le moindre problème, des problèmes de santé, qu'ils n'hésitent pas à l'appeler. Chris avait incliné la tête et un sourire était venu éclairer son beau visage mince. Comme autrefois, quand il venait chercher Marianne. Il était loin ce temps-là. Il lui avait dit qu'il préparait une surprise pour les enfants. Il installerait dans son jardin un kiosque qui était chez sa grand-mère. Comme la vieille maison de l'aïeule avait été vendue, il déménagerait le pavillon et le remonterait chez lui. Comme ça, les mouflets pourraient y jouer. En faire leur refuge. Susan avait été heureuse de le voir si attentionné et plein de sollicitude pour ces enfants qui n'étaient pas les siens.

Mais ce soir, les jardins étaient déserts. Susan voyait la buée qui s'échappait de sa bouche, ses pas laissaient des empreintes argentées sur l'herbe couverte de rosée. Elle tira le verrou du portail percé dans le haut mur de granit et sortit dans la rue. Il faisait sombre. Pas de lumières, presque aucun signe de vie dans les maisons dont l'arrière donnait sur ce chemin. Les mains enfoncées dans ses poches, serrant la boîte d'allumettes et la bougie, elle se hâta de gagner les rues bordées d'arbres. Ici, les maisons étaient grandes, entourées de vastes pelouses et de jardins. Des chiens aboyèrent sur son passage et elle aperçut les yeux phosphorescents d'un chat sur les hautes branches d'un hêtre. On était le premier octobre. Un jour de réminiscence et de crainte. Elle pensait à un autre décès. Celui d'un autre enfant. Une fille, cette fois. Une fille d'à peine quinze ans nommée Lizzie Anderson et qui était morte ici, dix-huit ans plus tôt, dans une remise délabrée. Étranglée et violée.

Susan marcha d'un bon pas pendant quinze minutes. Puis elle s'arrêta. Devant elle se dressait une grille cadenassée, une grosse chaîne passée autour du verrou.

Derrière, dans l'obscurité, Susan apercevait la silhouette d'une maison. Elle baissa les yeux. On avait déposé des fleurs devant le portail. Certaines étaient fanées, d'autres toutes fraîches. Susan s'accroupit et craqua une allumette. La flamme vacilla dans l'air nocturne. La protégeant de la main, elle l'approcha de la bougie. La flamme vacilla de nouveau, puis se stabilisa, répandant une douce clarté jaune. Susan s'assit sur les talons et ferma les yeux.

« Pour toi, Lizzie. Pour dissiper les ténèbres de cette affreuse saison. Pour toi, Lizzie. Pour dissiper l'angoisse qui vous prend en cette affreuse saison. Pour toi, Lizzie, pour que tu saches qu'on continue à penser à toi. Maintenant et à jamais. Jusqu'à la fin des siècles. Amen. »

Un endroit où elle pouvait se rendre. Où elle pouvait pleurer, alors qu'elle n'en avait aucun pour pleurer son fils. Un endroit qui ranimait le courage, procurait le sentiment de n'être pas seule. D'être unie à d'autres dans le chagrin.

Elle resta un moment assise sur les talons, les yeux fermés. Ensuite, elle se leva et s'adossa contre le mur. Elle reviendrait demain et tous les jours de ce mois. C'était un devoir auquel elle s'était habituée. Mais à présent, elle avait froid et faim. Et puis, la lettre l'attendait. Elle s'éloigna et se dirigea vers le bout de la rue, où des réverbères nimbaient d'une lumière orangée la file de voitures garées au bord du trottoir. Elle enfonça la main dans sa poche et en sortit l'enveloppe. Elle la décacheta. L'élégante écriture de Nick s'étalait sur deux minces feuilles de papier.

Ma très chère Susan,

Excuse mon long silence. J'avais l'intention de continuer à entretenir nos liens, mais tu comprendras sûrement pourquoi cela n'a pas été facile. Je te demande cependant de croire que je pense constamment à toi. Je dirais même qu'avec les années j'ai de plus en plus pensé à toi et pris conscience de la femme que tu étais. J'ai eu parfois l'impression que tu étais très proche et pourtant hors de mon atteinte. Si étrange et déconcertant qu'il soit, c'est un sentiment très réel.

Susan leva la tête et regarda autour d'elle. Puis elle revint à la lettre.

J'essaie souvent d'imaginer la vie que tu mènes à Dublin maintenant. Je suppose que tu continues à travailler à l'hôpital et je sais que tu habites toujours notre maison. J'aimerais que ta souffrance soit un peu apaisée et que certains souvenirs soient devenus moins douloureux. Malheureusement, si ta vie ressemble à la mienne, je crains que ton chagrin ne soit aussi présent et terrible que jamais. Et c'est sans doute pour cela que je t'écris. Je voudrais rentrer. Je voudrais être chez nous pour le dixième anniversaire de la mort d'Owen. Je voudrais être là où il a passé les derniers jours de sa vie. Je voudrais respirer le même air, sentir la même pluie et le même froid, voir les mêmes maisons, les mêmes visages, les mêmes rues, le même rivage et la mer vert-de-gris. Vivre dans le monde qui était le sien durant les jours qui ont précédé sa disparition.

Me comprends-tu, Susan ? J'espère que oui. Et j'espère aussi que tu m'accorderas une faveur. J'aimerais rester un moment chez nous. Quelques semaines, un ou deux mois, le temps que quelque chose – je ne sais trop quoi – arrive. Il ne s'agira ni de sérénité ni de satisfaction et je n'ai aucun espoir de résoudre l'énigme ou de découvrir finalement ce qui s'est passé alors. Mais il y a peut-être des questions qu'il faut reposer avec, cette fois, le recul du temps et de l'éloignement. Pour une raison que je ne comprends pas encore très bien, je sens que l'heure est venue pour moi de rentrer et de les poser.

Tu te demandes sans doute pourquoi j'ai choisi cet anniversaire. En quoi le dixième est-il différent du quatrième, du sixième, du huitième ou du neuvième ? Tu dois penser : ça lui ressemble bien, à ce con, de faire toute une histoire au sujet du chiffre dix. Et tu as sans doute raison. Il se peut aussi que dix ans loin de l'endroit que je continue à appeler mon chez-moi, ce soit simplement trop long. Ou peut-être est-ce parce que je viens de rencontrer *quelqu'un qui a vécu là et que, soudain, Victoria Square m'a de nouveau paru très vivant et réel. Tu te souviens de Róisín Goulding, bien sûr. Eh bien, je suis tombée sur elle l'autre soir. Elle travaille comme danseuse dans un bar d'ici. Je ne l'ai pas reconnue tout de suite. Ce n'est plus la gamine timide qui traînait souvent chez nous. La voir m'a rendu conscient du temps qui a passé, que j'avais dix ans de plus et que je n'avais toujours pas accepté la façon dont la disparition d'Owen avait détruit nos vies. Est-ce que je me fais comprendre ? Je ne suis même pas sûr de me comprendre moi-même. Quoi qu'il en soit, depuis que j'ai vu cette fille, je ne pense qu'à une chose : rentrer à la maison.*

Accorde-moi cette faveur, Susan. S'il te plaît.
Je t'embrasse.

Nick

Susan frissonna. Il s'était mis à pleuvoir, un crachin qui mouillait les pages qu'elle tenait entre ses doigts. Elle les plia soigneusement, les rangea et fourra l'enveloppe dans sa poche. Elle retourna vers les fleurs ensevelies dans l'ombre. À ses pieds, la flamme fragile de la bougie vacilla et s'éteignit. Susan s'accroupit de nouveau et la ralluma. Elle protégea la lueur dorée de sa main jusqu'à ce que la flamme retrouvât son éclat. Elle attendrait la fin de la pluie, puis laisserait la bougie à côté des bouquets. Une image à conserver dans sa mémoire pour l'accompagner dans les ténèbres à venir.

7

Il pleuvait aussi quand le chauffeur de taxi le
déposa avec ses bagages à l'entrée de la place. Une
rafale aspergea Nick de gouttes froides. Il frissonna.
Il avait oublié le mauvais temps irlandais. Avec son
jean, sa chemise à col ouvert et sa veste de cuir, il
était mal équipé pour l'affronter.

« Vous voulez que je vous accompagne jusqu'à
votre porte ? Aucun problème, vous savez. »

Penché à la fenêtre, le chauffeur le regardait avec
un peu d'inquiétude. Nick répondit que ce n'était pas
la peine. Il avait besoin de prendre l'air. Après ce vol,
il se sentait plutôt patraque.

« Vous avez forcé sur le whisky offert par la
compagnie aérienne, hein ? » plaisanta le chauffeur en
cherchant de la monnaie.

Nick lui rendit ses pièces de monnaie et acquiesça.
Si seulement c'était aussi simple que ça, se dit-il.

Mais ça ne l'était pas. Le taxi repartit en soulevant
une gerbe d'eau boueuse. Nick resta un moment planté
sur le trottoir à regarder autour de lui. Durant le trajet

de l'aéroport jusqu'à la ville, le chauffeur lui avait fait le numéro d'« introduction à Dublin » qu'il devait servir à tous ses clients. Il avait parlé de l'étonnante croissance économique du pays, des prix immobiliers qui montaient en flèche, du nombre incroyable de voitures et de portables – le plus fort taux par habitant d'Europe. La pauvreté et le marasme caractérisaient autrefois l'Irlande ; à présent s'étalait sans scrupule un désir immodéré de richesses, amenant avec lui une recrudescence de violence et de consommation de drogues.

« Évidemment », répéta Nick à deux ou trois reprises, lançant aussi des « Pas possible ! » et des « Vraiment ? ». Il ne voulait surtout pas qu'on lui demandât d'où il était ni d'où il venait, ni pour finir : « Alors, qu'est-ce qui vous ramène au pays ? » Il aurait dit n'importe quoi plutôt que de se trouver devant des questions que lui-même s'était maintes fois posées sans avoir jamais su y répondre. Il se tenait immobile, frissonnant, sous la pluie qui dégoulinait de ses doigts et de la poignée de son sac de voyage.

Il avait les clés dans sa poche. Il les sortit et les garda dans sa main tandis qu'il longeait lentement l'alignement des maisons. Owen et lui jouaient dans le temps à un jeu qu'ils appelaient « le jeu des voisins curieux ». Qui est chez lui et qui n'y est pas ? Il mit son sac sur l'épaule et tenta d'y jouer de nouveau. Au numéro 2, les Butler occupaient le dernier étage, Mickey et Jo Deenihan, deux frères célibataires, le sous-sol. Les Butler étaient absents : on ne voyait pas leur voiture. Mickey et Joe étaient chez eux : les rideaux restaient fermés bien qu'il fût presque dix-sept heures. Numéro 3 : les O'Grady. Chez eux ou sortis ? Impossible à dire. On n'entendait pas la radio dans leur grande cuisine et les bicyclettes n'étaient plus enchaînées à la grille. Le numéro 4 comportait cinq petits appartements où se succédaient des étudiants. À l'époque, leur poubelle débordait toujours d'emballages de plats à emporter et de canettes de bière vides. Rien de tel aujourd'hui. Nick s'arrêta un moment devant le nouveau décor. Le jardin négligé, plein de pissenlits et d'oseille, était devenu la copie parfaite d'un jardin à la française du XVIIIᵉ siècle. Des haies de troènes taillées au millimètre près se dressaient parmi des bordures de lavande où les fleurs de l'été s'accrochaient encore aux graines des tiges agitées par le vent.

Voilà donc ce qu'avait évoqué le chauffeur de taxi. À présent, Nick relevait partout les signes de la croissance : les voitures neuves et brillantes serrées les unes contre les autres le long du trottoir, les façades propres, récemment repeintes, les intérieurs « design » qu'il entrevoyait par les encorbellements des fenêtres nues. Où étaient passés les rideaux fatigués et les stores sales, les perrons aux marches fendillées et ébréchées, les vieilles dames – les « dames du sous-sol » comme les appelait Owen – vivant dans des intérieurs obscurs et humides ? Elles ne manquaient jamais de sortir pour les saluer, leur offrir un biscuit au chocolat ou un morceau de gâteau de Savoie confectionné par leurs soins. Même le matou orange qui miaulait férocement, crachait et résistait à toutes les avances amicales d'Owen avait disparu, ainsi que la bande de moineaux qui autrefois sautillaient devant eux sur leurs pattes raides et qu'Owen faisait fuir en poussant des cris et en agitant les bras.

Il s'arrêta en face de l'ancienne maison de Gina

Harkin. Il n'avait plus revu Gina depuis le mois de novembre de cette année-là. Il savait que son mari et elle s'étaient remis ensemble. Le couple avait déménagé dès que la police avait rayé leur nom de la liste des suspects. Nick ignorait leur nouvelle adresse. Beaucoup d'autres voisins étaient également partis au cours des mois qui avaient suivi la disparition d'Owen. Bientôt, il n'y eut à peu près plus personne à les avoir connus, eux et Owen. Ce fut une sorte de soulagement. Au moins, avec les étrangers, Susan et lui n'avaient plus besoin de feindre, plus besoin de faire croire à tout prix qu'ils menaient une vie normale. En passant devant chez eux, les étrangers observaient leur maison sans se gêner et se livraient à voix basse à on ne savait quels commentaires. Ils ralentissaient le pas, allant jusqu'à s'arrêter pour regarder à travers les fenêtres dépourvues de rideaux du sous-sol. Ils montraient les lieux à leurs amis et leur donnaient un coup de coude quand ils tombaient sur Nick à l'épicerie du coin. Parfois, Nick les dévisageait à son tour, prenant un malin plaisir à les embarrasser. Mais, la plupart du temps, il faisait semblant de ne pas les voir.

Il atteignit enfin sa maison. Il l'examina. Elle n'avait pas changé d'aspect. La porte était toujours jaune canari, c'est lui qui en avait choisi la couleur. Les fenêtres bien propres, dans leurs cadres fraîchement repeints. Les barreaux de la grille ne portaient aucune trace de rouille et, à l'entrée du sous-sol, on voyait toujours les pavés qu'il avait trouvés dans un conteneur et rapportés en plusieurs voyages dans un sac à dos. Mais où était l'aubépine plantée le jour du premier anniversaire d'Owen ? L'aubépine porte-bonheur, avait-il dit à Susan. Elle attire les bonnes fées. À sa place poussait un bonsaï d'érable dans un pot en terre. Ses feuilles commençaient à tomber. Elles formaient un tapis rouge sur les pierres grises.

Il posa son sac à terre et rajusta sur son épaule la courroie de son ordinateur portable. Se redressa et continua de regarder, mais à droite cette fois : la maison des voisins. Les Goulding. Il constata qu'on l'observait depuis la fenêtre du premier. Il recula un peu pour mieux voir. C'était un petit garçon avec une crête de cheveux blonds sur la tête. L'enfant avait une expression froide, impassible. Il soutint le regard de Nick sans sourciller. Nick sentit des larmes lui monter aux yeux, son visage se contracter. Le garçon s'éloigna lentement de la fenêtre, laissant voir un corps maigrichon vêtu d'un tee-shirt bleu et d'un jean. Il s'immobilisa un instant, regarda encore Nick, pivota sur ses talons et disparut. Et, quelque part dans la maison, Nick entendit une porte claquer, comme sous l'effet d'un coup de vent.

Il avait souvent aperçu des visages à cette fenêtre. En été, on remontait entièrement le châssis à guillotine et il revoyait les enfants Goulding, penchés pour les observer, le jour où Susan, Owen et lui avaient emménagé. Les petits Goulding passaient parfois toute la journée à la fenêtre. D'autres enfants de la place venaient les rejoindre. Ils sortaient leur radiocassette et écoutaient à plein volume de la musique pop pour ados, buvant au goulot de petites bouteilles de Coca-Cola ou de Seven Up et grignotant du pop-corn et des chips. Assis sur le rebord, les pieds dans le vide, Chris balançait les jambes en sifflant et en criant. Adolescent effronté qui essayait son répertoire grandissant de gros mots. Debout près de lui, Róisín s'esclaffait. Elle était menue, pâle et avait une frange droite coupée au ras des sourcils. Plus rien ne rappelait cette petite fille chez la femme au masque de renard et au fouet, au corps ravissant et à la peau zébrée de coups.

« Ce sera chouette quand il aura leur âge, avait-il dit à Susan alors qu'ils regardaient Owen courir à toute allure dans le jardin. C'est plein de gosses ici. Il ne manquera pas d'amis. »

Et il y avait eu ce non-dit entre eux : même si nous n'avons pas d'autre enfant. Même si tu persistes à n'en vouloir qu'un. Sous prétexte que ton travail, ta vie, ton devoir consistent à t'occuper de ceux des autres et non des tiens. Que tu n'as consenti à être mère que pour faire plaisir à ton mari.

Il souleva son sac et se mit à gravir l'escalier en granit menant à la porte d'entrée. Il monta quatre marches, puis s'arrêta et, tournant le dos à la maison, promena son regard autour de la place. Le ciel commençait à s'obscurcir. Un vent froid arrachait les dernières feuilles des cerisiers plantés dans le jardin à intervalles réguliers. Il aperçut du bois entassé pêle-mêle au milieu de la pelouse boueuse. C'était de nouveau la saison où l'on aurait besoin de bois. On approchait de l'anniversaire de la disparition d'Owen. De l'époque où l'on allumerait dans tout le pays des feux qui dissiperaient les ténèbres, chasseraient l'hiver au moins l'espace d'une courte nuit.

Il tourna de nouveau les yeux vers la maison des Goulding. L'enfant était revenu à la fenêtre. Il le salua d'un geste. Pas de réponse. Le garçon garda son expression hostile.

Il leva la tête, lorgna le ciel de plomb et sentit la pluie s'infiltrer dans son col. Pourquoi était-il revenu dans ce fichu bled, bon Dieu ? Pourquoi être retourné au point de départ ? Il grimpa les cinq marches restantes. Le heurtoir, la boîte aux lettres, la serrure, tout brillait. Il vit, en se penchant, le reflet de son visage dans le morceau de métal ovale qui entourait la sonnette. Déformé, bouffi, les yeux exorbités. Il choisit dans son trousseau une clé qu'il glissa dans la serrure. Il la poussa, mais ne put la faire entrer. Au moment où il levait la main pour appuyer sur la sonnette, la porte s'ouvrit. Susan. Et, derrière elle, la maison avec tous les souvenirs qu'il avait essayé d'oublier. Vainement essayé.

« Pourquoi es-tu revenu ? » demanda-t-elle.

Et dans sa tête, Nick entendit le faible écho de sa propre voix. Je ne sais pas, je ne sais rien, disait-il.

Quand il se réveilla, il faisait encore nuit. Il n'avait pas la moindre idée de l'heure, mais il se souvenait qu'il était minuit bien sonné lorsqu'il avait enfin préparé son lit sur le canapé du sous-sol avec les draps et la couette que Susan lui avait laissés.

« Je te donne un mois, Nick, pas un jour de plus. Tu peux rester ici un mois, habiter en bas et faire ce que tu veux. Toutes tes affaires y sont encore, ainsi que celles d'Owen. J'allais jeter les tiennes. Les affaires d'Owen, tu n'y touches pas. »

Ils étaient assis à la cuisine. Elle ne l'avait pas invité au salon. Elle lui avait servi un verre de vin et poussé la bouteille dans sa direction. Elle s'était bornée à sortir du pain complet et du cheddar et à lui confectionner un sandwich. Elle parlait d'un ton abrupt, se montrait froide et réservée. Elle ne cherchait pas à cacher ses sentiments.

« Écoute, tu as fait un choix, et moi, j'en ai fait un autre. J'ai choisi de rester ici. Dans ma maison. Toi, tu es parti. Je ne sais pas ce que tu as fabriqué, d'ailleurs je m'en fiche. Moi, à présent, j'ai ma vie et, pour être franche, je te dirai que tu en es exclu et que je tiens à en rester là. »

Au moins la cuisine, elle, n'avait pas changé. Nick constata avec plaisir que le buffet en pin s'harmonisait toujours avec les autres éléments qu'il avait installés. Susan et lui étaient assis à la table qu'il avait acquise pour cinq livres à une vente aux enchères, puis qu'il avait poncée et teintée. Les couverts en acier inoxydable étaient un cadeau de sa mère. Conçus par un styliste du nord de l'Angleterre. Au mur était accrochée une gravure – un portrait d'Owen à trois ans. Nick l'avait encadrée et donnée à Susan pour Noël. Mais d'autres images encore ornaient le mur. Des photos de vacances épinglées sur un panneau de liège. Susan, très bronzée, en short et soutien-gorge Bikini. À côté d'elle, un petit homme brun portant des lunettes de soleil qui lui masquaient les yeux et partageaient son visage en deux. Il avait passé son bras autour des épaules de Susan qui s'appuyait contre lui. Ils se souriaient. Ils paraissaient heureux, insouciants et très amoureux.

« C'est qui, ça ? » Nick désigna les photos du menton.

« Il s'appelle Paul O'Hara.

– Tu permets ? » Nick prit la bouteille et montra son verre vide.

– Vas-y, sers-toi. »

Seul le bruit du vin versé dans le verre rompit le silence qui s'était établi entre eux.

« Ça fait longtemps que tu es avec lui ?

– Ça ne te regarde pas.

– Oui, d'accord, mais tu n'as pas besoin de prendre un ton si agressif : ma question était sans arrière-pensée.

– Eh bien, si tu tiens à le savoir, je le connais depuis un an et demi. Nous travaillons ensemble. C'est le médecin légiste de l'hôpital.

– Il intervient donc après tes échecs ?

– Ce n'est pas comme ça que j'aurais décrit notre collaboration, mais libre à toi de la voir ainsi. »

Elle se leva et ramassa l'assiette de Nick. Elle ouvrit le lave-vaisselle et, après y avoir placé l'assiette, le referma d'un coup de genou. Puis elle désigna la porte vitrée qui menait dehors et prit un trousseau de clés sur le buffet.

« Voici les clés de la porte de derrière et du sous-sol. Allume les radiateurs pour chauffer un peu la pièce si tu en as besoin. Je t'ai préparé des draps et une serviette. Je te le répète, Nick : je te donne un mois. Ensuite, il faudra que tu trouves un autre loge-ment. Je n'ai pas du tout envie que tu restes ici plus longtemps. Bon, il se fait tard. Je dois me lever de bonne heure. Emporte la bouteille, si tu veux. » Susan se dirigea vers l'entrée et l'escalier. « Oh, encore une chose. Ne te mêle pas de mes affaires. Reste en dehors de ma vie. Et surtout, n'essaie pas de m'embobiner. Je te rends service uniquement en souvenir d'autrefois. N'en abuse pas. Est-ce que je me suis bien fait comprendre ? »

Il restait allongé, immobile, écoutant les menus bruits qui filtraient à travers les ténèbres. Il avait froid à la tête et au cou. Un léger courant d'air passait par les fenêtres à guillotine. Il entendit le grincement d'une porte et, au-dessus de lui, le craquement du plancher et la brève vibration des tuyaux, le temps qu'on ouvre et qu'on referme un robinet. De la musique parvint jusqu'à lui, puis la voix d'un présentateur de radio. Et, dehors, du côté du port, le carillonnement des cloches appelant à la première messe.

À présent, il discernait une voix, celle de Susan, à laquelle une autre répondait. Un rire résonna, le rire de Susan. Alors qu'il tendait l'oreille, Nick se rappela la façon qu'avait Susan d'aspirer l'air quand son rire s'achevait en gloussement : elle mettait la main devant sa bouche et fermait les yeux tandis que tressautaient ses seins et ses épaules. Il remonta la couette sur lui, essayant de se réchauffer. Le bruit à l'étage supérieur s'amplifiait et le dérangeait. Des pas allaient de la cuisinière à la table, à l'évier, au buffet. Susan était sans doute occupée à cuisiner. Elle adorait le petit déjeuner, se rappela-t-il. C'était son repas préféré. Parfois, son seul vrai repas de la journée. Au début de leur mariage, avant la naissance d'Owen, il se levait en même temps qu'elle, bien qu'il n'aimât pas beaucoup les matins. Il s'installait en robe de chambre à la table de la cuisine pendant que Susan faisait griller du bacon et frire des œufs, beurrait des toasts épais et versait le café. À cette époque, ils avaient une chatte tigrée, très douce, qui s'asseyait sur son épaule, frottant ses moustaches contre sa joue non rasée avec un ronronnement sonore. Puis, après le départ de Susan, il retournait au lit. Devant lui, la chatte sautait sur la couette, se roulait en boule à la place laissée vide par Susan, pétrissait les draps de ses griffes et finissait par se blottir contre son dos. Et bien vite, ils glissaient tous les deux dans le sommeil.

C'était un de ces matins que Susan lui avait annoncé qu'elle était enceinte. Elle venait de rendre son petit déjeuner. Elle avait le teint gris, le front couvert de sueur. Il s'était assis derrière elle, sur le rebord de la baignoire, et lui massait les épaules.

« Je ne voulais pas te le dire avant d'en être sûre. » Elle s'appuya contre lui. « Viens, j'ai quelque chose à te montrer. »

L'image en noir et blanc faisait d'abord songer à un cliché pris par un télescope géant. Il caressa le papier brillant du bout des doigts.

« Tu le vois ? murmura Susan. C'est notre bébé. »

Quelqu'un marchait d'un pas lourd au-dessus de lui et une voix grave bourdonnait, contrastant avec le timbre léger de Susan. Nick regarda le plafond. L'homme devait être arrivé pendant qu'il dormait. Pour partager le lit de Susan. Et maintenant, il partageait son petit déjeuner. Nick tendit de nouveau l'oreille. Robinets qu'on ouvre et qu'on ferme. Puis la lumière s'éteignit et il entendit des pas assourdis empruntant ensemble le couloir de l'étage et le bruit mat d'une porte d'entrée. Il repoussa ses couvertures et s'approcha de la fenêtre. Dehors, c'était encore la pénombre du petit matin. Susan et son compagnon se tenaient de l'autre côté du portail. Lui avec une serviette et un portable. Elle tirait ses cheveux en arrière avant de les passer dans un élastique. Elle riait. Il mit un bras autour de ses épaules et la serra contre lui. L'embrassa sur les joues et ensuite sur les lèvres. La quitta et se dirigea vers une voiture garée devant le portail du voisin tandis qu'elle ramassait son sac et ouvrait sa propre voiture. Elle se retourna et jeta un coup d'œil aux fenêtres du sous-sol. Eut un petit sourire en croisant le regard de Nick. Puis se détourna, se glissa sur son siège et claqua la portière.

Nick recula, transi et saisi d'un tremblement nerveux. Il avait un goût amer dans la bouche. Jamais encore Susan ne lui avait adressé un tel regard, avec ce sourire, cet air triomphant. Elle avait toujours été timide, peu sûre d'elle-même, doutant de son attrait physique. Il avait vu comment elle s'était approchée de cet homme dont il répugnait à prononcer le nom. Elle avait soulevé ses cheveux, sa poitrine tendue vers lui, ondulant des hanches comme une lycéenne. Et lui s'était mis à rire, l'avait embrassée et caressée. Cette scène rendait Nick malade.

En fait, il l'avait appris par Róisín. Il l'avait de nouveau attendue devant le club et suivie jusqu'à sa maison, dans Royal Street. Cette fois, il se montra plus rapide, plus décidé. Au lieu de crier son nom, il abattit sa main sur le portail et se glissa derrière elle dans le jardin.

Elle ne marqua aucune surprise.

« Entrez, entrez, je... je vous en prie », dit-elle de sa voix asthmatique et avec le léger bégaiement dont elle ne s'était pas défaite depuis l'enfance.

Le précédant, elle descendit le long passage sombre et frais qui menait à un escalier en bois.

Son appartement, situé au premier étage, était spacieux. De hauts plafonds, un plancher ciré, d'élégants meubles modernes. Il s'assit, sans y être invité, sur un canapé recouvert de lin crème. Elle revint de la cuisine avec deux bouteilles de bière ouvertes. Lui en tendit

une. Il renversa la tête et but une longue gorgée. Róisín s'assit sur une chaise à dossier droit et le regarda
fixement.

« Alors, à... à quoi est-ce que je dois l'honneur... ? »

Nick s'essuya les lèvres du revers de la main. La
pièce était fraîche, remplie du bourdonnement d'un
ventilateur. Il se sentit glacé, une sueur froide coulait
soudain sur son dos. Il haussa les épaules.

« Je t'ai vue dans le bar. Remarquable, ton
numéro. »

Róisín sourit.

« Ne me dites pas qu'il vous choque. »

Elle but une gorgée de bière.

« Non, ce qui me choque, ce n'est pas ce que tu
fais, c'est que ce soit toi qui le fasses. » Nick se tut
et regarda autour de lui. Les murs blancs de la pièce
étaient nus. « Je ne me serais jamais attendu à cela de
ta part.

– Ah bon ? Et à quoi vous seriez-vous attendu ? »

Nick haussa de nouveau les épaules.

« Vous ne pouvez pas me répondre, hein ? Vous ne
sa... savez rien de moi. Vous n'avez jamais rien su de
moi. Je n'occupais guère de place dans votre monde
en ce temps-là. »

Nick contempla le sol, essayant de se rappeler.

« Je n'étais que la fille à laquelle vous demandiez
de faire du baby-sitting quand vous n'aviez personne
d'autre sous la main. Mais vous ne me connaissiez
pas. Vous ne saviez rien de moi.

– Écoute, je m'excuse de m'être imposé comme
ça. » Nick posa sa bouteille par terre. « Simplement,
quand je t'ai vue dans le bar, quand j'ai compris que

c'était toi, la fille masquée, je n'ai plus pensé qu'à une chose : à Owen et à ma vie d'avant.

– D'avant ?

– Tu sais très bien de quoi je parle, Róisín.

– Ouais, je crois que je sais. Vous voulez dire avant que votre femme ne découvre quel genre de mec vous étiez en réalité. » Son petit visage s'épanouit en un sourire. « Pauvre Susan. Une si brave fille. Toujours si gentille pour nous. Tandis que vous, vous baisiez cette vieille pute du square. Gina, c'est bien comme ça qu'elle s'appelait ? Une artiste, pas vrai ? Comme vous. Nous étions tous au courant de votre liaison. On vous épiait. Depuis la ruelle qui longe l'arrière des maisons. Qu'est-ce qu'on a pu rigoler ! Même Marianne. Et pourtant elle, elle vous admirait, elle ne vous aurait pas cru capable d'une chose pareille. Eh bien, même elle était dé... dégoûtée. » Róisín croisa les jambes et se pencha en avant. « Mais je pense que ça vous fera plaisir d'apprendre que maintenant Susan est heureuse. Croyez-moi, je le tiens de bonne source. Vous pouvez donc dormir sur vos deux oreilles. Parce qu'elle, c'est ce qu'elle fait. »

Nick la regarda fixement.

« Votre femme s'est trouvé un copain, poursuivit Róisín en continuant à sourire de ses petites dents blanches. Comment, vous l'ignoriez ? Il vit avec elle, chez elle, dans votre maison. » Elle se tut et leva de nouveau les yeux vers lui. « On dirait que ça vous étonne. Ça ne vous est jamais venu à l'idée qu'elle se sentirait seule et puisse désirer un autre homme dans sa vie ? Eh bien, figurez-vous qu'elle s'en est dégoté un. »

Róisín fit mine de porter un toast à Nick. Celui-ci se leva et marcha vers la porte.

« Eh, vous partez déjà ? » Róisín se cala contre le dossier de sa chaise. « Quel dommage ! Moi qui croyais que nous allions évoquer des souvenirs. Parler du petit garçon que vous avez perdu. Que vous vouliez encore me poser des questions sur ce jour-là, cet après-midi-là. Mais vous n'en avez pas envie, je me trompe ? Oui, c'est vraiment dommage. Même s'il m'est impossible de vous apprendre quoi que ce soit. »

Nick se retourna pour la regarder.

Róisín prit sa bouteille de bière et l'agita dans la direction de Nick.

« En tout cas, vous avez rudement bien fait. Bien fait de partir, je veux dire. À quoi ça servait de traîner là-bas ? J'ai suivi votre exemple. Je suis partie moi aussi. C'est ici qu'il faut vivre, pas vrai ? Ici, au pays de toutes les chances où les rues sont pavées d'or. » Elle vint vers lui. « Mais vous n'êtes pas obligé de partir tout de suite, vous savez. Je suis seule ce soir. Vous ne voulez pas passer un moment avec moi ? » Elle commença à lui défaire les boutons de la chemise. Il sentait ses doigts frais contre sa peau. Mais c'est un visage d'enfant qu'il vit. Celui d'une fillette aux yeux verts et aux ternes cheveux châtain clair. Il se dégagea et, sans un mot, se dirigea vers la porte. Elle le suivit.

« Zut ! » Róisín laissa tomber sa tête avec un air faussement navré. « Zut ! je ne suis pas son type. Eh bien, tant pis pour moi. » Elle le salua avec sa bouteille. « Une chose encore quand même. Rappelez-vous ceci : pièces de huit ! pièces de huit ! »

Elle éclata d'un rire bruyant, forcé. Nick s'arrêta et se retourna.

« Quoi, vous avez oublié, Nicky ? Vous avez oublié ce vieux bouquin que vous aviez ? *L'Île au trésor.* Long John Silver et le perroquet perché sur son épaule. Nous imitions tous le perroquet. » Elle inclina la tête de côté, agita les bras comme des ailes, puis sautilla d'un pied sur l'autre en criant : « Pièces de huit ! Pièces de huit ! »

Nick tourna les talons. Il ne trouvait rien à dire. Les mots ne venaient pas. Il ouvrit la porte et sortit sur le palier. De l'eau coulait doucement d'une fontaine en bas, dans le patio. Sa musique rappelait le son d'un xylophone pour enfant. Il descendit les marches deux par deux et se précipita dans la chaleur humide de la rue. Quand il leva les yeux vers les fenêtres, il aperçut la petite silhouette mince de Róisín.

Il faisait encore chaud dans cette ville au bord du fleuve. Ce temps chaud, humide, poisseux persisterait jusqu'en septembre, voire jusqu'en octobre. Même si les dames de la ville sortaient leurs fourrures de l'armoire. Mais alors qu'il parcourait ces rues, il avait l'impression de sentir le froid d'un automne irlandais. De recevoir la pluie sur son visage et d'entendre le bruissement des feuilles mortes sous ses pieds. De voir les rayons du soleil devenir de plus en plus obliques à mesure que les jours diminuaient.

Et maintenant, dans cette pièce qui lui était familière, dans cette maison qu'il connaissait de fond en comble, il avait froid. Il était glacé jusqu'aux os et tombait de sommeil. Ses paupières commençaient à se fermer, son corps à s'affaisser. Il retourna au lit, tirant la couette par-dessus ses épaules. Il enfouit son visage dans l'oreiller. Un souffle régulier s'échappa de sa bouche et l'obscurité le submergea. Il s'endormit.

8

C'était une de ces affaires qui restaient dans les mémoires. Malgré les années écoulées, les gens continuaient d'y penser. Le garçon de huit ans, ses parents, un couple si sympathique, n'est-ce pas ? Et que s'est-il passé, que s'est-il réellement passé cet après-midi-là, en cette fête de Halloween ?

Au sous-sol du quartier général de la police de Dublin se trouvait une salle des pièces à conviction, des archives en fait. C'est là qu'était gardé tout ce qu'on avait rassemblé durant l'enquête sur la disparition d'Owen Cassidy. Une masse impressionnante de documents. Cinq classeurs bourrés de déclarations et de questionnaires. Des liasses de photos : maisons, voitures, rues, ruelles, terrains vagues, bâtiments publics, églises. Et un rapport de cent pages, du commissaire Matt O'Dwyer, contenant le détail des événements qui s'étaient produits depuis l'heure de l'appel de Susan Cassidy à la police – dix-huit heures trente – jusqu'à la décision de suspendre l'enquête, six mois plus tard. Ce document faisait état des quatre équipes de policiers qu'on avait constituées, une pour les questionnaires, une autre pour les recherches, une troisième pour les renseignements et une dernière pour les affaires administratives. Plus un certain nombre de pièces offrant des indications subsidiaires : la liste des quartiers, des écoles et des lieux où l'on avait rempli des questionnaires, l'ensemble des témoignages de ceux qui prétendaient avoir vu l'enfant ; l'implication possible de sectes dans la disparition d'Owen Cassidy. S'y ajoutait l'opinion, à l'époque, d'un certain nombre de devins, clairvoyants, radiesthésistes et illuminés de tout poil. Chacune de leurs déclarations étant appréciée à sa propre valeur. Le dossier comprenait au total quatre cent vingt pièces. Mais le rapport concluait que, en dépit des centaines d'heures passées sur cette enquête et de la publicité donnée à l'affaire par les médias, aucune piste ne s'était encore dégagée qui permît de se faire une idée du sort de l'enfant.

En outre, il y avait la liste des suspects, aussi longue que décevante. Tout le monde y figurait, c'est-à-dire personne. On y trouvait aussi bien les parents d'Owen que le postier à la retraite surveillant le passage pour piétons à la sortie de l'école. Si seulement il y avait un « lieu du crime », les choses auraient été tellement plus simples. Par moments, il semblait que ce lieu se fût étendu à toute la côte, de Dublin à Bray, situé à vingt-deux kilomètres au sud de la capitale. Mais même sur cette vaste zone, l'erreur restait possible. Dieu seul savait où pouvait être l'enfant et, si crime il y avait – ce qui paraissait presque certain –, où il avait été perpétré.

La liste des suspects commençait par les hommes. La police avait recherché toutes les personnes de sexe masculin habitant dans un rayon d'un kilomètre et demi autour de la maison. Dans la salle des pièces à conviction se trouvait un plan de la ville. Un plan immense : deux mètres cinquante sur un mètre cinquante – un agrandissement de Dun Laoghaire que les policiers avaient à l'époque collé au mur de la salle des opérations. Ils avaient dressé une liste des occupants de chaque maison, précisant leur âge et leur sexe, pour les interroger l'un après l'autre. Bientôt, ils connurent leurs qualités et leurs défauts aussi bien que les connaissaient les membres de leur propre famille. Ils en apprirent beaucoup pendant ces semaines d'enquête. Qui couchait avec qui. Qui était gay et le cachait à sa femme. Un tel avait une affaire qui périclitait. Tel autre reversait ses bénéfices sur un compte bancaire séparé. Ils recueillirent pas mal de confessions de la part de gens dont la vie rangée de banlieusards paraissait de prime abord ne receler aucun secret. Une nouvelle recrue enthousiaste de l'équipe, cette même Min Sweeney qui avait séjourné dans la maison des Cassidy, eut l'idée d'établir une grille où s'inscrivaient tous les événements ayant eu lieu le jour de la disparition et les jours suivants. Elle y avait aussi inséré le nom des personnes concernées par l'affaire. Un travail parfait.

Mais rien de tout cela ne permit de découvrir ce qui était arrivé à Owen Cassidy.

Deux autres membres de l'équipe, des hommes d'un certain âge, furent chargés d'un travail peu agréable : s'entretenir avec le mari de Gina Harkin de la nature et de la fréquence des visites de Nick Cassidy à Gina. Ils avaient fugitivement espéré que la disparition de l'enfant pouvait être liée à cet adultère. Peut-être une sorte de vengeance, des représailles. C'était pourtant très improbable. M. Harkin était acteur. Il jouait de petits rôles dans des publicités et des feuilletons télévisés. Une tête d'alcoolique. Et une attitude assez laxiste à l'égard des infidélités de sa femme. Cela se comprenait : lui-même en avait commis un certain nombre, comme il le raconta aux policiers.

Ces derniers découvrirent aussi que Gina n'était pas la première maîtresse de Cassidy. Que pensaient de lui les femmes du quartier ? On envoya Min les interroger.

Elles trouvaient Nick beau, plein de charme, avec un grand sens de l'humour, beaucoup de sensibilité et une grande sollicitude à l'égard de son fils.

« C'est une vraie mère, déclara l'une de ces femmes. On dirait l'une d'entre nous. »

Ce qui était épatant avec lui, c'est qu'il participait à toutes les activités. Il emmenait son fils à l'école, donnait un coup de main lors des fêtes scolaires et des manifestations sportives. Toujours prêt à garder un enfant si sa mère tombait malade ou avait un problème. De l'avis général, c'était la gentillesse même. Pressées de questions par Min, certaines d'entre elles, trois en fait, reconnurent qu'elles n'avaient pas eu avec Nick que des relations purement platoniques.

« Bien entendu, ça a un peu changé lorsque Marianne est venue vivre chez eux », ajoutèrent-elles.

Min avait demandé :

« Que voulez-vous dire par "changé" ? Il y avait quelque chose entre Cassidy et la jeune fille ? »

Oh non, ce n'était pas du tout ce qu'elles disaient. Nick avait une attitude très paternelle envers Marianne. Absolument rien d'équivoque dans leurs relations. Simplement, Nick n'était plus aussi présent. La jeune fille accompagnait Owen à l'école le matin et venait le chercher l'après-midi. C'était avec elle qu'on parlait maintenant de la venue de petits camarades chez les Cassidy, de permissions accordées aux gosses de passer la nuit dans l'une ou l'autre famille, d'excursions à la mer. Et elles le regrettaient.

« Quelle fille c'était, cette baby-sitter ? Vous savez comment les Cassidy l'avaient trouvée ? Par petite annonce ou dans une agence ? »

Non, ce n'était pas du tout cela. L'idée venait sans doute de la mère de Marianne. Sa fille voulait vivre à Dublin. Elle avait dix-huit ans et ses parents se demandaient si elle saurait se débrouiller toute seule.

« Il faut vous dire qu'elle a été très malade dans son enfance. Elle a eu une leucémie ou un truc de ce genre. Et c'est Susan Cassidy qui l'a soignée pendant des années. La gosse devait très souvent aller à l'hôpital. Ses parents venaient alors habiter chez Susan et Nick. Les deux familles se sont liées d'amitié. Voilà comment ça s'est passé. Le père était peintre ou sculpteur. Artiste, en tout cas.

– Dites-moi, continuait Min, la mère d'Owen, elle ne restait jamais à la maison avec son fils ? Elle était toujours au travail ?

– Toujours. Pour Susan, le boulot passait avant tout le reste.

– Nick m'a raconté qu'ils avaient conclu une sorte d'accord, déclara un autre témoin. Lui, il aurait donné n'importe quoi pour avoir des enfants, mais Susan ça ne lui disait rien. Bon, elle a l'air très douce et maternelle comme ça, mais en fait elle est très dure. Je suppose qu'il faut l'être quand on fait ce métier. Or, d'après Nick, elle s'était entièrement consacrée aux enfants de l'hôpital et n'était pas sûre d'en vouloir un à elle, ni même d'en avoir besoin.

– Tiens ? » fit Min. Est-ce qu'il y avait quelque chose à tirer de ce renseignement ?

« Ne vous méprenez pas. » Le témoin avait pris un ton légèrement anxieux et froncé les sourcils. « C'était, c'est une très bonne mère. Il suffit de la voir avec Owen, mais... »

Un haussement d'épaules acheva la phrase inter-rompue.

« Alors, pourquoi a-t-elle eu Owen ?

– Si j'ai bien compris... » Le témoin s'interrompit pour resservir du café. « ... Nick avait promis à sa femme qu'il se chargerait des soins quotidiens qu'exige un bébé. Qu'il se débrouillerait très bien tout seul, qu'elle n'avait pas de souci à se faire. Et il a tenu parole. »

Jusqu'à l'arrivée de Marianne.

Et que pensait-on de cette fille ? De nouveau sur le terrain, Min avait enregistré d'autres témoignages.

Elle feuilleta son calepin, relisant des notes prises en sténo.

« Marianne est anéantie. Elle aimait Owen. Et Owen l'aimait. Ils s'entendaient vraiment bien tous les deux. D'habitude, elle était très contente de passer son temps avec lui, mais ce jour-là elle avait rendez-vous avec les jeunes voisins. Chris et Róisín Goulding et un autre ami. Or, Cassidy avait insisté pour qu'elle garde Owen. Il avait soi-disant rendez-vous avec un éditeur, ou quelque chose de ce genre, Marianne savait qu'il mentait. Et ça l'a rendue furieuse. Elle s'est donc débarrassée du gosse – c'est elle qui a dit ça, ce n'est pas moi –, elle lui a filé un peu d'argent et l'a envoyé jouer avec Luke, le copain d'Owen. Puis elle est partie rejoindre les autres.

– Et où est-elle partie ?

– Oh, pas très loin. Dans la maison voisine. Au sous-sol. La salle de jeux des enfants Goulding – comme ils l'appellent. Ils y écoutent de la musique. Ils ont à leur disposition une kitchenette, de vieux matelas et un canapé. C'est là qu'ils reçoivent leurs amis. Leurs parents étaient absents pour le week-end. Alors, vous comprenez... »

Min regarda O'Dwyer par-dessus son carnet.

« Inutile de poursuivre, je devine. Le sexe, la drogue et le rock and roll ? »

La drogue, c'était du haschich. Il y avait également de l'acide. Il semblait que Chris en eût toujours en réserve. Quant aux rapports sexuels, il s'agissait vraiment d'amour, confia Marianne à Min, et Chris avait été son premier véritable petit ami.

« Ils ont des alibis, je suppose ? »

On interrogea les quatre jeunes gens. Chacun confirma les dires des autres. Chris Goulding se montra d'abord réticent sur le LSD. Il avoua le haschich, mais les policiers étaient convaincus que ce n'était pas tout. Ils firent pression sur lui et il s'effondra vite, donnant même, sans qu'on le lui demandât, le nom de son dealer. Róisín Goulding essaya de nier ce qui avait trait à la drogue et au sexe, mais elle finit par craquer et dit que ses parents la tueraient s'ils l'apprenaient. Sa déclaration recoupa celles de Marianne et de Chris. Tout comme, à sa suite, celle d'Eddie Fallen, un garçon taciturne aux longs cheveux noirs et au visage couvert d'acné. Min ajouta leurs noms et leur emploi du temps à sa grille.

« Est-ce que vous rêvez d'Owen Cassidy ? demanda-t-elle à son supérieur au cours du troisième mois de l'enquête. Parce que moi, ça m'arrive souvent.

– Est-ce que j'en rêve ? Je ne crois pas, mais il m'obsède assez. Maintenant, si vous me demandez si sa pensée ne me quitte pas, même pendant mon sommeil, je répondrai que c'est le cas. »

Tous les policiers pensaient à lui pendant leur sommeil et leurs heures de veille. Au travail et ailleurs. Et au bout de six mois, alors que seule une toute petite partie de l'équipe travaillait encore sur l'affaire, au bout d'un an, de deux ans, voire de trois ans, quand tout ce qui restait, c'était la salle des pièces à conviction de Harcourt Square, les coupures de journaux, les vidéos et les enregistrements sur magnétophone, les souvenirs de la famille et des amis de l'enfant disparu – au bout de tout ce temps, les enquêteurs qui avaient participé aux recherches depuis le début s'interrogeaient encore et attendaient le moment où quelque chose changerait. Où un nouvel indice apparaîtrait.

La plupart d'entre eux continuèrent à se réunir bien après la suspension de l'enquête. À l'heure du déjeuner, ils prenaient ensemble un sandwich et un demi, ou plusieurs demis quand ils se voyaient par un sombre soir d'hiver. Ils avaient la réputation d'être différents, bizarres, quoique jouissant d'une certaine notoriété, ou appelez ça comme vous voudrez.

« Regardez-les, ils se croient vachement importants », grommelaient certains de leurs collègues.

D'autres ajoutaient :

« Ils n'ont pourtant pas de quoi être fiers : à ma

connaissance, ils n'ont jamais obtenu le moindre résultat. »

Alors, on se demandait si c'était une tare ou au contraire une supériorité qu'ils trimballaient d'un commissariat à l'autre, d'une équipe à l'autre, d'une enquête à l'autre. Peut-être les deux, se disait souvent Min Sweeney. Elle ne parlait jamais de cette affaire. Elle détestait la curiosité de ses collègues. Mais elle ne pouvait l'éviter. À chacune de leurs petites réunions, il y en avait toujours un qui faisait le malin et déclarait à haute voix : « Parlez-en donc à Min. Elle connaît le cas sur le bout des doigts. »

Mais que savait-elle au juste ? À la vérité, tout ce qu'elle savait, c'était que le gosse avait disparu et qu'on ne l'avait jamais retrouvé. Elle n'en savait pas plus que le père du garçon.

Le visage de Nick lui apparut brusquement à travers la porte vitrée séparant la salle d'attente du fond du commissariat, où se trouvait son bureau. Elle ne l'avait plus revu depuis des années.

« Qu'est-ce qu'il veut ? » demanda-t-elle à Hennigan, le policier de service qui était venu la chercher.

Hennigan haussa les épaules.

« Qu'est-ce que vous croyez qu'il veut ? Qu'est-ce que nous voulons tous ?

– Mais je ne peux rien pour lui à présent. »

Elle s'arrêta, espérant que Cassidy ne l'avait pas vue.

« C'est peut-être ce que vous pensez. Et c'est d'ailleurs ce que je pense aussi, mais le chef a dit que vous deviez le recevoir. Il se souviendra de vous. Vous pouvez vous débarrasser de lui plus facilement qu'aucun de nous. »

Le policier lui ouvrit la porte et s'effaça pour la laisser passer.

Tare ou supériorité ? Regardant le visage de Nick Cassidy, elle sut laquelle de ces deux possibilités il choisirait. Elle déglutit péniblement, puis avança vers lui d'un pas décidé, la main tendue.

« Bonjour, monsieur Cassidy. Il paraît que vous voulez me voir ? »

9

Décidément, le deuil, ça n'arrange personne, se dit Min en s'asseyant à son bureau, face à Nick Cassidy. Elle le revoyait tel qu'il lui était apparu lors de leur première rencontre. C'était à l'époque un homme superbe, capable d'impressionner jusqu'à ses collègues policiers. Certains s'en étaient même montrés jaloux. Et pas seulement à cause de son indéniable beauté. Il était grand, mince, bien bâti, avec de longues jambes et des hanches étroites. Ses yeux d'un bleu intense éclairaient un visage hâlé. Ses longs cheveux ondulés, partagés par une raie au milieu, tombaient sur ses épaules. Et il vous souriait d'une façon si désarmante que vous ne pouviez qu'esquisser un sourire en réponse.

Nick impressionnait aussi par ses manières. Il était vraiment gentil. Charmeur, sans doute, encore que le chagrin et l'état de tension dans lequel l'avait mis la disparition de son fils eussent quelque peu éventé son charme. Mais pour faire place à quelque chose de profond, de chaleureux, de sincère. Il devenait dès lors difficile de voir en lui un séducteur sans scrupule qui ne se souciait ni de son épouse ni des maris trompés.

On avait affaire à un autre homme aujourd'hui. Un homme meurtri, ravagé. Il montrait un nouveau visage, qui n'était pas seulement dû aux rides sous les yeux et autour de la bouche, ni même aux mèches grises. De toute évidence, il avait changé. Comme moi, pensa Min en regardant ses mains qui tripotaient les piles de papier sur le bureau. Moi non plus le deuil ne m'a pas arrangée.

Levant les yeux, elle vit qu'il la regardait fixement.

« Vous ne m'écoutez pas ? » Dans le petit bureau, la voix de Nick résonnait très fort. « Pour vous, ça ne représente peut-être rien ce qui m'est arrivé, vous devez avoir rangé cela sous la rubrique "affaire classée" ou je ne sais quel autre terme administratif. Mais, pour moi, c'est vital et je vous prierais de me témoigner un minimum de courtoisie.

– Holà, du calme ! » Piquée au vif par la remarque de Nick, Min s'était à moitié levée. « D'abord le dossier de votre fils n'est pas classé. Comme dans toutes les affaires qui n'ont pas abouti à un procès ou à une condamnation. Officiellement, le dossier est toujours en cours. Le problème, vous ne l'ignorez pas, c'est que nous avons épuisé toutes les pistes et, en l'absence d'un fait nouveau, nous sommes réduits à une totale impuissance. »

Min avait les mains appuyées sur son bureau. Puis elle se rassit et s'éclaircit la voix.

« Je n'ai pas oublié l'épreuve que votre femme et vous avez traversée. Je vous rappelle que moi aussi j'ai été très affectée par ce qui vous arrivait. Je suis celle qui a passé le plus de temps avec vous pendant cette période. Je sais ce que vous avez ressenti et, croyez-moi, autant mes collègues que moi-même, nous gardons toujours cette affaire en tête. Nous désirons tous ardemment aboutir à une conclusion. Nous ne sommes pas fiers de n'avoir rien trouvé, de n'avoir même jamais pu confirmer la mort de votre fils. Et s'il y avait la moindre chose que nous puissions envisager pour faire évoluer l'affaire, je vous jure que nous n'hésiterions pas.

— Pourquoi, dans ce cas, ne pas rouvrir l'enquête ?

— Parce que, comme je viens de vous l'expliquer, elle n'a jamais été close. Elle est simplement suspendue, mais elle ne pourra être reprise que s'il nous parvient de nouvelles informations, à défaut d'un fait probant.

— Foutaises ! » Nick se leva. « Je ne crois pas un seul mot de ce que vous racontez. Je ne crois pas qu'il vous soit impossible de revoir les documents que vous avez rassemblés il y a dix ans, les déclarations et les questionnaires. Je me souviens de tout ce que vous possédiez alors, de la quantité de renseignements que vous aviez recueillis concernant ce jour-là et les jours suivants. Je me refuse à croire que dans tout cela on ne puisse rien trouver qui explique la disparition d'Owen. Bon Dieu, quand je me rappelle les interrogatoires de ce foutu connard, de ce brigadier mielleux, comment qu'il s'appelait déjà ? Carroll, O'Carroll, Callaghan ? Si ce type était capable de me faire craquer au bout d'une demi-heure, pourquoi n'y est-il pas parvenu avec d'autres ?

— Mais il y est parvenu, affirma Min d'un ton exaspéré. Andy Carolan a tout essayé, il a utilisé toutes ses ressources, seulement, qu'est-ce que vous nous donniez en fait d'informations, vous et les gens comme vous ? Vous avez avoué des délits mineurs, de petits écarts de conduite. Nous n'avons rien obtenu d'important. Rien qui aurait pu nous fournir une piste. Comme vous devez vous en souvenir, monsieur Cassidy, le résultat de notre enquête a été égal à zéro. »

Nick se rassit, croisa les jambes et sortit un paquet de cigarettes.

« Bon, alors qu'est-ce que vous allez faire ?

– Il est interdit de fumer dans nos bureaux. »

Min désigna un écriteau fixé au dos de la porte.

« Ça va, j'ai compris. » Nick se leva de nouveau et fourra le paquet dans sa poche. « Écoutez-moi bien, je vous le dis une fois pour toutes : il faut que les choses commencent à bouger ici. Si vous ne faites rien, c'est moi qui agirai. »

La porte claqua derrière lui. Le silence s'installa dans la pièce.

Un connard mielleux : c'était généralement ainsi qu'on décrivait Andy. Aucun des suspects qu'il interrogeait ne trouvait ensuite pour lui un mot favorable. À première vue, il leur donnait l'impression d'être un bon gars, raisonnable, compréhensif, accommodant. Par malheur, au cours de l'entretien, arrivait toujours le moment où tout basculait. Andy avait souvent exposé sa méthode à Min. Tout à coup il doublait la mise, passait à la vitesse supérieure, augmentait la pression. Cessait d'être monsieur Gentil pour devenir une vraie teigne.

« Allez, avoue-le, tu en tires un certain plaisir », lui avait-elle dit.

Andy avait alors eu un sourire satisfait qui relevait

les coins de sa bouche et arrondissait ses joues soudain toutes rouges, pareilles à celles d'un gosse.

« Tu as raison, ma chérie, je me régale. J'éprouve une sorte d'excitation. C'est presque aussi bon que... tu sais quoi. »

Il était doué, très doué. On considérait qu'il faisait partie de la poignée des meilleurs interrogateurs de la police. Après sa mort, on le regretta beaucoup. Mais c'était sans comparaison avec son regret à elle. Elle avait usé de tous les clichés : le chagrin qui crevait le cœur, le brisait, le lui arrachait. Et de fait, elle n'avait plus eu de cœur à quoi que ce fût après la mort d'Andy. Ou du moins n'en aurait-elle plus eu sans l'obligation de s'occuper des enfants. « Mon coup double », selon l'expression d'Andy, quand il avait tenu les jumeaux dans ses bras et avait regardé leurs identiques petits visages fripés.

« Heureusement qu'ils sont deux, dit-il. Tu imagines un peu nos disputes à propos de leur nom ? Celui de ton père ou celui de mon père ? De cette façon, au moins, on est parés sur tous les fronts. »

Et, en effet, l'un des bébés se prénommait James Patrick comme le père d'Andy et l'autre Joseph Malachy comme son père à elle.

« On les appellera Jim et Joe : c'est court et mignon », dit Andy en levant vers elle sa canette de Guinness, le soir où ils avaient amené les garçons à la maison.

Ils avaient six ans à présent et allaient à l'école. Dans deux ans ils auraient l'âge qu'avait Owen Cassidy. Elle se demandait parfois si elle n'eût pas mieux compris cette affaire en étant déjà mère elle-même. Mais à l'époque, il y avait dix ans de cela, elle était une bleue, totalement ignorante du travail de la police. Chaque jour commençait une aventure, chaque situation offrait quelque chose d'original. Elle n'avait pas d'expérience, pas de repères. Mais c'est précisément à t'enseigner ton métier que servaient tes supérieurs, Min, se dit-elle. Tu n'étais qu'un petit rouage à l'intérieur de cet engrenage complexe que constitue une enquête. Tu étais un fantassin, quelqu'un qui remplissait les formulaires, se chargeait de toutes les tâches ingrates. Si tu as autant été mêlée aux détails de cette affaire, c'est simplement parce que tu étais une femme. Car on avait besoin d'une femme, en certaines circonstances – du moins le croyait-on.

« Vas-y toi, Min, lui disait-on. Va revoir la mère. Elle se confiera plus facilement à toi qu'à nous. »

Ou bien : « Vas-y toi, Min. Tu passeras la nuit chez eux. Les appels qu'ils reçoivent sans cesse de gars cinglés les rendent malades. Alors tu y vas et tu dors chez eux. Ils se sentiront plus à l'aise s'ils ont une femme auprès d'eux, quelqu'un qui peut faire du thé, ouvrir la porte, montrer de la courtoisie et même de la gentillesse. » Et puis, il y avait tous les non-dits : tu es jeune, tu es très jolie avec tes beaux cheveux noirs, courts et brillants, tes grands yeux bruns et tes formes superbes qui font de l'effet même dans le plus minable des uniformes bleu marine. Et lui, Cassidy, il s'ouvrira peut-être à toi s'il souffre, s'il se sent coupable et éprouve le besoin de pleurer sur une épaule amie.

Et depuis le tout début, cela avait toujours été la même chose.

« Tu es affectée à l'unité qui s'occupe des violences familiales. Tu feras un stage pour te mettre au courant

94

des affaires de viol. Tu te dépatouilleras dans des situations assez dégoûtantes, les incestes, les épouses battues, bref, tout ce qui comporte un côté émotionnel où les gars ne se sentent pas à leur aise.

– Eh ! Minute ! avait-elle envie de crier. Moi non plus ces boulots-là ça ne me botte pas ! Pourquoi on ne me confie pas des affaires de cambriolage, de vol et d'assassinat, nom de Dieu ? Pourquoi est-ce que je ne pourrais pas entrer aux Renseignements généraux ou aux Interventions de police secours ? Pourquoi je ne peux pas être un vrai flic ? »

Même la naissance des jumeaux n'avait pas entravé son activité. Andy et elle travaillaient dans des équipes différentes. Andy la soulageait en s'occupant des gosses. Il adorait ça. Il pouvait parler couches, biberons, flatulences, coliques, nuits blanches et dentition avec n'importe quelle mère. Il était capable de préparer un repas, un bébé sur la hanche. Il savait les baigner, les aider à faire leur rot et leur donner des baisers autant qu'elle.

Et puis il était mort. Brusquement. Il n'était pas malade, il n'avait rien. Il y avait simplement eu les gosses qui tentaient de réveiller leur père lorsqu'elle était rentrée après son service du soir. Quand elle avait ouvert la porte du séjour, la télévision et les lampes étaient encore allumées. Et Andy était affalé de côté sur le canapé. Une bouteille de bière sur la table devant lui et un sandwich au jambon, à moitié mangé, encore dans sa main. Jim leva les yeux vers elle et dit : « Papa dort, papa dort. »

Il ne dormait pas. Il était mort. Une hémorragie cérébrale, avait déclaré le légiste. La rupture d'un vaisseau. Il n'y avait plus rien à faire. Les collègues se disaient : « Ça vaut mieux qu'il soit mort. S'il avait survécu, il ne serait plus qu'un légume. » Min le savait, mais, au fond d'elle-même, elle pensait : au moins j'aurais pu lui dire au revoir. J'aurais pu l'embrasser, le serrer contre moi, l'assurer de mon amour. Son corps aurait été tiède et souple et non pas froid et raide tel que je l'ai trouvé. Qui sait si je n'aurais pas pu le ramener à la vie ? Qui sait si mon amour ne l'aurait pas tiré de son sommeil ? Et quand je l'aurais embrassé, il aurait ouvert les yeux et de nouveau il aurait été avec moi.

Elle regarda sa montre. Ce serait bientôt l'heure du déjeuner. Ces jours-ci, elle avait de la chance avec son travail. Être la secrétaire de Matt O'Dwyer, s'occuper de ses rendez-vous, garder à jour l'énorme correspondance qui atterrissait sur le bureau du commissaire divisionnaire n'avaient rien de très excitant, mais au moins cela lui permettait de consacrer plus de temps à ses enfants. Pourtant, à la cantine, elle avait entendu des bruits selon lesquels on considérait en haut lieu qu'elle devait à présent prendre une décision. Voulait-elle rester dans la police ? Ou retourner à la vie civile ? Dans ce dernier cas, elle trouverait sans doute un bon emploi de secrétaire de direction ou de chef de bureau. Elle pouvait entrer dans l'administration ou choisir un poste dans l'industrie privée. Elle gagnerait peut-être davantage. Elle-même y avait pensé. Mais elle aimait ce métier de policier. Il avait représenté toute la vie d'Andy. Démissionner, cela revenait à abandonner Andy. Et elle n'y était pas prête. Pas encore. Si on lui disait qu'on allait la remettre dans une équipe, l'envoyer effectuer des rondes, lui demander de rendosser l'uniforme, que déciderait-elle ? Elle regarda de nou-

veau sa montre. En se dépêchant, elle aurait le temps
de rentrer, d'avaler un sandwich et une tasse de thé
en compagnie des gosses et de la fille au pair. Et même
si c'était trop tard pour le sandwich, elle pourrait s'in-
former de ce qu'ils avaient appris à l'école, voir si la
toux de Jim n'avait pas empiré et si Joe s'était remis
du cauchemar qu'il avait eu la nuit précédente. Il ne
serait pas trop tard pour leur dire qu'elle les aimait.
S'assurer qu'ils étaient en sécurité. Il ne serait pas trop
tard pour ça.

10

C'était par les nuits sombres qu'on voyait le mieux la renarde. Des nuits sans lune où un léger voile de brume semblait rendre les étoiles encore plus distantes. Dès que Susan éteignait dans la maison et attendait, immobile, à la porte de la cuisine, la bête apparaissait. Son long museau collé à terre, elle flairait le sol, aspirant vers, scarabées, limaces, larves, tout ce qu'elle trouvait dans l'herbe et les plates-bandes. Puis, sûre de n'avoir rien laissé échapper, elle se dirigeait vers le mur où l'on rangeait les poubelles. C'est à ce moment-là qu'il fallait bouger, ouvrir et refermer doucement la porte et avancer pas à pas.

De toute évidence, cette renarde qui visitait le jardin depuis des années déjà était presque apprivoisée. Susan continuait de la nourrir régulièrement. Avec des restes. Un mélange de pain et de lait en supplément de son alimentation habituelle. Elle sentait parfois qu'elle devait cela à Owen. Elle se rappelait la colère de l'enfant quand elle lui avait dit que les renards n'étaient que des animaux fouillant dans les poubelles, nuisibles de surcroît. Qu'à la campagne, où elle avait grandi, les fermiers en approuvaient la chasse.

« Il faut les empêcher de se multiplier, Owen, dit-elle, sinon les poules et leurs poussins risqueraient de disparaître. Les renards sont terribles. Quand ils pénètrent dans un poulailler, ils se livrent à un véritable carnage. Il y a du sang et des plumes partout. Ils tuent beaucoup plus de poules qu'ils ne peuvent en manger. Comme s'ils étaient fous. »

Mais elle n'avait pas réussi à convaincre son fils. Il était persuadé que l'animal était inoffensif. Nick lui avait dessiné un magnifique renard pour qu'il l'accroche à son mur.

« C'est une renarde, annonça Owen à Susan, un soir qu'elle était assise sur son lit. C'est encore mieux qu'un renard parce qu'elle peut avoir des bébés, des bébés qui deviendront aussi beaux qu'elle.

– Tu lui as donné un nom ? demanda Susan en choisissant un livre de l'étagère.

– Ben, évidemment. Dans le monde, il n'y a rien ni personne qui n'ait pas un nom.

– Alors, quel est le sien ? »

Owen n'avait pas répondu tout de suite. Inclinant la tête d'un côté, il avait posé son index sur ses lèvres, s'efforçant d'imiter son père.

« Je pense que je vais l'appeler Susan comme toi, maman chérie. Parce que, au soleil, tes cheveux sont presque aussi roux que son pelage. Et tout aussi jolis. »

Susan s'était penchée sur l'enfant et l'avait embrassé sur le front. Ensuite, elle l'avait bordé et s'était étendue à côté de lui avec le livre.

« Tu aimes cette histoire ? C'est *L'Enfant-Étoile* que ton papa a illustré, tu te souviens ? »

Owen avait répondu par un grand hochement de tête.

« Bien sûr. C'est l'histoire du bébé qui arrive du ciel. Des bûcherons le recueillent et le confient à une gentille famille qui prendra soin de lui.

– Et tu aimes les images ? Il dessine drôlement bien, hein, ton papa ? »

Un autre hochement de tête exagéré. Et d'un doigt il montre l'image du garçon.

« Et là, c'est moi. Papa a dessiné mon visage et l'a mis dans le livre. C'est vrai, non ?

– Tout à fait », dit-elle, puis, blottie contre lui, elle commença à lire : « Il était une fois deux pauvres bûcherons qui rentraient chez eux en traversant une vaste forêt de pins. »

Il n'y avait pas de lune ce soir. Le croissant argenté aperçu par Susan la nuit précédente était à présent caché derrière les nuages. Elle descendit donc les marches menant au jardin en se tenant à la rampe et en regardant où elle posait les pieds. Paul viendrait dans une heure environ. Il passerait de nouveau la nuit chez elle. Elle savait pour quelle raison. Cela déplaisait à Paul qu'elle eût autorisé Nick à s'installer au sous-sol. Quand elle lui avait parlé de la lettre de Nick, il avait enregistré le fait, puis marmotté que ça ne le regardait pas, mais que... Susan insistant pour qu'il finît sa phrase, il avait déclaré, en haussant les épaules, qu'il ne comprenait pas pourquoi son mari revenait maintenant. De toute façon, pourquoi tenait-il tant à habiter ici, dans cette maison ? Ne serait-il pas mieux chez l'une de ses sœurs ?

« C'est peu probable, répondit-elle. Elles lui en veulent énormément de n'être pas revenu à la mort de

leur mère. Je t'en ai parlé, tu te souviens ? Elles ont
retardé l'enterrement d'une semaine pour se donner le
temps de le retrouver. Elles se sont adressées à l'am-
bassadeur d'Irlande à Washington et à tous les consu-
lats irlandais des États-Unis. Je pense que jusqu'au
dernier moment, quand on a commencé à combler la
tombe, elles ont cru qu'il apparaîtrait.

– Et pas toi ? »

Paul l'avait regardée droit dans les yeux. Elle s'était
détournée sans répondre. Bien sûr qu'elle y avait cru,
elle aussi. Elle s'était attendue à le voir se faufiler
parmi les membres de l'assistance et prendre place à
côté d'elle.

Et c'était seulement maintenant qu'il était de retour.
Elle se tourna vers la maison. Le sous-sol était éclairé
et, de l'endroit où elle se trouvait, elle apercevait la
totalité de la pièce. Debout devant la cuisinière, Nick
tournait une cuillère dans une grande casserole rouge.
Le couvert était mis. Sur la table, il y avait aussi une
bouteille de vin et un vase de fleurs. Des fleurs de
supermarché sans doute, se dit Susan. Des chrysanthèmes d'un orange tirant sur le roux qui auraient une
durée de vie artificielle. Nick s'éloigna du fourneau et
gagna l'autre bout de la pièce, qu'il avait lui-même
décloisonnée, en d'autres temps, avec un marteau de
forgeron. Il alluma une autre lampe, se percha sur le
bord d'un grand tabouret et inclina sa haute silhouette
au-dessus d'une planche à dessin. Susan s'approcha
pour mieux voir. Nick travaillait au milieu de son
désordre habituel. De grandes feuilles de papier jetées
à terre et, près de lui, une petite table sur laquelle était
posé tout un assortiment de plumes, de crayons, de
couleurs, de pinceaux et d'encres. Susan s'approcha

davantage. La lumière tombait sur le papier blanc et sur le récipient où il rinçait ses pinceaux. Susan se souvint brusquement de l'odeur de la peinture. Qui était aussi l'odeur de Nick. Il avait beau se brosser les mains, ses ongles gardaient des traces de peinture. Il se redressa et examina son dessin. Puis il se leva, s'étira et, d'un seul geste, enleva son pull ainsi que le tee-shirt blanc qu'il portait au-dessous. Continuant de se dévêtir, il se dirigea vers la salle de bains qui faisait face à la cuisine, semant ses vêtements en chemin. À l'exception de l'aine et des fesses toutes blanches, son corps était très bronzé. Elle ressentit un choc en le voyant nu après tant d'années. Son premier geste, inconscient, fut de se couvrir les yeux, mais elle laissa retomber ses mains et regarda. Puis elle finit par tourner le dos à la pièce. Le temps passait. Elle devait sortir. Lizzie l'attendait.

Il était déjà tard quand Nick entendit dans le jardin un bruit qu'il eut du mal à reconnaître. Ce pouvait être le vent dans les branches ou des griffes grattant le mur de granit. Abandonnant sa planche à dessin, il sortit par la porte vitrée. Quelque chose s'agita soudain dans le coin le plus éloigné, près des poubelles. La fuite d'un animal. Un chat peut-être, ou la renarde. Il se rappela que les deux bêtes étaient à peu près de la même taille, la renarde beaucoup plus petite qu'il ne l'avait cru. Elle ressemblait à un chat par d'autres côtés encore. Elle était capable de bondir, de se faufiler, de ramper. De se glisser dans toutes sortes de trous et de fissures. Nick se hâta de traverser la pelouse, mais il ne vit rien à l'endroit d'où était venu le bruit. Il n'y avait là que des boîtes de conserve éparpillées et un sac en plastique déchiré contenant les restes du dîner de la veille. Il les remit dans la poubelle, sur laquelle il enfonça le couvercle.

Il se retourna, cette fois face à la maison. La cuisine du premier était éclairée, ainsi que le petit bureau à côté. Susan était assise devant un ordinateur. Elle portait des lunettes. C'était nouveau. Cela lui donnait un petit air démodé d'institutrice qu'accentuaient ses cheveux ramassés en chignon sur la nuque et son expression concentrée. Entièrement prise par son travail. Tous ces enfants qui avaient besoin d'elle...

« Tu te prends pour Dieu le Père, c'est tout à fait ça, lui avait-il lancé à plusieurs reprises. Pourquoi est-ce que tu ne les laisses pas mourir avec dignité, de leur belle mort ? Tu sais que, de toute façon, ils mourront un jour ou l'autre. Qu'est-ce que tu leur apportes avec tes seringues, tes médicaments et tes potions magiques ?

– Une chance de grandir, ripostait-elle. Quelques années de plus à passer dans leur famille. L'occasion de profiter de tous les nouveaux traitements à mesure qu'ils arrivent sur le marché.

– En d'autres termes, tu t'en sers comme cobayes pour tes amis des sociétés pharmaceutiques », avait-il raillé.

Mais il avait aussitôt regretté ses paroles. Il savait qu'elle avait raison. Et que si Owen était malade, il aurait donné n'importe quoi pour qu'un jour de vie supplémentaire sortît du chapeau de magicien de Susan.

Elle avait l'air fatigué, se tenait voûtée. Il allait entrer chez elle. Lui proposer de faire du thé, peut-être même de lui servir un verre. Ils bavarderaient. Il lui raconterait sa vie aux États-Unis, l'entretenant des gens rencontrés au cours de ses voyages. Il essaierait une nouvelle fois de lui expliquer pourquoi il était parti. Il lui confierait le chagrin qu'il avait éprouvé quand il avait fini par apprendre la mort de sa mère. Elle comprendrait. Elle l'avait toujours compris. Ils resteraient assis dans cette petite pièce calme, au milieu de ses livres à elle, bien rangés sur les étagères qu'il avait installées. Il lui prendrait la main. Il l'embrasserait, d'abord sur la joue, puis sur les lèvres. Elle approcherait son visage du sien. Et tout serait comme avant. Il ressentirait la même émotion. Il la tirerait de sa chaise et la guiderait vers l'escalier, l'embrassant encore et encore en montant lentement vers la chambre à coucher. Ce serait merveilleux. Pour tous les deux.

Soudain, il vit la porte s'ouvrir et entrer l'homme qu'elle appelait Paul. Il vit le sourire que Susan lui adressa en lui tendant les bras. Paul se plaça derrière elle, lui prit les épaules et descendit ensuite ses mains vers sa poitrine. Susan s'appuya contre lui, toujours souriante. Puis elle se leva et lui fit face. Paul commença à déboutonner son chemisier. Il se pencha, dégrafa son soutien-gorge, embrassa sa peau nue, souleva ses seins et en mit les pointes dans sa bouche. Susan ferma les yeux et renversa la tête. Son chignon se défit. Elle leva les bras par-dessus l'homme courbé sur elle, attrapa les lourds rideaux et les tira. Mais Nick avait eu le temps de voir l'homme, ce Paul, ouvrir la fermeture Éclair de la jupe de Susan.

Il se retira précipitamment sous les arbres avant de se diriger vers le portail. Il sortit dans la rue obscure, ferma la grille et s'y adossa un moment. Il se sentait au bord de la nausée. Il n'aurait pas dû regarder. Ça ne pouvait que lui faire du mal. Il se mit à marcher.

Le portail des Goulding était ouvert. Cela le surprit. Autrefois, Brian Goulding veillait rigoureusement à la sécurité de sa famille. Il avait installé sur le mur du jardin du fil de fer barbelé et monté un circuit où une lumière s'allumait automatiquement dès qu'un être humain ou un animal traversait le champ électrique. On voyait encore l'emplacement de la lampe, mais l'ampoule était brisée ; le fil de fer rouillé s'était cassé et pendait jusqu'à l'enchevêtrement de mauvaises herbes qui poussaient au pied du mur. Nick ferma le portail et s'aperçut alors que le jardin avait changé. Une cabane s'élevait à l'endroit où Hilary Goulding plantait jadis ses légumes. Nick s'en approcha. Elle était surmontée d'un toit en pente. Carrée, pourvue de fenêtres sur trois côtés et d'une porte à double battant sur le quatrième. La porte était ouverte. Nick gravit une marche et jeta un coup d'œil à l'intérieur. Une odeur de pourriture le saisit. Des feuilles mortes ou peut-être autre chose. L'émanation musquée du renard ? Il entra. Sous son poids, la cabane se balança doucement. Il connaissait bien ce genre de construction. Il avait eu une vieille tante célibataire qui vivait dans une vaste maison à Blackrock. Elle possédait un jardin magnifique qu'ornait un petit pavillon d'été en bois traité à la créosote. Comme ce pavillon avait été édifié sur un pivot, on pouvait l'orienter selon la trajectoire du soleil les jours de grosse chaleur. Nick se souvenait s'être rendu là-bas avec sa mère pour prendre le thé. Ils s'asseyaient sur des transats de toile et, de temps à autre, on lui demandait d'appuyer son épaule contre le chambranle et de pousser. Alors le kiosque bougeait.

« Ça suffit, ça suffit, criait sa tante. N'y touche plus, Nicholas. C'est parfait comme ça. »

Jusqu'à ce que le soleil eût tourné. Alors, il poussait de nouveau. Il essaya en vain de pousser ce kiosque-ci qui, au lieu de tourner, se contenta d'osciller. Ce pavillon est vieux, se dit-il, il ne doit plus fonctionner.

Il allait repartir quand la maison s'éclaira brusquement. La lumière s'alluma d'abord dans la petite chambre à coucher tout en haut, puis sur l'escalier et le palier. L'enfant qu'il avait vu l'autre jour à la fenêtre regardait le jardin avec la même expression distante sur le visage. À côté de lui se tenait une femme grande et maigre aux cheveux noirs coupés court. Elle portait un jeune enfant dans ses bras. Une fille, peut-être, qui pleurait. La femme descendit l'escalier. Elle entra dans la cuisine, ouvrit le frigo et en sortit une bouteille. Elle alla au placard, la petite fille agrippée à sa hanche comme un singe. Elle posa une tasse sur la table, y versa du lait. Le garçon s'approcha et s'empara de la tasse, répandant du lait sur le sol. La femme pivota vers lui. Ses traits pincés exprimaient la colère. Elle se pencha et lui arracha la tasse. Le garçon essaya de la reprendre, mais la femme le repoussa si fort qu'il tomba. Tenant la tasse très haut, hors de sa portée, elle y reversa du lait. Puis elle s'assit et porta la tasse aux lèvres de la fillette. Le garçon ne reçut rien. Il grimpa alors sur la table et tordit le nez de sa mère. Cette fois, elle le repoussa plus fort. L'enfant tomba de nouveau, mais en arrière. Nick tressaillit. Imaginant le choc de la tête de l'enfant sur le carrelage, il sentit la douleur dans son propre crâne. Il se dit qu'il devait intervenir. Ce genre de conduite était inadmissible. Mais juste au moment où il commençait à s'approcher de la maison, il vit qu'une autre personne était entrée dans la pièce. Un jeune homme. Nick le reconnut : il avait à peine changé depuis l'époque où Marianne était amoureuse de lui, où il était tout le temps fourré chez eux. Nick se rappela les tasses de café sales, les cendriers pleins de mégots qui traînaient sur la table de la cuisine et sur le plancher du séjour. Et la radio branchée sur la station de rock préférée du moment. Et les phrases de Marianne commençant toujours par : « Chris dit que... », « Chris pense que... », « Chris voudrait que... ».

« Elle devrait se rendre moins dépendante de Chris Goulding », avait-il dit un jour à Susan.

Sa femme avait haussé les épaules et répondu qu'il était normal que Marianne eût besoin d'affection et de soutien.

« Elle a connu plus de souffrance et d'incertitude dans sa courte vie que beaucoup d'adultes. Et n'oublie pas, Nick, que depuis sa sortie de l'hôpital elle a été couvée par ses parents. Il lui faudra un certain temps pour devenir vraiment autonome. »

Chris Goulding. Il était resté le même garçon souple, de petite taille avec des cheveux bruns qui lui tombaient sur le front et des lunettes à monture sombre. Sa bouche s'étira en un sourire quand il releva le garçon. Il l'apaisa, le prit dans ses bras, le berça, puis l'assit sur ses genoux en ébouriffant sa tignasse. Il caressa la main de la femme tout en lui offrant une cigarette qu'il alluma. Il versa quelque chose dans un verre, de la vodka peut-être, et lui adressa un toast silencieux. Ensuite, il se leva, portant le garçon sur ses épaules, et poussa la femme et la petite fille devant lui. Après avoir éteint la cuisine, ils durent tous gravir l'escalier. La chambre à coucher au premier étage resta obscure. Nick se retrouva seul dans les ténèbres. Il sentit le froid le pénétrer.

Il rentra et s'installa devant le poêle avec un verre de whisky. Il avait posé la bouteille à ses pieds. Il tendit l'oreille. Au-dessus de lui, tout était calme. Aucun son ne lui parvenait non plus de la rue. À part le grondement, faible et continu, de la circulation urbaine.

« Owen, murmura-t-il. Owen, répéta-t-il, un tout petit peu plus haut. Owen, mon enfant, où es-tu ? Réponds-moi, réponds-moi. »

Mais seul le lourd silence dont il avait l'habitude recueillit ses paroles.

11

Son boulot n'aurait jamais rien d'extraordinaire. Il serait toujours aussi lent et laborieux. Seul le point de départ d'une enquête présentait des aspects spectaculaires, effrayants, variés. Ensuite l'enquête se transformait en routine, à mesure que le temps passait. C'est ce que Min avait fini par penser de son métier.

Son activité, très excitante au début, lui apparaissait maintenant sous un autre jour.

Andy lui avait bien expliqué comment on procédait.

« Le tout, c'est l'extrême attention qu'on accorde aux détails, lui avait-il seriné. Il s'agit de savoir lire une déposition entre les lignes. Puis de tirer de cette déposition une infinie quantité de directions de recherches, que l'on poursuit jusqu'à ce que les mailles tendues du filet retiennent, non pas le menu fretin, les sprats et les crabes, les algues et la boue, mais le vrai gros poisson. Celui qui est à l'origine des événements, qu'on peut examiner, débiter en filets et frire. »

On avait téléphoné au commissaire divisionnaire. Les rumeurs qui circulaient à la cantine étaient fondées : il était bien question d'arracher Min à son confortable poste administratif. On voulait la faire revenir au quartier général pour qu'elle remît la main à la pâte. Elle convenait parfaitement pour ce travail, d'après eux.

« Nous avons besoin de vous. Il nous faut des policiers aptes, comme vous, à suivre une affaire de très près. Vous n'avez pas idée à quel point le monde a changé au cours de ces dernières années. À cause de ce foutu Web international qui est tout à fait anarchique. Et que nous devons absolument parvenir à maîtriser. »

Min ne répondit pas. Elle n'avait aucune envie d'aller au quartier général.

« Nous avons besoin de vous, insistèrent-ils. Il est temps que vous repreniez votre boulot d'avant.

– Et pourquoi, précisément, le quartier général ? On pourrait aussi bien me renvoyer à la base, faire des rondes. Ça ne me déplairait pas.

– Voyons, Min, où sont donc passés votre ambition, votre cran ? Vous n'allez pas dire que ça a disparu ? Avant la mort d'Andy, vous étiez agent de la P.J. Vous y avez acquis des compétences dont il faut maintenant que vous tiriez profit. »

Il n'y avait plus à discuter. On lui donna l'ordre de se présenter à un stage.

« Pour améliorer vos connaissances en informatique, vous en aurez besoin.

– Mais bon Dieu, j'ai quand même appris à me servir d'un ordinateur, qu'est-ce que vous croyez ! protesta-t-elle. Je sais surfer sur Internet. D'après vous, qu'est-ce que je fichais toute la journée dans le bureau du divisionnaire ? Je me limais les ongles ? »

Son instructeur, Conor Hickey, était un jeune et beau garçon aux cheveux bruns coupés très court, aux yeux gris sous des paupières lourdes. Un clou doré perçait un de ses lobes. Min remarqua sa peau lisse et jaunâtre, ses hautes pommettes et la fossette de son menton. Il lui fit signe de s'installer près de lui. Avec ses longues jambes étendues sous le bureau, il semblait occuper tout l'espace disponible. Min s'assit au bord de sa chaise et regarda autour d'elle.

« Où sont les autres ? » demanda-t-elle.

Conor haussa les épaules.

« À l'extérieur, en train de bosser. »

Min désigna l'écran du menton.

« Et c'est quoi, tout ça ? »

Conor recula sa chaise à roulettes et la fit pivoter.

« Oh, c'est juste un petit truc sur lequel je travaille. Le patron m'a demandé de vous mettre au courant. Il m'a dit que vous nageriez d'abord un peu, mais que vous apprendriez vite.

– OK. » Min se redressa sur sa chaise. « Eh bien, on y va ? Qu'est-ce qu'on attend ? »

Bien qu'elle s'efforçât de donner le change, elle perdit bientôt pied. Conor usait de termes très obscurs. Elle comprenait les principes de base : une recherche laborieuse et patiente où il importait de s'attacher aux détails. Découvrir le crime, puis le criminel. Jusque-là, ça allait. En revanche, trouver les armes du crime posait davantage de problèmes.

« Est-ce vraiment indispensable ? demanda-t-elle quand Conor alluma sa cinquième cigarette d'affilée.

– Je crois que oui. Le tabac vous gêne ? »

Conor lui lança un regard oblique à travers le nuage de fumée.

« Attendez. » Min fouilla dans son sac et jeta un paquet de chewing-gums sur le clavier. « Essayez donc ce dérivatif avant que je ne me sente obligée de vous intenter un procès pour dommages dus au tabagisme. »

Ça commençait plutôt mal.

« Minute, du calme ! finit-elle par crier, impatientée par la vitesse des doigts de Conor pianotant sur le clavier. *Newsgroups. Bulletin boards. Internet relay chat.* Client à client. *Fserves. Listserves.* Protocole de transmission. Expliquez-moi tout ça. »

Conor se contenta de rire et de lui taper dans le dos. Il prit un chewing-gum et alluma simultanément une autre cigarette.

En rentrant chez elle, Min constata que ses cheveux et ses vêtements puaient le tabac. Elle se servit un gin tonic généreux et prépara le dîner. Quelle espèce de petit con, pensa-t-elle, non, mais pour qui se prend-il ?

Ses enfants et elle mangèrent à la cuisine. Les garçons essayaient toujours de lui arracher la permission de dîner devant la télé. Min tenait au repas pris en commun à table. Comment aurait réagi Andy ? se demandait-elle. Y aurait-il attaché de l'importance ? Exigeant qu'on observe un certain ordre et qu'on obéisse à des règles ? Mais si Andy avait été là, la question ne se serait pas posée : il représentait leur ordre et leurs règles de vie.

La fille au pair assistait à son cours du soir. Une fille sympa. Russe. Elle s'appelait Vika Petrovna. Petite et maigre, avec des cheveux blonds décolorés et un teint laiteux. Elle se disait de Saint-Pétersbourg. Min en doutait un peu, mais ne posait pas trop de questions. Elle n'aurait pu s'occuper des enfants toute

seule et les assistantes maternelles étaient rares et chères.

Les gosses mangeaient bien. Ce soir, elle leur avait
préparé des côtelettes d'agneau, de la purée de pomme
de terre, des épinards et des carottes. Et en dessert,
des morceaux de banane et de la glace. Comme d'habitude, ils se disputaient. Ils se disputaient à propos
de n'importe quoi. Pire qu'une rivalité : une vraie
guerre.

« Ça suffit ! » cria-t-elle quand Jim vola la dernière
cuillerée de dessert dans l'assiette de Joe et que Joe
lui flanqua sur le nez un grand coup de poing qui
provoqua des pleurs.

« Allez ouste ! Montez vous déshabiller. C'est l'heure
du bain. »

Arrête de te demander sans cesse « Et si Andy était
là... ? ». « Ça ne fait de bien à personne, et surtout pas
aux gosses », dit-elle à voix haute tout en se versant
un autre verre. Ensuite, elle rejoignit les garçons. Au
moins, ça les amuse encore de prendre un bain ensemble, songea-t-elle en les observant, assise sur le siège
des toilettes. Bientôt, ils seraient trop grands pour pouvoir tenir tous les deux dans la baignoire. Déjà maintenant, ils avaient un peu de mal. Elle ouvrit le robinet
et ajouta de l'eau chaude. Les enfants barbotaient avec
leurs vieux jouets : une grenouille qui nageait quand
on tirait la ficelle sortant de sa bouche, un remorqueur
qui faisait entendre sa sirène et un canard en caoutchouc qui avait contenu autrefois toute une couvée de
canetons dans son ventre.

« Et n'oubliez pas de vous savonner », dit-elle en
se levant.

Deux visages mouillés ct souriants se tournèrent

vers elle. Leur bouche entrouverte laissait voir leurs dents de lait d'un blanc éclatant.

Durant un bref instant, Min se rappela une des scènes aperçues cet après-midi-là sur l'écran de l'ordinateur de Conor. L'image d'un garçon, pas plus grand que ses enfants. Dans une baignoire. Une salle de bains qui aurait pu être la sienne. Le garçon ouvrait la bouche, mais il ne souriait pas. Un homme agenouillé dans la baignoire approchait de lui la bouche de l'enfant en le tenant par le menton. Le garçon jetait des regards affolés vers la caméra. Tout en lui exprimait la terreur. Mais il ne pouvait échapper à ce qui l'attendait. Conor avait déplacé la souris et cliqué, changeant l'image. Et Min avait vu la suite, toute la suite.

Ils quittèrent le quartier général à l'heure du déjeuner. Conor songeait à la cantine. Tout en écrasant son mégot dans le cendrier, il se tapota pensivement le ventre.

« Vous avez raison, j'ai faim, dit-il en prenant sa veste en jean. J'ai envie de frites. »

Mais Min voulait manger ailleurs.

« Pas un foutu bar à sandwiches, je vous en supplie ! » grogna Conor alors qu'elle le guidait vers Stephen's Green.

Faisant la sourde oreille, elle tourna dans l'une des petites rues qui relient Harcourt Street à Camden Street. Elle se rappelait un bistrot tenu par un couple de gays originaires de Cork. Leur spécialité, c'était surtout la cuisine italienne, mais ils servaient aussi quelques plats nationaux. Min commanda un minestrone, une salade de mozzarella et de grosses tranches de pain croustillant. Conor choisit des lasagnes accompagnées d'une assiette de frites. Min fut tentée de prendre un pichet de rouge de la maison, mais à l'idée du long après-midi qui l'attendait, elle y renonça.

« Eh bien, que cela ne vous empêche pas de poursuivre, dit-elle la bouche pleine de tomate et de fromage. Pourvu que ce soit en anglais. Ou en irlandais, si vous préférez. En tout cas, dans une langue que je puisse comprendre. »

Il ne répondit pas tout de suite. Il continua à enfourner sa nourriture avec le sérieux d'un orphelin affamé. Elle savourait sa soupe, portant délicatement le côté de sa cuiller à sa bouche. Conor piqua une grosse frite sur sa fourchette et la lui offrit. Elle secoua la tête et lui proposa un morceau de mozzarella. Il frissonna.

« J'ai horreur de ça. Ça a tout d'un chewing-gum au fromage, à la différence qu'il faut l'avaler au lieu de le recracher. »

Il posa sa fourchette et regarda Min.

« Vous étiez bien la femme d'Andy Carolan, non ? »

Elle confirma d'un signe de tête.

« Vous avez connu Andy ?

– Pas vraiment, non. Seulement de réputation. Comme nous tous. Ça nous a tous fichu un sacré coup. Quand il est mort, je veux dire. » Il sourit et elle se surprit à lui sourire en retour. « C'est vraiment moche ce qui lui est arrivé. »

Min hocha de nouveau la tête, sentant, comme d'habitude, les larmes lui monter aux yeux et sa gorge se nouer.

« Il y a pas mal d'histoires qui circulent sur lui, je crois ? reprit Conor. Il a dû participer à presque toutes

115

les affaires de meurtres importantes des vingt dernières années.

– Des trente dernières années même.

– Exact, trente. Paraît qu'il était génial. Tout le
monde le dit. » Il termina ses frites et s'essuya les
doigts avec un grand mouchoir blanc qu'il tira de la
poche de son pantalon. « Je savais qu'il avait épousé
une collègue. J'avais entendu parler de vous. Mais je
dois dire que je vous imaginais... enfin, différemment.

– Vous m'imaginiez plus âgée, c'est ça ?

– Oui, voilà. » Conor tendit la main pour prendre
son paquet de cigarettes, mais le regard sévère de Min
l'arrêta. « Parce que Carolan devait bien avoir dans
les... je ne sais pas au juste... » Il s'interrompit. Sa
voix se perdit dans un murmure.

Cesse de fouiner, Conor, pensa-t-elle en le regardant. N'aggrave pas ton cas.

« Au moins vingt ans de plus que moi ? C'est ça
que vous voulez dire ? »

Il acquiesça. Il plissait distraitement la nappe à carreaux.

« En fait, il avait dix-neuf ans et six mois de plus
que moi. À sa mort, j'avais trente-trois ans et lui en
aurait eu cinquante-trois deux mois plus tard, si vous
voulez le savoir exactement.

– O.K. Eh bien, je suis heureux que nous ayons
tiré au clair ce petit détail. » Il se cala contre le dossier
de sa chaise et la regarda. « En tout cas, il y a un point
sur lequel mes collègues ont eu drôlement raison...

– Vraiment ? » l'interrompit Min. Elle n'avait
aucune envie d'entendre la suite. « C'était quoi ?

– Quand on a appris que vous alliez entrer dans
notre unité, ils m'ont prévenu. Ils m'ont dit que vous

116

étiez une femme très directe à qui il ne fallait pas raconter d'histoires. Que je ne devais pas me laisser abuser par vos doux yeux bruns et votre sourire. Que vous étiez une dure à cuire.

– Tiens donc ! » Elle repoussa son assiette. « Voilà comment on ruine la réputation d'une honnête femme. Jamais je ne me qualifierais de dure à cuire. Je reconnais qu'il m'arrive d'être difficile, irritable, maniaque, ou même mal lunée. Là, je trouverais le portrait plus ressemblant. Un autre de mes défauts, c'est l'impatience. Alors maintenant, vous nous commandez un café et vous m'expliquez ce qu'il y a au juste sous ces affaires d'ordinateur. En quoi est-ce qu'elles diffèrent de n'importe quelle autre action criminelle ?

– Parlez-moi de vos fils. » Conor la regarda fixement. « Ils ont quel âge ? Dites-moi ce qui les intéresse, ce qu'est leur vie de tous les jours. Parlez-moi de leur école, de leurs maîtres, du vendeur de sucettes qui attend devant la grille. Et puis de leurs amis, des pères de leurs amis, des frères aînés de leurs amis et des amis de leurs frères aînés. Je veux tout savoir : les oncles, les cousins et les grands-parents de vos enfants. L'épicier du coin, le laitier, l'éboueur, le vieil homme qui habite à côté de chez vous. Quand vous m'aurez parlé de tout ça, je pourrai vous expliquer. »

Min écoutait sans mot dire.

« Vous avez des photos de vos gosses chez vous ? reprit Conor. Eux à la plage ou jouant au foot. Sur la balançoire du parc. Dans la baignoire. À la fête d'anniversaire d'un copain ou à une sortie au zoo. Vous avez des photos comme ça ? »

Elle acquiesça d'un signe de tête.

« Eh bien, partout dans la ville... » Conor agita

la main en direction de la rue bruyante, derrière les fenêtres embuées « ... partout, il y a des gens, surtout des hommes, qui collectionnent ce genre de photos. Ils en possèdent des centaines de milliers. Ils les classent. Ils les échangent contre d'autres. Pour vous, ces images sont tout à fait innocentes. De précieux souvenirs. Pour eux, elles sont érotiques. Des objets de jouissance, des aides à la masturbation. Elles sont excitantes. Elles sont au cœur de leur vie. »

Il glissa sa main dans la poche de sa veste et en sortit une pochette en plastique.

« L'autre jour, nous avons perquisitionné une maison à Galway. Le type qui y vivait avait fait circuler un certain nombre de ces photos. Sur Internet. Elles ont été repérées par un flic de l'Oklahoma. Un copain à moi. Alors qu'il effectuait un contrôle d'une série de sites connus pour passer des images pédophiles. Il ignorait leur provenance, mais il a fini par comprendre quel jeu jouaient les sujets photographiés et il m'a envoyé le matériel. Après pas mal de recherches, nous avons trouvé une adresse e-mail au nom de M. Connemara. Tenez, jetez un coup d'œil sur ce que nous avons saisi dans son grenier. »

Min ramassa la pochette. Elle contenait des photos de garçons jouant au hockey irlandais. Puis les mêmes garçons dans un vestiaire. Des enfants de douze, treize ans, elle n'aurait su le dire. En train de se déshabiller. Ils étaient en slip, short, tricot de corps, chaussettes, tee-shirt. Aucun n'était totalement nu, même si sur certaines photos on en voyait qui s'enveloppaient d'une serviette. C'étaient des garçons ordinaires, de petits Irlandais aux corps blancs, avec des taches de rousseur et de l'acné. Des cheveux châtains ternes. Ils n'étaient pas particulièrement beaux. Simplement des adolescents.

« Bon, et alors ? s'étonna Min. Où est le crime ? J'ai plein de photos comme ça chez moi. Tout le monde en a.

– Vous êtes sûre ? Des caisses pleines de ce type de reproductions ? Que des garçons entre dix et quatorze ans ? Et des caisses pleines de revues du genre de celles qu'on publiait en Suède et au Danemark dans les années soixante ? Avant qu'on interdise la pornographie pédophile et qu'il devienne dangereux et peu rentable d'en éditer. Vous possédez vraiment ce genre de matériel ? »

Min resta muette.

« Le gars avait aussi une pile de cédéroms. À notre retour au bureau, je vous les montrerai. Nous n'en imprimons pas les images. Nous n'en passons même pas de copies à d'autres polices. Nous estimons qu'il y aurait là matière à trafic. Or, pour rien au monde, nous ne voulons entrer dans ce système. »

Min regarda fixement les photos posées sur la table.

« Je ne saisis pas, dit-elle. Vous voulez dire que ces instantanés d'album de famille sont vendus ? C'est ça ? Et qui les propose ? Qui en tire profit ? Ça représente quoi comme bénéfice ? »

Conor lui adressa un sourire.

« C'est curieux que vous me disiez ça. Parce que, il y a encore peu de temps, j'aurais affirmé que l'argent ne jouait pas le plus petit rôle là-dedans. Que ce trafic n'avait rien de pécuniaire. Que la plupart des pédophiles éprouvaient une autre sorte d'intérêt pour les photos d'Internet. Que pour eux c'était comme une forme d'amour. Or, ce n'est plus du tout ça maintenant. Et, dans un certain sens, ce changement nous arrange. Parce que, à présent, nous savons comment retrouver ces types. En effet, ceux qui cherchent de la pornographie pédophile sur Internet utilisent tous des accès protégés, des *proxy*, ils sont couverts par des mots de passe. Percer leurs défenses demande autant de chance que d'ingéniosité. Les cartes de crédit sont donc pour nous une bénédiction. Il est extrêmement difficile de dissimuler une opération bancaire. Cela dit, d'un autre côté, avec les sommes énormes qui sont brassées, nous n'aurons pas seulement affaire au big business, mais à de véritables criminels ayant à leur actif toutes sortes de délits et ça, c'est grave. La pornographie pédophile n'a jamais autant rapporté que la porno ordinaire, mais la tendance est en train de s'inverser. »

Min restait assise, immobile, les yeux fixés sur la nappe. Puis elle commença à balayer les miettes de son pain, les ramassa au creux de sa paume et les fit tomber dans son assiette.

« Vous dites une forme d'"amour" : ça signifie quoi exactement pour vous ? »

Conor haussa les épaules.

« Vous pourriez parler d'obsession. Ou bien de maladie. Vous pourriez même parler de perversité. Mais pour eux, ce qu'ils éprouvent, c'est bien de l'amour. Et je pense, Min, que voir les choses par leurs yeux peut nous aider dans notre travail de policier. Alors seulement, on se rend compte de l'ampleur des difficultés à surmonter. »

Des règles très strictes présidaient au bain de ses fils. Étant le plus jeune – de six minutes – Joe devait

120

sortir le premier. Il s'asseyait sur les genoux de Min, qui le séchait, le pressait contre elle et lui murmurait des mots affectueux à l'oreille. Ensuite, elle l'envoyait chercher son pyjama dans la chambre. Jim s'allongeait tout seul dans la baignoire, jouissant de son droit d'aînesse. Il écartait les jambes et les ramenait l'une contre l'autre, étirant ses pieds vers les robinets. Il parlait de sujets sérieux. Il aimait entendre sa mère lui raconter ce qu'elle avait fait dans la journée. Il voulait savoir si elle avait attrapé un méchant.

« Tu l'as fait, dis, Min ? Tu as gagné ta croûte aujourd'hui ? » demandait-il, répétant les paroles de son père.

« Je n'ai attrapé personne, répondait Min. Tu sais que je travaille dans une autre unité à présent. C'est un endroit très particulier.

– Ah bon ? » fit Jim, presque submergé d'eau tiède à présent. Un pansement qu'il avait sur le gros orteil s'était décollé et flottait à la surface tel un morceau d'algue rose. « C'est un bon boulot ? Un boulot où on a peur ?

– Mais pas du tout, voyons. » Min se pencha au-dessus de la baignoire et plongea son regard dans les yeux bleus et ronds de son fils. « Il n'y a aucune raison d'avoir peur. On y est en parfaite sécurité. Bien, maintenant, mon grand, il est temps de sortir de l'eau. »

Elle prit son fils par la main et le mit debout.

Ils rentrèrent au bureau à pied. Min écoutait Conor parler. Elle se dit qu'elle ne réussirait jamais à le faire taire. Il lui dévoilait le détail de son travail.

« Voilà comment je cherche : sur le Web. Je ne reste pas planté au coin d'une rue sous la pluie, comme vous. Mon domaine, c'est les *chatrooms* et les *news-groups*.

– Vous direz ce que vous voulez, Conor, mais rien de tout cela n'est quand même très nouveau. La porno pédophile, ç'a toujours existé. Quand je travaillais ici, dans le temps, nous avons saisi beaucoup de matériel. »

Conor acquiesça.

« Et si je me souviens bien, poursuivit Min, grand nombre de ces revues dataient de pas mal d'années. Les lois interdisant l'utilisation des enfants pour la pornographie, édictées au Danemark et en Hollande à la fin des années soixante-dix, avaient mis un terme à ces publications.

– Oui, c'est exact. Mais l'intéressant, c'est la manière dont on s'est servi du contenu de ces livres et de ces magazines. Approchez-vous. Je vais vous montrer. »

Min consulta sa montre. Il se faisait tard. Si elle voulait rentrer chez elle maintenant, il lui faudrait affronter les encombrements.

« Ils avaient enregistré quelque chose comme quatre-vingt mille images, poursuivit Conor. Ils étaient en train de créer une base de données.

– Comment ça, une base de données ?

– Regardez. »

Les mains de Conor se déplacèrent sur le clavier. L'écran commença à se remplir de toutes petites images. Des garçons et des filles d'âges divers. Des bébés, des enfants apprenant à marcher, des écoliers, des gosses prépubères et de jeunes adolescents dont les corps commençaient à révéler la maturité sexuelle. Min regarda, la bouche sèche, les mains moites.

« Il ne s'agit pas toujours d'enfants différents, fit-elle remarquer. Prenez cette rangée, par exemple. C'est toujours le même gosse.

– C'est ce qu'ils appellent une série. Ils aiment les collectionner. Comme on collectionne des timbres ou des cartes représentant des footballeurs. Vous voyez ce garçon ? »

Le curseur s'arrêta sur le visage d'un enfant auquel Min donna quatre ou cinq ans. Ses cheveux blonds étaient coupés très court et il souriait. Il était assis en tailleur sur une épaisse carpette, devant une cheminée.

« Et maintenant, observez ceci », dit Conor.

L'écran se remplit d'autres photos du même enfant. Min poussa un gémissement involontaire. Elle recula sa chaise à roulettes et se couvrit les yeux. « Nous avons cinq cents photos de lui. Il en existe peut-être beaucoup plus. » Conor se tut un instant. « À présent, examinons ça d'un peu plus près. »

Il cliqua de nouveau. Cette fois, l'image s'élargit, remplit l'énorme écran du moniteur. Sous l'effet de l'agrandissement, les yeux de l'enfant paraissaient voilés, ses traits estompés.

« Attention à ce que je vais vous montrer. » Conor déplaça le curseur sur l'arrière-plan de la photo. « Que voyez-vous ? »

Le regard de Min glissa sur le mur situé derrière l'enfant : il était couvert d'un papier peint gaufré.

« Rien de particulier, répondit-elle. Un papier peint assez ordinaire.

– Et quoi d'autre encore ? »

Min haussa les épaules.

– Je ne sais pas. Qu'est-ce que je devrais voir d'autre ? »

Conor se tourna à moitié vers elle.

« Vous m'étonnez. On m'avait dit que vous étiez très observatrice. »

Min resta muette.

« Écoutez, nous n'allons pas rester là-dessus toute la journée ! Servez-vous de vos yeux, bon sang ! Qu'est-ce que vous voyez ? »

Min haussa de nouveau les épaules.

« Du papier peint, des prises électriques, un tapis. Il y a aussi une photo au mur. Un paysage. Des montagnes, la mer.

– Bravo. Nous y voilà : des montagnes, la mer, des marais. Et les prises électriques, à quoi ressemblent-elles ? Vous y êtes ? »

Conor fit claquer ses doigts avec impatience.

« Des prises à trois fiches et un commutateur, dit Min.

– Félicitations, ma petite. Vous avez mis le doigt dessus. Enfin un peu de sens de l'observation. Un peu de travail de policier.

– Qu'est-ce que vous voulez dire ?

– Eh bien, c'est très important. Nous devons tenir compte de tous les détails d'une photo. Prise à trois fiches. Nous sommes donc en Grande-Bretagne ou en Irlande. La photo au mur m'a l'air d'être un paysage du Connemara. Le papier peint et le tapis sont dans le style des années soixante-dix. Regardez le jouet du gosse. Je parie que les vôtres ne jouent pas avec ce modèle d'Action Man. Mais votre frère ou vos cousins en avaient peut-être dans leur enfance. C'est-à-dire à l'époque où cette série – la série Billy comme nous l'appelons – a été constituée.

– Pourquoi l'appelez-vous Billy ?

– Je vais vous expliquer. Attendez une minute. »

Une autre image apparut. Une fête d'anniversaire. Un gâteau décoré de six bougies. Et un nom écrit dessus en glaçage rose. *Bon anniversaire, Billy*, disait l'inscription. Cette fois, l'enfant n'était pas assis sur la carpette étendue devant la cheminée. Il était nu et avait le visage inondé de larmes.

Le regard de Min se fixa sur l'écran. La gorge nouée, elle avala péniblement sa salive.

« Chaque image indique donc le lieu du crime et devrait être analysée comme telle, finit-elle par dire à Conor. Par exemple : la prise à trois fiches le situe en Grande-Bretagne ou en Irlande. Le paysage du Connemara restreint encore le champ des recherches. On n'a dû vendre que quelques centaines de ce jouet. Je dirais que ces indices devraient vous permettre d'identifier le criminel, d'obtenir un résultat, non ? Encore un point marqué par votre souris ! »

Conor la regarda. La lumière de l'écran se reflétait dans ses yeux gris.

« Ça dépend de ce que vous appelez "résultat". Oui, nous avons identifié le gosse. Nous avons enquêté sur des enfants en danger dont l'âge se situait entre quatre et dix ans et sur des enfants morts de causes suspectes à la fois ici, en Irlande, et en Grande-Bretagne. Et on a mis en plein dans le mille ! On est tombé sur un Billy O'Reilly. Il se trouve que sa famille était irlandaise, originaire de Mayo. Ils avaient émigré à Manchester dans les années soixante. Parents séparés. Mère alcoolique. Le père avait la garde de leurs trois enfants : Billy, sa sœur aînée et son petit frère.

– Et vous avez pincé le salaud ? » Min désigna

l'image sur l'écran. « C'était qui ? Le père, l'oncle, le curé ?

– Première question : le salaud. Non, nous ne l'avons pas pincé. Parce que nous n'avons jamais mis la main sur Billy. Billy est mort. En 1975, à l'âge de six ans, peu après sa fête d'anniversaire. Fauché par un conducteur ivre, alors que le gosse traversait la rue pour s'acheter des frites. Or, sans Billy, nous n'avions ni témoin ni plaignant. Les photos ne nous donnaient pas assez d'informations. De quoi disposions-nous ? Ni victime vivante, ni coupable. Seulement les photos. Et celles-là demeureront. Pour toujours, ou du moins aussi longtemps qu'il y aura des ordinateurs. Les photos de Billy resteront dans le réseau. Et des salauds pareils à celui qui a abusé de ce gosse continueront à éprouver du plaisir à les contempler. »

Faisant rapidement courir ses mains sur le clavier et la souris, Conor ferma le fichier.

« Ces images-là sont célèbres. Elles représentent les Mona Lisa ou la chapelle Sixtine du monde de la pornographie infantile. Ses timbres rares, son Saint-Graal. Ce sont les plus recherchées, les plus convoitées. Pour en obtenir des copies, les amateurs seraient obligés de fournir des milliers d'autres photos au club. Et vous savez pourquoi ? »

Incapable de parler, Min secoua la tête.

« Parce que Billy est mort. Il ne grandira jamais. Il restera un petit garçon extraordinaire et ne deviendra jamais un grand adolescent laid, balourd, poilu, plein de boutons et sentant mauvais. Pour un pédophile obsédé par le corps prépubère, c'est ce qui rend Billy si désirable. Et il fera n'importe quoi pour se le procurer. »

Assise dans l'obscurité, Min regardait ses jumeaux dormir. Ils continuaient à avoir une veilleuse.

« Comme ça, si je me réveille, je pourrai voir papa assis au bout du lit, lui avait expliqué Jim lorsqu'elle lui avait suggéré d'éteindre la lumière. Sans quoi il ne serait peut-être pas capable de nous trouver. Il doit avoir oublié où est notre chambre.

– Tu as tout à fait raison, avait-elle répondu. C'est très astucieux de ta part. Tu peux garder la veilleuse allumée aussi longtemps que tu voudras. »

Elle s'allongea à côté de Joe et lui prit la main. Dehors, au-delà des rideaux et des arbres au bout du jardin, on entendait le bruit assourdi de la circulation. Une rafale de vent fit trembler les vitres. Min se rappela l'or fané des feuilles mortes qui tourbillonnaient aujourd'hui dans les rues. Bientôt, leur éclat disparaîtrait, ce serait l'hiver. Elle leva la tête et regarda la veilleuse. L'abat-jour tournait lentement, projetant de jolis dessins au plafond : des enfants jouant avec des battes et des balles, un chat qui sautait, un chien qui courait, sa queue flottant derrière lui. Près d'elle, Joe s'agita et gémit, il serra les poings. Min lui caressa les cheveux et posa ses lèvres sur son front.

« Chut », murmura-t-elle dans ce baiser sur la peau soyeuse du garçon. Puis elle récita doucement les paroles d'une chanson que sa mère lui chantait autrefois, les nuits où le vent venu de la mer secouait si fort la maison qu'on eût dit qu'il allait la faire s'envoler jusqu'aux étoiles.

V'là l'bon vent,
V'là l'joli vent,

V'là l'bon vent,
*Ma mie m'appelle**[1].

Quand la respiration de Joe se calma et qu'il se tourna sur le côté, une de ses petites mains sous sa joue, Min réduisit sa voix à un chuchotis. Puis elle se leva avec précaution et se dirigea vers la porte. Elle la ferma derrière elle, la tirant jusqu'à percevoir le déclic du penne. La porte suivante ouvrait sur sa chambre à coucher. Min était fatiguée. Elle aurait dû se mettre au lit. Mais l'idée de la place vide à côté d'elle lui était insupportable. Elle s'adossa contre le mur et ferma les yeux.

« Andy, reviens, s'il te plaît, murmura-t-elle. Reviens t'occuper de nous. Plus que jamais, nous avons besoin de toi. »

1. Les passages en italique suivis d'un astérisque sont en français dans le texte original. *(N.d.T.)*

12

Un pâle visage le regardait à travers la porte vitrée qui donnait sur le jardin. Un visage de petit garçon. Celui de l'enfant qu'il avait vu chez les Goulding. Les yeux fixés sur Nick, le garçon ouvrit la bouche et souffla. Une buée blanche couvrit le verre, dissimulant sa tête.

Nick abandonna sa planche à dessin et s'approcha de la porte. S'accroupissant pour être au même niveau que le garçon, il souffla lui aussi. Ensuite, reculant un peu, il dessina dans la buée un visage souriant. Deux yeux, un rond pour le nez, un arc pour la bouche. Il attendit. Le garçon leva la main et pointa l'index. À son tour, il dessina deux yeux, un rond pour le nez et une bouche. Cette fois, en revanche, la bouche s'incurvait vers le bas.

Nick se redressa et ouvrit la porte. Dehors, il faisait beau, mais froid. L'enfant portait un pyjama d'un rouge délavé sur lequel on devinait encore un Mickey. Ses petits pieds blancs étaient nus. Il avait beaucoup plu pendant la nuit, l'herbe était mouillée. Avec son pantalon trempé jusqu'aux genoux, le gosse était frigorifié. Son petit corps maigre tremblait de froid.

Nick s'effaça et désigna la pièce derrière lui.

« Entre. Il fait bien meilleur à l'intérieur. »

Il attendit, mais le garçon restait planté là à le regarder, croisant et décroisant les mains d'un geste curieusement adulte.

« Allez, viens. » Nick ouvrit grande la porte et s'inclina. « Fais-moi l'honneur de venir chez moi. »

L'enfant ne bougea pas.

« Bon, tu fais comme tu veux. »

Nick retourna à la cuisine, ouvrit le frigo et y prit du lait. Il en versa un peu dans une casserole qu'il posa sur le feu. Il alluma la bouilloire électrique et sortit un paquet de café moulu du placard. Il en versa une dose dans une cafetière de verre. Il rouvrit ensuite le placard pour en sortir cette fois un paquet de biscuits. Il déchira l'emballage et disposa les biscuits sur une assiette. Ils étaient recouverts d'un glaçage au chocolat. Fredonnant très fort, Nick posa deux tasses sur la table. Il versa de l'eau bouillante sur le café et renifla avec exagération, le visage au-dessus de la vapeur.

« Mmm ! Ça sent bon ! » s'écria-t-il en enfonçant le piston de la cafetière. Il saisit la casserole de lait chaud. « Tu l'aimes comment ? Avec beaucoup de lait ou juste un nuage ? » Nick se tut un instant. « Au fond, tu es peut-être trop jeune pour du café. Du chocolat, ça t'irait ? »

Il alla de nouveau au placard. Il avait acheté du cacao la veille. En souvenir d'autrefois. Il versa le lait dans les tasses et ajouta dans l'une d'elles deux bonnes cuillerées de cacao. Il reprit, cette fois sans regarder l'enfant :

« Quand mon petit garçon avait ton âge, il adorait le café. Mais sa mère disait que ça ne faisait pas du bien aux enfants, alors je lui préparais du chocolat. Nous disions que c'était un "café spécial", le café d'Owen. Je lui mettais pas mal de sucre dedans. » Nick se tut de nouveau. « Évidemment, sa mère n'était pas d'accord. Elle affirmait que le sucre n'était pas bon pour lui. Ni le chocolat, d'ailleurs. Mais nous ne l'avons jamais écoutée. On la trouvait un peu casse-pieds pour tout dire. Elle voulait toujours nous empê-cher de prendre du bon temps. »

Nick huma de nouveau les tasses.

« Ça m'a l'air délicieux ! Qu'est-ce que tu en dis ? »

Il prit les deux tasses, l'assiette de biscuits et, mar-chant avec précaution, retourna à sa table à dessin. Après avoir mis une des tasses et l'assiette par terre, il s'assit sur son haut tabouret, cassa un biscuit et le trempa dans son café. Il le suça et le mangea. Il se lécha les doigts, but une gorgée. Puis il posa sa tasse et reporta son attention sur son dessin. Il ne s'agissait encore que d'un croquis. Une idée pour une illustra-tion. La première esquisse au fusain tracée sur une feuille tirée de la pile qui se trouvait sur sa table. Des traits rapides, peu de détails. Un renardeau et un cha-ton vivent ensemble dans un nid d'herbes sèches et de feuilles, sous un vieux kiosque de jardin. Un petit garçon les découvre et les adopte. Une simple ébau-che. Mais Nick était content : cela faisait longtemps qu'il n'avait plus ressenti l'envie de raconter une his-toire.

Il tendit la main vers sa tasse, prit en se penchant un autre biscuit. Le chocolat commençait à fondre et à poisser ses doigts. Il les porta à sa bouche pour les sucer. Le chocolat avait un étrange goût salé. Il regarda de nouveau son dessin. Lissa les épais traits de fusain, les nuançant avec un chiffon. Il sifflota entre ses dents. Soudain, il entendit des pieds nus s'approcher de lui. Il posa le chiffon, reprit son fusain et se remit à dessiner. Un garçon aux cheveux coupés en brosse, aux membres longs et minces, tendait les mains vers le renardeau. Le fusain grinçait sur le papier. Quand Nick appuya davantage, il se cassa net. Une moitié roula par terre. Nick la vit tomber à côté de l'enfant. Accroupi à côté de l'assiette, celui-ci buvait son chocolat à longs traits et fourrait des biscuits dans sa bouche.

Nick dessina une autre image : celle d'un garçon assis en tailleur qui caressait la tête du renardeau, sa bouche entrouverte tout près de l'oreille pointue de l'animal. Aux pieds de Nick, l'enfant mastiquait avec de petits bruits de plaisir. Des miettes se répandaient sur son pyjama, du chocolat lui coulait sur le menton. La main de Nick se mouvait rapidement sur le papier, le remplissait d'images de garçons et de renards. Une fois l'esquisse terminée, il la jetait à terre et en commençait une autre. L'enfant s'était assis sur les talons. Il s'essuyait les lèvres de sa manche, du chocolat barbouillait ses joues. Son regard allait de l'assiette vide aux feuilles de papier. Il disposa celles-ci en cercle autour de lui. L'air extasié, il promenait son doigt sur les traits de fusain.

« Tiens, prends ça », dit Nick.

Il attrapa quelques feuilles de papier brouillon,

choisit deux longs fusains dans la boîte et déposa le tout par terre. Puis il revint à son travail. L'enfant dessinait très vite. Des figures en forme de bâtonnets apparurent sur le papier. Des hommes, des femmes, des enfants, des animaux. Il y avait aussi des voitures, des bicyclettes, des maisons à pignon et au toit pointu, des cheminées. Des volutes de fumée montaient vers un ciel plein d'oiseaux qui volaient en allongeant le cou. Interrompant son travail, Nick observa l'enfant. Celui-ci se déplaçait autour du papier, changeant sans cesse de position : il s'agenouillait, s'accroupissait, se redressait à moitié, se couchait par terre. Bientôt, il ne lui resta plus qu'un tout petit bout de fusain. Il s'essuya les mains à sa veste de pyjama et se leva.

« Tu sais que c'est vachement bien ce que tu fais, c'est génial ! »

Nick descendit de son tabouret et se pencha pour regarder. Il allait ramasser les feuilles, mais l'enfant les rassembla rapidement et les serra contre lui, le visage crispé, les yeux hagards.

« Ça va, ça va, je ne vais pas te les prendre, dit Nick en reculant. Repose-les. Je n'y toucherai pas, c'est promis. »

Mais l'enfant s'était déjà éloigné et courait vers la porte du jardin. Ses pieds nus claquaient sur le plancher. Les mains chargées de feuilles, il fut incapable d'abaisser la poignée. Il se mit alors à donner des coups de pied dans la vitre, puis des coups d'épaule dans le chambranle.

« Bon, bon, si tu veux sortir, il n'y a pas de problème. Attends une seconde, je vais t'ouvrir. Inutile de cogner comme ça. »

Nick s'approcha de la porte et abaissa la poignée.

L'enfant passa devant lui, traversa la pelouse en courant et se dirigea vers d'épais buissons plantés contre le mur. Curieux de voir où il allait, Nick le suivit. Il vit les buissons bouger et comprit que l'enfant se frayait un passage à travers la haie. Lorsqu'il regarda par-dessus le mur, il aperçut le garçonnet qui se précipitait vers l'escalier de la cuisine, serrant toujours ses dessins, à présent déchirés et maculés de boue. Ses pieds glissèrent sur le bois et, pendant un instant, Nick crut qu'il allait tomber à la renverse. Juste au moment où il gravissait la dernière marche, la porte s'ouvrit devant la femme maigre et brune que Nick avait entrevue la veille par la fenêtre. Elle cria au garçon des paroles dans une langue étrangère, l'attrapa par l'épaule, le secoua, lui arracha les papiers et le poussa à l'intérieur. Regardant vers le jardin, elle remarqua la présence de Nick, lui fit un signe de tête et rentra. La porte claqua derrière eux, puis ce fut le silence.

Nick se dirigea vers la haie. Il se pencha et rampa au-dessous. Un buddleia se dressait là, planté par lui des années auparavant. Il atteignait cinquante centimètres dans son pot en plastique lorsqu'il l'avait acheté au supermarché du coin, peu après leur emménagement. Maintenant, il devait bien faire quatre mètres de haut et autant de large. Une vilaine plante, pensa-t-il, sauf en été, quand ses grappes de fleurs mauves attiraient des papillons qui s'y perchaient, battant lentement des ailes, buvant le nectar des calices. Nick avança péniblement à quatre pattes dans l'obscurité, sous les branches basses du buisson. Un endroit secret. La cachette idéale. Un petit enfant ne devait avoir aucun mal à s'y faufiler. Et là, à l'endroit où leur mur de derrière jouxtait celui du voisin, s'ouvrait une brèche. Dissimulée par le buddleia d'un côté, par un grand fuchsia rouge de l'autre. Assez grande pour livrer passage à un chat, à un jeune chien, à un renard et même à un petit garçon. Les enfants Goulding l'avaient empruntée. Owen aussi. Tout comme Luke, son meilleur ami, et d'autres enfants qui étaient venus jouer dans leur jardin. Nick avança en rampant et tâta le mur. Le trou y était encore. Le garçon d'à côté l'avait découvert et l'utilisait pour passer d'un côté à l'autre. Comme tous les autres gosses.

Nick sortit à reculons du tunnel de branches. Il se leva. Mouillé et tout crotté. Et gelé, par-dessus le marché. Il rentra chez lui et ferma la porte. Des morceaux de fusain jonchaient le sol. Il les balaya et les jeta à la poubelle. Owen aimait le fusain. Il adorait en ouvrir une nouvelle boîte, soulever le papier de soie et voir les bâtonnets intacts alignés en rangs serrés. Il aimait le blanc et noir. Nick lui avait offert des pastels et toute une gamme de crayons de couleur. Owen les avait refusés. Je ne veux pas faire du coloriage, disait-il. C'est bon pour les filles. Moi, je veux faire du vrai dessin, comme toi, papa. Ça, c'est autre chose.

Nick se tourna vers les cartons empilés contre le mur. Ils étaient fermés avec du scotch et ficelés. Emballer était la spécialité de Susan. Quand ils avaient quitté l'appartement où s'étaient écoulées leurs premières années de mariage pour s'installer ici, c'est elle qui s'était chargée des cartons.

« Allez, débarrasse-moi le plancher », lui avait-elle dit, alors qu'il examinait la pile des emballages vides qui se dressait au milieu de leur petit séjour. « Va jouer au foot ou prendre un verre au pub avec tes copains. Fais ce que tu fais d'habitude quand je ne suis pas là. Je préfère m'occuper de ça toute seule. »

Il l'avait attrapée par la taille et attirée contre lui, mais elle s'était mise à rire, s'était libérée et avait désigné la porte.

« Mon chéri, va donc voir ailleurs si j'y suis. »

Lorsqu'il était rentré d'un pas chancelant en chantant à tue-tête, il l'avait trouvée endormie sur le canapé. Tout avait été empaqueté, leur nouvelle vie mise en ordre et classée. Il n'en avait pas éprouvé de la reconnaissance, mais plutôt de l'irritation, se souvint-il soudain. Il était allé à la cuisine et avait déchiré le dessus du carton marqué *Alcool*. Il en avait sorti une bouteille de whisky dont il s'était servi une rasade dans une tasse à l'anse cassée, le seul récipient que Susan eût laissé dehors, sans doute dans l'intention de le jeter. Il s'était assis et avait regardé Susan dormir, se posant des questions. Pouvait-il passer le reste de ses jours avec une femme obsédée par l'ordre ? La cendre de sa cigarette tombait sur sa chemise. Il avait contemplé Susan qui bougeait, soupirait et battait des paupières dans son sommeil. Puis il avait éprouvé des remords. Et s'était senti rempli d'amour et de gratitude. Oui, il lui savait gré d'être différente. Elle veillerait sur lui et garderait les pieds sur terre alors que lui avait toujours la tête dans les nuages. Du moins, c'est ce que Susan prétendait. Après avoir terminé sa cigarette et son whisky, il l'avait doucement réveillée et presque portée dans leur chambre. Il l'avait prise dans ses bras et n'avait pas tardé à s'endormir lui aussi. L'odeur de savon, de propre que dégageait Susan avait été sa dernière sensation consciente.

Il constatait à présent qu'elle s'était montrée aussi

soigneuse avec les affaires d'Owen. Ses vêtements, ses livres, ses jouets. Lors du départ de Nick, la chambre de son fils était intacte. Tout y était à sa place. On y faisait la poussière une fois par semaine. On nettoyait les carreaux et on passait l'aspirateur. On changeait même les draps. Et à présent, tout était emballé dans ces cartons étiquetés qu'il avait sous les yeux. Il s'en approcha et lut les mots que Susan y avait inscrits en grandes lettres bien nettes. Il trouva celui qu'il cherchait : *Peintures, dessins, fournitures d'art*. Il tira le carton au milieu de la pièce. Puis, prenant un canif rangé sur sa table parmi les crayons et les pinceaux, il fendit le papier adhésif, écarta les rabats. Ensuite, il alla à la cuisine et versa une généreuse rasade de whisky dans son café. Assis par terre, il plongea les mains dans le carton. Il en retira un tas de feuilles et de carnets de dessin, les étala autour de lui. Il s'agenouilla pour voir ce qui restait au fond du carton. Il y avait tous les dessins d'Owen depuis son premier gribouillage, quand il avait deux ans et qu'il avait du mal à tenir le crayon entre ses doigts potelés, incapable encore de contrôler l'angle de la mine. Chaque bout de papier portait une date inscrite au dos. Le travail de Susan. Il reconnut son goût pour les collections, le classement.

« Mettons les choses au point », disait-elle toujours.

Suivait la liste des écarts de conduite qu'il avait commis et de ses défauts. Elle repoussait ses cheveux en arrière et établissait la liste de ce qu'elle lui reprochait en tapant l'index de sa main droite contre les doigts de sa main gauche. Nick haussait les épaules, riait et essayait de changer de sujet.

Il avait pourtant été un bon père. Personne ne pou-

vait dire le contraire. Le travail d'Owen en donnait la
preuve. Nick avait oublié à quel point son fils était
doué. Certains de ses dessins révélaient un incontes-
table talent. Cet enfant savait voir et reproduire. Déjà,
à l'âge de cinq ans, il possédait un trait original, une
vision unique. Il aimait les gros plans. Des visages
énormes couvraient la totalité de la page. Faciles à
reconnaître. Il découvrit son propre portrait : cheveux
noirs ondulés et en désordre, joues et menton mal
rasés, une cigarette à la bouche. Puis celui de Susan
avec deux lignes parallèles entre les sourcils et un
téléphone à la main. Celui de Luke Reynolds, « mon
meilleur ami », comme l'appelait Owen. Et voici
Marianne. C'était bien elle. Grands yeux bruns et large
sourire. Nick se mit à rire tout haut : Owen avait doté
la jeune fille d'une couronne. Venaient ensuite toutes
les autres personnes qui avaient joué un rôle dans la
courte vie de son fils. Mlle Murphy, sa maîtresse préférée, avec de grosses taches de rousseur sur son nez
retroussé. Quelques-uns de ses camarades de classe,
dont Nick avait oublié les noms. Et Chris Goulding.
Lunettes à épaisse monture noire et grande mèche de
cheveux bruns en travers de la figure. Un appareil de
photo pendait à son cou. À côté de lui se tenait Róisín,
du moins, Nick supposait que c'était elle. Toute vêtue
de noir, elle avait le même visage que Chris, mais sur
un corps de femme aux seins très apparents et à la
taille mince. Voilà qui est extraordinaire, se dit Nick
en s'asseyant sur les talons. Il n'avait jamais prêté
grande attention à Róisín. Il ne l'avait certainement
jamais perçue comme un être féminin, jusqu'au soir
où il l'avait retrouvée dans le bar de La Nouvelle-

Orléans. Or c'était bien ce qu'Owen, lui, avait vu et traduit.

Nick se leva et se reversa du whisky. Il sentit quelque chose craquer sous son pied. Encore un morceau de fusain. Il en ramassa les miettes. Le bout noirci de ses doigts révéla le dessin de la pulpe. Nick retourna à sa table de travail et appuya les extrémités de ses mains sur une feuille de papier blanc, regardant la marque spécifique de sa peau apparaître sur la surface lisse. Au début de l'enquête, les policiers avaient pris ses empreintes. Une simple formalité, lui avaient-ils assuré. Et aussi celles de Susan. Muette et passive devant ce rituel, elle n'avait pas protesté. Ils leur avaient aussi demandé un objet ayant appartenu à Owen. Afin de relever les empreintes de l'enfant. Nick leur avait donné le Game Boy d'Owen. La matière plastique conservait les traces du gras de la main. Ils avaient également voulu consulter ses dossiers dentaires et médicaux. Il restait encore à Owen quelques dents de lait, mais il en avait déjà pas mal de nouvelles. Les radios de ses os ou de ses organes internes. L'enfant portait-il des cicatrices ou des marques sur son corps ? Nick s'était rappelé qu'Owen avait été victime d'un accident à la maternelle, à l'âge de quatre ans. Sa jambe s'était trouvée prise sous une grande maison de poupée en bois qui s'était effondrée. Malgré quelques contusions, le garçon paraissait indemne. Mais plus tard, Susan avait remarqué qu'il boitait. La radiographie avait révélé une fracture partielle, une déformation plutôt qu'une cassure. Nick s'était senti terriblement coupable de ne pas l'avoir décelée plus tôt. Owen en portait-il toujours la marque sur l'os ? avait-il demandé à Susan. Celle-ci avait acquiescé. Il n'y avait rien d'autre à signaler. Juste quelques cicatrices aux genoux dues à une chute de bicyclette. Sinon son corps était parfait. Je le reconnaîtrais, se dit Nick. Même s'il le voyait maintenant, il le reconnaîtrait. Même si son visage avait complètement changé, je suis sûr que je le reconnaîtrais. Au grain de sa peau, à la forme de ses pieds, à ses côtes et ses omoplates saillantes. Je le reconnaîtrais.

Papa, raconte-moi encore l'histoire de l'enfant-étoile. Raconte-moi comment on a trouvé le petit garçon dans la forêt. Sa mère l'avait cherché, mais comme c'était une mendiante vêtue de haillons, l'enfant s'est mal conduit envers elle. Il a dit qu'il ne la connaissait pas. Qu'elle ne pouvait pas être sa mère puisque c'était une pauvresse. Il s'est détourné d'elle et a déclaré qu'il embrasserait un serpent ou une grenouille plutôt qu'elle. Raconte-moi la suite, papa : est-ce qu'il n'a pas été transformé en une vilaine bête comme le serpent ou la grenouille ? Et c'était bien fait pour lui, hein, papa, parce qu'il avait été méchant ? Et ce n'est que lorsqu'il est redevenu gentil qu'il a repris sa forme de petit garçon. Dessine-moi les images, papa. Mets mon visage sur le corps de l'enfant-étoile. S'il te plaît, papa, oh, s'il te plaît.

Les dessins de Nick étaient tous là, rangés dans les autres boîtes. Les esquisses en vue de la version définitive du livre. Mais il lui était trop pénible de les regarder maintenant. Il préférait chercher quelque apaisement dans les livres qu'il avait aimés enfant : l'exemplaire de *L'Île au trésor* qui avait appartenu à son père, la série des *William* que lui avait léguée son oncle John, *Les Trente-Neuf Marches* et tout un choix d'histoires de chevaux qui plaisaient à sa mère et qu'elle lui lisait le soir. *Mon amie Flicka, Thunderhead* et *Les Prairies du Wyoming*. Tous ces livres étaient illustrés, ils remontaient le moral. Ils devaient se trouver dans un des cartons, mais Nick n'en découvrit aucun.

Il se rassit par terre et s'adossa au mur. Soudain, il entendit des pas au-dessus de lui. Le plancher grinça, des portes s'ouvrirent et se refermèrent. Tournant les yeux vers le jardin, il vit apparaître Susan. Un panier d'osier dans les mains, elle s'approcha de la corde à linge. Elle décrocha des draps, les plia soigneusement en deux, puis encore en deux et les déposa dans le panier. Des mèches lui tombaient sur la figure. Nick se leva. Il alla à la porte et sortit. Susan ne tourna pas la tête. Méthodique, ordonnée, elle poursuivait sa tâche. Elle avait revêtu un vieux pull des îles d'Aran complètement déformé qui flottait sur ses hanches. Nick le reconnut. Il avait été à lui. Sa mère le lui avait tricoté une année et offert pour Noël. Susan s'en était servie lorsqu'elle attendait Owen et le vêtement s'était déformé avec sa grossesse. Maintenant, quand elle se penchait puis se redressait pour atteindre la corde à linge, on voyait encore le tricot crème gonflé à l'endroit du ventre.

Le soleil était sorti de derrière les nuages, inondant le jardin de lumière. Une bande de mésanges bleues fonça vers la mangeoire remplie de cacahuètes qu'on avait accrochée au bout d'une branche du vieux pommier, au milieu de la pelouse. Nick les regarda planer en formation d'attente, tels des avions dans un aéroport surchargé. Quand un oiseau avait fini de manger, un autre prenait sa place. On aurait dit qu'ils agissaient avec politesse et considération. Un jour, il avait observé des moineaux avec Owen. Ça devait être au printemps. Il y avait des oisillons perchés sur des branches basses et ils avaient vu les parents nourrir leurs petits avec la nourriture portée dans leur bec. Mais l'été était encore loin, se dit Nick, alors qu'un gros nuage gris assombrissait de nouveau le jardin.

« Susan », appela-t-il.

Elle continua sa tâche sans répondre.

« Susan », répéta-t-il.

De nouveau, elle n'eut pas l'air d'entendre.

« Susan, s'il te plaît, il faut que je te parle.

– Vraiment ? Qu'est-ce que tu as à me dire ? demanda-t-elle sans tourner la tête.

– Tu sais, ce n'est pas facile de revenir ici après une si longue absence. Pas facile du tout, même. Je me sens mal à l'aise, comme si je n'étais pas à ma place.

– Pas possible ! Dans ce cas, je me demande bien pourquoi tu ne retournes pas d'où tu viens. Personne ne t'a demandé de revenir. Personne n'avait besoin de toi. »

Susan se tourna vers lui. Puis elle souleva le panier et commença à marcher vers la maison. Elle semblait épuisée. Elle avait les yeux cernés, les épaules voûtées.

Nick s'approcha d'elle.

« Attends, je vais t'aider. »

Il se pencha pour prendre le panier, mais Susan fit un pas de côté.

« Écoute-moi bien, dit-elle d'une voix forte. Je pensais m'être fait comprendre. Ça ne m'intéresse pas, les agréables petites conversations avec toi. L'évocation des souvenirs. Je veux juste que tu me laisses tranquille, que tu me laisses vivre ma vie. Comme toi tu vis la tienne. » Elle posa le panier par terre, entre eux, et se redressa. Son regard était froid et direct. « Je dois dire que tu m'étonnes. Tu m'envoies une lettre. Tu m'écris que tu veux revenir. Et pourquoi ? Tu me sors la commémoration de la disparition d'Owen. Et une absurde histoire au sujet de Róisín Goulding que tu as rencontrée dans un bar. Avec une obscure allusion à son travail. Comme si ç'avait de l'importance ce que tu faisais alors ou ce que tu fais maintenant. Tu habites ce sous-sol comme si tu n'étais jamais parti. Pour quelle raison ? Peux-tu me le dire ? Pour pleurer sur toi, sans doute. Te flageller morale- ment à cause de ce qui est arrivé. Satisfaire l'opinion démesurément exagérée que tu as de toi. C'est pour ça, non ? »

Nick ne répondit pas. Les mésanges bleues pous- saient des cris aigus. Un chat traversa la pelouse en direction du pommier. Il avançait, aplati contre le sol, balançant sa queue. Au timbre de la voix de Susan, Nick avait senti ses cheveux se dresser sur sa nuque. Il prit brusquement conscience de toutes ces fenêtres qui donnaient sur le jardin. Il leva les yeux et aperçut une silhouette devant celle de la chambre à coucher.

« Ah, je comprends... dit Nick. Ton petit ami commence à trouver que je suis de trop. » Du menton, Nick désigna la fenêtre. « Il est jaloux, c'est ça ? »

Susan inspira avec bruit.

« Espèce de sale con ! cria-t-elle, toute pâle. Tu ne manques pas d'air. Est-ce que tu sais seulement ce que ça veut dire : être jaloux ? Tu n'as absolument pas la moindre idée de ce que j'ai subi à cause de toi. Je

143

me demande bien pourquoi je t'ai permis de revenir. Je devais être folle. Mais cela m'a au moins appris une chose. À présent, je sais que je veux divorcer. Avant, je n'y étais pas décidée. Dieu sait pourquoi. Pendant ton absence, quand je ne te voyais pas, il n'y avait pas de problème. C'était comme si tu n'existais plus. Un peu comme Owen. Tu t'étais évaporé. Malheureusement, je me trompais. Tu es vivant, en bonne santé et toujours aussi salaud. Maintenant que je vois clairement qui tu es, je veux en finir une fois pour toutes. Je regrette de t'avoir rencontré, Nick. Je regrette de t'avoir épousé. Et je regrette surtout d'avoir eu un enfant avec toi. Parce que, si je ne l'avais pas eu, je souffrirais moins. »

Nick se sentit glacé, nauséeux, avec un mauvais goût de whisky dans la bouche. Il s'approcha de nouveau d'elle.

« Tu ne parles pas sérieusement. Tu ne veux quand même pas dire que tu regrettes d'avoir eu Owen avec moi ?

– Mais si, c'est exactement ce que je veux dire. Sans toi, j'aurais pu connaître quelqu'un de convenable. Qui ne m'aurait pas trahie. Un homme qui aurait fait passer notre enfant avant tout le reste, et non pas après. Et ce malheur m'aurait été épargné. »

La porte de la cuisine s'ouvrit. Nick leva les yeux. Paul se tenait en haut de l'escalier.

« Je parle très sérieusement, Nick. Fiche-moi la paix. Je ne veux rien avoir à faire avec toi. Je croyais que je serais capable de te revoir. Que ma blessure était cicatrisée. Or ce n'est pas le cas : la plaie est toujours ouverte. Et trop douloureuse. Je ne le supporte pas. »

144

Nick ouvrit la bouche pour parler, mais aucun son n'en sortit. Susan se tourna, ramassa son panier. Elle monta bruyamment les marches de bois. La porte claqua derrière elle. Le chat bondit et enfonça ses griffes dans l'écorce cannelée de l'arbre. Les oiseaux s'envolèrent. Furieux, ils décrivirent un large cercle en piaillant avant de se poser à nouveau sur les plus hautes branches. Nick regarda le ciel où s'accumulaient de gros nuages que la lumière frangeait d'argent. De petits morceaux bleu foncé les séparaient, puis disparurent, avalés par la grisaille. Nick leva les yeux vers les fenêtres sombres, presque opaques, puis vers la maison voisine. Et revit le visage du garçonnet. Nick lui sourit et lui fit ensuite une grimace, louchant et tirant la langue. L'enfant le regarda, se pencha vers la vitre et souffla. Il dessina deux yeux, une tache pour le nez et un arc s'incurvant vers le haut. Nick le salua d'un geste de la main avant de rentrer chez lui.

13

L'ouvrage occupait sa place habituelle, sur la grande étagère. On y rangeait autrefois tous les livres d'enfant de Nick. Après son départ, Susan les avait jetés. Elle n'avait gardé que *L'Enfant-Étoile*. Ce livre était à présent encadré par des journaux et des manuels de médecine. Quand Owen était encore là, on prenait soin de mettre ces manuels loin de son regard curieux, hors de portée. À cause des planches illustrées et des photos. Susan les trouvait fascinantes, et non sans beauté. Mais Nick avait insisté pour qu'on les cache.

« Ces images me flanquent la frousse. Dieu sait l'effet qu'elles pourraient avoir sur un enfant. »

Susan avait résisté, disant qu'elles n'étaient pas plus traumatisantes que sa collection à lui de contes d'Andersen ou des frères Grimm. Ou que son édition illustrée de *Strewelpeter* où l'on voyait du sang jaillir des mains d'un enfant hirsute. Ses doigts avaient été amputés par les énormes ciseaux aux lames rouges et luisantes qui gisaient à terre. Cependant, l'opinion de

Nick avait prévalu, comme souvent lorsqu'il s'agissait de l'éducation d'Owen.

Susan, à présent devant la fenêtre du séjour, tenait le livre entre ses mains. Elle le feuilletait lentement. Son petit Owen la regardait. Drapé dans une cape de lamé parsemée d'étoiles. Perçant les nuages, un chaud rayon de soleil vint caresser les mains de la jeune femme. Elle regarda à travers la vitre. Deux garçons traversaient la place, poussant une brouette remplie de chutes de bois provenant de la menuiserie qui se trouvait deux rues plus loin. Elle vit les gosses jeter leur chargement sur le bûcher qu'ils venaient de construire. Ils riaient, criaient, se livraient à toutes sortes de pitreries. Susan entendit la porte du sous-sol se fermer. Baissant le regard, elle aperçut la tête brune de Nick : il descendait l'allée en direction de la rue. Il s'arrêta un instant, tripotant des clés, vérifiant les poches de sa veste de cuir. Elle recula dans l'ombre de la pièce. Nick ne leva pas la tête. Elle ferma le livre et le remit dans la bibliothèque. Quand elle revint à la fenêtre, il n'y avait plus personne dehors.

Nick mit plus de temps que prévu pour trouver Luke Reynolds. Une autre famille occupait maintenant la dernière maison de la place, où Luke avait logé dix ans plus tôt. Les parents de Luke s'étaient séparés et avaient récemment divorcé. Bridget, la mère de Luke, après s'être remariée, s'était installée à Londres avec son nouveau mari, le fils de celui-ci et la fille issue de son premier mariage à elle, la sœur de Luke. Luke avait choisi de rester à Dublin avec son père et la petite amie de celui-ci. Il était en deuxième année de faculté. Tous trois habitaient un appartement dans Temple Bar.

Nick s'était rappelé que les parents étaient juristes. Ils avaient travaillé ensemble. Lui se spécialisait dans les questions d'héritage et les dommages corporels, elle dans les problèmes familiaux, la séparation de corps avant le divorce, le droit de garde des enfants, bref tous les contentieux complexes que recèle ce domaine. Nick avait épluché l'annuaire à la recherche de leur nom, mais ce n'est qu'après s'être renseigné auprès d'avocats qu'il découvrit que leur cabinet n'existait plus et que Pat Reynolds travaillait à présent dans l'un des gros cabinets de la ville. À titre d'associé, en fait.

« C'est une mine d'or, avait-il annoncé à Nick lorsque celui-ci avait fini par le joindre au téléphone. Je n'ai jamais vécu d'une façon aussi agréable. Il y a des années que j'aurais dû prendre cette décision. »

Nick se demanda à quelle décision exactement il faisait allusion. Jusqu'à ce qu'il sortît de l'ascenseur et pénétrât dans le vestibule du luxueux appartement de Pat Reynolds, construit sur le toit de l'immeuble. Un plancher d'érable s'étendait jusqu'à l'immense baie vitrée qui offrait une vue panoramique sur le fleuve, les quais et la mer au-delà. Une femme, ou plutôt une jeune fille, aux cheveux blonds ébouriffés et dont la taille nue découvrait le nombril, se vautrait sur un canapé de cuir blanc. À l'entrée de Nick, elle leva à peine les yeux du grand écran de télévision placé dans un coin. Nick avait connu Bridget. Il ne l'avait jamais vue le ventre nu. Et elle ne regardait jamais la chaîne MTV.

« Jan, je te présente Nick, un très vieil ami. Nick, voici Jan, ma nouvelle compagne. »

Avec un sourire satisfait, Pat proposa à Nick un siège et un verre. Jan roula sur le ventre et changea de chaîne. Aucun signe de Luke.

« Oui, oui, il est là », assura Pat en désignant l'escalier en colimaçon qui montait vers une mezzanine. « Il est là-haut, scotché à son ordinateur. Quand ce ne sont pas des jeux électroniques, c'est ce foutu Internet. Je ne comprends pas un mot de ce qu'il raconte ces jours-ci. C'est comme s'il parlait une langue étrangère. En fait, Jan le comprend mieux que moi. »

Nick s'abstint de tout commentaire.

« Et comment va sa mère ? »

Cette question jeta un froid.

« Je ne veux plus entendre parler de cette foutue garce. Elle m'a extorqué jusqu'à mon dernier sou. Elle a cessé de travailler et exigé que je l'entretienne. Elle avait gardé pour elle la maison, la voiture, le compte bancaire, tout. Et les gosses par-dessus le marché. Ensuite, elle obtient le divorce, se met avec un autre gars, l'épouse, fout le camp à Londres et me laisse Luke sur les bras. Après s'être efforcée pendant des années de m'empêcher de voir mes enfants. »

Pat se tut et lança un regard embarrassé à Nick. Il but une longue gorgée.

« Comprends-moi bien : j'aime ce gosse. Seulement je ne le connais pas. Des dizaines de samedis après-midi passés ensemble à manger des pizzas et à voir des films débiles au cinéma du coin, ça ne prépare pas forcément à établir une relation étroite avec son fils. J'essaie d'être un bon père. » D'un geste théâtral, il

149

leva les mains au plafond. « Je fais tout ce que je peux, tu es bien d'accord avec moi, mon chou ? »

Jan ne répondit pas. Elle se contenta de se mettre sur le côté et de changer de nouveau de chaîne.

« Mais tu connais les ados. Pour ce qui est de nous faciliter l'existence, tu repasseras. Quand sa mère s'est tirée avec son mec, je me suis dit que lui, il pourrait peut-être rester à Victoria Square, chez l'un de ses copains. Mais il n'a rien voulu savoir. Il a insisté pour venir vivre avec moi, avec nous. Et maintenant, eh bien... »

Un silence pesant suivit ces paroles. Pat le rompit en se levant lourdement et appela son fils d'une voix forte du bas de l'escalier. Nick tourna les yeux vers la baie vitrée. Les eaux du fleuve scintillaient du nord au sud sous la lumière électrique qui se répandait sur les quais. Au-dessus de la ville, les flèches illuminées des grues évoquaient des décorations de Noël prématurées.

« Luke ! » Les appels de Pat devenaient de plus en plus pressants. « Vas-tu te décider à descendre, nom de Dieu ! Il y a quelqu'un pour toi.

— Écoute, dit Nick, se levant à demi, je n'ai pas du tout envie de causer des ennuis. Il vaudrait peut-être mieux que je revienne un autre jour.

— Certainement pas, tu ne bouges pas. Je vais le sortir de sa tanière. C'est toujours pareil avec lui. Dès qu'il rentre de la fac, il grimpe dans sa chambre et on ne le revoit plus. Je ne comprends pas ce qu'il a, ce gosse. »

Nick entendit Pat tambouriner sur une porte, puis perçut des murmures. Jan roula sur le dos et mit ses mains sous sa tête.

150

« Sa mère lui manque, c'est ça tout le problème. Rien d'anormal à cela. »

Nick la regarda, surpris par la douceur de sa voix.

« Pat essaie d'arranger les choses, mais il ne sait pas comment s'y prendre. Et bien entendu, son fils me déteste. Ça aussi, c'est normal. Il faut reconnaître que notre situation est un vrai gâchis.

– Qu'est-ce qui est un gâchis ? De quoi tu te plains, mon chaton ? » Pat descendait l'escalier d'un pas lourd, mais il parlait d'un ton jovial. « À ce propos, si tu voyais la pagaïe qu'il y a dans la chambre de Luke... » Il tourna la tête en direction d'un garçon qui le suivait lentement. « Vise un peu qui est venu te rendre visite, Luke. Tu te souviens de M. Cassidy ? Nick Cassidy de Victoria Square. »

Le jeune homme ne desserra pas les dents. Les yeux au sol, il conservait une expression maussade, les mains enfoncées dans les poches de son pantalon large et informe. Pat se pencha et, prenant la fille par la main, la mit debout.

« Allez, je t'emmène, mon petit poussin. On va laisser ensemble ces deux vieux copains. J'ai envie d'un demi. » Il la poussa vers la porte de l'ascenseur, la paume de sa main plaquée sur ses reins. « Sers-toi à boire, Nicky, et n'accorde pas trop d'importance aux manières de mon fils. Je te l'abandonne. »

La porte à glissière se referma sur le couple. L'émission de télévision sembla soudain assourdissante. Nick se leva, prit la commande et coupa le son.

« Ça fait du bien quand ça s'arrête », dit-il en s'asseyant sur le canapé où s'était vautrée Jan. Il tourna son regard vers Luke qui, toujours debout, paraissait absorbé par un nœud dans le bois lisse et brillant du plancher. « Alors, comment ça va, Luke ? Ça me fait drôlement plaisir de te revoir après toutes ces années. Dis donc, tu sais que tu es devenu un beau jeune homme ? Assieds-toi à côté de moi. J'aimerais te poser une ou deux petites questions. Rien de compliqué. Juste te parler de ce jour où Owen a disparu. Ça ne t'ennuie pas ? »

Quel souvenir avait-il gardé de l'enfant qu'était Luke en ce temps-là ? Il avait un an et demi de plus qu'Owen, près de dix ans par conséquent. Il était gras-souillet. Ses cheveux blond-roux semblaient coupés au bol. Il avait l'habitude d'emplir sa bouche de salive qu'il projetait ensuite par terre, où elle formait une flaque mousseuse pareille à un « crachat de coucou ». Il était grossier et insolent. Il volait de l'argent dans le porte-monnaie de sa mère. Il avait essayé de per-suader Owen d'en voler dans le portefeuille de Nick. Il fascinait Owen, qui aimait ses frasques et voulait lui ressembler.

La graisse s'était transformée en muscles. Ses biceps saillaient sous les manches de son tee-shirt. Il avait des jambes fermes comme le roc et, quoiqu'il se tînt voûté, on voyait qu'il était grand. Il devait mesurer plus d'un mètre quatre-vingts, estima Nick. Il ressem-blait à sa mère. Elle aussi était grande. Et large. Pas vraiment grosse, mais bien en chair et solidement charpentée. Les cheveux de Luke, toujours d'un blond ardent, n'étaient plus coupés au bol. Il les ramassait à présent en une queue-de-cheval et un duvet roux cou-vrait sa mâchoire et sa nuque. Voilà donc ce qu'il advient des enfants, songea Nick en regardant les pieds de Luke chaussés de baskets dignes d'un géant.

152

« Tes lacets sont défaits, dit-il. Fais attention, tu pourrais tomber. »

Levant les yeux, il s'aperçut qu'une expression légèrement méprisante avait remplacé l'air indifférent.

« Ouais, ouais, v'z'avez raison. »

Le garçon grognait plutôt qu'il ne parlait. Il tourna la tête vers la télévision, faisant saillir les tendons de son cou. Une odeur de sueur émana de son corps, mêlée à celle d'une eau de toilette.

Nick se carra sur le canapé. Il ne dit rien. Il attendait. Luke se balançait d'un pied sur l'autre. Nick regarda ailleurs, puis revint à lui.

« Il t'aimait beaucoup, tu sais, Luke. Il t'admirait. Il voulait te ressembler. Tu t'en rendais compte ? »

Le jeune homme ne répondit pas. Il prit la télécommande et augmenta le volume. Tandis qu'il zappait, les haut-parleurs déversèrent une succession de sons différents : voix d'un présentateur, musique, coups de fusil, crissement de pneus de voitures de course, rugissement d'une foule assistant à un match de foot. Les images et le bruit envahirent toute la pièce. Annihilant l'émotion, le chagrin, les regrets, bref, tout ce qui eût permis de comprendre ces larmes que Nick vit aux yeux de Luke et qui roulèrent lentement sur ses joues.

C'était la fête de Halloween. Les enfants avaient attendu des semaines durant le moment où l'on allumerait le feu sur la place. Ce qui aurait lieu plus tard. Entre-temps, ils auraient fait la quête. Tous les habitants de Victoria Square savaient qu'Owen était un renard et Luke un cheval. Owen était aimé de tout le monde, dit Luke. C'était le chouchou. Aussi, lorsqu'on verrait arriver le renard et le cheval, il y aurait un tas de friandises, peut-être même de l'argent.

C'est comme ça que ça devait se passer ce soir-là, beaucoup plus tard. Mais rien de la sorte ne se réalisa. Ça, c'était seulement ce qu'ils avaient prévu.

« Et alors, que s'est-il vraiment passé ce jour-là ? Dis-le-moi, tu es la dernière personne à l'avoir vu. Du moins, la dernière de notre connaissance.

– Écoutez, je vous l'ai déjà dit. À l'époque, j'ai tout raconté à la police. À mes parents. À tous ceux qui m'ont posé des questions. Je n'ai plus envie d'en parler. »

Quand Luke eut fini de pleurer, ils quittèrent l'appartement et marchèrent. Ils traversèrent le fleuve, descendirent O'Connell Street et entrèrent dans un McDonald's. Nick regarda Luke manger. Un gros Mac au fromage. Deux portions de frites. Un milk-shake à la fraise et de la tarte aux pommes. Lui se contenta d'un café : dilué, amer et beaucoup trop chaud. En l'avalant, il se brûla le palais. Luke engouffrait la nourriture. Encore sous le coup de l'émotion, il aspirait de temps à autre une goulée d'air, ses larges épaules tressautant comme celles d'un enfant.

Sortant du restaurant, ils se remirent à marcher dans O'Connell Street. La rue était très animée, ils se faisaient bousculer par des passants. Des Roumaines portant leurs bébés dans des châles attachés sur le dos mendiaient au coin des rues et des hommes au visage basané se rassemblaient à l'entrée des magasins, parlant des langues inconnues de Nick. Sur le socle où se dressait autrefois le Pilier de Nelson se tenait un personnage familier : la femme qui chantait des hymnes en l'honneur de la Sainte Vierge, le visage illu-

154

miné de joie. Quand Nick et Luke s'arrêtèrent devant elle, elle ouvrit les bras, les incluant dans sa prière.

« Mon père dit qu'on devrait l'enfermer, déclara Luke tandis qu'ils traversaient la rue. Selon lui, elle est un vestige de temps révolus.

– Et toi, qu'est-ce que tu en penses ? »

Luke haussa les épaules.

« Je pense que si Fellini avait tourné en Irlande, il lui aurait donné un grand rôle. »

Nick sourit et le poussa légèrement dans le dos alors qu'un bus faisait une embardée pour les éviter.

« Dis-moi, Luke, tu es maintenant à l'âge où l'on peut boire de l'alcool, non ? »

Le garçon eut un large sourire.

« Bon. » Nick le prit par le bras et ils tournèrent dans Parnell Street. « Je ne suis plus venu ici depuis mes années d'université. La mère d'Owen et moi, nous aimions beaucoup ce pub. Il n'était pas cher et surtout on n'y rencontrait aucun autre étudiant. »

Il ouvrit la porte du Blue Lion.

« Tu es sûr au moins qu'on ne va pas m'accuser de te débaucher ? »

Mais la rapidité avec laquelle Luke descendit son demi prouva à Nick que ses scrupules étaient superflus. Il attendit que le barman eût posé devant eux deux autres bières pour reprendre :

« Alors, raconte-moi ce qui s'est passé.

– Faut vraiment que je le fasse ? Je vous ai déjà raconté tout ce dont je me rappelle. Il y a dix ans de cela, je n'étais qu'un gosse à ce moment-là. »

Nick le regarda.

« D'accord. Mais un gosse drôlement intelligent, si j'ai bonne mémoire. Et sacrément espiègle. Un gosse qui voulait chambouler la conduite des enfants, je me trompe ? »

– N'empêche que je ne vous plaisais pas. » Les longs doigts de Luke tambourinèrent sur la table. « Vous aviez toujours une figure hostile quand je venais chez vous. Vous n'étiez pas le seul, remarquez. C'est ce qu'on faisait partout quand on me voyait. En revanche, tout le monde adorait Owen. Ça me rendait malade.

– À ce point ?

– Ouais. » Luke but une autre gorgée de bière. « Il était le chouchou du maître. C'était toujours à lui qu'on demandait de faire des commissions, toujours lui qu'on chargeait des courses qui permettaient de quitter la classe. Porter un message au directeur, aller à la réserve chercher des fournitures pour le cours de dessin et des trucs comme ça.

– Bref, c'était un gars plutôt emmerdant, non ?

– Mais non, pas du tout, c'étaient les autres qui m'emmerdaient avec ce qu'ils pensaient d'Owen. Ma mère n'arrêtait pas de se plaindre et de me harceler. » Luke prit une voix de fausset et afficha un air pincé. « "Pourquoi est-ce que tu ne te conduis pas comme Owen Cassidy ? Pourquoi tes devoirs ne sont pas propres et nets comme ceux d'Owen Cassidy ? Owen Cassidy ne manque jamais de dire s'il vous plaît et merci." Alors, en ce qui me concernait, j'aurais voulu qu'en claquant seulement des doigts quelqu'un fasse disparaître ce foutu Owen Cassidy dans un nuage de fumée. »

Il se mit à rougir brusquement.

« Oh, je vous demande pardon ! Ce n'est pas ça que je voulais dire. »

Nick lui sourit.

« T'inquiète pas, Luke, ce n'est pas grave.

– Mais si c'est grave, au contraire ! Parce que ce qui est arrivé, ce n'était pas du tout de la faute d'Owen. J'aurais pu lui montrer plus d'amitié. Or, ce jour-là je ne l'ai pas fait. »

Le calme régnait à présent dans le pub. On avait coupé le son de la télé qui diffusait des informations. Un panel d'hommes en costume sombre entourait une blonde aux yeux très bleus. Nick observa les visages filmés de loin d'abord, puis en gros plan, guettant des marques de tension : mâchoires contractées, lèvres pincées, main portée derrière la tête en signe de perplexité.

« Pourquoi tu dis : ce jour-là ? » demanda-t-il.

Il sortit un crayon de sa poche et, tout en écoutant Luke, se mit à griffonner sur un dessous de verre.

Entre-temps, il s'était mis à pleuvoir. Un froid humide tombait sur la ville. Nick raccompagna Luke chez lui. Il attendit que la lourde porte d'entrée de l'immeuble se refermât sur le garçon. Puis il repartit, remontant le col de son blouson de cuir et enfonçant les mains dans ses poches. Il regarda autour de lui. Tant de choses avaient changé en son absence. Partout s'étaient ouverts de nouveaux bars et de nouveaux restaurants. Dans la rue, des gens un peu éméchés, un verre à la main, manifestaient une bruyante gaieté. Nick se sentit seul et perdu. Comme s'il n'était pas à sa place. Cependant, sous le vernis superficiel, sous son ostentatoire et nouvelle prospérité, continuait de vivre la ville qu'il avait toujours aimée, qui lui était aussi familière que ses propres rides.

Lorsqu'ils étaient à l'université, Susan et lui avaient éprouvé pour Dublin le même attachement. Ils en avaient parcouru les rues, main dans la main, plongés dans quelque conversation. C'est là que leur idylle avait trouvé son cadre : dans des pubs, des ruelles, des squares négligés et des quais déserts. Ils avaient partagé de petites chambres meublées et connu les appartements minables de maisons du XVIIIe siècle non chauffés, à la plomberie rudimentaire. La nuit, ils s'allongeaient dans les bras l'un de l'autre, entourés du bruit des sirènes des ambulances et des voitures de police, des cris, des jurons et des rires d'ivrognes, entièrement à leur amour.

Il s'aperçut que ses pas l'avaient conduit non loin de l'hôpital où Susan travaillait toujours. Il irait la voir, comme par le passé. Une fois à l'intérieur, il boirait du thé avec les infirmières de nuit jusqu'à ce que Susan fût prête à rentrer. Il lui porterait sa serviette et elle appuierait contre lui son corps fatigué. Comme autrefois. Quand la vie était remplie d'espoir et d'émerveillement.

Il parcourut rapidement les petites ruelles, glissant sur les pavés usés. À Stephen's Green, tout était silencieux. Les arbres qui bordaient la place étiraient leurs formes noires et grêles, on ne voyait personne sur les larges trottoirs. Nick se mit à courir vers le panneau lumineux du portique de pierre et l'ange de marbre dont les ailes se déployaient au-dessus de la rue. Il s'arrêta pour reprendre haleine et regarda les rangées de fenêtres éclairées. À la différence d'un grand nombre d'autres bâtiments publics, l'hôpital n'avait pas changé. C'étaient toujours les mêmes maisons délabrées de style classique, don d'un bienfaiteur à la fin du XIXᵉ siècle. Nick poussa les portes battantes. Assis derrière un bureau d'acajou, le portier leva les yeux de son journal du soir.

« Je rêve ou quoi ? » s'écria-t-il aussitôt avec un grand sourire. « Ça fait un bail qu'on ne vous a pas vu ! Comment ça va ? » Il tendit la main, serra celle de Nick avec chaleur. « Vous cherchez madame la doctoresse ? Elle est en haut, dans le service Purefoy. Vous vous rappelez le chemin ? Évidemment. Rien n'a changé ici, vous savez, rien du tout, pas même moi. »

Il avait raison. Nick grimpa les marches deux par deux. Les murs étaient toujours beiges, les linos tachés et fissurés. L'odeur, elle aussi, était reconnaissable. Une odeur de désinfectant et de produits chimiques.

Une grande statue de la Vierge se dressait sur le premier palier. Une lampe rouge brillait à ses pieds et une auréole étoilée scintillait autour de sa tête. À côté d'elle, assis sur un banc de bois, un très jeune couple se serrait l'un contre l'autre. Ils avaient l'air épuisé. Pressant un grand ours en peluche contre sa poitrine, la fille se balançait d'avant en arrière en chantonnant. Le garçon attira la tête de sa compagne sur son épaule et l'embrassa sur la joue, caressant ses cheveux et tripotant de son autre main un paquet de cigarettes. Nick s'arrêta pour les regarder, puis s'éloigna. Ses chaussures couinaient sur le sol astiqué tandis qu'il empruntait le long couloir que fermaient au fond des portes vitrées.

Un profond silence régnait à présent en cet endroit. Dans la journée, c'était un remue-ménage permanent. Des enfants partout, se levant de leur lit, s'y recouchant. Des tout petits dans des parcs, d'autres plus grands qui arpentaient le couloir, tirant avec eux leur pied à perfusion. Même les malades les plus atteints semblaient conserver la force de parler ou de jouer. Cela étonnait toujours Nick, qu'ils fussent capables d'affronter ainsi la douleur et la peur.

« Ils sont très lucides, lui avait dit Susan, et nous, nous faisons preuve de la plus grande franchise envers eux et aussi envers leurs parents. Ils préfèrent la vérité sur leur état à l'ignorance. Nous devrions tous en prendre de la graine. »

À cette heure, les divers services étaient plongés dans une semi-obscurité. Un éclairage tamisé répandait une lueur bleutée sur les enfants endormis, sur les mères et les pères que l'on avait installés près d'eux sur des lits de camp. Le couloir aboutissait à une lourde porte. Nick en tourna vainement la poignée. Pour éviter les reflets, il encadra son visage de ses mains et s'appuya au verre froid de la vitre d'un des battants. De l'autre côté, il apercevait Susan debout à la tête d'un haut lit métallique. Elle portait une blouse verte et un masque sur le visage, un bonnet emprisonnait ses cheveux relevés. Elle se penchait pour vérifier l'écoulement d'une perfusion. Un épais liquide rouge glissait goutte à goutte dans un tube transparent. Nick savait qu'il s'agissait d'une transfusion médullaire. Un enfant était couché là en chien de fusil. Avec sa tête chauve, on ne pouvait deviner si c'était une fille ou un garçon. Son crâne luisait et sa peau était plus pâle que le drap qui recouvrait son corps émacié. Susan approcha une chaise et s'assit. Elle défit la chemise verte de l'enfant, découvrant ainsi le cathéter enfoncé dans sa poitrine. L'enfant ouvrit les yeux, les fixa sur le médecin. Susan ramassa un objet à terre. C'était

160

une poupée Barbie à l'abondante chevelure blonde et raide. L'enfant l'embrassa, puis l'allongea sur l'oreiller, près de sa tête chauve. Susan restait assise, immobile. Au bout d'un moment, elle posa la main sur le front de la petite fille. Nick la voyait qui parlait sous le masque, mais les parois de verre empêchaient d'entendre ce qu'elle disait. La chambre était beaucoup moins meublée que celles des autres services, presque entièrement dépouillée. Ce devait être une chambre stérile. Nick savait quelles épreuves avait déjà subies l'enfant. Les radiations avaient atteint la moelle osseuse, annihilant ses défenses immunitaires. Le liquide visqueux qui coulait de la poche était destiné à remplacer la moelle. On ne pourrait formuler un pronostic avant une semaine. La petite fille resterait isolée aussi longtemps qu'il faudrait pour que la médecine moderne tentât tout ce qui était possible. Avec de la chance, son organisme commencerait à reconstituer des cellules indemnes.

« Parfois ça marche, parfois ça ne marche pas, avait essayé d'expliquer Susan. Très souvent, nous ignorons nous-mêmes pourquoi. Et il nous arrive aussi d'assister, impuissants, à la mort des patients. »

Nick recula de quelques pas. Derrière son image reflétée dans la vitre, il apercevait Susan. Celle-ci décrocha une tablette fixée au pied du lit et y inscrivit quelque chose. Son corps, dissimulé par sa tenue d'hôpital, allait et venait dans le champ de vision de Nick. Elle avança dans sa direction. Décidant soudain de s'éclipser, il se réfugia dans une autre embrasure de porte. À sa gauche, il repéra une petite cuisine et un panneau mural couvert de photos. *Lundi férié d'août 2000. L'année du millénaire*, disait une légende inscrite au-dessous. Il devait s'agir d'un pique-nique ou d'une sortie quelconque. Des enfants en tenue d'été assis sur des nattes mangeaient des hamburgers et des saucisses. Derrière un barbecue, des adultes aux traits estompés par la fumée. Un groupe d'infirmières en uniforme et un autre groupe, des médecins sans doute. En tout cas, Susan se trouvait parmi ces derniers. Hilare, elle tenait par la taille une jeune femme que Nick reconnut aussitôt. Des yeux bruns ombragés d'épais cils noirs. Une large bouche dont la lèvre supérieure se creusait au milieu. Des cheveux châtains coupés si court qu'ils laissaient voir la peau du crâne. C'était la seule à ne pas sourire. Son visage pensif exprimait de la tristesse. Des cernes sous les yeux. Nick se souvint de sa première rencontre avec elle, à l'époque où elle comptait au nombre des malades de cet hôpital. Elle était passée par les mêmes épreuves que la petite fille isolée dans la chambre stérile. Et elle avait eu la chance de guérir, sauvée par la moelle de son frère. Elle avait dix-huit ans lorsqu'elle s'était installée chez eux.

« Nous rendrions un grand service à ses parents, avait dit Susan. Ça les inquiète de penser qu'elle pourrait vivre seule à Dublin. Elle aurait besoin de quelques amis, d'un foyer où elle serait en sécurité. Penses-y, Nick. Ce serait très avantageux. Tu aurais plus de temps pour toi. Marianne s'occuperait d'Owen l'après-midi. Tu serais libre de faire toutes sortes de bêtises ! »

Et malgré ses protestations – Nick disait ne pas vouloir d'une personne étrangère dans la maison, ne pas avoir besoin d'aide –, Susan l'avait eu à l'usure. C'est ainsi qu'il se retrouva en train de repeindre le

débarras situé en haut de l'escalier, de le garnir d'étagères, d'un lit, d'une penderie. Il dégotta même pour
Marianne une télévision portable, un lecteur de CD et
une radio. Il l'accueillit avec gentillesse et ne tarda
pas à s'apercevoir qu'elle prenait place dans leur vie
comme si elle y avait toujours été. Six mois plus tard,
il pouvait paresser au lit le matin et entendre dans un
demi-sommeil les pas de Marianne sur les marches,
sa voix pressant Owen de mettre son manteau, de
trouver son cartable et ses chaussures de foot. Quand
il se levait, il découvrait une cuisine propre et bien
rangée, un pain complet qui sortait du four refroidis-
sant sur la table. Et il savait que, en remontant de son
atelier à la fin de la journée, il trouverait le dîner prêt,
Owen aurait fait ses devoirs, le feu flamberait dans le
séjour et une bouteille de vin serait débouchée avec
un verre posé à côté.

« Tu vois, j'avais raison », lui dit Susan cet été-là.

Assis dans le jardin, ils regardaient Marianne et
Owen allongés sur une natte, leurs têtes rapprochées.
Marianne lisait une histoire à leur fils.

Nick, d'un geste furtif, arracha la photo du panneau
d'affichage. Il avait accusé Marianne d'être responsable de la disparition d'Owen. Et elle lui avait retourné
ses accusations. Ils s'étaient furieusement affrontés.
Devant Susan. Chacun tentait de faire porter à l'autre
le poids des remords qui les rongeaient tous deux.
Nick se rappelait les paroles que Susan avait prononcées à cette occasion :

« Je croyais que tu étais sa maîtresse, Marianne.
Que Nick était amoureux de toi. Bien sûr, je ne voulais
pas vraiment le croire. Croire que tu sois aussi perfide.
Mais je ne pouvais m'empêcher de te soupçonner. Et

163

je suis heureuse de m'être trompée. En fin de compte, c'est le seul aspect positif de cette histoire. »

En fait, celui qui était amoureux de Marianne, ce n'était pas Nick, c'était Owen. Voilà ce que Luke lui avait révélé au pub.

« C'était véritablement de l'amour. Pas du tout ce qu'on appelle un béguin passager. Il était fou d'elle. Il ne voulait pas la quitter d'une semelle. Mais elle s'est débarrassée de lui en l'envoyant jouer avec moi parce qu'elle avait rendez-vous avec ce type, Chris, votre voisin. Owen n'avait aucune envie de sortir avec moi. Ça m'a fichu en rogne. Alors, je me suis mis à lui raconter des saloperies. »

Luke s'était tu pour boire une gorgée de bière. Nick attendait.

« Qu'est-ce que tu lui as dit ? »

Les yeux de Luke s'embuèrent de nouveau.

« Nous étions allés au centre commercial. Comme Marianne nous avait donné de l'argent, je voulais acheter des pétards. Nous savions qu'un gars en vendait au sous-sol, mais nous ne l'avons pas trouvé. Nous avons traîné dans le centre et l'idée est venue à Owen de se faire photographier dans un Photomaton. Seulement, il voulait être beau. Il s'est rendu aux toilettes et s'est plaqué les cheveux avec de l'eau. Et quand les clichés sont sortis de l'appareil, il m'a proposé d'en prendre un, celui que je préférais. Les autres étaient destinés à Marianne. Il m'a dit d'en détacher un. Je me suis moqué de lui, le traitant d'imbécile et de chiffe molle. Puis je lui ai sorti une saloperie : que Marianne avait un grand con. J'avais entendu des garçons plus âgés parler de filles et de leur con, tout en ignorant ce que ce mot signifiait au juste. Je croyais

164

qu'il s'agissait de la poitrine. Mais le plus étonnant, c'est qu'Owen, lui, savait ce que ça voulait dire. Il m'a crié de fermer ma gueule, que je ne connaissais rien de Marianne. Je me suis rebellé et j'ai prétendu qu'elle m'avait montré son con, qu'elle me l'avait même laissé toucher. Alors, Owen est devenu comme fou. Il s'est mis à me bourrer de coups de poing et de coups de pied. Et vous n'allez pas me croire, j'ai eu peur et j'ai pris la fuite. Je ne pensais pas qu'il m'en voudrait à ce point, j'étais persuadé qu'il me suivrait. Or quand je me suis retourné, il avait disparu. Aucune trace de lui nulle part. Nous n'avions pas le droit de quitter la place sans être accompagnés d'un adulte, évidemment nous n'en tenions pas compte. Je me suis arrêté sur l'escalier de ma maison et j'ai regardé, cherchant autour de moi. Pas d'Owen. C'est la dernière fois que je l'ai vu. Et ce sont les dernières paroles que j'ai prononcées devant lui. Je lui ai menti, mais il a cru ce que je disais. »

Nick regarda de nouveau la photo arrachée du panneau d'affichage. Owen avait un jour dessiné Marianne sous les traits d'une belle princesse. Elle était encore belle sur la photo, mais ses yeux avaient une expression douloureuse.

La silhouette verte de Susan passa devant lui. D'un pas rapide, elle se dirigea vers le jeune couple assis sur le banc du palier. Elle s'accroupit devant eux, la tête levée vers leurs visages. On aurait dit qu'elle essayait de les convaincre de quelque chose. Elle se leva et leur fit signe de la suivre. Nick se rencogna dans l'embrasure jusqu'à ce qu'ils se fussent éloignés. Il sentit soudain que sa présence ici était inopportune, déplacée. Il se hâta vers l'escalier, de peur que Susan ne le découvrît.

« Dis-moi, Luke, je suppose que tu n'as pas raconté ça à la police ?

– Non, ça m'a été impossible. J'avais trop honte. J'ai juste dit qu'Owen était parti chercher du bois pour le feu, mais que moi j'avais été obligé de rentrer. C'était vrai d'ailleurs. Nous avions l'intention d'aller chercher du bois. Et il fallait que je rentre chez moi. Tout était vrai. »

Vrai, et pourtant incomplet, songea Nick. Tout comme sa propre version des faits, ce jour-là.

Le portier n'était pas à son bureau. Nick en profita pour franchir le hall et sortir dans la rue obscure. Il ne pleuvait plus, le temps toutefois restait froid, maussade. Nick regarda la photo qu'il tenait à la main. Il la glissa dans la poche intérieure de sa veste et tâta l'autre photo qui s'y trouvait déjà. Après l'avoir tirée de son portefeuille, Luke la lui avait donnée au moment où ils se disaient au revoir.

« Je l'avais gardée, mais vous pouvez la prendre maintenant », avait-il murmuré en lui mettant le cliché dans la main.

Nick sortit la photo et la contempla. Il regarda sa montre. Onze heures passées. S'il se dépêchait, il trouverait encore un pub ouvert. Il avait grand besoin d'un verre. Ç'avait été une erreur de venir ici. Il n'y était plus chez lui. Il n'était plus chez lui nulle part. Il remonta son col jusqu'aux oreilles, puis, pressant le pas, il se dirigea vers les lumières au loin.

14

Nick se réveilla alors que la nuit était déjà tombée. Il se sentait complètement ankylosé. Sa joue reposait sur le velours râpé d'un vieux coussin. Une odeur d'humidité assaillait ses narines. Il s'était couché à même le plancher, devant le poêle. Sa hanche en était tout endolorie et il avait les pieds gelés. Il remua avec précaution, leva la tête. Des coups retentissaient dans ses oreilles, le sang battait à ses tempes. S'appuyant sur les coudes, il s'assit lentement. Le bruit persista. Comme si l'on tambourinait quelque part. Nick enfouit son visage dans ses mains, enfonça les doigts dans ses oreilles, mais sans parvenir à faire cesser ce martèlement. Un goût de whisky altéré remplissait sa bouche sèche.

Quand il essaya de se mettre debout, ses jambes fléchirent, son corps tituba un moment. Les coups repartirent de plus belle à la porte. Une voix s'y mêlait à présent. Une voix qui criait son nom. Accompagnée du bruit produit par le rabat métallique de la boîte aux lettres qu'on soulevait et qu'on claquait.

« Monsieur Cassidy. Vous êtes là ? C'est moi, Min Sweeney. De la police. »

Il essaya de nouveau de se mettre debout en s'aidant des bras. Quand il y arriva, il s'adossa au mur. Son estomac se souleva. Il se courba et vomit.

Les coups à la porte redoublèrent ainsi que les cris. Puis il perçut des pas qui s'éloignaient sur le ciment de l'allée.

« Attendez ! Attendez un instant ! J'arrive, nom de Dieu ! »

Il rameuta ses souvenirs. À quelle heure était-il rentré ? Et on était quel jour au juste ? Et quelle heure du jour ? D'un pas chancelant, il alla ouvrir la porte. Une rafale de vent lui fit lâcher prise et la referma sur deux de ses doigts.

« Merde ! »

La douleur s'empara de tout son bras, atteignit l'épaule et sembla se propager jusqu'à sa poitrine. Plié en deux, incapable de parler, il dégagea ses doigts et les serra de sa main valide.

« Oh là là, ça doit vous faire mal ! »

Nick leva les yeux : Min Sweeney se tenait devant lui.

« Donnez-moi votre main », dit-elle. Elle posa le grand sac en plastique qu'elle portait et tira Nick vers la lumière. « C'est pas très beau. Un jour, ça m'est arrivé, ce même genre de truc. Il suffit de mettre les doigts dans de l'eau glacée. Je ne pense pas qu'il y ait une fracture, mais on ne sait jamais... Il faudrait peut-être que vous vous rendiez aux urgences. »

Min ne fit aucun commentaire sur l'état de Nick ni sur le désordre des lieux. Elle ouvrit le robinet de l'évier et malgré ses protestations lui tint la main sous l'eau froide. Le sang se retira des doigts et des bleus apparurent sous la peau. Ensuite, Min alluma la bouilloire et mit un sachet de thé dans les tasses. Elle sortit une brique de lait du frigo et le flaira d'un air méfiant avant de le verser. Elle tendit une tasse à Nick qui la prit avec une grimace de douleur.

Ils burent en silence. Min remarqua que Nick était pâle, qu'il avait les yeux rouges, qu'il avait besoin de se raser et qu'il sentait l'alcool. Il avait maigri. Il montrait la même expression que celle qu'il avait dix ans plus tôt. Celle d'un homme vaincu.

Il termina son thé, posa sa tasse dans l'évier et se rendit à l'autre bout de la pièce. Un paquet de cigarettes gisait par terre, à côté du coussin de velours. Il le ramassa, le secoua, puis le jeta avec dépit dans une corbeille à papier. Alors qu'il s'asseyait sur le canapé, Min s'approcha de lui. S'appuyant contre le dossier, il regarda la jeune femme tout en tenant délicatement ses doigts blessés dans sa main valide.

« Vous n'auriez pas une cigarette, par hasard ? »

Min secoua la tête. Le sol était couvert de feuilles de papier. Elle s'accroupit pour les examiner. Une série de dessins représentant un petit garçon et un renardeau. De toute beauté. Et si réalistes qu'on eût dit que ces personnages allaient s'évader de la page et apparaître dans l'atelier. D'autres dessins étaient dus de toute évidence à la main d'un enfant. Charmants eux aussi.

« Ils sont superbes, ces dessins, dit Min en jetant un coup d'œil par-dessus son épaule. Ils sont de vous, je suppose. »

Nick ne répondit pas.

« J'ai certains de vos livres chez moi. Mes enfants les adorent. Ils ont été très impressionnés quand je leur ai dit que je vous connaissais.

– Oh, vraiment ?

– Je leur ai parlé de vous et de votre petit garçon qui avait disparu.

– Ah ?

– Ils m'ont dit que je devais faire l'impossible pour vous aider. Que je devais remuer ciel et terre pour le retrouver.

– Remuer ciel et terre... C'est une belle expression.

– Oui, en effet. Mon père l'emploie très souvent. Mes gosses sont des imitateurs. De vrais singes, en fait. Comme la plupart des enfants de cet âge. Ils captent tout ce qu'ils voient et entendent autour d'eux. Les mots, les formules, les manières et jusqu'aux tics. Je n'arrête pas de retrouver en eux des gens de ma connaissance. Mais je ne vous apprends rien, monsieur Cassidy. Ça devait être pareil avec votre fils.

– Vous pouvez m'appeler Nick, vous savez. Je pense que c'est ce que vous faisiez autrefois. »

Min haussa les épaules en souriant.

« Je ne voudrais pas me montrer familière ni vous blesser.

– Quelle délicatesse ! Pourtant on ne peut pas dire que vous en ayez montré beaucoup, vous et vos collègues. De quoi m'a-t-il traité, votre chef ? De cavaleur. De mari méprisable. Il m'a soupçonné d'avoir tué mon propre fils. Si ce n'est pas blesser les gens, ça... »

Min se releva. Elle se dirigea sans répondre vers la porte qu'elle franchit, puis ce fut le silence. Nick se laissa aller contre le dos du canapé, ferma les yeux.

Ses doigts l'élançaient et il avait la nausée. Il entendit Min qui rentrait et revenait vers lui. Ouvrant les yeux, il vit qu'elle portait le grand sac en plastique. Son fardeau lui battait les jambes comme le cartable d'un écolier. Elle le laissa choir sur le sol où il se renversa avec un bruit mat.

« Quoi que vous pensiez de notre attitude à votre égard, nous avons fait notre travail le plus consciencieusement possible. Cela vous surprendra peut-être d'apprendre que dans tout le pays des hommes et des femmes continuent à penser à votre fils et à se demander ce qui lui est arrivé. Et à se reprocher les erreurs qu'ils ont pu commettre à l'époque. Or c'est vrai – elle hocha vigoureusement la tête, rappelant de nouveau à Nick une enfant attentive à bien se conduire –, vous faisiez partie des suspects. Tout comme votre femme, vos voisins, votre fille au pair, vos amis, vos connaissances, votre maîtresse et le mari de celle-ci. Vous étiez tous des suspects, comme je le serais moi-même dans une telle situation. Celle-ci n'était pas agréable, je vous l'accorde, mais elle s'imposait. »

Il y eut un autre silence.

« Bon, d'accord, fit Nick avec un geste conciliateur. J'accepte votre explication. Et je vous prie d'excuser ma véhémence. Je ne suis pas au mieux de ma forme aujourd'hui.

– Ça, c'est bien le moins qu'on puisse dire ! Qu'est-ce qui vous a pris ? Votre atelier pue. On dirait un pub le samedi soir.

– Oh, disons qu'il s'agit de vieilles habitudes dont il est difficile de se débarrasser. Ou si vous préférez : ce genre de chose arrive quand on pense au passé et qu'on n'est pas satisfait de ce qu'il contient.

– Vous voulez m'en parler ? »

Nick secoua la tête et eut un sourire réservé du coin de la bouche. Non, il ne voulait pas lui en parler. Il ne voulait pas se souvenir. Est-ce qu'il était seulement capable de se souvenir de quoi que ce fût ? Après avoir quitté l'hôpital, il était entré dans le bar le plus proche, où il avait bavardé avec deux gars. Des vendeurs de voitures, selon leurs dires. Ils l'avaient conduit dans un club : un antre obscur et enfumé où il les avait perdus. Puis repéré une femme et offert un verre. Elle l'avait laissé parler, la tête posée sur son épaule et avait dû le soutenir quand ils étaient sortis dans la rue à l'aube. Hélant un taxi, elle avait emmené Nick chez elle. Le reste était enfoui dans sa mémoire et il n'éprouvait aucune envie de l'en sortir. Quand il avait quitté sa compagne, le soleil brillait dans le ciel, mais il soufflait une brise froide qui fit couler son nez et ses yeux. Il avait acheté une bouteille de whisky sur le chemin du retour et en avait bu la plus grande partie avant de s'effondrer sur le coussin posé par terre.

« Tenez, c'est pour vous », dit-elle en poussant le sac vers lui.

Il contenait des dossiers beiges. Elle s'assit sur le canapé et en tira quelques-uns qu'elle posa sur les genoux de Nick.

« Comme je travaille actuellement au commissariat central, j'ai l'occasion de descendre aux archives et, aujourd'hui, je suis tombée sur ces documents. Je me suis dit que vous deviez avoir du temps libre en ce moment. Vous pourriez l'employer à jeter un coup d'œil là-dessus. »

Nick se redressa.

« On vous a permis d'emprunter ces dossiers ?

– Enfin... "permis" c'est beaucoup dire. Comme personne n'est au courant, ça ne risque pas de déranger quelqu'un. » Min menaça Nick du doigt avec une sévérité feinte. « De toute façon, je sais que vous en prendrez soin et que vous ne les montrerez pas à des tiers. Je me trompe ? »

Nick acquiesça d'un signe de tête.

« Vous avez tout à fait raison. »

Il posa une main sur la couverture de papier brun.

« Ce sont des dépositions ?

– Des photocopies. Vous trouverez aussi là-dedans des rapports concernant les recherches, des déclarations de gens qui prétendaient avoir vu Owen et les avis qu'ont cru devoir donner tous les clairvoyants et illuminés qui se sont manifestés à cette occasion. Les questionnaires remplis par vos voisins. Bref, tout ce que j'ai été capable de porter. Il reste une tonne de documents aux archives, mais j'ai choisi ceux qui m'ont semblé les plus intéressants pour vous. Franchement, ça m'étonnerait que vous découvriez quelque chose qui nous ait échappé. Mais sait-on jamais ? » Min sourit. « Relire tout ça d'un œil neuf, ce n'est peut-être pas inutile.

– Vous savez que c'est formidable ce que vous avez fait, c'est absolument fantastique ! »

Nick rendit son sourire à Min et celle-ci eut l'impression de le revoir dix ans plus tôt. Elle retrouva le charme de cet homme, sa cordialité, le regard direct de ses yeux bleus qui plongeaient dans les vôtres.

« Nous allons fêter ça, déclara Nick en posant les dossiers sur le siège. Il faut que je vous exprime ma gratitude et que je me fasse pardonner mon agressivité. Je n'ai ni fleurs ni chocolat. Mais un verre, ça vous dirait ? Quelque chose d'un peu spécial, genre irish-coffee ou whisky chaud ?

– Ah, je vois... » Min eut une grimace expressive. « Vous voulez le petit verre qui fait passer la gueule de bois...

– C'est ça, fichez-vous de moi, mais ne crachez pas sur mon offre. » Nick se leva. « Que vous en preniez ou non, je vais m'en verser un.

– Eh là ! Doucement ! J'accepterais volontiers un whisky chaud, mais seulement si vous le préparez dans les règles de l'art avec clous de girofle et sucre de canne.

– Dites donc, vous êtes sacrément exigeante ! Je préfère que vous le prépariez vous-même, dans ce cas. » Nick tendit les mains et aida Min à se relever. Il la mena à la cuisine, ouvrit le placard au-dessus de l'évier. « Voyons un peu ce que nous avons. Voici du sucre et des clous de girofle. Et puis tenez... » Il prit un citron dans un bol où se trouvaient aussi une banane noircie et une pomme ratatinée. « Voilà de quoi vous permettre de piquer des clous de girofle dans une rondelle de fruit. Ça fait très bar de luxe des années soixante-dix. »

Min éclata de rire.

« Cessez de raconter des bêtises et remplissez la bouilloire, ordonna-t-elle. Et où est le plus important ? Ne me dites pas que vous avez vidé la bouteille ! »

Ils étaient attablés à la cuisine devant des verres fumants. Min avala une gorgée avec précaution.

« C'est fameux ! À cette heure-ci, je suis générale-ment en train de peler les patates du dîner entre une tasse de thé et des engueulades pour empêcher les gosses de s'entre-tuer.

– Ils ont quel âge ?

– Six ans. Ce sont des jumeaux.

– Vous vous êtes donc mariée entre-temps. » Nick regarda la main gauche de la jeune femme. « Je n'avais pas remarqué votre alliance.

– Entre-temps, en effet. Il y a sept ans. »

Min pêcha un clou de girofle dans son verre. Posé sur la petite cuiller, il ressemblait à un minuscule os noir.

« Et que fait votre mari ?

– Faisait. Il est mort il y a trois ans.

– Oh ! Je vous demande pardon ! Je ne savais pas. »

Min secoua la tête. Elle remua le sucre au fond de son verre.

« Vous n'avez pas à vous excuser. Vous ne pouviez pas le savoir. »

Ils restèrent un instant sans rien dire. Nick porta son verre à ses lèvres et but une petite gorgée.

« Il était malade ? C'est venu subitement ? À la suite d'un accident ?

– Il est mort subitement, mais pas d'un accident. Une hémorragie cérébrale. Complètement inattendu. Il était toujours très en forme. Jamais malade. Et puis voilà, tout d'un coup il a cessé d'être là. »

Il y eut encore un silence. Elle a l'air fatigué, songea Nick. Avec, en même temps, quelque chose de plus jeune, de plus vulnérable. On voyait qu'elle avait été blessée.

« Ça ne doit pas vous simplifier les choses dans votre vie professionnelle », dit-il.

Min haussa les épaules.

« Il faut bien continuer. Faire ce qui est nécessaire. Le problème, c'est qu'on a peu de temps pour soi. Ma mère est chez nous en ce moment. Pour une semaine. Elle adore les garçons. C'est tout juste si elle ne me met pas à la porte quand elle arrive. Elle a hâte de se les approprier. » Min sourit. « Je ne sais pas du tout à quel point les gosses l'apprécient. Elle est à cheval sur la propreté et la piété.

– Je comprends : la maman irlandaise traditionnelle, c'est ça ?

– Non, vous n'y êtes pas du tout. D'abord, elle est française. C'est à ça que je dois mon prénom. Min est une abréviation de *Mignonne**.

– Ah bon ? Et moi qui m'imaginais que c'était Minnie...

– Je vous en supplie : surtout pas ce nom-là ! Minnie Mouse ! Toute mon enfance en a été empoisonnée. » Elle rit. « Mon nom n'a rien à voir avec cette foutue souris.

– Vous savez, *Mignonne**, ça me paraît très joli. »

Nick se leva et ouvrit le frigo. S'accroupissant, il en inspecta le contenu. Sous la lumière crue diffusée de l'intérieur, il avait l'air épuisé. De grands cernes sous les yeux et la peau mangée par la barbe. Il se retourna vers Min.

« Vous n'avez pas faim, vous ? Parce que moi si. Voyons un peu ce que j'ai ici. » Il farfouilla un moment, puis se leva. « Du brie, un petit morceau de fromage de chèvre et d'autres restes de fromage. Et aussi d'excellentes olives noires. »

Il disposa des biscuits salés sur une assiette. Min coupa le fromage.

« Ma mère exprimerait une totale désapprobation. »

176

Elle mordit dans un cracker, répandant des miettes sur la table.

« Ah oui ? Pourquoi ? s'étonna Nick, la bouche pleine.

– Chez nous, on ne met pas le fromage au réfrigérateur et on ne le mange pas avec ces ridicules petits biscuits. » Elle agita son cracker. « On le mange avec du bon pain confectionné à la maison selon la recette léguée par votre grand-mère à votre mère, puis à vous-même.

– Eh ben ! Donc pas de pain en tranches et sous plastique ?

– Retirez immédiatement ce que vous venez de dire !

– Votre mère est donc le type de la maman française traditionnelle avec des joues roses et un tablier en vichy, qui trimballe des baguettes dans le panier de sa bicyclette et vous sert cinquante variétés de foie gras ? »

Min se mit à rire et ses joues s'empourprèrent.

« Toujours faux, mais continuez, ne vous découragez pas !

– Bon, alors je vais suivre une autre piste. Votre mère est la parfaite Parisienne. Petite, élégante, langoureuse, habillée à la Coco Chanel. Sans omettre la touche de blanc près du cou et aux poignets. J'y suis ? »

Rejetant la tête en arrière, Min rit aux éclats.

« Coco Chanel, à présent ! Où est-ce que vous êtes allé chercher ça ? Vous n'avez pourtant pas l'air de suivre la mode.

– Je vous remercie, dit Nick, feignant d'être vexé. Je vous remercie beaucoup. Vous qui me connaissez si bien, vous avez oublié que j'étais illustrateur ? J'ai commencé dans le métier par des dessins de mode. Je sais distinguer Chanel de Givenchy et Schiaparelli d'Yves Saint Laurent.

– Vous m'en direz tant ! Et votre pantalon, il provient de quelle collection de haute couture, lui ? Milanaise, parisienne ou new-yorkaise ? »

De son couteau, elle désigna le jean de Nick maculé de taches de peinture.

« D'accord, d'accord. En fait, pour être honnête, c'était ma mère qui décrivait de cette façon les vêtements Chanel. Et je pense qu'elle avait raison. Le blanc doit donner un éclat lumineux à la peau.

– On m'a dit que votre mère était morte il y a quelques années », murmura Min.

Nick acquiesça d'un signe de tête. Les coins de sa bouche s'abaissèrent.

« Je me souviens d'elle comme d'une très belle femme, reprit Min. Et je me souviens aussi qu'elle possédait une maison magnifique. Qu'est-elle devenue, cette maison ?

– Mes sœurs aînées se sont occupées de la succession. Elles ont vendu la maison, les meubles et se sont débarrassées de tout le reste. Je leur ai donné carte blanche.

– Vous n'êtes même pas rentré pour recueillir votre héritage ? Il n'y a pas certaines choses d'elle que vous aviez envie de garder ? »

Les yeux fixés à terre, Nick haussa les épaules.

« Je n'en ai pas eu le courage. Je me suis conduit en enfant gâté, comme d'habitude. Mes sœurs m'ont déchargé de toute responsabilité et m'ont fait parvenir un gros chèque. »

Nick joua avec sa cuiller, puis il regarda Min.

« On remet ça ? »

Il se leva et prit les verres.

Elle acquiesça d'un signe de tête. Sous l'effet du whisky, elle sentait le sang monter à ses joues. Quand Nick posa la boisson fumante devant elle, Min leva le verre comme pour porter un toast.

« Je vous rappelle que vous n'avez toujours pas décrit ma mère.

— Je donne ma langue au chat. Abrégez mon supplice. »

Nick se cala contre le dossier de sa chaise et croisa les jambes.

« Eh bien, dit Min, il se trouve qu'elle était cuisinière sur un chalutier. Le bateau a relâché dans un petit port appelé Slievemore, à l'ouest de Cork, parce qu'il y avait des problèmes de moteur et qu'il faisait mauvais temps. L'équipage est resté coincé à terre quelques semaines, *et voilà**, ma mère a rencontré mon père dont elle est tombée follement amoureuse. Quand le temps s'est arrangé et que le moteur a été réparé, elle a décidé de ne pas partir et d'épouser mon père. Lui aussi était pêcheur et sa famille tenait un pub. C'est donc là que ma mère a commencé à travailler, changeant complètement le goût des clients. Elle a ouvert un restaurant qui servait du poisson – ce qui était nouveau à l'époque. Son perfectionnisme rendait le personnel fou, mais le restaurant a très bien marché. C'est quelqu'un ma mère !

— Vous vous entendez bien avec elle ? »

Min haussa les épaules.

« Oui, enfin en général. Je dois dire que c'est un vrai tyran. Avec des idées très arrêtées. Elle méprise les Irlandais, bien qu'elle vive ici depuis près de quarante ans. Personne ne trouve grâce à ses yeux. À part ça, elle est adorable. Je suis la seule fille de la famille et la seule aussi à ne pas vivre auprès d'elle. De plus, j'exerce un métier de dingue, selon elle, et je suis également la seule à lui avoir donné des petits-enfants.

– Vous êtes donc le chouchou, la préférée ? »

Min sourit, vida son verre et regarda sa montre.

« Je cesserai d'être le chouchou si je tarde trop à rentrer. Elle va s'imaginer que je fais des bêtises.

– Ça vous arrive souvent ? De faire des bêtises, je veux dire ? »

Min pouffa.

« Il y a longtemps que ça ne m'arrive plus. Je suis beaucoup trop occupée pour ça. Mais autrefois, quand j'étais jeune et en pleine forme...

– Vous vous fichez de moi ? Si vous n'êtes pas en forme maintenant, qu'est-ce que ça doit être quand vous l'êtes ! »

Min éclata de rire.

« Espèce de sale flatteur. Ça marche à tous les coups, hein ? » Elle jeta de nouveau un coup d'œil à sa montre. « Bon, après tout je peux rester encore un instant. »

Nick vida son verre.

« Écoutez, Min, je ne voudrais pas que vous vous mettiez en retard à cause de moi. On reprendra cette conversation une autre fois. » Il se leva et tendit la main. « Je vous présente encore mes excuses pour tout à l'heure. Je n'avais pas l'intention de me défouler sur vous. J'apprécie énormément votre geste. J'attache une très grande importance à ces documents. J'espère que vous n'avez pas pris trop de risques en les apportant ici. »

Le sourire de Min se figea. Elle se leva, soudain un peu étourdie. Ramassa son manteau et son sac.

« Oui, j'ai pris des risques. » Elle se dirigea vers la porte d'entrée. « Mais qui sait ? Il en sortira peut-être quelque chose de positif, à long terme. Je vous passerai un coup de fil dans deux jours. »

Elle s'arrêta et se retourna.

« Vous vous en êtes occupé depuis votre retour ? demanda-t-elle.

– Occupé de quoi ?

– De la disparition de votre fils. Vous vouliez interroger des gens, réexaminer les événements passés. Tout ce que nous devrions faire, selon vous.

– En fait... » Nick ramassa sur le plancher un des dessins d'Owen. « En fait, je suis allé voir ce gars-là, hier. Vous le reconnaissez ? »

Min contempla la feuille.

« C'est le garçon qui était son meilleur ami, non ? Celui qui était avec lui ce jour-là ?

– Exact. Nous avons eu une conversation très intéressante sur Owen. Il m'a appris un détail que j'ignorais.

– Quoi donc ?

– Il m'a dit qu'Owen était amoureux de Marianne O'Neill. Je ne sais pas si je dois le croire. Est-ce qu'un gosse de huit ans peut être amoureux ? »

Min lui rendit le portrait.

« Mes garçons tombent amoureux à tout bout de champ. Ils s'entichent de certaines personnes. Cela peut tourner à l'obsession.

181

– Ça, je l'admets, mais l'amour c'est quand même quelque chose de différent.

– Vous croyez ? Peut-être est-ce simplement que ça nous arrange de ne pas reconnaître l'amour dans ce qu'ils éprouvent. Nous préférons appeler ça un "béguin" plutôt que d'accepter chez les enfants des sentiments plus intenses. Parce que, si nous devions parler d'amour, alors notre attitude à leur égard deviendrait en grande partie non seulement inacceptable, mais cruelle. »

Min ouvrit la porte et sortit dans l'obscurité.

« Ce qui est intéressant, c'est que ce jeune homme ait conservé un tel fait dans sa mémoire, après tant d'années. Les sentiments d'Owen devaient être très forts pour marquer son ami de cette façon.

– En effet. » Nick suivit Min dehors. « Mais que signifie ce fait au juste ? Est-ce qu'il nous avance en quoi que ce soit ?

– Non, je ne pense pas. C'est tout de même un élément nouveau. Souvenez-vous-en quand vous examinerez les documents que je vous ai apportés. »

Min ouvrit sa voiture. La lumière intérieure donna au véhicule un aspect chaud, accueillant. Quand elle eut claqué la portière sur elle, tout redevint noir. Nick fit quelques pas dans l'allée. Il regarda s'éloigner le rouge vif des feux arrière et la lumière intermittente du clignotant lorsque Min tourna dans la rue principale. Il leva les yeux vers les fenêtres de la maison. La salle de séjour était brillamment éclairée. Il aperçut la lueur d'un feu de cheminée et entendit de la musique. Un air qu'il connaissait : *My Funny Valentine*. Il s'approcha et inclina la tête pour écouter. Miles Davis à la trompette. Bill Evans au piano et Paul Chambers à la basse. Un CD à lui, peut-être même son vieux 33 tours. Il rentra dans son atelier et tira la porte.

Alors que Min quittait Victoria Square, il se mit à pleuvoir. Les essuie-glaces chassaient l'eau avec un bruit familier et réconfortant. Min éprouvait pour Nick Cassidy une pitié infinie. Elle espérait qu'elle n'aurait pas à regretter de lui avoir confié les dossiers. C'était strictement interdit, elle le savait, et ça ne lui ressemblait pas de se montrer aussi imprudente. Qu'en aurait pensé Andy ? se demanda-t-elle. Tous deux avaient parfois parlé de Nick et de sa femme. Elle avait posé à Andy la question de fond :

« Est-ce que tu as pensé sérieusement qu'il avait quelque chose à voir avec la disparition de son fils ?

– Non, pas vraiment. Le problème, c'était son autre secret. C'était ça qui le rongeait. Il s'est efforcé de le cacher par tous les moyens. Pour de bonnes raisons, je l'admets : il ne voulait pas blesser sa femme, ne pas augmenter encore son chagrin. Mais finalement il a bien été obligé d'avouer.

– Et qu'est-ce que tu as pensé de Susan ?

– Eh bien, elle, c'était un mystère. Sans son alibi, qui était très solide, je l'aurais soupçonnée davantage que son mari.

– Vraiment ? Et pourquoi ?

– J'en sais rien au juste. Elle s'est montrée tellement froide et détachée. Cassidy, lui, a beaucoup plus pleuré qu'elle. Et puis le fait qu'elle ait pris la liaison de son mari avec un si grand calme ! Je me souviens du moment où je la lui ai révélée. Je l'ai fait très brutalement. Elle a dû recevoir ça comme une gifle. Je lui ai lu la déposition de Cassidy. Tous les détails que nous avions pu lui arracher. Le nombre de fois, les dates. Ses sentiments. Je l'avais interrogé là-dessus. Et il s'était confié. Une fois qu'il a commencé à parler, il n'a plus pu s'arrêter. Il m'a dit que ses relations conjugales s'étaient refroidies au cours des années. Que sa femme était trop accaparée par son travail. Qu'il avait beaucoup apprécié de se lier d'amitié avec d'autres femmes du voisinage. Et comment, de fil en aiguille...

— Il t'a vraiment dit ça ? Il a eu le culot d'utiliser cet argument pour se disculper ?

— Oui, désolé. Je sais que tu le trouves sympathique, mais c'est bien ce qu'il a dit.

— Et la dernière de ces femmes, Gina, c'était aussi une passade ?

— J'en ai l'impression, même si Cassidy a voulu me faire croire le contraire. Il ne pouvait admettre qu'il s'était conduit comme un salaud. Quand j'en ai parlé à Susan Cassidy, quand je lui ai lu la déclaration de son mari, elle s'est contentée de me regarder, de hausser les sourcils et de marmonner quelque chose comme : "Oh non ! Encore ?"

— Mais tu ne penses tout de même pas qu'elle ait été mêlée à la disparition d'Owen ?

— Non, ç'aurait été assez extraordinaire. Quoique pas impossible, évidemment. Les femmes sont tout aussi capables de tuer leurs enfants que les hommes.

— Tout aussi capables, peut-être, mais ça ne doit quand même pas arriver souvent.

— D'un point de vue statistique, tu as raison. Toutefois, on ne peut écarter cette hypothèse. Pas complètement.

— Bon d'accord, nous ne l'écarterons pas complètement, nous la mettrons seulement en réserve jusqu'à ce que nous en ayons besoin. Cela dit, j'aimerais que tu m'exposes ta théorie, que tu me fasses profiter de toutes ces années où tu as fouillé dans les secrets des gens. »

Il n'avait pas de réponse. L'enfant était mort, ça, c'était certain. Ou presque. Il avait probablement été tué par quelqu'un qu'il connaissait. Sinon, il y aurait eu une lutte, une scène, des cris qu'on aurait remarqués. Or, cet après-midi-là, personne n'avait rien remarqué d'anormal. Ç'avait été une journée d'automne tout à fait banale dans une banlieue tout aussi banale.

« Je n'arrive toujours pas à croire que personne n'ait rien vu, avait répété Min à plusieurs reprises. Cela me dépasse. Même après toutes ces années, je ne peux admettre que pas un seul des témoins que nous avons questionnés n'ait vu le gosse, n'ait vu où il était parti quand son ami et lui se sont séparés. »

Alors, que penserait Andy de son expédition aux archives pour y prendre les dossiers de l'affaire ?

« Allez, Andy, réponds-moi », exigea-t-elle à haute voix tout en roulant vers sa maison.

Silence. Son défunt mari désapprouvait-il son acte ? Elle prêta l'oreille. Mais n'entendit que la pétarade de feux d'artifice et une soudaine explosion de couleurs dans le ciel nocturne. C'était de nouveau l'époque de Halloween. Elle ne devait pas oublier d'acheter un potiron, quelques paquets de noix et de bonbons. Qu'est-ce que Joe lui avait demandé ? Un masque de sorcière en plastique.

Min ralentit et tourna dans l'impasse où se trouvait sa maison. Elle s'arrêta devant chez elle, coupa le moteur. Les rideaux des grandes fenêtres du rez-de-chaussée étaient tirés. Une rafale de vent fit tinter le carillon japonais qu'elle avait accroché devant la porte d'entrée. À l'intérieur, c'était l'heure d'aller au lit. Les garçons seraient douillettement couchés sous leurs couettes assorties. Ils devaient attendre qu'elle vînt les embrasser avant de s'abandonner au sommeil. Elle s'approcha de la porte, glissa sa clé dans la serrure. Elle se retourna juste un instant pour regarder le ciel. Les feux de position d'un avion amorçant sa descente sur Dublin clignotèrent, puis disparurent derrière un nuage. Min entra et referma la porte sur le monde extérieur.

Nick leva les yeux de son ordinateur portable. Il avait commencé à étudier les dossiers, prenant des notes au fur et à mesure qu'il lisait. La maison était silencieuse à présent. Plus de musique au premier. La pluie avait cessé, le vent était tombé. Nick s'étira. Il avait besoin d'exercice. Ce qu'il aimait aux États-Unis, c'étaient les pistes réservées aux coureurs. Il avait pris l'habitude de faire du jogging tous les jours. Cela compensait le tabac et l'alcool.

Il mit les verres et les assiettes dans l'évier, les lava et les rinça avec soin. Il buvait beaucoup trop. Il devait se surveiller. Il pensa à l'année qui s'était écoulée entre la disparition d'Owen et sa décision de partir. Il se rappela qu'il n'avait conservé presque aucun souvenir de cette période.

Il passa sa veste et s'approcha de la porte d'entrée. Dehors, il faisait froid et très humide. Le trottoir gras luisait. Il traversa la rue et poussa la grille en fer forgé du square. Il se mit à zigzaguer dans l'herbe. Respirant

186

bruyamment, il contourna le bois entassé pour le feu de Halloween et courut jusqu'à l'autre bout de la pelouse. Il sentit la sueur s'accumuler au creux de ses reins et sur sa poitrine. Un ballon de foot pour enfant avait été oublié près d'un des bancs. Il lui envoya un coup de pied, le suivit, le relança, le maintint en hauteur par de petits bonds. Soudain, il s'aperçut qu'il n'était plus seul. Quelqu'un courait vers lui. Il shoota, regarda le ballon s'envoler, être bloqué, puis renvoyé. Nick se jeta en avant, rattrapa le ballon avec le pied, l'envoya en l'air et vit l'autre homme se précipiter au-dessous, le corps arqué, le cou dressé. L'homme fit une tête et réexpédia le ballon. Alors qu'il se tournait, les réverbères éclairèrent son visage. Nick le reconnut à ses traits aigus, ses cheveux bruns retombant sur le front, ses lunettes à monture foncée, son sourire de guingois. Soudain, une voix traversa la place :

« Alors comme ça, vous êtes de retour ? On m'avait dit que vous alliez rentrer. Je vois que vous êtes toujours aussi bon au foot. Mais je parie que je marque un but avant vous. »

Nick se rappela Owen en train de foncer vers lui.

« Je parie que je te bats ! Je parie que je te bats ! »

Il shoota de nouveau, frappant le cuir mouillé avec le côté de sa chaussure. Le ballon fendit l'air et se coinça dans les barreaux de la grille.

« Cassidy un, Goulding zéro », cria-t-il.

Il entendit Chris qui riait alors qu'il courait vers lui, les bras tendus.

15

Debout à la fenêtre, Susan les regardait. Elle entendait leur rire et le son mat du ballon. Elle remarqua l'agilité, la grâce, l'aisance avec lesquelles ils bondissaient, sautaient, shootaient. À cette distance, il était difficile de se rendre compte que Nick était beaucoup plus âgé que Chris. Ou, du moins, cela l'eût été pour une personne étrangère. Mais elle, elle relevait la légère raideur de ses genoux, son essoufflement quand il courait. Elle savait que de la sueur lui coulait dans le dos, trempait sa nuque à l'endroit où les cheveux retombaient sur le col de la veste. Elle savait tout cela. Et plus encore.

Elle les vit quitter la pelouse boueuse du square, traverser la rue en continuant à jouer au ballon et disparaître au pied de la maison, au sous-sol. Elle se rendit alors dans l'entrée et s'approcha de la porte qui, autrefois, faisait communiquer les pièces d'en haut avec le bas. On l'avait condamnée depuis des années, mais, en pressant l'oreille contre le battant, Susan percevait nettement la voix des deux hommes, leur rire, de la musique.

Elle alla à la cuisine. Une bouteille de vin à demi pleine se trouvait sur la table. Elle se versa un verre et commença à débarrasser. Paul avait préparé le dîner. Steak, pommes de terre et salade. Il avait terminé son repas. Elle y avait à peine touché. Elle garderait les restes pour les donner à la renarde. Quand la lune serait levée.

Elle rangea les assiettes et les couverts dans le lave-vaisselle. Puis elle s'assit en regardant le jardin à travers la porte vitrée. La maison était silencieuse. Paul, en partant, avait claqué si fort la porte d'entrée que les vitres en avaient tremblé. Il lui semblait en entendre encore l'écho. Il lui avait crié qu'il ne reviendrait plus. Elle avait la nausée. Peut-être devrait-elle l'appeler. Lui présenter ses excuses. Lui dire que c'est lui qui avait raison. Mais elle se sentit incapable de se lever et de décrocher le téléphone.

Bien sûr que Paul avait raison. Susan en convenait dans sa tête, mais son cœur refusait de le reconnaître. Elle leva son verre. Son image dans la glace l'imita. Elles se saluèrent.

« Je n'ai que toi, dit Susan à haute voix. Toi et personne d'autre. Je ne peux compter que sur toi. »

Elle but encore un peu de vin. Elle était lasse. Elle avait envie de poser sa tête sur la table et de dormir. Elle avait déjà éprouvé cette fatigue à son retour du travail. Les choses se passaient plutôt mal pour la petite fille qui était en isolement. On ne savait pas si elle survivrait. Ayant prolongé son service à l'hôpital, Susan était rentrée très tard chez elle. Elle s'était précipitée sur le buffet pour prendre la bougie et le briquet. Elle allait sortir par la porte de la cuisine quand elle avait entendu Paul dans l'entrée.

« Sue, où es-tu ? J'ai une surprise pour toi. »

Et elle l'avait soudain vu paraître sur le seuil, portant dans ses mains un grand bouquet de lis, une bouteille de vin enveloppée de papier et un sac de supermarché.

« Je suis heureux de te voir. Assieds-toi. Je vais te servir un verre, et puis je préparerai le dîner. Ça te va ? »

Mais lorsqu'il l'avait aperçue près de la porte de derrière avec la bougie, le briquet et dans l'attitude d'une enfant coupable, son sourire s'était effacé.

« Ah non ! s'écria-t-il. Tu ne vas pas remettre ça ! C'est insensé. Tu peux me dire à quoi ça rime ? Tu te fais souffrir pour rien. Tu devrais arrêter ces bêtises. »

Sans répondre, elle s'était éloignée de lui à reculons, sa main cherchant déjà la poignée.

« Susan, je t'en prie, écoute-moi. Ton enfant a disparu. Mais pleurer une fille que tu n'as même jamais connue, ça veut dire quoi ? Tu ne fais que raviver un chagrin qui aurait pu s'apaiser avec le temps. À quoi sert ce rituel absurde que tu observes tous les octobres ? Susan, je te demande de m'écouter. Je sais de quoi je parle. Je suis sûr d'avoir raison. »

Elle avait cependant ouvert puis refermé la porte, et dévalé l'escalier. Sans se retourner, s'interdisant de réfléchir aux paroles de Paul. Elle avait couru d'une traite par les rues obscures jusqu'à la maison de la jeune morte. S'était agenouillée pour allumer la bougie. Avait attendu que la flamme se stabilisât. Vu les fleurs et la carte laissées là par quelqu'un d'autre. Reconnu l'écriture et compris qui c'était. Fermant les yeux, elle s'était souvenue de ce soir, il y avait cinq ans de cela, où elle s'était rendue à la réunion dans la salle paroissiale du quartier. Sur le conseil du pasteur de l'Église d'Irlande. Il était venu lui rendre visite. Elle s'était montrée assez impolie, mais l'ecclésiastique ne lui en avait pas tenu rigueur. Il avait connu le père de Susan. Se rappelait un sermon que celui-ci avait prononcé un dimanche de Pâques. Sur le pardon.

« C'était un homme bon, charmant, un homme de Dieu. Il croyait à la réconciliation », avait dit le pasteur dont le visage rond exprimait l'émotion.

– Je n'ai pas la foi, avait-elle répondu d'un ton brusque. Je l'ai perdue à l'âge de douze ans. Après la mort, il n'y a que la nuit. Rien d'autre.

– Soit, si c'est sous cet angle que vous voyez les choses... Mais qu'en est-il durant la vie ? Vous avez besoin d'aide. Vous avez besoin de partager votre souffrance. Vous n'êtes pas seule. Venez donc un de ces soirs rencontrer des gens qui souffrent eux aussi. Cela vous apportera peut-être une certaine consolation. »

Et elle y était allée. S'était assise sur une inconfortable chaise pliante en bois. Avait promené son regard sur les visages où l'éclairage cru au néon mettait la douleur à nu. Et c'est là qu'elle avait rencontré Catherine Matthews.

« Je suis ici à cause de mon amie morte, lui avait confié cette jeune femme. Ma meilleure amie. Elle était merveilleuse. Jolie, drôle, pleine de talents. Je lui aurais confié ce que j'avais de plus cher. Mais je la connaissais mal. Elle a trahi ma confiance. Elle est tombée amoureuse de mon père. Et lui aussi, il a trahi ma confiance, la confiance de ma mère et celle du reste de notre famille. Lorsque Lizzie était avec moi, ce qu'elle désirait, en fait, c'était être avec lui. Quand nous l'emmenions en vacances, mon père voulait être près d'elle. Puis le malheur est arrivé. Un soir. Ils s'étaient donné rendez-vous dans une remise bâtie à côté de sa maison à elle. Et elle est morte. Quelqu'un l'a tuée. Étranglée. La police a soupçonné mon père. Ils l'ont arrêté et accusé du meurtre. Mais à son procès, on l'a acquitté. Car, entre-temps, la police avait découvert qu'un autre homme s'était trouvé avec Lizzie ce soir-là. Sur le pull de Lizzie il y avait des traces de sperme différent de celui de mon père. On a donc déclaré mon père non coupable. Non coupable de quoi ? De ne pas lui avoir serré le cou, de ne pas l'avoir étranglée ? Il était cependant coupable d'adultère, coupable d'avoir séduit, corrompu une adolescente qui avait l'âge d'être sa fille, d'avoir détruit son foyer : sa femme, ses enfants. Il avait commis ces péchés et d'autres encore. »

Ce soir-là, après la réunion, Susan avait suivi Catherine Matthews dans la rue et mis la main sur son bras. Les deux femmes avaient échangé un regard, rendant toute parole inutile. Catherine avait emmené Susan à l'endroit où Lizzie était morte. Cela faisait déjà cinq ans. Et, depuis, Susan allait là-bas tous les jours du mois d'octobre pour allumer une bougie et se recueillir.

À son retour, elle avait vu Paul dans la cuisine et s'était rendu compte, à son visage rouge, qu'il avait bu. L'atmosphère était lourde de réprobation. Il avait mis le couvert et fait cuire les pommes de terre. La salade était prête. La poêle fumait. Paul y avait flanqué les steaks.

« Paul, ne fais pas cette tête, je sais que, dans un sens, tu as raison, mais...

– J'ai raison, mais, l'avait-il interrompu. C'est toujours "mais" avec toi. Pas une seule fois tu ne m'écoutes. Tu ne te soucies jamais de mon opinion. C'est toujours "oui mais" ceci, "oui mais" cela. Je t'ai déjà dit ce que je pensais de sa présence ici. » Paul tapa le plancher du pied. « Et qu'est-ce que tu as répondu ? "Oui, je comprends, mais il possède encore la moitié de la maison. C'était mon mari. Le père d'Owen. Il a besoin de ce logement." » Maintenant Paul la regardait en face. « Il en a besoin ? Et moi alors ? Et nous ? Tu as songé à notre relation, Susan ? À notre avenir ? J'aimerais bien que tu me le dises. »

Elle avait essayé de manger, la nourriture ne passait pas. Tenté de parler sans pouvoir émettre un son. Elle avait tendu le bras pour prendre la main de son compagnon. Paul s'était levé, jetant bruyamment ses couverts dans son assiette.

« J'en ai ras le bol, si tu veux savoir. Tu choisis : ou c'est lui ou c'est moi. J'attendrai que tu te sois décidée. »

Il s'était essuyé les mains à un torchon qu'il avait laissé tomber par terre. Elle avait baissé les yeux afin d'éviter son regard furieux. Ensuite, elle avait entendu les pas de Paul dans le vestibule et la porte claquer. Après, ç'avait été le silence.

Quand la lune parut au-dessus de la maison, Susan prit l'assiette contenant les restes de viande et descendit dans le jardin. Elle laisserait la nourriture pour la renarde sous le buddleia. Susan se pencha, posa son offrande sur le sol, se redressa et retourna vers la maison. La lumière brillait au rez-de-chaussée. Nick et Chris étaient assis dans la cuisine. Susan les regarda un moment. Ils parlaient avec animation et riaient. Elle les vit ensuite se lever et s'apprêter à sortir. Elle se rapprocha de l'escalier qu'elle gravit lentement. Puis elle s'assit sur le seuil, le dos appuyé contre la vitre froide de la porte et attendit. Bientôt, elle s'aperçut que les branches basses du buisson bougeaient, elle entendit renifler la bête au long museau. La vit agiter la queue. Alors Susan se leva et entra chez elle. Elle avait froid à présent. Et elle était épuisée. Elle monta dans sa chambre, laissa tomber ses vêtements sur le sol et se glissa sous les couvertures, les bras serrés autour d'elle. La lune à la fenêtre découpait des carrés de lumière blanche sur le plancher. Susan soupira, ferma les yeux et attendit le sommeil.

16

« Ça t'arrive de la revoir, ces jours-ci ?

– Revoir qui ?

– Marianne, évidemment. »

Ils s'étaient accoudés à la table où un peu plus tôt Nick s'était assis en compagnie de Min. Il offrit un whisky à Chris. Le jeune homme secoua la tête.

« Ce n'est pas ça, ma drogue, en tout cas plus maintenant.

– Ah bon. » Nick se servit un verre. « C'est vrai, je crois me souvenir que tu en utilisais d'autres à l'époque. Ça a d'ailleurs failli te coûter cher. Le jour où Owen a disparu, tu t'étais gardé de mentionner ce détail à la police. Tu nous as bien fait marcher, pendant quelque temps. »

Chris contempla la table.

« Ouais, nous avons tous nos petits secrets », finit-il par répondre.

Il sortit de la poche de sa veste un paquet de papier

à cigarettes, du tabac et une feuille de papier d'aluminium pliée en quatre.

« Ça ne te dérange pas ? Moi j'aime mieux ça qu'un
verre. »

Il déplia le papier d'aluminium et se mit à effriter
le morceau de hasch noir et collant qu'il contenait.
Penchant le cou, il le renifla avec un air appréciateur.
Il prit deux feuilles de papier à cigarettes, les posa
l'une sur l'autre et y allongea du tabac qu'il saupoudra
de drogue.

Nick se rapprocha de lui.

« Ça fait des années que je n'ai plus vu de hasch,
dit-il. Aux États-Unis, on fume de l'herbe. »

Chris roula soigneusement les papiers, passa la langue le long de la partie adhésive, ferma les extrémités
du joint et l'alluma. Après en avoir aspiré une grosse
bouffée, il le passa à Nick. Les poumons emplis de
fumée, Nick ressentit brutalement l'effet de la drogue.
Il lui semblait que sa tête touchait le plafond et il avait
des picotements au bout des doigts.

« Nom d'un chien, il est diablement fort, ton shit !
Où est-ce que tu l'as dégotté ? »

Chris haussa les épaules. Il reprit le pétard, aspira,
regarda la fumée.

« Oh, ici et là. Tu veux que je t'en achète ? »

Nick opina. Au bout d'un moment qui lui parut très
long, il demanda :

« C'est quoi maintenant, ton boulot ? Je crois
– c'est Susan qui a dû me le dire – que tu es dans
l'enseignement. Le tableau noir me paraît pourtant
incompatible avec le cannabis. De mon temps, en tout
cas, les profs n'en fumaient pas.

– Ouais, ça se peut. N'empêche qu'en secret,

196

c'étaient tous des alcoolos et des pédophiles. De répugnants frères des Écoles chrétiennes qui prenaient leur pied avec de pauvres petits garçons et des bonnes sœurs qui aimaient vous taper sur les doigts avec leur rosaire. Là, les choses ont changé. » Chris expira lentement la fumée. « J'enseigne dans une école extraordinaire. Un collège de filles. À Laurel Park. Ça te rappelle quelque chose ? Un très beau bâtiment construit au sommet de la colline avec des jardins à la française, des courts de tennis, une piscine. Tout ce qu'on peut avoir pour du fric. »

Il se leva et alla à la table à dessin. Il s'assit et approcha de lui l'ordinateur portable. Ses doigts se posèrent sur le clavier.

« Pas mal, dis donc, cette bécane. Elle est presque aussi chouette que la mienne. Moi j'adore ces machines. Pas toi ? »

Nick leva les mains.

« Adorer, c'est beaucoup dire. Je m'en sers, voilà tout. C'est pratique pour envoyer des e-mails et des dessins. Rapide et simple à manier quand on a un travail urgent à exécuter. Mais ça n'a absolument rien à voir avec le plaisir que me procurent les crayons, le papier, le fusain, l'encre, la peinture. » Il tendit la main vers Chris. « Et alors, il vient ce joint ? Tu le gardes pour toi, ou quoi ? Pas très cool, ça. »

Chris se leva et s'approcha. Nick lui prit le joint des doigts et tira longuement dessus. L'air se remplit d'une odeur de brûlé. Nick bloqua son souffle autant qu'il put, puis rejeta la fumée par à-coups.

« Oui, dit-il quand il retrouva la parole, oui, je me rappelle cette école. Et je me rappelle que ta grand-mère habitait à côté.

– En effet. À sa mort, l'école a acheté sa maison, qui a été transformée en dortoirs et en salles de classe. J'y dispose d'un petit bureau, en bas, au sous-sol. Tout ce qu'il y a de plus confortable. »

Ils restèrent un moment silencieux. Nick se cala contre le dossier de sa chaise et ferma les yeux. Il percevait la respiration de Chris. Il éprouvait une certaine lourdeur. Il aurait aimé poser sa tête sur la table et dormir. Il se sentait épuisé. Comme si ses membres ne lui appartenaient plus. Il remuait lentement les pieds, croisant et décroisant ses chevilles qui lui paraissaient très loin de lui. Soudain, il eut un creux à l'estomac.

« Dis donc, s'écria-t-il en ouvrant les yeux, c'est dingue, mais j'ai une de ces fringales ! Ça fait des années que ça ne m'est plus arrivé. Viens, on va acheter des frites et peut-être un cheeseburger. »

La rue principale était assez calme. Les pubs étaient encore ouverts. Dans une demi-heure, les buveurs encombreraient les trottoirs, rentrant chez eux en braillant et en jurant. Nick et Chris s'arrêtèrent chez le marchand de frites. Chris poussa la porte vitrée et s'effaça devant Nick en s'inclinant profondément. Les deux hommes se plantèrent devant le haut comptoir. Une intense odeur de friture régnait dans le local. Nick en saliva. Ils passèrent commande.

« Je ne sais pas si tu te souviens, dit Nick. Owen adorait ce restaurant. Marianne l'y amenait s'il avait été sage. Susan voyait ça d'un mauvais œil. Elle estimait malsaine la nourriture qu'on sert ici. Mais Marianne aimait les frites. Je crois me rappeler qu'elle raffolait aussi de la sauce au curry qui les accompagne.

– Moi, c'étaient les burgers à la sauce piquante. Et Owen, les beignets de saucisse. Son plat préféré. On venait très souvent ici avec Owen, surtout les soirs où ni toi ni Susan n'étiez chez vous. Le gosse s'asseyait à l'une des tables et, pour respecter les exigences de la "santé", on lui commandait un grand verre de lait. Owen trouvait que le lait était meilleur ici qu'ailleurs. »

Nick regarda la grosse femme basanée remuer l'huile bouillante avec une écumoire. Les frites y tournoyaient. Nick avait tellement faim qu'il aurait presque plongé les mains dans la friteuse pour en retirer les pommes de terre et les fourrer dans sa bouche. Il avait l'impression que, si l'attente se prolongeait, ses jambes refuseraient de le soutenir plus longtemps.

« Marianne... fit-il en essayant de penser à autre chose. Tu sais où elle est à présent ? Ça t'arrive de la revoir ? »

Chris ne répondit pas. Il s'éloigna de Nick pour aller vers le juke-box fixé au mur. Il sortit quelques pièces de sa poche, les introduisit dans la fente et appuya sur diverses touches.

« Owen aimait cette chanson. Tu te souviens ? »

La voix de John Lennon s'éleva dans la salle. Nick chantonna avec lui la célèbre mélodie, simple et séduisante à la fois. Bateaux, rivières, cieux orange, diamants – un kaléidoscope d'images.

Nick se représenta l'enfant, la jeune fille et le jeune homme assis à une des tables de Formica. Il vit l'enfant boire son verre de lait, la lèvre supérieure recouverte de mousse blanche. La tache rouge du ketchup sur l'assiette, les frites dorées, les petits doigts d'Owen. La façon dont le garçonnet agitait sa four-

chette au rythme de la chanson comme s'il dirigeait
tout un chœur et un orchestre.

« Marianne ? Tu veux savoir ce qu'elle est devenue ? »

Les frites continuaient à tourbillonner dans l'huile
bouillante. Elles glissèrent enfin de l'écumoire et formèrent une pyramide dorée. Nick vit son reflet dans
le miroir couvert de graisse, au-dessus de la caisse. Il
semblait vieux et fatigué. De la salive apparaissait aux
commissures de ses lèvres. Il déglutit.

La femme emballa les frites dans un sac en papier
brun.

« Sel et vinaigre ? » demanda-t-elle d'une voix
forte.

Incapable de parler, Nick se contenta d'acquiescer
d'un signe de tête. Il regarda la pluie de fins cristaux
blancs se répandre sur l'or des frites. L'odeur du vinaigre lui piqua le nez. Il prit le paquet tout chaud, paya
et sortit dans la nuit humide. Il se mit à puiser dans
le sac. La graisse collait à ses doigts. Il remplit sa
bouche de nourriture.

« Oui, dis-moi ce qu'est devenue Marianne. J'aimerais beaucoup la revoir. »

Après le départ de Nick pour les États-Unis,
Marianne avait vécu des moments très difficiles. Ce
n'est pas que la période précédente eût été sans problème, mais Marianne avait réussi à tenir le coup aussi
longtemps que la vie chez les Cassidy s'était écoulée
à peu près comme avant. Une fois Nick parti, le monde
qu'elle avait connu cessa d'exister. Elle retourna à
Galway.

200

« Nous nous téléphonions sans arrêt. Et j'allais la voir tous les quinze jours pour le week-end. Elle refusait de venir à Dublin. De mettre les pieds dans ma maison. Elle voulait que je vienne habiter à Galway, que je m'inscrive dans une université de la ville. Mais je ne désirais pas partir. C'est ici que je suis chez moi. »

Les deux hommes descendirent vers la mer. Des cargos étaient à l'ancre au milieu de la baie. Leurs feux dansaient au rythme de la houle. Nick sentait le mouvement de l'eau dans son propre corps. Il ferma les yeux et s'abandonna aux vagues.

« Et après, qu'est-ce qu'elle est devenue, Marianne ?

– Ça porte toutes sortes de noms. On parle le plus souvent de schizophrénie paranoïaque. Mais je préfère dire qu'elle a déménagé. Qu'est devenue Marianne O'Neill ? Elle a déménagé, c'est le mot qui convient. Et où est-elle partie ? Elle est partie au pays de l'inconnu et de l'inconscience. Un refuge sûr.

– Tu veux dire qu'elle a fait une dépression ? Elle a craqué, c'est ça ?

– Mais non, tu n'y es pas du tout. » Chris regarda Nick d'un air furieux. « Marianne ne s'est pas effondrée. Elle n'était ni amorphe ni abattue. Au contraire. Elle s'est transformée en une personne différente et elle s'est évadée. Elle parlait, écrivait, peignait, chantait, composait des chansons et des poèmes. Elle vivait sans dormir ni manger. Elle est devenue belle, alors qu'avant elle était simplement jolie. Mais on ne l'a pas laissée tranquille. Ses parents l'ont prise et l'ont fourrée dans une maison de santé. Là, on l'a droguée. On l'a gavée de toutes sortes de saloperies et on en a fait un légume. Quelqu'un d'obèse, de laid et de stupide. Jamais je ne l'avais vue comme ça. Ils me l'ont volée. »

Les bateaux tanguaient sur l'eau. Leurs feux fascinaient Nick. Il n'aurait su dire où finissait la mer et où commençait le ciel. Les points lumineux formaient des dessins. Il leva la tête et contempla les constellations lointaines.

« C'est bizarre que nous puissions être à la fois dans la Voie lactée et l'observer comme de l'extérieur. Je n'ai jamais bien compris comment c'était possible. »

Silencieux à présent, ils s'adossèrent au mur du port. L'horloge de l'hôtel de ville sonna. Il était une heure. Nick commença à marcher. Puis il s'arrêta et se retourna vers Chris.

« Bon, alors, où vit-elle maintenant ? Est-ce que tu la revois ?

— Qu'est-ce que ça peut te foutre ? Pourquoi tu veux le savoir ? Tu es la dernière personne dont Marianne ait besoin. Après tout ce que tu lui as fait !

— Ne sois pas injuste, Chris. Tu sais très bien que je n'avais pas l'intention de faire du mal à qui que ce soit.

— Non, tu es juste comme tous les autres. T'avais pas l'intention de faire du mal, n'empêche que tu l'as fait quand même. » Chris avança en traînant les pieds. « De toute façon, ce n'est pas à moi qu'il faut t'adresser. Je ne la vois plus. Ce que je sais, c'est qu'elle vient parfois rendre visite à ta femme. Elles restent en rapport, si on peut dire. En fait, il est impossible d'être en rapport avec Marianne. On dirait que ce qu'il y a de sensible en elle, son côté vivant, est recouvert d'une matière imperméable. Rien ne passe au travers. Ni voix ni paroles. Ni lettres, musique ou chansons. Rien de ce qui, autrefois, la faisait vibrer. Elle séjourne assez souvent à l'hôpital. Quand elle n'y est pas, elle vit parfois normalement, parfois à la dure, en couchant à la belle étoile. Ou dans un foyer, en ville. Demande donc à ta femme. Elle sera en mesure de te renseigner.

– Ça signifie que les médicaments qu'on lui administre sont inefficaces ?

– Disons qu'ils ne produisent pas l'effet recherché. Ils ne permettent ni de retrouver l'ancienne Marianne ni de donner naissance à une nouvelle Marianne. Ils la maintiennent dans des sortes de limbes, entre le réel et l'imaginaire. Un endroit où, finalement, il n'existe rien. »

Ils se dirigèrent du même pas vers la place. Des feuilles mortes s'amoncelaient à la lisière des jardins. Sous les réverbères, des marrons tombés des arbres brillaient comme des galets polis par la mer.

« J'avais oublié combien j'aimais cet endroit », dit Nick.

Ils s'arrêtèrent devant la maison des Goulding.

« Entre un moment, dit Chris. Je vais te présenter Amra. Je crois que tu as déjà fait la connaissance d'Emir.

– Ah, il s'appelle Emir ? C'est ton fils ? »

Chris secoua la tête.

« Je pourrais difficilement être son père : il a neuf ans. C'est le fils d'Amra. Elle a aussi une petite fille, Sanela, qui va sur ses cinq ans. » Il précéda Nick sur l'escalier, sortit ses clés, ouvrit la porte. « Dépêche-toi d'entrer, il fait froid dehors. »

Plusieurs paires de chaussures s'alignaient dans le vestibule. Chris ôta les siennes et indiqua à Nick de l'imiter.

« Amra est très maniaque. Elle reproche aux Irlandais d'apporter la saleté des rues dans la maison. »

En chaussettes, ils entrèrent dans la pièce située sur la gauche. Elle était plongée dans l'obscurité. Seul un feu mourant permettait de distinguer une femme assise la tête penchée, les mains serrées entre ses genoux. Elle ne leva pas les yeux.

« Amra, tu as un visiteur. »

Chris s'accroupit près d'elle et lui déposa un petit baiser sur la joue. Elle ne réagit pas. Il se redressa, ébouriffa ses courts cheveux noirs puis, les serrant dans son poing, les tira en arrière. Amra resta complètement passive.

« Oh là là ! » Chris lâcha Amra, qui reprit sa position initiale. Il lança un regard à Nick demeuré sur le pas de la porte. « Elle est sujette à de petites crises. Viens, fichons-lui la paix. »

Il faisait froid dans la cuisine. De la vaisselle s'entassait dans l'évier. Sur la table traînaient les restes d'un repas : haricots à la sauce tomate figés dans les assiettes et morceaux de toast. Un seau plein de vêtements sales répandait une odeur aigre.

« Et tes parents ? demanda Nick. Tu ne m'en as pas encore parlé.

— Quoi, tu n'es pas au courant ? Le téléphone arabe n'a pas fonctionné dans le patelin où tu te trouvais ? »

Nick fit un signe négatif. Il était fatigué et avait très envie d'aller se coucher.

« Assieds-toi. Je vais préparer du thé... à condition de mettre la main sur les récipients *ad hoc*.

— Ne te dérange pas pour moi. Il faut que je rentre.

— Ah, je vois. » Le visage de Chris se ferma. Une certaine irritation perça dans sa voix. « Ce léger désordre domestique t'indispose ? C'est pas comme chez toi, hein ? »

Nick haussa les épaules.

« Si tu savais comme je m'en fous ! Simplement, j'ai pas mal de choses à faire demain.

– Sans blague ! Pas mal de choses à faire... Jouer au détective amateur, par exemple ? Parce que c'est bien pour ça que tu es revenu, non ? C'est quoi, ton type ? Miss Marple ou Hercule Poirot ? » Chris imita l'accent français. « Faire fonctionner ses petites cellules grises. Chercher les indices, les commencements de preuves qui permettraient de retrouver le petit garçon. »

Nick enfonça les mains dans les poches de sa veste et se dirigea vers la porte.

« Oh, je te demande pardon ! » Chris se frappa le front de son poing. « Je ne voulais pas te blesser. Je me conduis comme un idiot. À cause de cette saloperie de drogue. Je ne devrais pas fumer autant. Seulement, tu sais, parfois je n'en peux plus. Cela me mine de penser à Owen et à ce qui a pu lui arriver. » Il se leva et tendit la main. « Reste, je te le demande. Je te présente toutes mes excuses. Reste. Je vais m'occuper du thé. »

Ils s'assirent. Un lourd silence s'était établi. Le thé était très noir et très fort. Il n'y avait pas de lait.

« Elle a oublié d'en acheter. Moi aussi. Il faudra que j'aille en chercher demain, à la première heure, avant que les gosses se réveillent.

– Qui c'est, cette femme, et qu'est-ce qu'elle fait ici ? Vous vivez ensemble ? Je veux dire : vous êtes un couple ?

– Exactement, si invraisemblable que ça paraisse.

Amra est bosniaque. Elle est arrivée en Irlande en 1995. Le garçon avait été grièvement blessé durant l'une de ces terribles attaques au mortier, à Sarajevo. Le gouvernement irlandais a eu une attitude correcte : il a offert l'asile à un certain nombre de ces familles. Amra a eu de la chance de sortir de Bosnie à ce moment-là.

– Et comment l'as-tu rencontrée ?

– On m'avait chargé de leur enseigner l'anglais. Je me suis pris d'amitié pour elle. Pour ses gosses aussi, même si Emir pose problème. Il est impossible de lui arracher un mot.

– Ah bon. Je croyais que j'étais le seul à qui il ne parlait pas.

– Non, il ne parle à personne. Mais son mutisme est purement psychologique. Il a des cordes vocales en parfait état. Et il est très intelligent. Un QI particulièrement élevé. C'est un accro de l'ordinateur. Le problème, dont je ne connais pas la cause, c'est qu'il a décidé de ne pas communiquer verbalement. Sa mère en souffre beaucoup.

– Ça, je m'en doute. » Nick but une gorgée de thé avec circonspection. « Il est venu me voir, tu sais. Je lui ai donné du papier et des crayons et il s'est mis à dessiner. Maintenant je commence à comprendre ses dessins.

– Qu'est-ce qu'il dessine ?

– Des maisons en ruine. Des hommes armés de fusils. Des incendies. Ses dessins sont très expressifs. »

Chris ressortit son paquet de tabac. Nick leva la main en signe de refus.

« Pas pour moi, merci. J'ai assez fumé. »

206

Chris s'occupa à rouler un joint.

« Si jamais tu vois des dessins où figure sa mère, dis-le-moi.

– Ce serait important ? »

Chris se concentrait sur sa tâche.

« Sa mère a été violée. Emir n'était qu'un bébé à l'époque. La famille habitait un village près de Sarajevo. Des soldats serbes sont venus. Ils ont emmené le mari. Et après, elle, ils l'ont violée. Ça s'est passé sous les yeux d'Emir. Amra s'est enfuie en ville. Là, elle s'est aperçue qu'elle était enceinte. Elle ne savait pas de qui. Elle aurait pu se faire avorter, mais elle s'y est refusée, n'étant pas sûre que sa grossesse fût la conséquence du viol. Maintenant, elle en est à observer chaque jour sa fille, se demandant si elle est de son mari ou d'un Serbe.

– Mais le petit garçon ignore tout cela ? Il ne peut quand même pas se rappeler ce qui s'est passé alors ? »

Chris eut un geste d'ignorance.

« Comment savoir ? Son vocabulaire était trop réduit à l'époque pour lui permettre d'exprimer ses sentiments. Mais les assistants sociaux et les psychologues qui l'ont examiné disent qu'il a intériorisé toutes ses émotions. Et elles sont restées comme bloquées en lui. Si ses dessins semblent présenter un contenu sexuel, dis-le-moi. Cela nous aiderait beaucoup. Merci d'avance. »

Chris ôta ses lunettes et les posa sur la table. Il se frotta les yeux et se massa l'arête du nez. Son visage nu rappela alors à Nick l'adolescent d'autrefois. Avec son regard de myope, Chris approcha une allumette du bout tortillonné de son joint et inspira.

« Est-ce que tu es amoureux d'elle ? demanda Nick. Si tu es prêt à assumer les problèmes que posent des enfants qui ne sont pas les tiens, c'est sans doute que tu l'aimes. »

Chris souffla un flot de fumée grise.

« Elle avait besoin d'être secourue. Elle se sentait très seule. L'agression dont elle avait été victime l'avait profondément perturbée. Je voulais faire quelque chose qui aurait un peu compensé... » Il s'interrompit et enleva un brin de tabac de sa lèvre inférieure. « Un peu compensé la disparition d'Owen. »

Ils entendirent un léger bruit derrière eux, dans l'entrée. Nick jeta un coup d'œil par-dessus son épaule. Debout sur le seuil, la femme les observait.

« Je monte me coucher, dit-elle d'une voix sans timbre.

– Très bien, ma chérie. Je te rejoins tout de suite », répondit Chris en agitant le pétard dans sa direction.

Nick se leva.

« Je vais rentrer. »

Chris s'appuya au dossier de sa chaise en souriant.

« J'aime me sentir le maître de maison. Je n'aurais jamais cru que j'en tirerais une telle satisfaction. »

Son sourire s'élargit. Nick ne répondit pas. Il se dirigea vers la porte d'entrée. Puis il s'arrêta et revint à la porte de la cuisine.

« Tu ne m'as toujours pas parlé de tes parents. Où sont-ils ?

– Ils sont morts. Lors de vacances en Espagne. Ils allaient de Malaga à Séville dans une voiture de location. Ils ont heurté de front un semi-remorque sur l'autoroute. Ils ont été tués sur le coup. C'était ma mère qui conduisait. La police a déclaré qu'elle devait avoir oublié de rouler à droite.

– Oh ! Je suis désolé. J'ignorais. »

Le visage de Chris se ferma. Il rechaussa ses lunettes.

« Pas d'hypocrisie, s'il te plaît. Je crois me souvenir que tu ne les aimais guère. Est-ce que vous ne vous étiez pas disputés parce que tu avais joué de la musique trop fort la nuit ? Et que tu avais laissé traîner des détritus dans votre jardin qui donne sur la rue ? Quelque chose de ce genre. »

La scène d'affrontement revint à la mémoire de Nick. Lui en robe de chambre tenant une gueule de bois pas possible, la maison parsemée de bouteilles vides et de verres sales, Owen en train de crier dans son petit lit, au premier étage, et Brian Goulding rouge de colère.

« Je ne les aimais pas non plus, reprit Chris. Ils sont morts et ils m'ont laissé cette maison. À présent, j'ai Amra et les gosses. Je n'en demande pas plus. J'ai tout ce que je désire. Une maison et une famille.

– Dis-moi, et ta sœur ? Occupe-t-elle encore une place dans ta vie ? »

Chris tira de nouveau une grosse bouffée de haschich, puis il regarda Nick.

« Ah oui, ma sœur. Tu l'as rencontrée aux États-Unis. Elle me l'a dit. Elle m'a dit aussi que tu l'avais critiquée.

– J'ai simplement regretté qu'elle exerce ce genre de métier. C'est tout. Cela m'a étonné d'elle. »

Chris ricana.

« Ouais, mais tu l'as drôlement matée, non ? Comme les autres mecs. Vous la dévoriez des yeux, m'a-t-elle dit. Elle t'avait tout de suite repéré. M'a dit que tu t'es rapproché de plus en plus de la scène. Elle pensait que tu devais bander comme une bête. »

Un gros rire secoua les épaules de Chris.

« Comme une bête, qu'elle a dit. Elle m'a raconté ça au téléphone, et ce qu'elle rigolait ! Moi aussi, d'ailleurs. J'ai dit : toujours le même, ce vieux salopard. Il ne change pas. »

Chris se leva. Les pieds de sa chaise raclèrent le plancher. Passant devant Nick, il se dirigea vers la porte d'entrée. Puis se retourna pour regarder son visiteur.

« Quand je pense à tout ce que tu avais autrefois... Une femme, un enfant, une maison, une maîtresse – c'est le mot que tu emploierais ? Une carrière, une réputation, un avenir. Et qu'est-ce que tu as maintenant, Nick ? Qu'est-ce qui te reste, hein ? Et quand je pense à moi, je me dis : je n'avais rien et à présent j'ai tout ça. Pas mal, non ? Pas mal du tout. »

Il ouvrit la porte et s'adossa au mur.

« Bon, et maintenant il est l'heure de se dire au revoir, mon petit vieux. » Il se tourna vers son visiteur et lui posa une main sur l'épaule. « Ah, encore une chose : n'oublie pas tes godasses. Il fait un sale temps dehors. Je serais désolé que tu attrapes froid. »

Les dessins d'Owen étaient toujours éparpillés sur le plancher. Nick s'occupa de les rassembler. L'enfant avait très bien perçu ses sujets. Qui le lui avait appris ? Nick avait déclaré à Susan, non sans quelque fierté, qu'Owen avait hérité du talent des Cassidy.

« C'est de famille, avait-il dit. Tous les Cassidy sont des artistes. »

Susan s'était moquée de lui.

« Ça, c'est sûr ! Tous les Cassidy ont de l'imagination à revendre. Des rêveurs, des fantaisistes, c'est à peu près tout ce qu'ils sont. »

Et il avait répondu, avec une certaine rancœur :

« Cela veut dire que nous sommes des créateurs. Dynamiques, intuitifs, d'une grande richesse d'expression et non pas ligotés comme toi par l'empirisme. »

Il ramassa le portrait de Marianne par Owen. Il s'assit et sortit de la poche de sa chemise la photo qu'il avait arrachée du panneau d'affichage de l'hôpital. Il compara les deux. Imaginant Marianne sous l'aspect d'une princesse, Owen lui avait dessiné une petite couronne. Sur ce portrait, elle souriait. Elle avait les yeux ronds et bruns ; partagés par une raie au milieu, ses cheveux retombaient sur ses épaules en deux lourdes nattes qu'Owen avait retenues à leur extrémité par deux gros rubans rouges. Il l'avait revêtue d'une longue robe argentée d'où dépassaient les pieds. C'était une Marianne très différente que montrait la photo. Ses cheveux étaient coupés très court, presque à ras. Et elle ne souriait pas. Autrefois, on aurait dit qu'elle avait le visage « en forme de cœur » – terme que Nick avait toujours considéré comme un cliché. Le visage photographié était plutôt triangulaire. Pommettes saillantes, menton pointu, front proéminent à cause du manque de cheveux. Nick posa la photo et s'approcha des dossiers que Min lui avait apportés. Il les compulsa et finit par trouver celui marqué *Marianne O'Neill*. Puis il alla s'asseoir sur le canapé et lut :

Déposition recueillie par le brigadier James Fitzgibbon,
le 2 novembre 1991.

Je m'appelle Marianne Gemma O'Neill. J'habite au 26 Victoria Square, Dun Laoghaire, comté de Dublin. J'ai dix-neuf ans. Je suis la baby-sitter de Nick et Susan Cassidy. Le mardi 31 octobre, je suis restée à la maison avec Owen Cassidy jusqu'à midi et demi. Nick et Susan étaient sortis. Susan était à l'hôpital des enfants de Dublin Sud. Nick m'avait dit qu'il avait un rendez-vous à Ranelagh avec son éditeur pour discuter d'un nouveau projet de livre. Susan était partie travailler à 7 heures, comme d'habitude. Je ne l'ai pas vue avant son départ, mais je l'ai entendue dans la salle de bains qui est contiguë à ma chambre. Je me suis levée à 9 heures. Généralement, je me lève plus tôt, mais comme c'étaient les vacances de la Toussaint, Owen n'allait pas en classe. Il est entré dans ma chambre vers 8 h 30. Il s'est glissé dans mon lit et m'a demandé de lui lire une histoire. J'ai commencé par refuser, sachant qu'il était tout à fait capable de lire seul, mais, finalement, j'ai cédé, et je lui ai lu deux chapitres de son livre. J'entendais Nick s'affairer en bas, dans la cuisine. Quand Owen et moi sommes descendus, Nick avait préparé le petit déjeuner : œufs brouillés et pain grillé. J'ai bu du café, Owen a bu du jus d'orange. Après le petit déjeuner, j'ai fait la vaisselle et mis du linge dans la machine à laver. Owen était remonté s'habiller. J'ai pris un bain et suis redescendue. Owen et Nick étaient en train de se chamailler. Nick avait dit à son fils qu'il devait sortir et Owen était en colère parce qu'il voulait que son père vienne l'aider à ramasser du bois pour le feu de Halloween. Il avait aussi besoin de son père pour terminer son costume de renard. Il estimait que la couleur de son déguisement devait être d'un orange plus vif et il avait demandé à Nick un tube de gouache. Nick avait répliqué d'un ton irrité que ces peintures étaient très chères et qu'il n'avait pas envie qu'Owen les gaspille pour un stupide costume de Halloween. Ensuite, il a déclaré qu'il devait partir et qu'Owen n'avait qu'à s'adresser à moi. J'ai fait remarquer à Nick qu'il m'avait donné mon après-midi. Je désirais passer un moment avec mon petit ami, Chris Goulding, qui habite à côté. Mais Nick m'a répondu qu'il n'en était pas question. Que mon travail consistait à m'occuper d'Owen quand Susan et lui en étaient empêchés, qu'ils me l'avaient clairement expliqué lorsqu'ils m'avaient accueillie. Qu'au fond, ils m'accordaient une faveur et que c'était la moindre des choses que je pouvais faire pour eux en échange. J'ai protesté, expliquant que j'avais déjà pris rendez-vous. Nick est devenu furieux et a commencé à crier. Puis il a pris son sac et m'a dit qu'il ne savait pas à quelle heure il rentrerait. Que je devais préparer un vrai déjeuner pour Owen et ne pas me contenter de l'emmener à la friterie. Et il est parti. Je suppose qu'il était environ onze heures. En tout cas, j'étais très fâchée contre Nick. J'ai fait un peu de ménage, un peu de repassage, et, vers midi, j'ai préparé pour Owen une boîte de spaghettis, un de ses plats préférés, et j'ai appelé la mère de son copain, Mme Reynolds. Sa famille

213

et elle vivent de l'autre côté de la place et Luke est le meilleur ami d'Owen. J'ai demandé si Luke voulait venir chez nous. Il est arrivé un quart d'heure plus tard. Je leur ai dit que non seulement ils pouvaient aller chercher du bois, mais qu'ils pouvaient sortir et même aller en ville s'acheter des pétards. Qu'il y avait plein de gens qui en vendaient au centre commercial. Je sais que j'ai eu tort parce que ces trucs sont interdits et dangereux. Mais tout ce que je voulais, c'était qu'ils s'en aillent et me fichent la paix. Je me suis donc rendue dans l'atelier pour regarder dans la cruche où Nick garde sa monnaie. D'habitude, il y en a bien pour cinquante livres là-dedans. J'ai vidé la tirelire. J'ai trouvé dix livres que j'ai données à Owen en lui disant qu'il pouvait les dépenser. Mais Owen était très mécontent. Il voulait passer la journée avec moi et il m'a rappelé que je lui avais promis de l'aider à terminer son costume. Il était vraiment dans tous ses états et il s'est mis à crier. Je me suis fâchée à mon tour et je lui ai flanqué une gifle. Je n'aurais pas dû, mais il me cassait vraiment les pieds. Je le trouvais collant, infantile. Il voulait à toute force m'embrasser et s'asseoir sur mes genoux. Je lui ai dit de se conduire comme un grand garçon. Il m'a demandé pourquoi il ne pouvait pas m'accompagner chez les Goulding, comme d'habitude, qu'il aimait être avec nous. Mais, cette fois, j'étais résolue à sortir seule. En tout cas, à 13 heures, je suis partie chez les Goulding. Owen et Luke ont quitté la maison en même temps que moi. Je leur ai dit que je serais de retour vers 17 heures. S'ils étaient fatigués ou avaient faim, ils devaient aller chez la maman de Luke. Je suis donc partie chez les Goulding et j'y ai passé le reste de l'après-midi. Il y avait Róisín, la sœur de Chris, et son petit ami Eddie Falton. Chris s'était procuré du LSD et nous en avons tous pris. Pour moi, c'était la première fois. Ça m'a fait un effet extraordinaire. Je me suis sentie redevenir la petite fille que j'étais avant de tomber malade. J'aurais voulu demeurer dans cet état. Mais je me suis endormie et, quand je me suis réveillée, je n'avais aucune idée de l'heure qu'il était. Je savais toutefois que je devais rentrer chez les Cassidy. Susan était à la maison. Elle était revenue plus tôt que d'habitude à cause de la fête de Halloween. Quand elle m'a demandé où était Owen, je n'ai pas pu lui donner de réponse claire. J'étais encore dans les vapes. J'ai dit qu'il devait être chez les Reynolds. En fait, je n'en savais rien. Mais quand Susan a appelé Mme Reynolds, celle-ci l'a informée qu'elle n'avait pas vu Owen, que Luke était retourné chez eux vers 15 heures et n'avait pas vu Owen depuis. Nous avons donc attendu un moment, puis Nick est arrivé. Il faisait nuit à ce moment-là et les parents commençaient à s'inquiéter. Alors je suis sortie, j'ai fait le tour de la place et j'ai même cherché dans les ruelles, à l'arrière, où les enfants allaient souvent jouer. J'ai demandé à tous les voisins s'ils avaient vu Owen parce que tout le monde le connaissait. On l'aimait beaucoup. Mais personne ne savait où il était. Je suis donc rentrée et, à 19 heures, je crois, Nick et Susan étaient tellement inquiets qu'ils ont décidé de téléphoner à la police.

La déposition se terminait par une signature maladroite. Nick se rappela qu'à cause de sa maladie Marianne avait peu fréquenté l'école. Elle avait eu beaucoup de mal à suivre quand elle était allée au lycée. Ses parents s'étaient fait beaucoup de soucis. Ils craignaient qu'elle ne puisse jamais devenir indépendante et mener une vie d'adulte. Susan avait essayé de les rassurer. Nick se remémora les conversations qu'elle avait eues avec eux au téléphone. Elle se montrait toujours très patiente, très gentille. Elle s'en tirera, disait-elle. C'est une fille intelligente. Elle manque seulement d'assurance.

Il se souvint de leur dispute, à Marianne et à lui, ce matin-là. La manière dont la jeune fille lui avait tenu tête. Il avait été furieux contre elle. Car tout était arrangé. Il avait bien un rendez-vous avec son éditeur, mais ça ne lui prendrait pas plus d'une demi-heure. Ensuite, il irait acheter quelques victuailles : une bonne bouteille de vin, du pain et du fromage. Pour les apporter à Gina.

Il s'approcha de sa planche à dessin et y posa une feuille de papier vierge. Il fouilla dans ses boîtes à la recherche du plus fin de ses pinceaux de martre. Il déboucha une bouteille d'encre de Chine épaisse. L'histoire de Marianne se déroula devant ses yeux. En noir et blanc. Une frise d'images. Cette journée de novembre telle qu'elle l'avait décrite. Les feuilles de papier tombèrent l'une après l'autre sur le sol à côté de lui. Lorsqu'il eut terminé, il les ramassa, puis les scotcha par ordre chronologique sur le mur, au-dessus de la cheminée. Il recula pour les regarder. Puis il s'allongea sur le canapé et ramena une couverture sur lui. Ferma les yeux. S'endormit.

17

Reconnut-il tout de suite la jeune femme qui s'arrêta devant lui sur le quai en l'appelant par son nom ? Elle portait, enfoncé sur la tête, un bonnet de laine à rayures multicolores. Et, malgré la chaleur, un long pardessus qui descendait jusqu'à ses lourdes bottines noires à lacets.

Il avait été réveillé par un rayon de soleil sur son visage. Il avait pris une douche et mangé. Il était déjà tard : midi et quelques. Lorsqu'il sortit, il vit un ciel bleu pâle, lavé par la pluie nocturne. Le petit voisin était assis sur le perron de sa maison. Nick s'approcha de lui, la main tendue. L'enfant la saisit.

« On va demander à ta maman si elle permet que tu viennes à la mer avec moi, tu es d'accord ? »

Nick leva la tête. Amra se tenait sur le seuil.

« Vous voulez bien ? Je veillerai sur lui. Il lui faudrait quand même un manteau. »

Amra acquicsça. Elle disparut à l'intérieur et revint

deux minutes plus tard, tenant un anorak d'un rouge passé.

« Lui sera sage, dit-elle. Lui sera gentil garçon avec vous. »

Ils s'étaient rendus à l'embarcadère. Emir avait lâché la main de Nick et couru droit devant lui. Des hommes pêchaient, debout sur le mur de granit. Emir s'accroupit pour examiner les appâts contenus dans leurs sacoches. Nick s'assit sur un bollard, offrant son visage au soleil.

C'est alors qu'il l'aperçut et l'entendit l'appeler.

« Nick, Nick, Nick, Nicky, Nicky, Nicky. »

La jeune femme répétait son nom sans se lasser, semblant en savourer le son. Un petit chien noir couché à ses pieds leva vers lui un regard aussi intense que celui de sa maîtresse.

« Nick, j'ai appris que vous étiez revenu. Par Susan. Je désirais vous revoir. Je vous cherchais. Je suis passée chez vous, mais il n'y avait personne. Pas un chat. Alors je me suis dit : si j'étais Nick et si je voulais profiter d'une de ces belles journées comme dans le temps, où est-ce que j'irais ? Si je voulais retrouver mon petit garçon et passer un moment avec lui ainsi que je le faisais autrefois, où est-ce que j'irais ? En réalité, les choses ont été un peu plus compliquées. Mais en raisonnant comme si j'étais vous, j'ai su que c'était ici que je vous rencontrerais. »

Elle étendit les bras et se mit à tourner sur elle-même à la façon d'une toupie. Et tout se mit à tourner avec elle : l'embarcadère, la mer bleue, l'énorme ferry blanc, les mouettes dans le ciel, le canot de sauvetage à l'ancre et les femmes promenant leurs bébés dans des poussettes. Un kaléidoscope de joie, de couleurs, de chaleur, de lumière et d'exaltation. Tournoyant et se métamorphosant à la vitesse de ses mouvements. Et le chien bondissait à côté d'elle et aboyait, sa longue langue rose pendant de sa gueule noire et humide. Alors le petit garçon courut vers Nick, s'accrocha à ses jambes, agrippa de ses petits doigts le tissu du jean, ouvrit et referma silencieusement la bouche, les yeux fermés.

Marianne regarda le toupet blond d'Emir, puis le visage de Nick. Elle s'agenouilla et tendit les bras à l'enfant, marmonnant des paroles que Nick avait du mal à saisir.

« C'est toi, mon trésor ? C'est toi, mon petit garçon ? C'est toi, mon prince ? C'est toi mon Owen, la lumière de ma vie, la trame de mes rêves, la prunelle de mes yeux, le chant de mon cœur ? »

Mais d'un geste brusque, l'enfant griffa Marianne, laissant des marques rouges sur ses joues. Poussant un cri, la jeune femme tomba à la renverse et s'affala sur le granit tiède de la jetée.

« Arrête, Emir, calme-toi. Personne ne veut te faire de mal. »

Nick souleva le petit garçon, essayant maladroitement de lui tenir les bras et les jambes pour l'empêcher de donner des coups de pied, de griffer ou de mordre.

« Emir, Marianne est très gentille. C'est une amie. Tu n'as rien à craindre d'elle. »

Il attendit que le cœur de l'enfant cessât de cogner dans sa poitrine tel un oiseau apeuré, puis il reposa Emir doucement à terre. Tourné ensuite vers Marianne, toujours étendue sur le sol, il chercha sa petite main dans le fouillis de ses vêtements, la prit dans la sienne et, s'accroupissant près de la jeune femme, lui murmura à elle aussi des paroles d'apaisement.

« Ne t'inquiète pas, Marianne, il a eu la frousse, rien d'autre. Il ne parle pas anglais. Il ne parle pas du tout, même. C'est un petit Bosniaque. Il est passé par beaucoup d'épreuves. Il a été témoin de scènes épouvantables quand il était tout gosse. Il lui faut énormément d'amour et d'affection. Il a besoin qu'on l'aide. »

Marianne le regarda. Elle était profondément égratignée. De petites gouttes de sang perlaient sur sa joue.

« Bon, allez, redresse-toi. Veux-tu venir chez moi ? Pour te nettoyer la figure. Les ongles d'Emir ne doivent pas être très propres. Tu sais comment sont les petits garçons. »

Il lui caressa les cheveux, puis sa main descendit jusqu'à la maigre épaule de la jeune femme. Il la laissa se remettre et se relever lentement, serrant son lourd manteau autour d'elle, le visage couvert de larmes.

« Où est Timmy ? demanda-t-elle en tirant un morceau de ficelle de sa poche. Il devrait être en laisse. Les gens d'ici n'aiment pas que les chiens courent en liberté. Ils deviennent furieux quand ils ont ces bêtes dans les jambes. La police les emmène à la fourrière et c'est très cher de les récupérer. Or moi, je suis fauchée. Vous voyez où il est ? »

Le petit animal n'était pas très loin. Il avait rencontré un labrador noir avec qui il gambadait sous le kiosque à musique. Nick lui courut après, attrapa son collier et y attacha le bout de la corde. Emir observait la scène en suçant son pouce.

« Allez, en route. » Nick lui tendit la main. « On rentre tous à la maison. »

Il alluma un feu dans le poêle et attendit qu'il prît. Une lueur rouge sombre dansa bientôt derrière le verre de la porte. Puis il se mit à cuisiner. Sa sauce tomate préférée. Installés à la table, Marianne et Emir – deux yeux bruns et deux yeux verts – suivaient tous ses mouvements. Le chien s'était couché dans un coin, roulé en boule. De temps en temps, il dressait une oreille.

Nick hacha des tranches de bacon et les fit frire dans de l'huile d'olive. Il y mêla de l'ail, de la purée de tomates et de petits bouts de piment rouge. Ajouta encore de l'huile et laissa mijoter la préparation. Coupa une baguette en morceaux. Emplit la bouilloire électrique, en versa ensuite le contenu dans une casserole, puis jeta des poignées de pâtes dans l'eau bouillante : des *penne*. Les fenêtres s'embuèrent. L'odeur de nourriture faisait saliver les bouches et gargouiller les estomacs affamés.

Nick chantait en travaillant.

You are my sunshine, my only sunshine,
You make me happy when skies are grey[1].

La voix de Marianne se joignit à la sienne.

You'll never know dear how much I love you,
Please don't take my sunshine away[2].

---

1. « Tu es mon soleil, mon seul soleil/Tu me rends heureux quand le ciel est gris. » *(N.d.T.)*

2. « Tu ne sauras jamais combien je t'aime/Oh, ne m'enlève pas mon soleil. » *(N.d.T.)*

Nick observait la jeune femme tout en remuant la sauce avec une cuiller. Elle avait retiré son bonnet. On voyait son crâne blanc à travers ses cheveux bruns coupés ras.

« Tu devrais enlever ton manteau, Marianne. Il fait chaud ici. »

Elle secoua la tête et resserra au contraire son manteau autour de ses maigres épaules. Cependant, pour la première fois, elle souriait. Les mots de la chanson s'échappaient de sa grande bouche, un de ses pieds bottés battait la mesure sous la table. À côté d'elle, Emir marquait lui aussi le rythme avec une cuiller en bois. Les yeux fixés sur Marianne, il ouvrait et refermait la bouche en même temps qu'elle.

Nick pivota sur lui-même et s'approcha en valsant de Marianne. Il la prit par la main et l'entraîna dans la danse, chantant à tue-tête :

The other night dear as I lay sleeping
I dreamed I held you in my arms,
But when I awoke dear I was mistaken
And I hang my head and I cried[1].

Marianne riait aux éclats tandis qu'ils dansaient autour de la pièce, contournant le canapé, la planche à dessin, la table et les chaises. Ils chantèrent à l'unisson :

I'll always love you and make you happy
If you will only say the same

---

1. « L'autre nuit, pendant que je dormais/J'ai rêvé que je te tenais dans mes bras/Mais en me réveillant, j'ai vu ce n'était pas vrai/Alors, j'ai laissé tomber ma tête sur ma poitrine et j'ai pleuré. » (*N.d.T.*)

But if you leave me and love another
You'll regret it all some day[1].

Nick sentait les doigts de Marianne serrer son bras. Il fit valser la jeune femme de plus en plus vite, répétant les paroles de la chanson. La pièce tournait avec eux : le garçon, le chien, les casseroles sur le feu, la flamme écarlate dans le poêle. Leurs voix mélodieuses résonnaient dans l'atelier lumineux et chaud. Quand ils parvinrent de nouveau au refrain, Nick laissa tomber ses bras et recula en s'inclinant. Il conduisit Marianne à sa place, lui présenta une chaise et l'assit avec une affectueuse attention. Puis il retourna à la cuisinière, piqua une pâte sur une fourchette et la tint en l'air quelques secondes avant de la mettre dans sa bouche. Il en sentit la chaleur sur sa langue et contre son palais. Le chien se redressa, très intéressé par la nourriture. Nick en prit une autre entre ses doigts et la lui jeta. Le chien sauta pour attraper la pâte et l'avala en faisant claquer ses mâchoires.

« On dirait que t'aimes ça, hein, toutou ? » cria Nick, et Marianne applaudit.

L'espace d'un instant, Nick retrouva le bonheur satisfait qu'il avait connu autrefois. Puis il perçut un bruit de pas dans la cuisine à l'étage au-dessus. Il leva la tête. Marianne l'imita et son sourire s'effaça en entendant le plancher grincer. Ses yeux se remplirent de larmes. Elle laissa tomber sa tête sur sa poitrine. Le chien s'était recouché à ses pieds. Nick retourna à

---

1. « Je t'aimerai toujours et te rendrai heureuse/Si seulement tu me promets d'en faire autant/Mais si tu me quittes et en aimes un autre/Tu le regretteras un jour. » *(N.d.T.)*

ses fourneaux. Il égoutta les pâtes. Derrière lui, Emir se dressa. Par-dessus son épaule, Nick le vit dessiner avec l'index sur la vitre embuée. Deux ronds pour les yeux, un autre pour le nez et un arc de cercle tourné vers le bas pour la bouche. Ensuite, l'enfant retourna à sa place. Il posa la main sur l'épaule de Marianne, approcha son visage du sien et lécha les larmes de la jeune femme.

Le repas fut servi. Les pâtes étaient bonnes. Nick ouvrit une bouteille de vin rouge. Il en offrit à Marianne qui accepta avec empressement. Ils burent. Nick remplit de nouveau les verres. Ils engloutirent les pâtes enrobées de sauce orange vif. Le soleil vespéral entrait en diagonale par la porte vitrée. La buée s'effaça lentement, ainsi que le dessin d'Emir. Marianne riait, souriait. Nick lui parlait de ses voyages aux États-Unis. Des villes où il avait vécu. Des gens rencontrés. Il lui parlait de ses cours de dessin. Des tableaux qu'il avait peints.

« Il n'empêche que vous êtes revenu, dit-elle. Et ça, je l'ai toujours su. J'ai toujours su que vous ne pourriez pas quitter Owen pour de bon. »

Nick ne répondit pas. Il repoussa son assiette et remplit son verre. Il se leva.

« Viens, Marianne. »

Il lui tendit la main. Le visage de la jeune femme refléta une légère inquiétude.

« Ne crains rien, dit Nick. Je veux simplement te montrer quelque chose. »

Ils approchèrent de la cheminée au-dessus de laquelle étaient fixés des dessins.

« Regarde bien. Dis-moi ce que tu vois.

– Là, c'est moi, dit Marianne en pointant le doigt.

Et voici mon petit garçon. Ici, c'est le voisin, sa sœur, et Eddie, le petit ami de la sœur. Et ça, c'est cet ange de Susan, et puis vous et cette mauvaise femme que vous fréquentiez.

– Et ici, qui est-ce, Marianne ? » Nick frappa le papier de l'index, juste au-dessus de la tête de Luke Reynolds. « Tu le reconnais ?

– Lui, c'était un méchant. Il mentait. Il était désobéissant. Il n'avait pas une bonne influence sur Owen. Owen avait toujours été sage, jusqu'à ce qu'il devienne l'ami de Luke Reynolds. Alors il a commencé à mal tourner. Luke était méchant. » Marianne se mit à pleurnicher. Elle serra son manteau autour d'elle, oscilla d'un côté à l'autre. « C'était un méchant garçon. Méchant, méchant, méchant. »

Elle levait la voix. Emir abandonna la table et s'approcha d'elle sur la pointe des pieds. Le chien s'était dressé lui aussi. À présent, il se frottait contre la jambe d'Emir, la queue rentrée sous ses flancs maigres.

« Pourquoi est-ce qu'il ne parle pas ? »

Marianne se baissa vers l'enfant.

« Parle-moi mon petit, dis-moi ton histoire. Quel est ton passé, quelle est ta famille ? Qui es-tu ? »

Elle s'agenouilla devant Emir, posant ses mains sur ses épaules. Puis elle appuya son nez contre le sien.

« Respire-moi, afin que j'entre en toi, et je te protégerai contre le mal. Tiens, voici un porte-bonheur. »

Elle fouilla sous son manteau et en sortit un disque vert.

« Tu vois cette pierre ? »

Emir ne réagit pas.

« Elle vient de l'autre bout de la terre, reprit Marianne. Je l'ai réchauffée contre moi et quand je la mettrai autour de ton cou, elle t'apportera ma chaleur. Elle t'apportera mon esprit, mon âme, ma force vitale et elle te sauvera de tout comme j'ai été sauvée par la force vitale d'un autre. Tiens. »

Elle passa le pendentif par-dessus la tête de l'enfant, dégagea le col de son pull délavé pour arranger le cordon. Elle pressa sa paume contre la poitrine d'Emir.

« Tu la sens ? C'est bon ? »

Emir la regarda, ses yeux avaient la même couleur que la pierre. Puis il recula et s'assit par terre. Adossé au mur, il tira le disque de dessous ses vêtements, le porta à ses lèvres et en caressa son petit visage.

« Tiens Emir, attrape ça. »

Nick prit un bloc de papier bristol, l'ouvrit à une page vierge et le lança à travers la pièce.

« Et ça aussi. »

Un gros crayon suivit le carnet et roula sur le plancher.

« Dessine quelque chose. N'importe quoi. Ce que tu voudras. »

Il s'assit sur le canapé et fit signe à Marianne de le rejoindre. Elle refusa d'un signe de tête et resta à contempler la frise des dessins.

« Je revois cette journée, dit-elle. Je la revois tout entière.

– Et qu'est-ce que tu vois ?

– Je me vois dire au revoir à Owen. Je me vois frapper à la porte des voisins et je vois Chris qui me fait entrer. » Elle s'interrompit et plaqua les mains contre les dessins. « Où est la suite de l'histoire ? »

Nick se versa un autre verre de vin.

« C'est à toi de me le dire, Marianne. C'est toi qui connais la suite, pas moi. »

226

Il lui tendit le verre. La jeune femme avala une grande gorgée. Le vin coula sur son menton, quelques gouttes se répandirent sur le sol. Elle posa le verre sur la cheminée et ôta son manteau. Au-dessous, elle avait mis une veste en soie ouatinée d'un bleu turquoise vif, avec un dragon rouge brodé dans le dos. Nick la connaissait bien. Il l'avait achetée pour Susan chez un fripier du marché de Portobello, à Londres. Cela faisait longtemps. C'était même avant leur mariage. À présent, le vêtement était tout passé et raccommodé. Couvert de pièces et d'ornements. On avait cousu des perles de verre sur les manches et brodé des étoiles et des cercles sur le haut col droit. Le reste de la tenue de Marianne consistait en un jean très collant, rapiécé lui aussi : des losanges de couleur vive donnaient à la jeune femme des airs d'Arlequin. Elle tendit de nouveau son verre à Nick pour qu'il le remplît. Puis elle se mit à parler.

« Voilà comment ça s'est passé ce jour-là. Les feuilles dorées tombaient des arbres et j'ai envoyé mon petit garçon jouer avec le méchant Luke. Je leur ai donné de l'argent pour qu'ils s'achètent des pétards. Mon petit garçon s'est mis à pleurer et je lui ai flanqué une gifle. Ses larmes ont repris de plus belle. Il a crié qu'il me détestait. Par moquerie, j'ai répondu que je le détestais aussi. Je suis donc ensuite allée chez les voisins. Chris m'a ouvert. Je suis descendue avec lui au sous-sol. Il y faisait sombre mais chaud : Chris avait allumé un grand feu. Je me suis déshabillée, Chris s'est déshabillé aussi. Róisín était là avec son copain Eddie. Eux aussi se sont dévêtus. Nous avons bu un peu de vodka. Chris avait roulé un tas de joints. Nous avons bu et fumé. Nous nous sentions tous très heureux. On n'arrêtait pas de rire. On a mis de la musique. Nous avons dansé. Ça nous faisait drôle de nous trouver ainsi complètement nus, mais il me semblait que nous étions aussi très beaux. Surtout Chris. Il avait la peau douce et très blanche. J'avais envie de l'embrasser et envie qu'il m'embrasse. Puis il a dit qu'il avait quelque chose de spécial à nous donner. Il a ouvert la main. Elle contenait des comprimés. La meilleure drogue selon lui, et dont il n'y avait rien à craindre. J'ai avalé un de ces comprimés et les autres aussi. »

Marianne se tut. Nick attendit. Il regarda Emir. Assis au fond de l'atelier, l'enfant restait penché sur le carnet. Il dessinait en tortillant de son autre main une mèche de ses cheveux.

Marianne poursuivit son évocation. Elle arpentait la pièce, veillant à marcher en ligne droite.

« À partir de ce moment, mon corps est comme inondé de plaisir. Je suis si heureuse ! Chris a effacé les blessures de mon univers. J'ai cessé d'être terrifiée. Je n'ai plus peur que le cancer ne revienne me ronger. Que la moelle magique ne cesse d'agir et que je ne me retrouve faible, impuissante. Que je n'aie plus devant les yeux que ténèbres, froid et douleur. Nous sommes allongés devant le feu. Chris fait partie de mon corps. Nous formons une créature à deux têtes, quatre bras et quatre jambes. Nous sommes indissociables à la façon de siamois. Ensemble. Rien n'aura jamais plus d'existence réelle hors de cette pièce. Puis il se passe quelque chose. Je ne sais pas très bien quoi. J'ouvre les yeux. Je suis allongée sur le matelas. J'ai froid. Autour de moi, je ne vois que poussière et crasse. Les fenêtres sont si sales que le soleil ne peut les traverser. Je m'assieds et je vois Chris, penché sur moi. Il est occupé à me photographier, à photographier mon corps. Il me tourne de tous les côtés. »

Marianne se coucha par terre, jambes écartées. Puis elle s'allongea sur le ventre, restant ainsi un moment étendue, avant de se mettre à quatre pattes. Ensuite, elle s'accroupit, se roula en boule. Porta un bras à l'arrière de sa tête, la paume vers l'extérieur.

« Arrête, Chris, ne fais pas ça. Ça me gêne. Ne fais pas ça maintenant. Pas comme ça. Je sais que tu peux voir en moi avec tes lentilles de verre. Que tu peux voir mon sang. Voir ce qui se passe à l'intérieur de mon corps. Moi, je n'ai pas envie de le savoir. Et je ne veux pas que tu me le dises. Ne me fais plus jamais ça. »

Elle se releva, se couvrant les yeux de ses mains.

« Arrête, Chris, arrête ça ! J'ai froid. Tiens-moi chaud. Serre-moi contre toi. »

Elle tendit les bras.

« Allonge-toi près de moi, Chris. »

Elle se recoucha sur le côté.

« Reste avec moi. Tu es mon bien-aimé. Chris, mon amour. J'ai peur, j'ai si peur. Je vois du sang sur les murs. Du sang sur le plancher. Il y a quelqu'un qui crie. J'ai entendu des cris. J'en ai plein les oreilles. Quelqu'un appelle au secours. Quelqu'un a peur. Maintenant un miroir descend du plafond et c'est moi que je vois dedans. C'est ma voix que j'entends. C'est moi qui crie de peur. »

Elle s'assit, poussant des cris.

« Au secours, au secours ! Aidez-moi, je vous en prie. Je meurs. Je ne veux pas mourir. La mort me terrifie. Je ne peux rien faire. À l'aide ! Quelqu'un, arrêtez ça, sauvez-moi ! »

Marianne, les yeux grands ouverts, regardait à travers Nick, au-delà de lui. Instinctivement, Nick se retourna, puis la fixa de nouveau. Des larmes inondaient la figure de la jeune femme.

« Marianne, dis-moi ce qui est arrivé à Owen. Tu étais avec Chris, Róisín et Eddie. Moi, j'étais avec Gina, et Susan était au travail, à l'hôpital. Luke était chez lui avec sa mère. Alors, Owen, où était-il et qu'est-ce qui lui est arrivé ? »

Les yeux à terre à présent, Marianne secouait la tête avec lenteur. Emir se tenait à côté d'elle. Il s'agenouilla, lui entoura les épaules de ses bras et l'étreignit très fort en la berçant. Le chien s'assit et posa une patte sur la cuisse de sa maîtresse. Observant la scène, Nick attendait. Marianne pleurait moins. Sa respiration devint plus régulière.

« Ça va aller mieux maintenant », dit Nick.

Accroupi près d'elle, il la libéra de l'étreinte de l'enfant et l'allongea par terre, la fit s'étendre, lui croisa les bras et l'installa sur le côté. Il lui parla doucement et la caressa. Puis il tira une couverture du canapé et la posa sur elle. Marianne frissonnait, elle ouvrait la bouche et la refermait. Un filet de salive coula sur son menton.

« Chut », fit-il.

Emir mit un doigt sur ses lèvres.

« Chut », répéta Nick.

Emir acquiesça d'un signe. Nick se leva et s'approcha de la pile de dossiers apportés par Min. Il en choisit un, le feuilleta, revint vers le canapé et entreprit de le lire. Il lut :

Déposition recueillie par le brigadier James Fitzgibbon, le 4 novembre 1991.

Je m'appelle Christopher Andrew Goulding. J'habite au 27 Victoria Square, à Dun Laoghaire. J'ai vingt et un ans. Je fais des études d'anglais et de philosophie à l'université de Dublin. Le 31 octobre 1991, j'avais pris un jour de congé en raison de Halloween. Je suis sorti à 10 h 30 ce matin-là et suis allé chez un de mes amis appelé Dermot O'Dwyer, à Belgrave Square, à Monkstown. Dermot m'avait procuré du LSD et du haschich. Je suis rentré à pied le long de la mer, puis je me suis arrêté au supermarché de Quinsworth où j'ai acheté une bouteille de vodka, du jus d'orange et quelques canettes de bière. Je suis arrivé chez moi à 12 h 30. Mes parents étaient en vacances en Espagne, j'étais donc seul à la maison avec ma sœur. J'ai allumé un feu au sous-sol. Ma sœur est descendue et, environ une demi-heure plus tard, son copain Eddie et ma copine Marianne sont venus nous rejoindre. Marianne était un peu ennuyée parce qu'elle avait eu des mots avec Owen Cassidy, le petit garçon dont elle s'occupe. Elle était également en colère parce qu'elle avait demandé son après-midi et qu'à la dernière minute, Nick Cassidy, son employeur, lui avait ordonné de garder le gosse sous prétexte qu'il devait sortir. Marianne savait que Nick Cassidy entretenait une liaison avec une des voisines. Elle avait l'impression que Nick la prenait pour une imbécile et aussi qu'elle trahissait Susan, sa patronne. Elle menaça Nick de tout raconter à sa femme. Finalement, nous nous

231

sommes réunis dans le sous-sol. Nous avons fumé quelques joints et bu de la vodka. Puis nous avons pris de l'acide. Moi, je connaissais, mais pour Marianne, c'était la première fois. Je me demandais comment elle réagirait parce que je la savais très vulnérable à cause de la grave maladie qu'elle avait eue enfant. J'avais peur qu'elle disjoncte, mais elle m'a assuré qu'elle allait bien. Nous sommes donc restés au sous-sol tout l'après-midi. Nous avons tous fait l'amour. À un moment, Marianne a quand même eu une petite crise d'angoisse et je me suis efforcé de la calmer. J'étais assez inquiet à son sujet. J'avais entendu dire que certaines personnes faisaient de mauvais trips et je craignais d'être obligé de l'emmener à l'hôpital. Néanmoins, je suis resté près d'elle à la réconforter et au bout d'une demi-heure, elle était revenue à son état normal. Vers 17 heures, elle a dit qu'elle devait rentrer. Je lui ai demandé si elle voulait que je l'accompagne, mais elle m'a certifié qu'elle se sentait tout à fait bien. Elle devait se dépêcher de récupérer Owen. Elle pensait qu'il était chez son ami Luke Reynolds, de l'autre côté de la place. On s'est donc dit au revoir. Et puis une heure plus tard, j'ai reçu d'elle un coup de fil. Elle disait que chez les Cassidy ils étaient tous malades d'inquiétude parce qu'Owen avait disparu. Est-ce que je pouvais les aider à le rechercher ? C'est ce que j'ai fait. J'ai inspecté toute la place et toutes les petites ruelles situées derrière, là où il y a un tas d'anciennes écuries et de garages. Quelques-unes de ces constructions sont complètement délabrées. J'allais y jouer quand j'étais gosse et je savais

qu'Owen en faisait autant. J'ai pensé qu'il était
peut-être tombé et s'était blessé. Je les ai toutes
fouillées, sans trouver trace d'Owen. Et quand je
suis revenu chez les Cassidy, les parents avaient
appelé la police. Lors de mon premier interroga-
toire, j'ai caché une partie de la vérité par crainte
de reconnaître que nous avions pris de la drogue.
Mais voilà exactement comment les choses se sont
passées. Voilà ce qu'a été notre journée.

Nick leva la tête. Le garçonnet rampait vers le corps
de Marianne qui dormait. Il se glissa sous la couverture et se pelotonna contre la jeune femme. Il regarda
Nick, posa un doigt sur ses lèvres et ferma les yeux.

Nick se versa un nouveau verre. Il alla à sa table
et y punaisa une feuille de papier vierge. Il inspecta
ses crayons, puis ouvrit une boîte en bois dont il sortit
un pinceau. Il en caressa les poils de martre soyeux et
passa en revue les flacons d'encre de Chine rangés sur
l'étagère. Il en choisit un, y trempa son pinceau et
traça un trait fin sur le papier. Il recula d'un pas pour
juger de l'effet. Puis il se pencha au-dessus de la table
et se mit à dessiner.

Et les heures s'écoulèrent tandis que le ciel s'obscurcissait. Une lampe éclairait la table à dessin. Les
dormeurs étendus sur le sol s'agitaient, marmonnaient,
changeaient de position. Le chien tressaillait et poussait de faibles grognements. Ses babines se décou-
vraient, montrant des dents blanches et pointues. Les
pages couvertes de personnages glissaient les unes
après les autres aux pieds de Nick. Quand elles étaient
sèches, Nick les fixait au mur et les contemplait de
loin.

« Et qu'est-ce qui s'est passé après ? » demanda-t-il à haute voix.

À ce moment, la sonnette retentit. C'était Amra, qui se tenait sur le seuil avec sa petite fille. Nick lui fit signe d'entrer. Il désigna les dormeurs.

« Vous pouvez me laisser Emir encore un peu, chuchota Nick. Une ancienne amie, Marianne O'Neill, est venue me rendre visite. Elle ne va pas très bien. Elle était fatiguée, alors elle s'est allongée. Et Emir en a fait autant. Ils ont l'air parfaitement détendus, vous ne trouvez pas ? »

Amra hocha la tête.

« Déjà tard. Chris à la maison, il veut dîner. Il faut qu'Emir rentre. Il passe beaucoup trop de temps, ici, chez vous. »

Elle s'approcha de l'enfant et le secoua énergiquement par l'épaule. Emir se redressa, le visage tout chiffonné. Il regarda sa mère et se mit à pleurnicher. Amra le redressa. Elle ramassa le manteau du garçon et le lui enfila sans douceur. L'enfant tenta de se regimber, mais sa mère lui parla d'une voix dure. Il baissa les épaules et se laissa habiller. Toujours brutalement, Amra lui enfonça les pieds dans des bottes en caoutchouc.

« Allez, on s'en va. Nous disons merci et au revoir au gentil monsieur Nick. Nous lui disons : à bientôt.

– Je dis merci et au revoir à monsieur Emir ! Nous retournerons peut-être à l'embarcadère ensemble, un de ces jours. La prochaine fois, on pourrait même aller à la pêche. » Nick s'accroupit devant Emir et remonta sa fermeture Éclair. « On attrapera peut-être une baleine, qu'en penses-tu ? »

Il se leva et ébouriffa les cheveux du petit garçon.

Ensuite, il resta assis dans une semi-obscurité. Il vit la lune se lever entre les arbres et attendit que sa lumière baignât le jardin. Le plancher au-dessus de lui craquait et grinçait. Un morceau de musique lui parvint. Il reconnut la mélodie. Du Mozart. La *Quarantième* ou La *Quarante et Unième Symphonie*. Il confondait toujours les deux. Et pendant tout ce temps, Marianne continuait à dormir. Des voitures traversaient la place. La lueur des phares, à travers les fenêtres, éclairait un instant son travail, les personnages qu'il avait dessinés à l'encre noire sur le papier blanc. Quelle suite comportera cette série ? se demanda-t-il. Qu'y découvrirait-il ?

Dehors, dans le jardin, une ombre se glissait entre les buissons. Nick se releva et s'approcha de la porte. Le petit chien se pressa contre ses jambes. Il renifla l'air et se mit à gémir. Puis il tendit la patte et gratta le montant.

« Pas question, dit Nick d'un ton brusque. Cette bête-là n'est pas pour toi. »

Le chien émit un jappement. Nick le repoussa du pied. L'animal s'assit et colla sa truffe contre la vitre. Dehors, la renarde avançait hardiment vers la pelouse. Le museau dressé, elle regarda autour d'elle, puis trotta vers le mur et, d'un élan brusque du corps, sauta par-dessus. Nick ouvrit la porte. Le chien se précipita dehors et disparut dans l'obscurité tachetée de blanc. Loin au-dessus d'eux, la lune voguait dans le ciel.

« Accompagne-moi, lune », dit Nick en faisant quelques pas dans le jardin.

Il vit la lune se déplacer avec lui. Et, portant les yeux vers la maison, Susan qui regardait en bas depuis la fenêtre de la chambre à coucher. Il la salua de la main et attendit qu'elle répondît. Mais Susan recula et tira les volets. Nick se détourna. Il siffla. Rien. Il siffla de nouveau et se prépara à rentrer. Le chien, le museau dans l'herbe, le dépassa comme une flèche en agitant sa longue queue. Nick fit claquer sa langue. Puis il referma la porte sur eux.

Qu'est-ce qui l'avait réveillé ? Une brusque sensation de froid : comme si on le découvrait. Puis il sentit la douceur d'une peau contre la sienne, des lèvres sur son cou, une main qui glissait sur son ventre. Il soupira et fit face à ce corps chaud collé au sien, à la rondeur d'un sein, à une cuisse lisse sous sa propre jambe. Et il entendit la voix de Marianne à son oreille qui murmurait son nom, lui caressant la bouche de son souffle. Se réveillant tout à fait, il s'assit et repoussa la jeune femme si fort qu'elle tomba à terre avec un cri.

« Non ! hurla-t-il. Pas ça. Pas avec toi, Marianne. Jamais ! »

– Je t'en prie, Nick, mon Nicky. » Elle rampa vers lui, les mains tendues. Elle se redressa en s'accrochant au corps de Nick. Ses doigts agrippèrent sa poitrine, et lorsque Nick essaya de se dégager, elle lui enfonça les ongles dans la peau et le griffa.

« Je t'en prie, Nick, cria-t-elle. Tu m'as dit que tu te sentais seul. Perdu. Je t'en prie, Nick, je t'ai toujours désiré. Tu ne le savais pas ? Tu ne le voyais pas ? Tu ne le comprenais pas ? Et toi aussi, tu me désirais, ne dis pas le contraire. »

À présent, Nick était debout et s'éloignait d'elle. Il répétait de plus en plus fort :

« Non, Marianne, non, pas toi ! Je te considérais comme ma fille. Tu étais mon enfant et tu l'es toujours. C'était Owen qui était amoureux de toi, pas moi. Ce serait mal. Ça m'étonne de toi. Ne fais pas ça. »

Debout également, les bras croisés sur son corps nu, Marianne baissait sa tête aux cheveux coupés ras, telle une pénitente. Elle se pencha, rassembla ses vêtements et les enfila à la hâte. Puis elle mit son manteau, son bonnet, prit son sac et siffla le chien. Des larmes coulaient sur ses joues. La porte d'entrée claqua derrière elle. Il ne resta de Marianne que son portrait fixé au mur. Un air interrogateur, un demi-sourire, des yeux qui regardaient quelque chose au-delà de lui.

18

« Qu'y a-t-il ? Qu'est-ce que tu me veux ? »

Nick, gêné, restait en haut des marches qui menaient à la cuisine de Susan. Susan s'activait devant la cuisinière, pieds nus, un kimono serré autour d'elle. Ses cheveux tombaient, épars, sur ses épaules.

« Je peux entrer une minute ? »

Susan haussa les épaules et saisit une tasse de café. « Si c'est indispensable, répondit-elle.

– Tu ne travailles pas aujourd'hui ? C'est étonnant de ta part de prendre un jour de congé en pleine semaine...

– Je ne me sens pas bien. Depuis plusieurs jours j'ai mal à la gorge. Ce serait dangereux pour les malades si j'allais à l'hôpital dans cet état.

– Tu as raison. C'est vrai, j'oubliais : ton métier exige qu'on soit en forme, autant physique qu'intellectuelle. »

Ils savaient pourtant tous les deux qu'il y avait autre chose que la gorge de Susan. Elle le regarda un moment sans répondre. Le soleil qui entrait par les fenêtres éclairait son visage. Nick détailla les traits de sa femme. Il se rendit compte qu'elle avait vieilli durant ces dix années où il avait été absent. Le cou avait perdu de sa fermeté. Le contour de ses pommettes était moins net qu'avant. Les paupières tendaient à s'alourdir. Deux rides s'étaient creusées entre les sourcils. Elle est épuisée, se dit Nick. Elle est fragile et vulnérable. Il imagina le coup de fil qu'elle avait donné ce matin à l'hôpital, appelant sa secrétaire. Et celle-ci, à son tour, devait avoir communiqué l'information à l'infirmière-chef et à l'interne du service :

« Nous voici de nouveau dans la mauvaise période. Le mois d'octobre. Il n'y a guère de chance qu'on revoie Susan Cassidy avant Halloween. »

Et Nick imaginait aussi la réponse :

« Pauvre femme. Heureusement qu'on a les e-mails. Nous lui enverrons tout ce qu'elle a besoin de savoir. »

« Je te prie de m'excuser, dit Nick. Je ne veux pas t'empêcher de te remettre au lit. Mais j'ai quelque chose à te demander.

– Ah oui ? Et quoi donc ?

– Voilà, il s'agit de Marianne. Est-ce que tu saurais où je peux la trouver ? »

Il s'était réveillé avec un sentiment de profonde tristesse. Il resta couché sur le ventre un moment, se demandant d'où cela provenait. Un objet brillant attira son attention. Il tendit le bras. C'était une petite perle de verre qui gisait sur le plancher. Alors il se rappela. Elle avait dû se détacher de la veste de Marianne. Un ornement cousu sur le poignet. Puis tout lui revint.

Une fois debout, regardant son corps nu, il se sentit honteux en se souvenant de ce qui avait failli arriver.

Il avait eu envie de faire l'amour. Il avait désiré Marianne. Un très bref instant de désir où il aurait donné n'importe quoi pour la prendre dans ses bras. Dix ans plus tôt, il n'aurait pas hésité une minute. À vrai dire, l'idée lui en avait plus d'une fois traversé l'esprit quand elle vivait chez eux. Il lui aurait été facile de lui faire perdre la tête. Il y avait eu un temps où il s'était amusé à un certain badinage avec elle. N'eût été sa liaison avec Gina, il serait peut-être allé plus loin. Malgré l'extrême stupidité d'un tel acte et les risques qu'il comportait.

Il alla à la cuisine. Il faisait encore nuit, le jardin était sombre, des étoiles brillaient dans le ciel. Il lui faudrait retrouver Marianne et lui présenter ses excuses. S'assurer qu'elle allait bien. Il ne pouvait pas laisser les choses comme ça. Owen ne lui aurait jamais pardonné d'avoir blessé Marianne. Il se mit sous la douche, ouvrit le robinet d'eau chaude. L'eau aspergea sa tête et son corps. Se rappelant la douceur de la peau de Marianne, il soupira. Et il poussa un léger gémissement lorsque les croûtes, sur son ventre égratigné par Marianne, se remirent à saigner. Il ouvrit le robinet d'eau froide et ne put retenir un cri. Il eut la chair de poule et sa peau se contracta sous le jet glacé.

Qu'est-ce que Chris Goulding avait dit sur elle, déjà ? Qu'elle dormait parfois dans la rue et parfois dans des foyers. Il pourrait toujours essayer d'en savoir plus quand Chris rentrerait du travail. Qu'avait-il dit d'autre ? Que Susan et Marianne continuaient à se voir. Il serait donc possible à Susan de le renseigner.

« Tu ne saurais pas où je peux la trouver ? J'ai besoin de lui parler. »

Il était assis à la table de la cuisine. Le menton dans la main, Susan écouta Nick lui raconter ce qui s'était passé. Un silence suivit la fin de son récit.

« Ça m'étonne de toi, finit par dire Susan. Depuis quand es-tu capable de résister à la chair tendre ? Qu'est-ce qui t'arrive ?

– Pour l'amour de Dieu, arrête de déconner, tu veux ? »

Il se tourna vers la porte.

« Bon, bon, d'accord. » Susan attrapa Nick par le bras. « Excuse-moi. Je n'aurais pas dû dire ça. Reste assis et prends un peu de café. Il y a une cafetière pleine sur la cuisinière. »

Nick remplit leurs tasses. Il saisit le carton de lait. Susan acquiesça d'un signe de tête et le regarda en verser une généreuse ration.

« Ça te va comme ça ? Tu aimais ton café avec beaucoup de lait, si j'ai bonne mémoire. »

Susan sourit.

« Et je l'aime toujours. Toi, tu le bois toujours noir, je suppose.

– Il y a des choses qui ne changent pas.

– Ça veut dire que d'autres oui, en revanche ? » La main de Susan reposait tout près de celle de Nick. « Je vais t'indiquer une série de lieux où tu aurais une chance de la rencontrer. Beaucoup de gens la connaissent dans la rue.

– C'est vraiment dommage qu'une fille comme elle en soit arrivée là.

– Non, tu ne me comprends pas. Elle n'est pas aussi seule qu'on croit. Ni aussi toquée qu'elle paraît.

241

Il existe des tas de personnes qui ne la laissent pas tomber. Des organisations caritatives comme des particuliers.

– Ça signifie qu'elle a des amis ?

– Exactement, des amis, des bienfaiteurs et des familles de la ville qui l'accueillent volontiers. » Le poignet de Swan était si près du sien que Nick avait presque l'impression de le toucher. « Autrefois, elle me causait beaucoup de soucis. Je me sentais responsable de son état.

– C'est quand même à toi qu'elle devait sa guérison, non ? Tu lui as donné une deuxième chance.

– Tu me disais à l'époque que j'avais tendance à me prendre pour Dieu le Père, tu te souviens ? »

Nick haussa les épaules. Il but une gorgée de café.

« Je crois que je me montrais un peu dur avec toi.

– Peut-être pas. Plus j'y pense, et plus j'ai l'impression que tu avais raison. Quoi qu'il en soit, je me sentais responsable d'elle. Et ça s'est accru après la disparition d'Owen, quand elle a craqué. Et puis, à mesure que le temps passait, j'ai commencé à comprendre que, tout comme nous, Marianne avait fait des choix. Et elle avait choisi de vivre cette vie-là.

– Oh ! Tu n'exagères pas un peu ? Marianne ne doit pas jouir d'un libre arbitre aussi large que le nôtre.

– Je t'accorde que son sens à elle du libre arbitre ne ressemble pas au tien ou au mien, mais on s'est souvent expliquées là-dessus. Elle sait qu'elle ne raisonne pas comme nous, qu'elle a sa propre façon de voir la vie. Elle sait également que si elle veut voir la vie un peu à notre façon, elle doit prendre son médicament et en accepter les effets secondaires. Ça aussi, c'est un choix. »

Nick avala une autre gorgée de café.

« Ton point de vue n'est probablement pas très réconfortant pour ses parents. Quand on songe à ce qu'ils ont souffert durant sa maladie... À sa guérison, ils ont dû espérer pour elle un bel avenir. Je suis certain qu'ils n'envisageaient pas leur fille sous l'aspect d'une vagabonde accompagnée d'un chien galeux. »

Susan le fixa droit dans les yeux.

« C'est sûr. Mais la première règle qui s'impose aux parents, c'est d'accepter que leurs enfants soient différents d'eux-mêmes et qu'ils vivent leur propre vie, tu ne crois pas ? »

Nick regarda par la fenêtre un moment, puis revint à Susan.

« Il ne nous a pas été donné d'atteindre ce stade. Nous n'avons jamais eu l'occasion de mettre cette théorie en pratique. »

Susan soupira. Elle déplaça sa main. Nick la sentit frôler la sienne.

« Je n'en suis pas tellement sûre. J'ai l'impression qu'en réalité c'est comme ça que nous avons agi. De même que Marianne, Owen comprenait beaucoup plus de choses que nous ne le pensions. Je ne vois plus en lui une victime, je vois en lui une personne qui, ce jour-là, a pris une certaine décision. J'ignore laquelle. Ce fut peut-être de monter dans la voiture d'un inconnu. Ou de ne pas crier au secours. Ou encore de continuer à marcher alors qu'il aurait pu rentrer chez lui avant la tombée de la nuit. Quoi qu'il en soit, je ne pense pas qu'Owen était un enfant dépourvu de recours. Je ne le pense plus. »

Une mésange bleue se montra à la fenêtre. Elle

becquetait en voletant des insectes pris dans une toile d'araignée.

« Tu ne penses pas ça ? Tu ne peux pas parler sérieusement !

– Je t'assure que si. Qu'est-ce qui te fait croire le contraire ?

– Comment peux-tu imaginer un enfant de huit ans capable de résister aux violences d'un adulte ? Comment peux-tu envisager qu'Owen ait choisi que ce malheur arrive, à lui ou à nous ? »

Ils restèrent un moment silencieux. Le réfrigérateur se mit à ronronner très fort et à vibrer.

« Nicky, tu te souviens de la période où Owen nous menaçait sans cesse de s'enfuir ? Quand on le contrariait ou qu'on le punissait, il montait l'escalier en courant et redescendait portant un sac en plastique où il avait mis son pyjama et son ours en peluche. Et toi, tu es allé lui acheter une adorable petite valise en carton. La fois suivante, quand il a fait son numéro, tu lui as dit : "Eh bien, va-t'en, ce n'est pas moi qui t'en empêcherai. Amuse-toi bien." Il était furieux. Il a fait sa valise, claqué la porte et dégringolé bruyamment l'escalier du perron. Alors, nous avons attendu. Il est parti combien de temps ?

– Une bonne heure, je crois... Tu voulais que j'aille le chercher. Tu m'as reproché mon comportement, disant que j'avais agi de manière stupide, voire dangereuse. Mais j'ai tenu bon, et je t'ai répondu que ça lui servirait de leçon. Et c'est ce qui est arrivé. Owen est revenu. Trempé et affamé. Seulement, il s'était produit quelque chose en lui. Il n'a plus jamais recommencé ce genre de scène. » Nick se dirigea vers le

244

frigo et s'adossa à lui. Les vibrations cessèrent. « Et alors, qu'est-ce que tu tires de cette expérience ?

– Je n'en tire rien du tout. Elle m'indique néanmoins que même un petit enfant est capable de prendre des décisions, de choisir. J'ignore ce qu'il a fait le jour où il a disparu, mais je sais qu'il est de la plus haute importance pour moi de ne pas voir en lui une victime pure et simple. Cela, je ne le peux plus.

– Et où serait-il dans ce cas ? Pourquoi ne serait-il pas revenu à la maison ? »

Les doigts de Susan avancèrent doucement, jusqu'à toucher ceux de Nick. Il retint son souffle. Susan changea de position sur sa chaise, les pans de son kimono s'entrebâillèrent.

« Nous savons tous les deux où il est, Nicky. Il repose en paix. Il est au chaud et à l'abri, aimé de nous tous. Aimé de Dieu, de Son Fils et de Ses anges. »

Elle croisa les jambes, la pointe d'un de ses pieds nus posée sur le carrelage.

Nick se pencha vers elle. Ses doigts sur la table touchèrent presque le bras de Susan.

« Tu penses vraiment ce que tu dis ? Tu n'as pourtant jamais été croyante. Je t'ai même connue d'un athéisme militant. Tu refusais de te marier à l'église, tu ne voulais pas qu'Owen soit baptisé. Tu n'as jamais toléré mon attitude agnostique. Tu étais intransigeante. Tu affirmais : il n'existe aucune preuve. Tu te souviens des disputes que tu avais avec ma mère à ce sujet ?

– Oh oui, je m'en souviens très bien, et même que tu prenais son parti. Mais ne change pas mes paroles. Je te rappelle que je ne voulais pas me marier dans

245

une église catholique juste pour la forme, pour la céré-
monie, la réception, les grands chapeaux, les cadeaux,
la robe blanche, les demoiselles d'honneur et tout le
bataclan.

– Personne ne t'a jamais proposé un mariage
catholique. C'est ton père qui souhaitait nous marier.
Tu te souviens ? Ton refus l'a profondément blessé.
Moi, je n'y aurais pas vu d'inconvénient. J'avais beaucoup d'affection pour lui. C'était un homme bon et
sincère. Il aurait tout donné pour nous unir, lui. Mais
tu n'as rien voulu entendre. À cause de tes foutus
principes !

– J'aimerais bien savoir depuis combien de temps
tu te soucies de ce genre de chose. L'important,
c'étaient les promesses échangées. Et n'oublie pas que
c'est toi qui les as rompues, pas moi. Moi, c'est le
sens de l'engagement qui m'intéressait. Or, la suite a
montré que j'avais raison.

– Et c'est reparti ! C'est plus fort que toi, hein,
Susan ? Il faut que tu prouves que tu avais raison. Que
tu enfonces le clou. Que tu fournisses la preuve irréfutable que toi tu étais pleine de qualités, et moi de
défauts. Va donc le proclamer partout. Le crier sur les
toits. Pour que je n'oublie surtout pas que j'ai commis
une faute. »

Nick élevait la voix. Il frappa la table si fort que
les tasses sautèrent. Un silence glacial suivit sa dia-
tribe. Susan repoussa les mèches qui lui tombaient sur
la figure. Elle tortilla ses cheveux en un chignon puis
les relâcha, les laissant de nouveau onduler sur ses
épaules. Les amples manches relevées du kimono
offrirent à Nick la vision fugitive du haut des bras

blancs de Susan, de ses aisselles et des rondeurs pleines de ses seins. Il déglutit péniblement.

Susan toussa et croisa les bras sur sa poitrine.

« Tu devrais te remettre au lit, dit Nick. Il fait trop froid ici. Remonte dans ta chambre. J'irai t'apporter encore une tasse de café, ou autre chose si tu veux. Tu as faim ?

– Tu as toujours été un excellent infirmier, il faut le reconnaître. Tu savais te montrer très gentil quand Owen ou moi étions malades ! Tu révélais alors ton meilleur côté, ton savoir-faire d'homme d'intérieur. Pendant ma grossesse, j'avais tout le temps la nausée. Ça sentait un peu le vomi dans la maison, mais tu n'as jamais paru en être incommodé. »

Nick lui sourit.

« Ça ne me gênait pas. Enceinte, tu étais si belle ! J'aimais tes formes généreuses. Tu me rappelais les anges de Stanley Spencer.

– Je comprends mal, dans ce cas, pourquoi tu t'es éloigné de moi. Est-ce parce que j'ai repris mon travail ? Que j'ai cessé d'allaiter ? Que je ne me prélassais plus au lit avec des seins qui coulaient ?

– Laisse tomber, Susan, je t'en prie. Je ne crois pas que je pourrais t'expliquer. Je ne peux absolument pas te dire pour quelle raison j'ai agi comme je l'ai fait.

– Tu ne peux pas ou tu ne veux pas ? »

La main posée tout près de celle de Nick, Susan changea encore de position et son kimono s'entrebâilla de nouveau.

« Tu étais vraiment beau quand tu étais jeune, dit-elle. Tu avais des cheveux très épais, noirs, ondulés. Et une très belle peau. Comme ta mère. Comme tous ceux de ta famille, d'ailleurs. Owen n'en avait pas

247

hérité. Il avait ma peau à moi, une peau qui rougit en hiver et prend des coups de soleil l'été. Je ne pense pas qu'il serait devenu aussi beau que toi. Il aurait plutôt tenu de moi. Une fois surmonté la maigreur de l'enfance, il aurait été un blondinet assez grassouillet. Sans tes longues jambes, ta taille et tes hanches minces. Des hanches de star du rock, hein ? On ne l'aurait jamais vu avec des jeans collants et des chemises ouvertes jusqu'au nombril. Ni des ceintures de cuir et des bottes à bouts pointus pour compléter la tenue. Je me rappelle, lorsque nous étions étudiants et que nous avons commencé à sortir ensemble, que mes copines en sont restées babas. "Comment tu t'y es prise pour attraper un type pareil ?" Et je savais très bien ce qu'elles manigançaient derrière mon dos : elles essayaient toutes de te draguer, non ? » Susan sourit. « Il m'était impossible de tenir à distance toutes ces femmes qui te couraient après. Alors, un beau jour, j'ai abandonné. Je me suis dit que tu étais libre. Moi, mon travail et mon fils suffisaient à me satisfaire. J'avais fini par accepter l'idée que tu me sois infidèle. »

Nick s'absorba dans la contemplation des longs pieds de Susan aux solides orteils. Même maintenant, en octobre, ils portaient encore, sur le bronzage, les marques blanches des sandales de l'été précédent.

« Tu ne réponds pas ? Tu n'as pas de bonne excuse à me fournir ? »

Nick secoua la tête.

« J'ai honte, Susan. Et, crois-moi, ça ne date pas d'hier. J'ai eu pas mal de temps pour réfléchir à ce que je suis et à ce que j'ai fait. Et je ne suis pas particulièrement fier du bilan. Pour en revenir à Owen, contrairement à toi, je ne peux admettre que notre fils ne soit pas une victime. Pas plus que l'idée qu'il connaît la paix. Il ne connaîtra pas la paix tant qu'il ne nous aura pas dit ce qui lui est arrivé. Qu'il soit mort ou vivant, j'ai besoin de le voir. De le tenir dans mes bras. De savoir. »

La main de Susan effleura de nouveau la sienne. Il sentit ses articulations et l'alliance qu'elle continuait à porter. L'horloge de l'entrée sonna l'heure.

« Tu n'as plus ta montre ? » Susan retourna le poignet de Nick. « Celle que je t'avais offerte pour ton anniversaire. Tu l'as perdue ?

– Non, pas du tout. Simplement, je l'ai enlevée il y a quelques jours. Le bracelet est fichu. Ça m'aurait fait beaucoup de peine si elle était tombée, s'était cassée ou si je l'avais égarée. » Il posa son index sur la main de Susan. « Après tout ce que nous avons vécu ensemble, la montre et moi ? Je ne m'en serais pas consolé. Alors, je l'ai rangée dans un endroit sûr en attendant d'avoir le temps d'aller chez un horloger. »

Susan lui sourit.

« Viens avec moi, dit-elle en se levant. Je vais te dresser une liste des lieux que fréquente Marianne. »

Nick la suivit le long du couloir jusqu'à la petite pièce contiguë au séjour. Susan s'assit à son bureau et se mit à écrire. Sous le coton du kimono se dessinait la colonne vertébrale de la jeune femme. Ses cheveux tombèrent de chaque côté de son cou. Il se rappela qu'elle avait un grain de beauté juste au-dessus de la première vertèbre. Et qu'une petite cicatrice la marquait au-dessous de l'omoplate gauche depuis sa chute d'un arbre, quand elle était enfant. Il savait qu'elle s'était cassé le bras droit dans son adolescence.

Qu'une opération de l'appendicite subie à l'âge de douze ans lui avait laissé une trace nette au bas du ventre. Et qu'elle devait à sa grossesse ses plis sur l'abdomen et des vergetures argentées sur les seins.

« Tu connais tous mes secrets, lui avait-elle dit un jour. L'histoire de ma vie inscrite sur mon corps et que tu es le seul à connaître. »

Il se rapprocha d'elle. D'une main, elle repoussa ses cheveux en arrière. Ses ongles, naturellement luisants, étaient coupés court. Elle ne mettait jamais de vernis. Nick l'entendait respirer. Il aurait voulu recevoir en lui le souffle de Susan, puis le lui réinsuffler. Il avait envie de l'odeur de ses cheveux, du goût de sa peau, envie de sentir la plante de ses pieds contre sa jambe, sa hanche contre la sienne. Il ferma les yeux. De la sueur picota ses aisselles et vint perler à son front.

Lorsque Susan se leva, sa chaise racla le sol. Elle lui tendit la liste.

« Tu pourrais la trouver dans un de ces endroits. »

Nick regarda le papier : des noms, des adresses, suivis de numéros de téléphone.

« Merci. » Il plia la feuille et la glissa dans la poche de sa chemise. « Est-ce que je t'informe du résultat de mes démarches ? »

Susan haussa les épaules.

« Oui, si tu veux. En ce qui me concerne, je suppose que je ne tarderai pas à la voir à l'hôpital. Quand elle rend visite aux enfants plus âgés, nous la laissons entrer avec son chien.

— Tu m'avertiras quand elle viendra ?

— Il faut que je lui en demande d'abord l'autorisation. C'est une adulte, après tout.

250

– Mais... » commença Nick.

Il fut interrompu par la sonnerie du téléphone. Susan décrocha. Elle parut à la fois surprise et heureuse. Nick s'éloigna vers la porte. Elle le suivit dans le couloir et se dirigea vers la cuisine, le téléphone à l'oreille.

« Merci, disait-elle, merci d'avoir appelé. Surtout après ce qui s'est passé... » Elle se tut pour écouter. « Je vais très bien, rassure-toi, et je serais ravie de te voir. Veux-tu passer plus tard ? Ça me ferait plaisir. C'est toi qui prépareras le repas ? Formidable ! Attends une seconde. Je vais voir ce que j'ai ici. »

Elle inclina sa tête sur l'épaule pour coincer le téléphone. Après lui avoir fait un signe d'adieu, Nick ouvrit la porte de la cuisine et sortit. Susan agita la main en réponse, puis regarda dans le frigo. Nick continuait, de dehors, à entendre sa voix. Il s'arrêta, une main sur le montant sculpté de la rampe en bois. Une pie se percha sur le Buisson ardent qui couvrait le mur. L'oiseau le fixa de ses yeux cerclés de jaune. Immobile, Nick le regarda becqueter les baies rouges qui parsemaient le feuillage vert foncé. La scène lui rappela une enluminure du livre d'heures que sa mère lui avait offert quand il était étudiant. Les couleurs préservées de l'usure des ans y conservaient leur fraîcheur initiale. Tout comme les sentiments, pensa-t-il avant d'entrer chez lui.

Une feuille de papier vierge l'attendait. Il prit un crayon et se mit à dessiner. Des personnages en forme de bâtonnets. Une voiture dans une rue où les arbres perdent leurs feuilles. Un homme se penche hors de la portière. Un petit garçon qui le regarde.

Emportant l'homme et le garçonnet, la voiture roule

sur l'autoroute. À un arrêt, le garçon essaie de descendre. L'homme lève le poing.

Le garçon marche dans une rue. La nuit commence à tomber. Les réverbères brillent. Un croissant de lune apparaît au ciel. De la fumée monte des cheminées.

Le garçon entre dans un magasin. Va au comptoir. Il tend sa main pleine de pièces de monnaie. Il prend des sachets de bonbons.

De nouveau, le garçon dans la rue. On voit un personnage avec un sac d'où débordent des pétards. Le garçon les regarde. Il offre de l'argent et des billets, cette fois, en échange des pétards.

Un homme creuse le sol avec une pelle. Derrière lui, des montagnes sous un ciel sombre. Un énorme tas de terre se dresse près de l'individu. À ses pieds, au fond de la fosse, le garçon aux pétards, les bras croisés sur la poitrine, les yeux fermés.

On voit un trou dans le sol, mais plus de garçon. Le garçon est enterré. Au-dessus de la tombe vole un ange qui chante et sourit.

Vers le ciel entrouvert, ascension du garçon entouré d'une cohorte d'anges. Lui aussi sourit. Il ouvre la bouche, il rit. Nick entend son rire. Il comprend que l'enfant est heureux, qu'il est en paix.

Nick recula un peu pour examiner son travail. Il ramassa les feuilles de papier et les fixa au mur. Puis il se rassit et recommença à dessiner. À présent, son crayon allait plus lentement.

Un visage d'homme. Le sien. Il pleure. Il y a une femme près de lui : Susan. Il lui tend la main, mais elle se détourne. Elle regarde une femme accroupie dans le coin. Les épais cheveux noirs de cette femme pendent dans son dos en une longue tresse mal faite.

Sa robe entrouverte révèle une grosse poitrine. Elle tient l'un de ses seins comme pour allaiter un bébé. Mais au lieu de lait, c'est un liquide noir et visqueux qui en jaillit : du sang.

Nick se mit à sangloter. Des sanglots qui ne parvenaient pas à sortir de sa gorge et lui donnaient la nausée. Suffoquant, il jeta son crayon et sortit d'un pas chancelant dans le jardin. Il aperçut Emir qui traversait les buissons, un ballon de foot à la main. L'homme et l'enfant se regardèrent. Puis Emir, abandonnant son ballon, courut vers Nick. Il lui enlaça les jambes, les serrant si fort que Nick faillit perdre l'équilibre.

« Ça va, ça va, salut mon p'tit gars. Viens avec moi, il nous reste peut-être quelque chose de bon à manger. »

Il éloigna la tête du garçon et le dévisagea. Emir leva les bras et se dressa sur la pointe des pieds. Nick s'accroupit devant lui. Tirant sur le bord de la manche de son pull, l'enfant s'en servit pour essuyer les larmes sur les joues de Nick. Il approcha sa figure et appuya son nez sur celui de son ami. Ensuite, il se mit à farfouiller dans ses vêtements et en sortit le disque de pierre verte donné par Marianne. Il voulut en dégager le cordon, mais Nick l'arrêta.

« Non, non, ça, c'est à toi, tu le gardes. C'est à toi que Marianne l'a offert pour que tu en prennes bien soin. » Remettant le pendentif en place, il sentit la peau tiède de l'enfant sous ses doigts. « Bon, et maintenant, on rentre. Tu n'as pas faim, toi ? Moi, oui. »

Une fois à la cuisine, il prépara des sandwichs. L'enfant erra dans l'atelier. S'assit sur le canapé, ouvrit l'ordinateur portable et l'alluma. Nick entendit l'appareil ronronner.

« Arrête, Emir ! » Il s'approcha du garçon. « Il paraît que tu es un crack de l'informatique, mais je préfère que tu ne joues pas à ça aujourd'hui. »

Il éteignit la machine et la ferma. L'enfant le regarda avec une moue boudeuse.

Nick s'accroupit devant lui et lui caressa la joue.

« Il y a plein de papier et de crayons ici. Tu n'as qu'à te servir. D'accord ? »

Il retourna à la cuisine. Le garçon rampa à quatre pattes vers la table à dessin. Il leva le bras et attrapa un carnet de dessin, une boîte de crayons et se coucha à plat ventre. Nick l'observa. L'enfant commença à dessiner, très concentré sur son travail. De temps en temps, il se relevait, marchait autour de la pièce. Puis il s'arrêtait et se mettait brusquement à gesticuler comme s'il s'apprêtait à s'enfuir. Parfois, de nouveau à terre, il se roulait en boule, la tête près des genoux, rappelant de curieuse façon à Nick les hérissons qui vivaient autrefois dans le jardin de sa mère. Ce comportement le dérouta. Soudain, il se rappela les images qu'il avait vues de la guerre en Yougoslavie. Les files de réfugiés. Les femmes et les enfants privés de leurs maris et de leurs pères, enlevés et tués. Nick remarqua qu'Emir serrait le crayon entre ses doigts, en frappait le papier au point de le trouer. Il griffonnait sur ses dessins, les couvrant d'épaisses lignes noires. Il lançait la feuille loin de lui avant de se lever et de la piétiner du talon de ses bottes en caoutchouc. Il n'a pas besoin de parler, se dit Nick. Il s'exprime avec son corps. Et d'une façon plus éloquente que s'il utilisait un vocabulaire d'enfant.

« Ça va, petit ? demanda-t-il. « Le déjeuner est prêt. »

Il allait mettre le couvert quand la sonnette retentit. Si brusquement et si fort que Nick sursauta et sourit de sa surprise.

« Ça doit être ta mère, monsieur Emir. Je suppose qu'elle vient te chercher. »

Il ouvrit la porte. Deux hommes se tenaient dans l'allée. Nick se pencha vers eux.

« Vous désirez ? »

Le plus âgé des deux hommes cessa de regarder le carnet qu'il avait à la main.

« Vous êtes bien monsieur Nicholas Cassidy ? »

Nick acquiesça.

« Nous sommes de la police, Monsieur Cassidy. Pouvons-nous entrer un moment ? Nous avons une question à vous poser. »

Nick ne répondit pas. Il recula pour les laisser passer. Ils se présentèrent : brigadier Sean O'Rourke et brigadier Vincent Regan. O'Rourke, le plus vieux, extirpa une enveloppe de sa poche. Il l'ouvrit et en sortit un sachet en plastique transparent qu'il montra à Nick.

« Pouvez-vous me dire si ces cartes de crédit et ce chéquier sont à vous ? »

Nick prit le sachet. Il le lissa et le retourna. Il hocha la tête.

« Oui, ça m'en a tout l'air. Comment se fait-il qu'ils soient entre vos mains ?

– Vous ne vous étiez pas aperçu de leur disparition ? »

Nick secoua la tête.

« Je suis resté chez moi toute la journée. Je n'ai pas

eu l'occasion de m'en servir. Attendez, je vais vérifier. » Il sortit son portefeuille de la poche arrière de
son jean et en examina le contenu. « C'est exact, je
n'ai plus aucune carte. J'avais aussi une vingtaine de
livres et quelques dollars. »

– Et votre chéquier ?

– D'habitude je le range dans ma veste. Une
seconde, s'il vous plaît. »

Il ôta sa veste du dos d'une chaise, en tâta les
poches.

« Eh bien oui, lui aussi a disparu. Où l'avez-vous
trouvé ? »

Cette fois, ce fut l'autre policier qui prit la parole.

« On a découvert le corps d'une jeune femme sur
la voie ferrée, juste au-delà de Dalkey. Elle semble
avoir été tuée par le passage d'un train. Son sac à main
contenait vos cartes et votre chéquier. Vous pouvez
peut-être nous aider à l'identifier. »

Nick se sentit blêmir.

« Qu'est-ce que vous entendez par "découvert" ? Et
"tuée" ? »

– « Eh bien... » Le jeune policier s'interrompit et
regarda le plancher. « En fait, nous ne connaissons pas
encore les détails de cette affaire. Il faudra pratiquer
une autopsie et attendre les résultats. Or, le médecin
légiste est un peu débordé en ce moment. Nous ne
savons donc pas exactement comment les choses se
sont déroulées. Cependant... » Il regarda Nick. « ... ce
qui nous importe avant tout, c'est d'établir l'identité
de la victime, ses déplacements effectués juste avant
sa mort. Nous nous rendons chez toutes les personnes
avec qui elle aurait pu être en rapport. » Il s'interrompit de nouveau pour contempler le sachet en plastique.

« Le plus probable, c'est que ces cartes de crédit vous ont été volées, mais nous n'avons pas écarté l'hypothèse que vous les lui ayez données. C'est pour tirer tout ça au clair que nous sommes ici. »

Nick eut soudain l'impression d'une scène qui se jouait très loin de lui. Son estomac se souleva, sa bouche se remplit de salive. Emir lui saisit la main et enfonça ses ongles dans sa paume.

« Excusez-moi, je voudrais ramener cet enfant chez lui, dit Nick aux policiers. Il habite à côté. Asseyez-vous. Je reviens tout de suite.

– Entendu. On vous attend. »

O'Rourke s'installa sur le canapé et invita Regan à le rejoindre.

Il faisait beau dehors, le soleil brillait dans un ciel d'un bleu très pâle qu'on eût dit peint à l'aquarelle sur du papier grenu. Nick pressa l'enfant de monter les marches. Il actionna le heurtoir. À travers les panneaux de verre fixés de chaque côté de la porte, il vit Chris se hâter vers l'entrée.

« À bientôt, mon petit. »

Nick poussa doucement Emir dans le dos.

« Tu t'en vas déjà ? » demanda Chris d'un ton sarcastique.

Nick repartit sans répondre. Il s'aperçut que l'un des policiers l'avait suivi et l'attendait en bas, dans le jardin.

Il dévala l'escalier des Goulding et passa à côté de l'homme. Puis il fit claquer la porte derrière eux.

« Bon, et maintenant cessez de tourner autour du pot et dites-moi de quoi il s'agit. »

19

À partir de la gare de Dalkey, ils suivirent à pied la voie ferrée, trébuchant sur les grosses pierres qui soutenaient les traverses des rails. De chaque côté, un talus s'élevait jusqu'à la route. D'où ils étaient, ils apercevaient les fenêtres des maisons donnant sur la voie. Devant eux, à l'intérieur d'un tunnel, s'agitaient les silhouettes de l'équipe technique noyées dans la pénombre et qui, dans leurs combinaisons blanches, ressemblaient à des fantômes. Une tente en plastique abritait le corps. Roulé en boule, un petit chien noir était couché à côté. Seule son oreille dressée montrait que, à la différence de sa maîtresse, il vivait encore.

Ils approchèrent lentement. Un rabat soulevé permettait de voir la victime. Ils se penchèrent vers elle.

« Mon Dieu, la pauvre fille. » Sous la voûte du tunnel, la voix de Min prenait une curieuse résonance. « On se demande ce qui a bien pu lui arriver. »

Elle avait reçu l'appel sur son portable au moment où elle sortait de chez elle. C'était Conor Hickey. Il lui exposa brièvement l'affaire. La brigade criminelle demandait leur présence à Dalkey au sujet d'une mort survenue dans des circonstances pour le moins suspectes.

« En outre, Min, ils estiment que ça doit vous intéresser. Il s'agit sans doute de l'ancienne fille au pair des Cassidy. C'est pourquoi ils veulent vous mettre sur l'enquête. Je vous retrouve là-bas dans un quart d'heure, d'accord ? » Conor se tut un instant et elle entendit le bruit de la circulation.

« J'espère que vous avez déjà pris votre petit déjeuner. Parce qu'après ce que vous allez voir, vous risquez de ne plus en avoir envie. »

C'était le premier train de banlieue, celui de Greystones, qui lui était passé dessus. Encore dans le tunnel, le conducteur avait remarqué sur la voie quelque chose qui ressemblait à un tas de vieux vêtements. Et il avait aussi vu un petit chien noir qui s'aplatissait contre la paroi du tunnel, les oreilles dressées et une bizarre lueur rouge dans les yeux.

Il avait fait tout ce qu'il avait pu. Freiné à mort, pressé le bouton d'alarme de la cabine et résisté à la tentation de se couvrir les yeux. Mais il roulait trop vite. Il avait seulement senti un léger choc, puis le train s'était immobilisé. Après avoir bloqué toutes les commandes, il était resté cloué sur son siège, incapable de maîtriser le tremblement de ses mains, le cœur battant à tout rompre et pris d'un besoin si pressant d'uriner qu'il craignit de faire sous lui comme un gosse de trois ans. Il se précipita hors de la cabine et s'éloigna en courant de cette forme qui gisait à présent sous les roues du train. Il parvint à ouvrir sa braguette et poussa un soupir de satisfaction en se soulageant. Jusqu'à ce matin-là, il n'avait pas compris l'entière signification de ces mots : *se soulager.*

Lorsqu'arrivèrent la police, les ambulanciers et les officiels de la compagnie de chemin de fer, il avait déjà repris sa place dans la cabine.

« Restez où vous êtes ! » lui crièrent-ils quand il s'apprêta à sauter à terre.

Puis ils lui demandèrent de faire reculer le train avec lenteur pour dégager le corps. Ensuite, ils l'interrogèrent, le bombardant de questions brutales, lui arrachant les quelques mots qu'il parvint à trouver pour décrire l'accident.

« Donnez-nous tous les détails dont vous vous rappelez. Absolument tous. C'est très important », répétaient les policiers.

Il n'avait pas besoin qu'on le lui dise. Ce n'était pas la première fois que ça lui arrivait. Heureusement qu'il n'avait pas vu le visage de cette victime-ci. À la différence de la vieille dame qui avait surgi devant lui l'année dernière. Les choses s'étaient déroulées très vite et d'une façon interminable à la fois. Le visage de la femme était resté collé au pare-brise. Il lui semblait que ça avait duré une éternité. Une chance qu'il ne l'ait pas entendue crier. Seul lui était parvenu le choc du corps heurté par le train. Après, il s'était mis à hurler au secours.

Mais cette fois-ci, il ne pouvait vraiment pas leur en dire beaucoup. Assis dans la cabine, il subit le flot des questions. Ensuite, on le laissa partir. Le chien le suivit tandis qu'il se dirigeait vers la sortie du tunnel. Il tenta de le chasser. Il demanda à l'un des policiers de l'en débarrasser. Une femme se trouvait parmi eux.

Jeune et très jolie. Elle avait des cheveux noirs coupés très court comme ceux d'un garçon, de longues jambes et un beau sourire. Le chien bondissait, essayant de lécher les mains du conducteur. La jeune femme l'attrapa par son collier et le tira en arrière.

« Il ne vous manquait plus que cet animal ! » lui dit-elle avec un sourire compatissant. Elle posa la main sur son bras. « Je sais que c'est terrible pour vous, mais vous n'y êtes pour rien. Cette fille n'aurait pas dû se trouver là. Ne vous croyez pas coupable. »

Le conducteur ne put s'empêcher de pleurer. La cordialité inattendue de cette femme flic dissipait l'affreuse impression qui l'avait saisi de ne plus vivre dans le monde réel.

« Tenez. » Elle lui tendit quelques Kleenex et une carte de visite. « Je m'appelle Min Sweeney. Et voici le numéro de mon portable. » Elle l'indiqua du doigt. « N'hésitez pas à m'appeler si je peux vous aider en quoi que ce soit. » Elle sourit, ramassa le chien et le coinça sous son bras. « Oh là là ! » Elle montra l'animal du menton. « J'en connais un qui a sérieusement besoin d'un bain. »

Le conducteur caressa le front étroit du chien.

« Oh, je pourrais peut-être l'emmener après tout. Ça ferait probablement plaisir à mes gosses. » Il tendit les mains. « Donnez-le-moi. J'ai dans l'idée que je lui dois un foyer. »

Min regarda sa silhouette dégingandée s'éloigner vers le jour. C'est dur pour lui, songea-t-elle. Il se sent responsable. Quand nous pourrons lui apprendre la vérité, il sera soulagé. Ils attendaient la confirmation de leur hypothèse par l'autopsie. C'était assez évident : Marianne O'Neill était déjà morte avant l'arrivée du train. Sinon on aurait découvert du sang sur la voie ferrée. Les yeux de Min se portèrent sur l'endroit où le corps avait été écrasé.

« Pauvre Marianne, murmura-t-elle. Qu'elle repose en paix. »

C'était son ancien patron, Matt O'Dwyer, le commissaire divisionnaire de Dun Laoghaire, qui l'avait demandée.

« J'ignore si c'est une bonne idée, Min, mais j'aimerais que vous soyez sur cette affaire. La brigade a besoin de toute l'aide possible. Votre unité vous libère le temps qu'il faudra et elle nous a également proposé la collaboration de Conor Hickey. J'ai donc dit à Jay O'Reilly, l'inspecteur que j'ai chargé de l'enquête, que si vous vouliez y participer vous seriez la bienvenue. Qu'est-ce que vous en pensez ?

– Formidable ! Je vous remercie de votre offre. » Min leva sa tasse vers lui. Elle se rappelait O'Reilly. Il avait été promu récemment. Il avait eu le béguin pour elle. L'avait invitée deux ou trois fois après la mort d'Andy. Elle avait refusé.

Le commissaire lui sourit.

« Vous avez une bonne baby-sitter ? » demanda-t-il.

Min éclata de rire.

« Heureusement qu'aucune des féministes de la police ne vous entend, patron. Votre question passerait à ses yeux pour une ingérence dans notre vie privée.

– Vraiment ? » Le commissaire feignit d'être contrit. « Et moi qui voulais simplement me montrer gentil ! »

Cela faisait un bout de temps qu'elle n'avait plus assisté à une autopsie. Des années probablement. Mais tout lui parut extrêmement familier. Les odeurs, la scène, les sons. Le grincement de la scie sur le crâne. Le tintement des scalpels et des bistouris en acier inoxydable tombant sur le métal des plats chirurgicaux. Le martèlement des talons sur le carrelage et le claquement des gants de caoutchouc mis et enlevés.

À son arrivée à la morgue avec Conor, elle s'était demandé ce qu'elle ressentirait. Conor, contre son habitude, demeurait silencieux. Min remarqua qu'il était le plus pâle de ceux qui formaient un demi-cercle autour de la table de dissection. Bien que la salle fût réfrigérée, des gouttes de sueur perlaient à son front. Et quand le médecin préleva des fragments verdâtres de peau du corps de Marianne O'Neill, Conor hoqueta et sortit en toute hâte.

« En voilà un. Il y en a d'autres ? »

Johnny Harris, le légiste, haussant ses sourcils gris, promena son regard sur l'assistance par-dessus son masque. Il sourit à Min : des rides profondes s'inscrivirent au coin de ses yeux, tels les rayons d'une roue.

« Salut, Min ! Il y a une éternité que je ne t'ai vue. *Et ta maman, ça va* ?*

– *Bien, toujours bien* »,* répondit Min, consciente de la curiosité qu'elle éveillait chez ses collègues. Ils ne devaient pas être au courant de la vieille amitié qui les liait, Johnny et elle. Depuis qu'elle était enfant. Johnny n'était encore qu'un jeune homme lorsqu'il avait passé quelque temps à Slievemore. Logeant à l'auberge de jeunesse toute proche, il venait tous les soirs à leur pub. Il était allé à la pêche avec le père de Min. Avait échangé dans un français élémentaire des recettes de cuisine avec la mère de Min. Parlé à Min de son travail, de sa passion pour la médecine légale. Discuté avec elle des grands athlètes du passé que Min admirait. C'était d'abord à lui qu'elle avait confié sa décision d'entrer dans la police. Et il l'avait soutenue contre sa mère, qui jugeait que sa fille gaspillait ainsi ses dons. Mme Sweeney estimait que Min devait faire des études. Devenir professeur ou avocate. Mais elle finit par écouter Johnny qui donnait raison à Min, affirmant que vouloir servir sa communauté était une noble vocation. « Et puis, comme vous le savez, Noëlle, Min déteste être enfermée entre quatre murs. Elle adore être active. Il faut accepter son choix. Elle fera un bon policier, vous verrez. »

Après la mort d'Andy, il l'avait consolée. Lui avait expliqué les causes du décès et assuré que ni elle ni personne n'aurait pu le prévenir. L'hémorragie cérébrale était un accident inexplicable. Absolument pas due à son âge, ni aux quarante cigarettes qu'il fumait par jour. Ni aux demis de Guinness qu'il buvait tous les soirs. Qu'Andy n'avait pas souffert, qu'il ne s'était rendu compte de rien.

À présent, il regardait de nouveau le corps allongé devant lui. Il s'éclaircit la voix.

« Intéressant, très intéressant. Le train lui a coupé les jambes à la hauteur des genoux. Vous voyez que le torse et la tête n'ont pas été touchés. À partir de ce premier examen, je crois pouvoir affirmer que cette jeune femme était déjà morte quand le train lui est passé dessus. La mort s'explique par la fracture de la boîte crânienne qui a provoqué une hémorragie interne. Il s'en est suivi une perte de conscience, et le décès a dû intervenir une trentaine de minutes plus tard. Observez ceci, là. »

De la pointe du scalpel, il désigna le cerveau

dénudé. Un petit caillot noir pareil à une limace s'étalait sur la matière grise. « Et ici... (il souleva la tête et montra l'autre côté)... vous notez des ecchymoses et des déchirures de la peau du crâne occasionnées, j'imagine, par des heurts répétés contre une surface dure. Est-ce que je me trompe ? »

Min déglutit. Elle avait vu du sang sur le mur du tunnel, une tache sombre qui, sous l'éclairage des torches, s'était révélée d'une couleur rouge.

« J'ai aussi relevé d'autres blessures. Des marques sur les poignets qui indiquent qu'on a maintenu de force la victime et qu'elle s'est débattue. Voyez aussi les bleus qu'elle porte au cou : on lui a serré la gorge pendant qu'on lui fracassait le crâne. On remarque encore de grands bleus à l'abdomen, il s'agit sans doute de coups de poing. Et il est probable qu'on l'a violée avant son décès. »

Un silence s'établit. Min regarda Marianne, essayant de se rappeler la dernière fois qu'elle lui avait parlé. Ça ne faisait pas très longtemps, ça datait de l'été passé. Marianne vivait à la dure dans l'un des parkings construits près de la mer. Elle s'était fabriqué un abri à l'aide d'un grand morceau de plastique posé sur des buissons et retenu par des briques et de grosses pierres. Le temps était beau. Bientôt, d'autres SDF s'étaient joints à elle. Des vagabonds traditionnels et du genre New Age. Deux ivrognes du coin passaient aussi par là de temps en temps. Une belle et chaude nuit d'été, leur réunion avait dégénéré. Des habitants des proches immeubles de luxe avaient porté plainte. Pour scènes d'ivresse, consommation de drogues et rapports sexuels effectués sous leurs yeux de respectables bourgeois. Une voiture de police était arrivée pour mettre fin à la fête. Il s'en était suivi une bagarre au cours de laquelle Marianne et ses amis avaient été arrêtés. Emmenés au poste et gardés toute la nuit dans une cellule pour les dégriser. Le matin, Min avait apporté à Marianne une tasse de thé et des toasts. Les deux femmes s'étaient mises à parler. Du passé. Min avait conseillé à Marianne de retourner quelque temps chez ses parents. De recommencer à prendre ses médicaments. D'essayer de se ressaisir.

« Marianne, je t'assure que si tu continues comme ça, tu finiras très mal. »

Marianne, saisie de repentir, avait pleuré, puis téléphoné à Susan qui était venue la chercher pour l'emmener chez elle. Mais sa contrition n'avait pas duré. Au bout d'une semaine, elle était de nouveau dans la rue. Et on avait rapporté à Min qu'elle faisait du racolage. Près du canal et dans le centre-ville.

Johnny Harris rompit le silence.

« Des questions ? » demanda-t-il d'un ton brusque.

Min s'éclaircit la voix.

« Oui, Min ? Qu'est-ce que tu veux savoir ?

– Je me demande simplement si vous avez de quoi faire des recherches d'ADN. Quelque chose qui permette de désigner un suspect. »

Harris leva une pochette en plastique.

« Eh bien, j'ai ici quelques cheveux qui n'étaient pas les siens. Et nous avons recueilli des raclures sous ses ongles. Nous avons également fait un prélèvement vaginal. Mais toutes ces analyses prendront un certain temps. » Il passa sur son front le dos de sa main gantée. Il regarda le cadavre, puis de nouveau Min. « Tout ce que je peux dire, c'est qu'elle a été assassinée. Ça ne fait aucun doute. J'ignore si on l'a déposée sur la voie pour camoufler le crime ou si le crime a été perpétré dans le tunnel parce que c'était un endroit tranquille. Ce n'est pas ça qui m'importe. En revanche, la brutalité avec laquelle on a traité cette malheureuse me révolte. Ça faisait longtemps que je n'avais rien vu de pareil. »

Il poussa un profond soupir. Son masque se décolla un instant avant de se replaquer contre sa grande bouche. Il posa sa main sur le bras de la morte, puis se détourna.

Conor l'attendait dehors. Il avait repris ses couleurs. Appuyé contre la voiture, il tenait une cigarette d'une main, un exemplaire du *Sun* de l'autre.

« Ouah, visez-moi cette nana ! » Il agita la page sous le nez de Min. « C'est quèque chose, hein ? »

– Quèque chose, ouais. » Min prit le journal. « Quatre-vingt-dix pour cent de silicone et dix pour cent de fantasme. Un mélange peu attirant pour moi. Et un spectacle encore plus nauséeux que celui d'une pauvre fille qui s'est fait écrabouiller par un train. » Elle plia le journal en deux, puis en quatre. Mais c'est ce qui nous différencie, vous et moi, non ? »

Avec un sourire, elle tapa le journal contre la poitrine de Conor.

Ils roulèrent sur la route côtière en direction du commissariat de Dun Laoghaire où l'on avait établi la salle des opérations. Conor lui communiqua les dernières nouvelles. L'une des habitantes des maisons dominant la voie ferrée avait vu Marianne. Il était trois heures du matin environ. Elle chantait à tue-tête. On aurait dit qu'elle était ivre. Puis, dix minutes après, ce témoin avait vu un homme au même endroit. Brun, taille et corpulence moyennes. Probablement vêtu d'un jean et d'une veste. Pas de signes distinctifs.

« Vous parlez d'un signalement !

– Mais il y a plus : les collègues ont trouvé des cartes de crédit et un chéquier dans le sac à main de la fille. Ils appartiennent à votre vieux copain Nick Cassidy. Il paraît qu'elle a passé la plus grande partie de la journée et de la nuit avec lui. Cassidy dit qu'ils se sont quittés au petit matin sur un désaccord. Elle voulait coucher avec lui et lui ne voulait pas. Il dit qu'elle est partie furieuse et qu'il a vainement essayé de la retrouver depuis lors. Qu'il n'a pas la moindre idée de ce qui lui est arrivé après son départ. Ça vous en bouche un coin, pas vrai ? »

Min ne répondit pas. Tournée vers la mer, elle contempla les bandes bleu et vert qui striaient la baie jusqu'à Howth.

Il y avait beaucoup d'encombrements là-bas aujourd'hui. Stationnée devant l'étroite embouchure du fleuve, une file de porte-conteneurs attendait de pouvoir entrer dans le port. Parmi eux, la voile carrée rouge d'une hourque de Galway. Min se demanda qui était à la barre. Au fil des ans, elle avait rencontré dans le pub de Slievemore presque tous les équipages de hourque. Son père était une sorte de spécialiste des voiliers traditionnels. Il partageait cette passion avec Johnny Harris. Mais ce dernier était un puriste. Sur son drifter de dix mètres, tout était d'origine. On n'était que très récemment parvenu à le convaincre qu'il lui fallait un moteur diesel.

« Les analyses d'ADN nous permettront sûrement de savoir ce qui s'est passé. J'ai du mal à croire que

268

si cette fille lui a fait des avances, un mec comme Cassidy n'en ait pas profité. Qu'en pensez-vous ? »

Conor tambourina sur le volant.

Min avait plusieurs fois pris le bateau avec Harris dans Roaring Water Bay. Ils étaient allés aussi loin que le rocher de Fastnet, au-delà de Cape Clear. Harris devait avoir au moins cinquante ans, se dit Min, mais il était toujours en grande forme. Mince, souple et musclé. Il s'occupait de tout sur ce bateau. Se précipitait de l'avant à l'arrière. Restait en équilibre sur ses longues jambes qui dépassaient d'un jean coupé à hauteur des genoux, malgré le roulis et le tangage. Tirait sur les écoutes alors qu'elle tenait la barre et criait « Virez de bord ! ». La proue pivotait, puis la grand-voile couleur rouille qui, cachant le soleil, jetait une ombre épaisse sur le pont. Pendant ce temps, Harris assujettissait les écoutes, vérifiait et revérifiait l'orientation des voiles, tandis que le long beaupré de bois montait et descendait, fendant la houle de l'Atlantique.

« Harris est vraiment sympathique. J'ai beaucoup d'affection pour lui.

– Vous le connaissez depuis longtemps ?

– Depuis un bon bout de temps.

– Vous en savez long sur lui, dans ce cas ?

– Oui, je pense, assez long.

– Vous devez donc savoir que, pour tout le monde, c'est un homo.

– Oh, vraiment ? »

Min regarda Conor. Il secoua le paquet de cigarettes jusqu'à en extraire une, qu'il glissa entre ses lèvres. Il enfonça l'allume-cigare du tableau de bord.

« C'est comme je vous le dis. »

Min haussa les épaules.

« Eh bien, après tout c'est son affaire. Ce n'est ni la vôtre, ni la mienne. Ni celle de quiconque. »

L'allume-cigare sauta brusquement de son alvéole. Conor en approcha le bout incandescent de sa cigarette et aspira très fort.

« Vous croyez ? »

Il souffla la fumée du coin de la bouche.

« Absolument. Pourquoi ? Vous n'êtes pas d'accord ? »

Min appuya sur le bouton de commande des vitres. Un air froid et humide s'engouffra dans la voiture.

« Vous pensez, vous et quelques autres, pouvoir vous arroger le droit non seulement de connaître la vie intime de Johnny Harris, mais aussi de commenter cette vie et de la juger ? »

Conor ne répondit pas.

« Harris est un excellent médecin légiste, reprit Min. Il nous a souvent fourni, pratiquement tout seul, des preuves qui ont permis d'obtenir une inculpation, puis une condamnation. Il pourrait écrire des tas de bouquins sur les fibres, les poils, les excrétions corporelles. Et il est imbattable pour ce qui touche les blessures à la tête. Ses préférences sexuelles n'ont rien à voir avec ça. Rien du tout. »

Min regarda de nouveau la baie. Le voilier prenait maintenant de la vitesse, un vent d'ouest le poussant vers l'horizon. Un lourd silence s'établit. La voiture ralentit. Un assez grand bouchon s'étendait devant eux. Min se tourna vers Conor.

« Alors, qu'est-ce qu'il y a, ça vous pose un problème, les homos ? » demanda-t-elle.

270

Son collègue tendit son bras par-dessus elle.

« Ça ne vous ennuie pas que je ferme ? Je crois que nous avons eu assez d'air frais à présent. »

La fenêtre remonta. Conor écrasa son mégot dans le cendrier.

« Qui vous dit que j'ai un problème ?

— Ça me paraît évident. La preuve, c'est que vous avez abordé cette question.

— Je ne vois pas pourquoi on ne pourrait pas parler de ce sujet comme on parle du comportement ou de l'aspect particulier d'une personne ? Votre réaction est drôlement caractéristique.

— Caractéristique en quoi ? demanda Min, agacée.

— Caractéristique du politiquement correct. Cet homme est homosexuel. Cela le rend différent. Il s'intéresse à des choses différentes, vit de manière différente. Il n'éprouve pas les mêmes désirs que nous. Pourquoi n'aurais-je pas le droit de le dire ?

— Oh, vous pouvez dire tout ce que vous voulez et aussi fort qu'il vous plaira. Mais rien ne vous permet de le blâmer. Vous savez, Conor, Johnny Harris entretient avec son compagnon une relation que la plupart des couples hétérosexuels de ma connaissance leur envieraient.

— Ouais ? » Conor ricana. « Le genre de vie pantoufles et verveine du soir, c'est ça ? Un échange d'aimables propos et des massages avant de se livrer à de violents ébats. Harnachement de cuir *et cetera.* »

Min ne répondit pas.

« Avouez que je vous ai choquée, hein ? »

Conor, calé sur son siège, posa son bras sur le haut du dossier de Min. La jeune femme soupira.

271

« Choquée, non, simplement déçue. Et je pense que vous vous trompez. Vous passez trop de temps devant votre ordinateur. Et ce que vous y voyez vous déprime.

– Ah bon ? Vous trouvez que je devrais sortir davantage, je suppose ? Eh bien, je vais vous dire une chose, Min : quels que soient les sentiments qui unissent le docteur Harris et son âme sœur, les liaisons homosexuelles ont toutes un point commun : c'est leur côté oppressif. Elles reposent sur le pouvoir et l'exploitation. Elles comportent un indéniable élément de violence. Vous n'avez qu'à entrer dans un de ces bars ou clubs gays de la ville et y jeter un coup d'œil. Bien que, dans ce monde-là, les Johnny Harris soient rares. »

Conor parlait d'un ton froid, plein d'hostilité. Mais quand il se tourna vers elle, Min s'aperçut que ses yeux brillaient d'un éclat étrange et qu'il avait le visage congestionné.

Le feu passa au vert et la voiture avança lentement.

Conor tendit la main vers le paquet de cigarettes.

« Vous permettez ? »

Min haussa les épaules.

« Faites ce que vous voulez. Si vous avez un cancer aux poumons, c'est votre problème, pas le mien.

– Bon, puisque vous le prenez comme ça... Il vous en reste, de ces délicieux chewing-gums ? »

Min fouilla dans son sac. Son portable sonna. Elle le sortit et regarda l'écran.

« O'Reilly », annonça-t-elle avant de presser la touche. Elle écouta. « D'accord, pas de problème. On arrive. »

Elle posa le téléphone et sortit un paquet de chewing-gums de la poche de son manteau. Elle en défit l'emballage et les lui tendit.

« Merci. » Essayant d'en prendre un, Conor les répandit sur ses genoux. « Merde, grommela-t-il, les yeux fixés sur la route. Vous pouvez les ramasser ? »

Min les rassembla et lui en tendit un. Conor le mastiqua bruyamment.

« Alors, qu'est-ce qui se passe avec O'Reilly ? dit-il.

– Il nous demande de le rejoindre chez Cassidy.

– Il va l'arrêter ?

– Non. Il pense que, pour le moment, il en tirera plus d'informations s'il reste libre. Il souhaite ma présence là-bas parce que je suis censée bien le connaître.

– Et moi, à quoi je sers là-dedans ? »

Min sourit.

« Je cite textuellement ce que m'a dit O'Reilly : "Emmenez Hickey avec vous. J'ai reçu tant de bons rapports sur lui que je veux m'assurer qu'ils correspondent à la réalité."

– Ouah ! » Conor secoua la tête avec une feinte humilité : « Je suis on ne peut plus flatté. De tels compliments de la part d'un peigne-cul comme O'Reilly. Où allons-nous ?

– Oh, arrêtez votre numéro, dit Min en riant. Il n'est pas si nul que ça. C'est vrai, je vous l'accorde, il appartient à la vieille école. J'espère que vous avez votre calepin sur vous. Un de ces bons vieux calepins réglementaires. O'Reilly est contre les agendas électroniques. Vous avez besoin d'un stylo à bille ? » Elle fouilla de nouveau dans son sac. « J'en ai toute une collection ici. Bleu ou noir ? Choisissez. »

Elle les lui tendit.

« Noir, bien sûr, répondit Conor. Noirs, noirs, noirs comme les cheveux de ma bien-aimée, chanta-t-il. Noirs comme les vôtres. »

Il regarda Min, sourit et accéléra : les voitures devant eux avaient recommencé à rouler.

20

Nick reprit le chemin que Marianne avait dû suivre. Le matin même, très tôt. Dans le froid et le silence. L'haleine de la jeune femme s'était probablement condensée en buée devant son visage. La lune brillait encore dans le ciel. Il longea le remblai, essayant de découvrir l'endroit où elle avait escaladé le talus et s'était faufilée entre les ronces et les fougères jusqu'à la voie. Et il le vit : un sentier boueux parsemé de boîtes de bière et de bouteilles de cidre en plastique vides avec, au milieu, les restes calcinés d'un feu.

Il continua son chemin, dépassa la gare de Dalkey et se dirigea vers le tunnel où l'on avait trouvé le corps de Marianne. Juste avant d'arriver, il constata qu'on accédait facilement à la voie. Dix marches en béton et un petit portail métallique cadenassé, mais qu'il lui suffisait d'enjamber. Une sous-station électrique se dressait à côté et, un peu plus loin, on apercevait la voûte de pierre du tunnel. Le ruban délimitant le lieu du crime flottait encore dans le vent et un policier en uniforme s'adossait contre le mur.

Marianne n'avait sans doute éprouvé aucune crainte au début, songea Nick. Elle ne devait pas avoir hésité à marcher le long de la voie, seule dans l'obscurité. Elle avait son chien. Et puis elle chantait, à ce qu'on lui avait dit. Dans son inconscience, elle ignorait le danger. Qui donc l'avait suivie ? S'était-elle tournée à un moment et avait-elle vu son meurtrier ? Elle le connaissait peut-être et pouvait même l'avoir salué. Avec joie ou avec crainte ? Quelles paroles avait prononcé l'homme en s'approchant d'elle ? Nick savait par les policiers que Marianne avait été agressée, battue et probablement violée. Qu'on lui avait cogné la tête contre le mur du tunnel. Qu'elle n'était pas morte sur le coup et avait dû vivre encore une heure environ. Fermant les yeux, Nick se souvint de la Marianne jeune. Celle qu'elle était du vivant d'Owen. Et aussi celle de la veille quand il avait dansé avec elle, lui avait servi des pâtes à la sauce tomate, lui avait offert du vin, l'avait enveloppée d'une couverture. Avant de la mettre dehors.

Le voyant s'engager sur la voie, le policier s'apprêta à lui barrer le passage. Nick s'immobilisa.

« Défense d'entrer, cria le flic. Zone interdite. »

Souriant au policier, Nick recula.

« Entendu, je m'en vais. »

Il remonta vers la route. D'en haut, l'entrée du tunnel paraissait encore plus sombre et plus sinistre. Il s'en détourna, s'arrêta, il inclina la tête.

« Pardonne-moi, Marianne, murmura-t-il tout doucement. Pardonne-moi ce que j'ai fait et ce que je n'ai pas fait. »

Puis il s'éloigna.

« Qu'est-ce que tu es allé faire là-bas ? Je ne te comprends pas. »

Susan se montrait froide et hostile. Nick se tenait sur le seuil. Par-dessus l'épaule de Susan, il voyait Paul O'Hara qui le regardait.

« Tu me rends responsable de sa mort, c'est ça ? demanda-t-il.

— C'est ça. Si tu ne l'avais pas mise dehors à trois heures du matin, actuellement elle serait sans doute encore en vie. Comment as-tu pu agir ainsi ? Laisser partir de la sorte quelqu'un d'aussi vulnérable que Marianne ?

— Hé là, minute ! » Nick s'approcha de Susan. « Hier, tu m'as tenu tout un discours sur le libre arbitre et sur la capacité de Marianne à prendre des décisions, à vivre sa vie. Tu ne crois pas que ça contredit un peu les reproches que tu m'adresses aujourd'hui ?

— Pas du tout. Ce que je crois, c'est que tu n'as pensé qu'à toi. Tu t'es livré à ton numéro habituel. Tu as fait semblant de t'intéresser à elle, de l'aimer, et après tu l'as laissée tomber. Il n'est pas difficile de comprendre qu'ensuite la pauvre fille soit partie en courant. »

Nick contempla un moment le plancher. Une odeur de café lui parvenait de la cuisine. Elle lui souleva le cœur.

« Susan, s'il te plaît, écoute-moi. Que ce soit maintenant qu'on l'ait tuée, tu penses que ça ne signifie rien ? Que cela ne prouve pas quelque chose ?

— Et quoi, par exemple ? demanda Susan d'une voix dure. Tu t'imagines dans un de ces policiers farfelus d'Agatha Christie ? Avec ses intrigues et ses rebondissements ?

– Je dis simplement que sa mort n'a pu survenir par hasard. C'est impossible.

– Tu es dans le vrai si tu veux dire que sa mort n'est peut-être pas sans rapport avec la vie que Marianne a menée ces dernières années. Mais je ne vois vraiment pas en quoi elle serait liée à Owen. Car c'est bien là que tu veux en venir ? C'est ce que tu as en tête ?

– Sue. » O'Hara posa sa main sur l'épaule de la jeune femme. « Viens prendre ton café. »

Susan rentra dans la cuisine, les yeux pleins de larmes. Elle tendit le bras pour pousser la porte. Nick recula. Il avait une grosse boule dans la gorge qui menaçait de l'étouffer. Puis il tourna le dos à la cuisine et descendit lentement l'escalier qui menait au jardin. Il avait eu un appel de Jay O'Reilly. L'inspecteur voulait le revoir. La police avait d'autres questions à lui poser. Ils allaient venir chez lui.

« Vous êtes sûr ? avait-il demandé. Vous ne voulez pas que je me rende au commissariat ? Vous n'avez pas l'intention de m'arrêter ? »

O'Reilly s'était esclaffé. Non, pas du tout. Il s'agissait seulement d'une petite conversation amicale. Rien d'officiel. Qu'il ne s'inquiète pas.

Mais Nick avait du mal à le croire. Il avait déjà subi un interrogatoire et se rappelait à quel point il importait de se montrer précis dans ses souvenirs. De fournir des réponses cohérentes. Ce n'était pas le moment d'hésiter ou de rester dans le vague. Il s'assit à la table de la cuisine. Le mieux, ce serait de passer cinq bonnes minutes à noter comment les événements s'étaient déroulés. D'inscrire sur un papier son emploi du temps de manière à éviter la moindre parole qui pourrait le compromettre.

Il fut surpris de les voir arriver à trois. L'inspecteur O'Reilly, Min Sweeney et un homme jeune qu'il ne connaissait pas. Grand, costaud, beau garçon. En vêtements sport : jean et anorak. On le lui présenta sous le nom de Conor Hickey. Nick les invita à entrer, leur offrit du thé et des biscuits. Puis il prit place sur le canapé et attendit qu'on en eût terminé avec les politesses. Ce qui ne tarda pas. Assis en face de lui, les trois policiers le regardaient. Min souriait, mais Nick crut déceler dans ses yeux une méfiance inhabituelle. Elle s'agitait sur sa chaise, croisait et décroisait ses jambes en faisant grincer ses bottes en cuir. Il avait envie de lui dire que toute cette histoire était totalement absurde, qu'il était bouleversé par la mort de Marianne, mais n'y était pour rien. Pourquoi intervenaient-ils à trois ici au lieu de régler cette affaire sans lui ? Il se rendait pourtant compte qu'ils n'en étaient plus là.

O'Reilly se racla la gorge.

« Nous désirions vous parler, monsieur Cassidy, afin d'éclaircir quelques points. Vous voyez ce que je veux dire ?

– Non, vraiment pas. » Nick le regarda fixement. « Vous pouvez m'expliquer ? Je croyais que j'avais déjà tout raconté à vos deux collègues qui sont venus ici ce matin m'annoncer la mort de Marianne. »

Min se pencha en avant, son calepin posé sur les genoux, son stylo en l'air.

« Nous pouvons savoir ce que vous leur avez raconté, Nick ?

– Eh bien que, cn effet, Marianne était chez moi

279

hier soir. Elle devait passer la nuit ici, mais nous avons eu un différend, elle s'est fâchée et elle a claqué la porte. J'ai vainement essayé de l'en empêcher, de la raisonner. Vous n'ignorez pas que cette fille a, ou plutôt avait, de graves problèmes psychologiques. Elle ne voulait rien entendre. Et plus je tentais de la dissuader, plus elle devenait furieuse, violente. Finalement, j'ai dû la laisser partir.

– Furieuse, violente. Qu'entendez-vous exactement par là ? » intervint Conor Hickey.

Nick le regarda. Ce flic choisit ses mots avec soin, songea-t-il.

« Furieuse : une énorme colère exprimée avec force. Le sentiment d'avoir été injustement traitée, ce qui la rendait hostile. La violence, c'est la traduction physique de cette émotion. Gifles, coups de poing, coups de pied. Voilà ce que j'entends par là.

– Vous admettez donc vous être montré violent à l'égard de Marianne O'Neill ? demanda Conor.

– Absolument pas ! C'est elle qui s'est montrée violente envers moi. Elle m'a frappé, griffé, et elle m'a même donné des coups avec ses foutues grosses godasses. Voilà, c'est tout. »

O'Reilly prit la parole à son tour.

« Et selon vous, monsieur Cassidy, qu'est-ce qui a provoqué cette réaction violente ? »

Nick prit sa tête entre ses mains.

« Écoutez, j'ai déjà répondu aux questions des deux gars qui sont venus ce matin. Je leur ai rendu compte de ce qui s'était passé. Marianne et moi avons passé la journée ensemble. J'ai préparé un repas. Nous avons eu des rapports très amicaux, très agréables, très chaleureux. Après, elle est devenue triste en pensant à

280

mon fils. Ces souvenirs-là lui étaient très douloureux. Elle s'est endormie devant le poêle. Je lui ai préparé un lit par terre. Puis je me suis couché aussi, sur ce canapé. Or, pendant la nuit, je me suis réveillé et j'ai senti Marianne allongée contre moi. Elle avait envie que je lui fasse l'amour. Je lui ai dit qu'il n'en était pas question. Que je n'avais pas eu ce genre de relations avec elle dans le passé, que je n'entendais pas en avoir, ni maintenant, ni dans l'avenir. Comme elle me tirait d'un profond sommeil, je ne me suis peut-être pas montré aussi gentil et délicat que j'aurais pu l'être en d'autres circonstances. »

Min baissa les yeux sur son calepin, puis les leva de nouveau vers Nick.

« Ce matin, vous avez déclaré que vous l'aviez jetée hors du lit, dit-elle. Ce sont bien vos paroles, Nick ? »

Sa voix semblait avoir perdu de sa chaleur.

Nick consulta ses notes.

« J'ai parlé par métaphore. Je ne l'ai pas prise et envoyée par terre. Je répète que lorsque je me suis réveillé, elle était allongée contre moi. Comme ses intentions étaient claires, je me suis écarté. J'ai essayé de me lever, mais Marianne me coinçait. Je l'ai donc poussée. Elle est tombée du lit. Assez lourdement. Ça l'a bouleversée, vexée. Moi aussi, j'étais perturbé. Encore à moitié endormi. J'ai réagi sans réfléchir. Ensuite, Marianne a de nouveau voulu m'embrasser, et je l'ai de nouveau repoussée. C'est alors qu'elle s'est mise en colère. Elle a commencé à me taper dessus. J'ai essayé de la maîtriser. J'ai serré ses poignets pour l'empêcher de me frapper. » Il soupira. « Ça me donne l'air d'être une brute, j'en ai conscience, seulement mettez-vous un instant à ma place. Je ne lui voulais aucun mal, à cette fille. Bien au contraire.

– Dans ce cas, pourquoi est-elle partie si brusquement ? Savez-vous que votre femme l'a entendue ? Elle a entendu un bruit de dispute, la porte claquer, et Marianne crier des injures. Il a fallu que ce soit un vrai vacarme pour qu'on le perçoive d'une chambre située au dernier étage.

– En effet. Je m'étonne que les autres habitants de la place ne soient pas au courant.

– Votre femme affirme avoir entendu après quelques minutes un deuxième bruit de pas. Ceux d'un homme. » Nick haussa les épaules.

« Que puis-je vous dire ? Elle a peut-être entendu des pas, mais ce n'était pas moi. Je n'ai pas suivi Marianne.

– Une demi-heure plus tard, cette jeune femme a été vue sur la voie de chemin de fer, au-delà de la gare de Glenageary. Par une maman qui allaitait son bébé. Elle l'a vue très clairement de sa fenêtre. Et, au bout de quinze minutes, toujours sur la même voie, un homme qui correspondait à votre signalement. Qu'avez-vous à répondre à cela ? »

Nick se frotta le visage et appuya le bout des doigts sur ses paupières. À travers la peau fine, il sentait battre son pouls. Il posa ses mains sur ses genoux.

« Que voulez-vous que je réponde ? Je ne vois pas comment je peux vous convaincre. Ce n'est pas moi qui l'ai suivie. Après son départ, je me suis recouché et j'ai essayé de me rendormir. C'est tout. »

Les autres se turent un moment, puis Min se pencha vers lui.

« Nick, j'admets que, de votre point de vue, les

choses s'enchaînent très logiquement, dit-elle d'une voix douce et neutre. Ainsi s'expliquent par exemple quelques-unes des blessures découvertes sur le corps de Marianne. Les marques qu'elle porte aux poignets, notamment, et certaines des ecchymoses relevées sur son dos. Cela nous rendrait vraiment service si nous pouvions avoir des échantillons de vos cheveux, de votre peau et effectuer un prélèvement pour obtenir votre ADN. Ensuite, nous pourrions les comparer à ceux fournis par l'autopsie de Marianne et vous éliminer de la liste des suspects.

– Il y a quand même une chose que votre version des faits n'explique pas », intervint O'Reilly.

Il sortit de sa poche une pochette en plastique.

« Reconnaissez-vous ceci, monsieur Cassidy ? »

Il le passa à Nick qui le leva en l'air.

« Comment se fait-il que vous ayez ça entre vos mains ?

– Vous reconnaissez donc cet objet ?

– Évidemment. C'est ma montre !

– Nous l'avons trouvée à quelques mètres seulement du corps de Marianne, à côté des rails », expliqua Min, continuant à parler d'un ton empreint de douceur, de compréhension.

« Ça alors, c'est impossible ! Je l'ai enlevée il y a quelques jours parce que le bracelet en était usé et que je voulais m'en acheter un neuf. J'ai cette montre depuis des années. C'était un cadeau d'anniversaire de ma femme. » Il tourna et lissa le sachet en plastique. Il lut l'inscription au dos de la montre. *N.P.C. de la part de S.M.C. le 30/01/1985.* Il regarda de nouveau les trois policiers qui l'observaient avec attention. « Je me rappelle l'avoir enlevée et rangée ici. » Nick se leva et s'approcha de sa table à dessin. « Dans cette boîte. C'est mon vide-poches. »

Il leur montra une boîte à crayons en bois d'un modèle ancien, avec un couvercle pivotant. Il l'ouvrit. Y fouilla du bout de l'index. Min se déplaça à son tour et vint se mettre à côté de lui.

« Je n'y comprends rien. » Nick lui tendit la boîte. « Je vous assure que j'ai rangé ma montre là-dedans. » Il se tourna vers O'Reilly. « Il y a un truc qui ne colle pas. J'ai ôté cette montre parce que le bracelet en était usé. J'allais en acheter un autre. J'ai mis la montre en sécurité dans cette boîte. Regardez ça. » Il leva le sac en plastique devant leurs yeux. « Le bracelet est totalement cassé aujourd'hui. Il ne l'était pas quand je l'ai enlevé. » Il se tut un instant. « En outre, le verre est brisé. Il était intact la dernière fois.

– En effet, dit O'Reilly d'une voix forte. Et le verre n'est pas seulement brisé, nous en avons trouvé des éclats dans la semelle de la botte gauche de Marianne. Voyez-vous, Nick, vous nous avez donné votre version des faits. Elle est tout à fait plausible. Maintenant je vais vous soumettre un autre scénario. Rasseyez-vous s'il vous plaît et écoutez-moi. Ça ne sera pas long. »

Après leur départ, Nick resta assis, comme sonné, à contempler le sol. Il avait accepté de se « présenter » – expression employée par les flics – au commissariat, le lendemain à dix heures. Il leur permettrait de faire un certain nombre de prélèvements : cheveux, tissu, sang, salive. Ils lui avaient dit qu'il pouvait refuser, mais Nick savait que c'était inutile. Surtout après la version des événements de la veille qu'avait donnée O'Reilly.

« Voilà comment nous, nous voyons les choses, Nick. Nous pensons que c'est vous qui avez essayé d'avoir des rapports sexuels avec Marianne. Et que c'est elle qui vous a repoussé. Ce qui explique pourquoi elle a crié et quitté précipitamment votre maison à trois heures du matin. Toute seule. Nous pensons que vous vous êtes alors demandé ce qu'elle allait faire. L'idée qu'elle pût parler vous inquiétait. Irait-elle tout raconter à votre femme ? Vous dénoncer à la police ? Vous accuser de toutes sortes de méfaits, d'une conduite qui ne vous ressemblait pas ? Se lancer même peut-être dans des déclarations qui toucheraient au passé ? Savait-elle quelque chose dont elle avait gardé le secret ?

Nous ne l'apprendrons jamais parce que Marianne est morte. Mais nous avons un témoin qui a vu un homme sur la voie peu après y avoir aperçu Marianne. Son signalement correspond au vôtre. Et nous avons trouvé votre montre à deux mètres du corps de la victime. Il serait facile d'en déduire que le bracelet s'est cassé lorsque vous luttiez avec la jeune femme. La montre est tombée à terre et Marianne l'a écrasée en s'écroulant. »

Nick avait secoué la tête, abasourdi par cette interprétation. Tenté sans succès d'attirer l'attention de Min : elle gardait les yeux obstinément fixés sur O'Reilly. Et il avait continué à secouer la tête en écoutant la suite.

« Vous étiez furieux contre elle. Vous l'avez attrapée par les poignets et poussée dans le tunnel. Là, vous l'avez violée, et ensuite vous lui avez fracassé le crâne contre le mur. Après, vous l'avez laissée allongée sur la voie. Vous êtes rentré chez vous pour vous nettoyer. Et au matin vous êtes allé voir votre femme pour lui donner votre version des événements et lui demander de vous aider à retrouver Marianne. Voilà, selon nous, ce qui s'est passé. »

Nick avait failli éclater de rire. Cette présentation des faits ne tenait pas debout. C'était complètement fou. Il fallait pourtant reconnaître qu'à la réflexion, c'était également plausible.

« Si vous le désirez, nous pouvons vous indiquer un avocat, monsieur Cassidy », dit O'Reilly en se levant.

Nick haussa les épaules.

« Nous verrons. Laissez-moi y réfléchir. »

Il ouvrit la porte. Les policiers sortirent l'un après l'autre. Min tendit la main pour lui toucher le bras, mais Nick se déroba.

« À demain matin, lui lança O'Reilly par-dessus son épaule. Dix heures. N'oubliez pas. »

Debout sur le seuil, Nick les regarda se diriger vers leurs voitures. Puis il entendit la voix de Chris Goulding. Il descendit l'allée jusqu'au portail. Chris dévalait les marches de son perron, appelant les policiers, leur faisant des signes. Nick l'observa. Il ne parvenait pas à entendre ce que disait Chris. Toujours est-il que les trois flics, O'Reilly, Min Sweeney et Hickey, firent demi-tour et suivirent Chris chez lui. La lourde porte claqua derrière eux, soulevant le heurtoir en cuivre qui retomba avec un son presque harmonieux.

Nick franchit le portail et s'appuya contre la grille. Il promena son regard autour de la place. Il voyait partout des fenêtres éclairées, accueillantes. Un vent froid le décoiffait. Le bois s'accumulait au milieu de la pelouse. Il formait déjà un tas plus haut que lui. Nick fit face à sa maison et à celle des Goulding. Il vit Chris, debout dans son salon, parler en gesticulant aux policiers. Tirant Amra par le bras pour la faire participer à la conversation. Le petit garçon était là lui aussi. Il s'appuyait contre les jambes de Chris qui lui ébouriffa les cheveux avant de poser les mains sur les épaules maigres de l'enfant. Il vit O'Reilly quitter la pièce, puis la maison. Passer à côté de lui sans même lui jeter un regard, monter dans sa voiture et partir. Min sortit du salon, suivie lentement d'Amra. Chris et Hickey s'assirent. Debout entre eux, Emir les dévisageait l'un après l'autre. Puis il s'approcha de la fenêtre et resta là à regarder Nick jusqu'à ce que Chris se lève brusquement et ferme les rideaux.

Nick porta les yeux vers sa propre maison. Il aperçut nettement Susan et Paul dans le séjour. Paul se tenait devant la cheminée, un verre de vin à la main. Susan était installée sur le canapé.

« Regarde-moi, dit Nick à haute voix. Tourne la tête vers moi et regarde-moi. Essaie de me voir tel que je suis. Un homme qui s'est montré faible et plein de défauts. Et qui cependant continue de t'aimer. Regarde-moi, Susan, je t'en prie. »

Mais Susan ne bougea pas. Ne réagit pas. Nick frissonna.

Des rafales de vent secouaient les arbres. Il allait pleuvoir. Nick le sentait. Il se détacha de la grille et revint vers la maison. Il rentra chez lui, ferma la porte. S'assit sur le canapé et contempla de nouveau le sol. Il se sentait glacé, nauséeux. Et saisi d'une terreur soudaine.

21

Min n'avait jamais aimé la maison des Goulding.
Elle y était souvent venue dans le passé. Bien que
l'intérieur fût très propre, elle le trouvait terriblement
froid et silencieux. Pas de poste de télévision dans le
grand séjour qui donnait sur la place. Hilary Goulding
avait casé un petit transistor sur une étagère de sa
cuisine, à côté de ses pots de confiture. Elle le mettait
toujours en sourdine. Ses deux enfants semblaient passer tout leur temps au sous-sol. On les voyait rarement
à l'étage. Même leurs chambres en haut avaient l'air
inhabitées, comme si personne ne dérangeait les
dessus-de-lit bien tirés ou les vêtements soigneusement pliés, rangés dans deux commodes semblables.

Elle n'aimait pas plus les Goulding. Brian, petit et
maigre, portait un bouc qui lui donnait un air agressif.
Hilary était encore plus petite que son mari. À l'époque, elle paraissait très vieille à Min. Pourtant, elle ne
l'était pas, pensa-t-elle, en regardant le fils de cette
femme qui était à présent assis en face d'elle. Elle
n'avait que la quarantaine. Une quarantaine qui gri-

sonnait et une coupe de cheveux masculine qui ne l'avantageait pas. De plus, on aurait dit que ses vêtements sortaient de chez le fripier.

Qu'avait-elle alors pensé de Chris et de sa sœur, se demanda-t-elle. De la sœur, pas grand-chose. Elle semblait aussi insignifiante que sa mère. Réservée, timide, émotive. Elle pleurait beaucoup et se faisait saigner les doigts en arrachant les cuticules de ses ongles. Elle laissait Chris parler à sa place. Lui était loquace. À la différence du reste de la famille, il possédait une personnalité. Il était drôle, attrayant et même assez joli garçon, non dénué de charme. Ses grands yeux bleus brillaient derrière des lunettes à monture foncée. Il avait réussi à esquiver l'accusation de « posséder de la drogue dans l'intention de la vendre » et avait été condamné pour « possession de drogue à usage personnel », délit beaucoup moins grave. Jugé par un tribunal de district, il s'en était tiré avec un avertissement et une amende. On l'avait réprimandé et renvoyé chez lui pour faire pénitence.

Vivre chez les Goulding devait déjà être une pénitence suffisante, se dit Min. Maintenant, les parents étaient morts, la sœur vivait à l'étranger et c'était Chris qui dirigeait la maison. D'une manière tout à fait satisfaisante, à ce qu'il semblait. Le salon était bien chauffé et le tapis sans tache quoique usé, jonché de jouets. Une bonne odeur de nourriture leur parvenait de la cuisine, au bout du couloir. Chris tenait un verre à la main. De la vodka ou du gin. Un liquide transparent. Il appela :

« Amra, viens ici ! Nos visiteurs voudraient te parler. »

La femme hésitait sur le pas de la porte. Elle tenait

un torchon d'une main, une cigarette allumée de l'autre. Un petit garçon se dissimulait derrière elle. Chris la fit entrer, l'incluant dans le cercle d'un grand geste du bras.

« Je vous présente Amra, dit-il. Et son fils Emir. »

Il se pencha, prit la main de l'enfant et le plaça devant lui. Emir s'appuya contre ses jambes. Chris lui ébouriffa les cheveux.

« Sanela, la fille d'Amra, est en train de dormir au premier », informa-t-il les policiers.

Amra proposa du café.

« Je vais vous donner un coup de main », dit Min.

La femme déclina l'offre en secouant la tête, mais Min la suivit dans le couloir qui menait à la cuisine. Derrière elle, Chris invita Conor à s'asseoir.

« Alors, dit Min, votre impression ? »

Elle avait pris place dans la voiture en frissonnant. Il faisait plus froid. Le vent avait tourné à l'est. Un temps de pluie, songea-t-elle, sinon de neige. Conor roula doucement en direction de la rue principale.

« Ce que je peux vous dire, c'est que ce sera un témoin précieux. Connaissant tous les détails. L'heure et la personne. Et sa femme, qu'est-ce qu'elle vous a raconté ? »

Min serra ses bras sur sa poitrine et frissonna de nouveau.

« Elle dormait. Elle n'a rien entendu, rien vu. Elle s'est couchée à vingt-trois heures trente. Elle a l'habitude de prendre des somnifères. Elle s'est levée à sept heures trente, quand le réveil a sonné. Et c'est tout. »

Il y avait pourtant eu autre chose. Encore maintenant, assise près du corps robuste de Conor, Min se sentait angoissée, nerveuse, mal à l'aise. Amra s'était mise à pleurer dès leur entrée dans la cuisine. Une crise de larmes tandis qu'elle tremblait de tout son maigre corps. Elle avait branché la bouilloire, ouvert le placard, empli la cafetière. En veillant à tourner le dos à Min.

Min avait attendu que le café fût prêt, embaumant la cuisine de son arôme puissant. Elle avait alors saisi la main d'Amra.

« Je suis désolée, dit-elle. Je vois que vous êtes bouleversée. J'ignorais que vous connaissiez Marianne O'Neill. »

Amra releva la tête et la regarda. Elle avait les yeux tout rouges et humides. Elle tira de sa manche des mouchoirs en papier roulés en boule et s'essuya le nez.

« Non, je ne connaissais pas, dit-elle avec un fort accent. Mais beaucoup de femmes je connais mortes façon terrible, avec grande douleur. Elles seules et desesperees sans mère, mari, frère ou sœur. Sans secours, sans main à tenir. Elles seules avec peur et nuit. »

Elle versa du café dans de petites tasses. Le breuvage était fort, très parfumé. Min but une gorgée du sien avec circonspection.

« Vous aimez ? demanda Amra. Beaucoup Irlandais détestent. Ils préfèrent café soluble. Dégoûtant. »

Min sourit.

« Oui, vous avez raison. Ma mère, qui est française, se plaint toujours de la manière dont ils préparent le café ici. » Le visage d'Amra s'éclaira un instant.

« Elle française ? Ça bien. Je voulais habiter France.

J'ai appris français à l'école. Et puis la guerre, impossible partir. Quand Emir blessé, gouvernement irlandais a proposé quelques familles de Sarajevo venir. Donc nous venus ici.

– Votre fils a été blessé ? Comment est-ce arrivé ?

– Un jour, nous au marché. Il faut y aller, même si danger. Je n'ai personne pour garder Emir. Il veut rester avec moi sinon il pleure et il crie. J'attends avec autres personnes pour acheter pommes de terre. Et, tout à coup, il y a attaque. Je suis renversée par terre, pas blessée, j'ai eu choc, c'est tout. Emir, lui, grave blessure estomac. Du sang partout. Impossible arrêter sang, plaie trop profonde. J'emmène Emir dans hôpital, mais hôpital Sarajevo pas même chose qu'autre hôpital dans monde. Pas électricité, pas eau, pas médicaments. Médecins font tout pour le soigner, mais disent qu'il peut-être mourir. Et moi, enceinte. Avec si peu à manger, que je pense bébé dans mon ventre ne peut pas vivre. Et puis miracle arrive. Je suis assise à côté lit d'Emir. Emir pleure, toujours pleure, et médecin vient dire que je dois aller à l'aéroport avec enfants. Ambulance là pour nous. Il dit : vous pouvez partir en Allemagne. Et après, dans autre pays. Alors nous partons.

– Ensuite, vous êtes venue ici et c'est ici, n'est-ce pas, que vous avez connu Chris ? »

Amra acquiesça d'un signe de tête.

« On apprend parler anglais. Chris est professeur. Il aime bien enfants et aussi moi. Il demande rendre visite chez lui. Puis vivre ici. Il promet nous formerons famille. Pareille à famille en Bosnie.

– Et c'est ce qui s'est passé ? » demanda Min.

Amra baissa la tête.

« Non, pas vraie famille. »

Min finit son café.

« Il vous serait possible de retourner dans votre pays. La guerre est finie maintenant. »

Amra secoua la tête.

« Pas possible retourner. Beaucoup trop souvenirs. Beaucoup trahisons. Confiance plus possible. »

« Je vous ramène, dit Conor. Vous pourriez peut-être m'inviter à dîner ?

– Ça, c'est une sacrée idée ! » Min se tourna vers lui. « Ce mot de "dîner" m'enchante. Le problème, c'est que chez nous on prend le thé. Au menu de ce soir : bâtonnets de poisson, frites et glace. Avec un peu de chance, entre la cuisine et le repas, j'aurai le temps de m'asseoir devant un verre de vin et de regarder les informations. À condition que Vika ne soit pas sortie.

– Vika ?

– Oui, c'est le nom de la jeune fille au pair. Elle est russe. Elle a beaucoup de succès auprès des gars du quartier. Je m'attends d'un jour à l'autre à ce qu'elle m'annonce ses fiançailles. Après viendra le bébé. À moins qu'elle n'ait le bébé d'abord, et ne se fiance ensuite. De toute façon, elle obtiendra son visa et moi, il faudra que je me débrouille pour la remplacer.

– Dois-je prendre ce discours pour un refus poli ?

– C'en est un, en effet, et je doute qu'il soit très poli. Depuis quelque temps, je n'ai plus la patience d'être polie.

– Une prochaine fois peut-être ? »

Min tourna les yeux vers son compagnon.

« Conor, vous regardez trop de téléfilms américains. Il n'y aura pas de prochaine fois. Vous êtes jeune, célibataire et libre. Pourquoi ne pas prendre un peu de bon temps dans une boîte branchée pleine de filles de vingt ans qui portent des Wonderbra et boivent du Bacardi ? Amusez-vous, bon sang ! Profitez-en avant qu'une gentille petite amie retienne le code de votre portable et vous persuade que de nos jours il faut avoir un compte joint. »

Conor soupira.

« Si seulement ça pouvait m'arriver !

– Allons, Conor, ne faites pas cette tête-là. Ramenez-moi et tâchez ensuite de vous distraire. En attendant, j'aimerais quand même vous poser une question : que vous a dit Chris Goulding ? Il est bien sûr d'avoir vu Nick Cassidy ? »

Chris en était sûr et certain. Il lisait au lit. Il était tard. Amra dormait. Il s'apprêtait à éteindre la lumière quand il avait entendu des voix qui criaient. Marianne et Nick qui se disputaient. Il avait entendu une porte claquer, puis un bruit de pas qui s'éloignaient.

« Je n'ai pas pu résister à la curiosité, dit Chris. Je me suis levé et j'ai regardé à travers la fente des rideaux. J'ai vu partir Marianne. J'allais la rattraper pour lui demander si elle voulait passer la nuit chez nous, et puis je me suis ravisé : Amra a déjà assez de soucis comme ça avec Emir. Elle n'a vraiment pas besoin chez elle d'une autre personne détraquée. Je me suis donc recouché, sans d'ailleurs trouver le sommeil. J'ai encore lu quelques pages et, environ cinq minutes plus tard, j'ai de nouveau entendu une porte se fermer. Je me suis relevé et je me suis rapproché de la fenêtre. J'ai vu Nick Cassidy descendre l'allée de son jardin. Il semblait pressé. Il a pris la même direction que Marianne. Je me suis dit qu'il voulait essayer de la ramener.

– Mais comment espérait-il la retrouver ? Elle avait le choix entre plusieurs rues pour quitter la place. Et une fois sur l'avenue principale, elle aurait pu aller n'importe où. Il ne pouvait pas savoir qu'elle descendrait sur la voie ferrée.

– Eh bien, c'est là que vous vous trompez, avait affirmé Chris d'un air triomphant. Nick le savait. Parce que tous les gosses du quartier durant une période ont joué sur la voie ferrée. C'est le comble de la mauvaise conduite. On est tous passés par là à un moment ou à un autre. On boit de l'alcool sur les rails, et ensuite, on s'enfonce dans les tunnels. Ça a beau être dangereux, c'est excitant. Et, voyez-vous, Nick se souvenait de ça à cause d'un incident auquel Marianne avait été mêlée autrefois. Un jour, elle a emmené Owen avec elle sur la voie ferrée. Un voisin les a vus et l'a dit aux parents, et la fille a reçu un drôle de savon. Je pense donc que Nick était presque sûr que c'est vers là-bas que Marianne se dirigeait. Oui, presque sûr.

– Première nouvelle. » Min se frappa le front de l'index. « Personne ne m'avait encore jamais parlé de cette histoire de voie ferrée. J'ai l'impression que Chris nous raconte des blagues.

– Je ne suis pas de cet avis. Son histoire me paraissait assez logique. » Conor stoppa devant des feux. « Et ça s'ajoute aux éléments que nous possédons déjà. Qui d'ailleurs semblent tous aboutir à la même conclusion. »

Min ne répondit pas.

« C'est bizarre, non ? »

Conor se tourna vers elle en tambourinant sur le volant. « Qu'est-ce qui est bizarre ? dit Min.

– Ce quartier. Un quartier chic, agréable. Idéal pour élever des enfants. Classe moyenne, aisée, endroit tranquille. Et pourtant... » Conor s'interrompit et embraya. « Pourtant ce gosse auquel vous vous attachez depuis tant d'années, Owen Cassidy, y disparaît en plein jour. Pas de mobiles, pas d'indices. Rien. Et dix ans plus tard, la fille qui s'occupait de lui est agressée, tabassée, et on lui fracasse la tête contre un mur. À quelques mètres seulement de ces belles demeures confortables qui abritent des familles si convenables. C'est le genre de choses qui se produisent plutôt dans les quartiers centraux où s'entassent des sauvages.

– "Sauvages", c'est pas mal trouvé. » Min sourit dans la pénombre. « Ça me rappelle ce très joli livre pour enfants : *Le Monde sauvage*. Vous l'avez lu ? »

Conor secoua la tête.

« On n'était pas très portés sur les livres pour enfants dans ma famille.

– Ah bon ?

– Laissons cela. On en parlera peut-être un autre jour. » Conor ralentit et tourna dans l'impasse où habitait Min. « C'est là, non ? Quel numéro ?

– Ici même, au six. Merci Conor. » Min prit son sac à main. « C'est curieux ce que vous avez dit à propos du quartier des Cassidy. Amra, cette femme bosniaque, m'en a parlé à peu près de la même façon. »

Elle boutonna son manteau et noua son écharpe autour du cou.

« "Je n'aime pas vivre ici", voilà ce qu'elle m'a dit. "Durant la journée, tout paraît très beau, très tranquille. En réalité, cet endroit me rappelle Sarajevo pendant la guerre. Vous ne saviez jamais ce qui allait arriver d'une minute à l'autre. Dans quelle maison se cachait le tireur isolé. Ces tireurs se déplaçaient sans cesse, vous savez. Un jour, vous pouvez marcher tranquillement dans la rue, le lendemain, dans cette même rue, vous recevez une balle dans la tête. Si vous n'avez pas de veine, vous tombez sur un tireur qui s'est spécialisé : sa cible ce sont les femmes. Et il ne vise que le bas-ventre pour qu'elles ne puissent plus avoir d'enfants. Ou les seins. Il cherche à blesser, à mutiler, pas à tuer.

– Mais ce n'est pas comme ça ici, lui ai-je assuré. Vous êtes en sécurité. – Non, ce n'est pas vrai, m'at-elle répondu. Pas loin de cette place, il y a un endroit où chaque jour on dépose des fleurs fraîches et l'on allume des bougies. Je passe souvent devant avec mes enfants. C'est la maison où une jeune fille a été assassinée. Nous nous arrêtons et nous regardons. Nous aussi, nous apportons des fleurs. La fille s'appelait Lizzie. On n'a jamais découvert son assassin. Personne n'a rien vu. Quelqu'un doit pourtant l'avoir vu, cet assassin. Quelqu'un doit l'avoir caché. Comme ceux qui, à Sarajevo, laissent entrer dans l'immeuble un homme qui se prétend plombier ou électricien. Ça veut dire que, pas très loin d'ici, quelqu'un sait qui a tué cette fille."

– Oui, c'est une affaire qui a fait du bruit à l'époque. » Conor sortit son paquet de cigarettes et enclencha l'allume-cigare. « Ça s'est passé il y a longtemps, avant que vous et moi n'entrions dans la police. Vous vous en souvenez ? »

Min regarda sa maison par la vitre. Elle voyait des ombres bouger derrière les rideaux.

« Assez bien. La fille s'appelait Lizzie Anderson. Je crois que ça remonte au début des années quatre-vingt. En 83 ou 84. Voilà encore une affaire dont on continue à parler. Le jury se demande toujours s'il n'aurait pas fallu condamner le suspect, un nommé Matthews. Certains sont persuadés qu'il est l'assassin, mais il a eu la chance qu'on n'ait pas trouvé suffisamment de preuves contre lui. D'autres pensent que c'est un deuxième homme avec lequel la fille a eu des rapports sexuels cette nuit-là qui l'a tuée.

– C'était en 83. Et vous savez pourquoi je peux l'affirmer ? » Conor approcha l'allume-cigare de sa cigarette, inspira. « Parce qu'il existe un site web qui lui est consacré. On y montre toutes sortes de photos de la fille. Lizzie bébé, Lizzie à l'école, *et cetera*. Et puis, dans un des nombreux *newsgroups* de ce genre, on vous exhibe les fantasmes supposés de Lizzie Anderson. C'est parfaitement dégueulasse. La police a essayé plusieurs fois de le fermer, mais il ne cesse de ressurgir. Comme la plupart de ces sites, il est impossible de le supprimer.

– Je vous trouve bien défaitiste. »

Conor haussa les épaules.

« Vous croyez ? Je suis bien placé pour le savoir : il est imprenable. »

Min descendit. Elle se pencha à la portière.

« Vous avez sans doute raison. Après tout, c'est vous le spécialiste. »

Elle se redressa, regarda ailleurs, puis se retourna vers son collègue.

« Merci, dit-elle.

– De quoi ?

– J'ai calculé que vous aviez fumé à peu près quinze cigarettes de moins que si vous aviez été seul. Je voulais simplement vous dire que je l'ai remarqué et que je vous en suis reconnaissante. »

Conor souffla de la fumée.

« Eh bien, je vous assure que je vais me rattraper. Dépêchez-vous de filer avant que le niveau d'oxygène de cette voiture ne descende au-dessous du seuil d'alerte. »

Min éclata de rire et s'éloigna. Elle se retourna encore une fois et agita la main. Conor la regarda ouvrir sa porte. Deux petites silhouettes apparurent, les bras levés vers elle. Conor aperçut leurs visages, la joie qu'ils exprimaient. Vit Min s'accroupir et prendre les enfants dans ses bras. La porte qui se referma sur elle et sur sa famille l'excluait. Il embraya et démarra.

22

L'opération se révéla simple, mais désagréable. Nick resta assis sur un tabouret tandis que la préposée lui arrachait quelques cheveux et les mettait dans une pochette en plastique. Il en fallait entre dix et vingt pour constituer un échantillon représentatif. Ensuite, on demanda à Nick de déboucler sa ceinture, d'ouvrir sa braguette et de descendre son slip. Les doigts gantés de la laborantine lui arrachèrent alors au bas-ventre le même nombre de poils. Sursautant à chaque fois, Nick lut par-dessus la tête blonde de la femme les affiches placardées sur le mur. Elles concernaient la liste des prélèvements nécessaires dans les cas de viol. Il la parcourut des yeux. Pénis, rectum, anus, ongles, urine, bouche, peau, cheveux, poils pubiens, vulve, vagin et col de l'utérus. Les parties les plus intimes et secrètes du corps humain exposées et explorées. Un viol supplémentaire, songea-t-il.

La femme se redressa.

« Bon, maintenant ouvrez la bouche. »

Renversant la tête en arrière, Nick obtempéra. Elle

300

lui frotta l'intérieur de la joue avec un coton-tige qu'elle plaça soigneusement dans une autre pochette.

« Parfait, dit-elle. Passons à présent aux choses sérieuses. Retroussez votre manche s'il vous plaît. Ça prendra une minute. »

Nick détourna les yeux. Il sentit le garrot enserrer le haut de son bras tandis que deux doigts tapotaient la veine au creux de son coude.

« Respirez à fond », dit la femme.

Nick obéit. L'aiguille perça la peau, s'enfonça dans le vaisseau. Il expira doucement, puis inspira de nouveau, comptant les secondes en silence.

« Voilà, c'est fini. Détendez-vous. Vous pouvez ouvrir les yeux. »

Nick la regarda. Quelle idée a-t-elle de moi, se demanda-t-il. Me prend-elle pour un assassin, un violeur, une brute ? Est-ce que je l'effraie ? Me classe-t-elle déjà dans la catégorie des « sales types » ? Impossible à dire. Les yeux gris de la femme exprimaient le calme, la sérénité. Elle avait un sourire aimable, mais neutre.

« C'est fini », répéta-t-elle. Elle se tourna vers la paillasse du laboratoire. « Vous pouvez partir. »

Et elle sourit de nouveau.

Il s'était réveillé tôt. Avec l'impression d'avoir à peine dormi. S'emmitouflant dans la couverture, il était resté un moment allongé dans le noir à écouter. Il entendit dans la cuisine du haut la radio et les pas de Susan. Elle allait sans doute travailler aujourd'hui, se dit-il. Il espéra qu'elle se sentait mieux, sans toutefois en être sûr. Il voulut consulter sa montre. Alors, les souvenirs affluèrent. Une large bande blanche autour du poignet marquait l'endroit où il avait porté le bracelet. Quand et où diable avait-il vu sa montre pour la dernière fois ? Pendant quelques instants, un doute affreux l'assaillit. Et si les policiers avaient raison ? S'il avait vraiment commis le crime dont ils l'accusaient ? S'il avait suivi Marianne en bas, sur la voie, lui avait sauté dessus et l'avait attaquée, lui fracassant le crâne contre la paroi du tunnel, puis l'abandonnant sur les rails ? Alors qu'il saisissait ses poignets, elle avait sans doute, au cours de leur lutte, tiré sur le bracelet usé, faisant tomber la montre à terre ? Puis, tandis qu'il la renversait sur le sol, la botte de Marianne avait écrasé le verre, incrustant de petits éclats les rainures de sa semelle. Peut-être devait-il se sentir responsable de cette mort et en accepter la punition, en rachat de ses fautes passées. Peut-être le temps était-il venu.

Il repoussa la couverture et se leva. Prépara du thé et nettoya le poêle, puisant un certain réconfort dans ce rituel. Il fouilla dans les cartons rangés contre le mur et en sortit par poignées certains de ses vieux dessins. Il les déchira, les froissa et les entassa sur la grille du foyer. Il gratta une allumette et regarda ses œuvres jeter des flammes plus vives que l'éclat des couleurs employées pour les créer.

Assis par terre, sa tasse à la main, il attendit que le feu eût pris. D'autres dessins s'éparpillaient autour de lui : des esquisses pour *L'Enfant-Étoile*.

« Pourquoi as-tu choisi cette histoire-là de Wilde ? lui avait demandé Susan. Pourquoi pas celle du prince heureux ou du géant égoïste, des contes que préfèrent les enfants ?

– Parce que leurs héros sont trop gentils-gentils,

avait-il expliqué. L'enfant-étoile rejette sa mère car elle vient à lui sous l'aspect d'une mendiante. Il en est puni par la perte de sa beauté et le monde le méprise. Pour se racheter, il doit accomplir une série de tâches qui semblent impossibles. Toutes consistent à faire le bien. Alors, à la fin de l'histoire, il redevient beau et retrouve ses parents.

– Ouais, et, comme par hasard, ses parents sont un roi et une reine. Félicitations, Oscar !

– Tu as raison, mais n'oublie pas qu'il s'agit d'un conte de fées. Nous sommes dans le domaine du fantastique. Cette histoire contient néanmoins une morale très importante : la bonté compte davantage que la beauté. »

Susan l'avait regardé, stupéfaite.

« Et dire que j'entends ça de la bouche d'un homme qui ne s'intéresse qu'aux apparences !

– Ce qui prouve qu'il ne faut jamais juger un livre d'après sa couverture.

– Malgré tout, je n'aime pas la fin de ce conte. L'enfant-étoile a un règne très court parce qu'il a trop souffert. Et son successeur est un souverain cruel. Qu'est-ce que ça peut bien signifier ?

– Simplement, que toute action entraîne des conséquences. Rien n'est clair et tranché dans ce monde, ni même dans le monde des contes de fées ou des histoires pour enfants. C'est pour cette raison que j'aime celle-ci. Elle permet de montrer qu'on ne peut pas agir n'importe comment sans s'exposer. »

Il avait été heureux ici, dans son atelier, travaillant à ses dessins, son fils assis à ses pieds. C'était du moins ce qu'il pensait. À présent toutefois, il commençait à en douter. Perdait-il la mémoire ? Se rappelait-il vraiment ce qui s'était passé le jour de la disparition d'Owen ? Il se mit debout et s'approcha de l'amas des déclarations photocopiées contenues dans le sac en plastique posé par terre. Il les feuilleta, trouva la sienne et se rassit pour la lire.

Déposition recueillie par le brigadier Andy Corolan, le 5 novembre 1991.

Je m'appelle Nicholas Patrick Cassidy. J'habite au 26 Victoria Square, Dun Laoghaire. Je suis illustrateur et dessinateur free lance. Le 31 octobre 1991, je suis sorti aux alentours de 12 h 30. Je suis d'abord allé au pub Goggins à Monkstown où j'avais rendez-vous avec mon éditeur, Alison McHenry. Nous avons pris un verre et parlé d'un nouveau projet de livre que je dois commencer à réaliser. Notre entretien au pub a duré environ une heure. Ensuite, j'ai été au supermarché Quinsworth à Dun Laoghaire où j'ai acheté deux bouteilles de vin. Après, je suis retourné à Victoria Square, mais pas dans l'intention de rentrer chez moi. Je me rappelle que lorsque j'ai quitté l'avenue pour tourner dans Victoria Square, vers 14 heures, j'ai aperçu mon fils, Owen Cassidy, qui traversait la place avec son copain Luke Reynolds. Ils ne m'ont pas vu et j'ai évité d'attirer leur attention. Je pensais que Marianne O'Neill, notre fille au pair, n'était pas loin. Je voulais rester caché parce que je me rendais au 23 Victoria Square, chez Gina Harkin. Je la connais depuis deux mois et je lui rends visite au moins trois fois par semaine. Notre relation n'est pas purement platonique. Elle a pratiquement commencé le jour où nous avons fait

connaissance. Je suis arrivé chez Gina vers
14 h 10. Je l'ai laissée vers 17 h 20. Je voulais partir plus tôt, mais comme j'avais pas mal bu, je me
suis endormi vers 16 h 15. Une fois chez moi, j'ai
constaté que ma femme, Susan, était déjà rentrée
du travail. Elle était très inquiète parce qu'elle ne
savait pas où était notre fils. Je pensais que
Marianne O'Neill s'occupait de lui. Mais quand
Marianne est revenue, elle a dit à Susan qu'elle
avait envoyé Owen jouer dehors avec son ami Luke.
Marianne croyait qu'Owen et Luke joueraient
ensemble sur la place, puis iraient chez Luke. Alors
Susan a appelé Mme Reynolds qui a répondu que
Luke était à la maison depuis 14 h 30 environ. Ni
lui ni elle ne savaient où était Owen. Comme ma
femme était bouleversée, je suis aussitôt parti pour
tenter de retrouver notre enfant. J'ai inspecté la
place et les rues avoisinantes, j'ai interrogé les
commerçants. À mon retour, je suis passé chez mon
voisin Chris Goulding afin de lui demander de
m'aider. Plusieurs autres voisins se sont joints à
nous. Ensemble, nous avons fouillé tous les coins
où Owen aurait pu aller. Pendant mon absence, ma
femme a jugé nécessaire d'appeler le commissariat,
mais c'était Halloween et les policiers ont mis une
heure à se déplacer. Pendant ce temps, je suis res-
sorti à plusieurs reprises, explorant les divers
endroits où je pensais pouvoir retrouver mon fils.
La nuit tombait et, quand j'ai ouvert ma porte, j'ai
constaté que la police était là. Ils ont décidé de
mettre sur pied des recherches de grande enver-
gure. Je suis resté toute la nuit près du téléphone
dans l'attente de nouvelles, mais je n'en ai reçu

aucune. Je n'ai pas la moindre idée de ce qui a pu arriver à Owen ce jour-là ni de ce qu'il est devenu.

Tandis qu'il lisait, Nick sentit la honte l'envahir. Il avait essayé d'oublier son attitude sournoise ce jour-là. Aplati contre un mur, il avait regardé Owen et Luke errer sans but sur la pelouse. Ils s'étaient arrêtés devant le bûcher. Luke avait ramassé quelques petits morceaux de bois qui en étaient tombés et les avait lancés de toutes ses forces à travers le square. Owen avait couru les ramasser. Les portant dans ses bras comme des bébés, il les avait rapportés à toute allure et replacés avec soin sur le tas. Puis il avait suivi Luke qui marchait vers l'avenue d'un pas nonchalant. Nick était demeuré sur place jusqu'à ce que les garçons eussent disparu, puis s'en était allé, le long de la place, vers l'appartement de Gina. Il avait chassé ses inquiétudes à propos des enfants, estimant que Marianne ne devait pas être loin, et que, de toute façon, Bridget Reynolds savait où étaient les gosses. Après tout, Susan et lui s'étaient chargés de Luke d'innombrables fois. Le garçon avait dîné et dormi chez eux. Ils avaient supporté son impolitesse et ses mauvaises manières. C'était maintenant au tour de Bridget d'accueillir les gamins.

Et pourtant, dès le début, Nick avait senti qu'il avait tort. Qu'il rejetait bel et bien son fils, ne songeant qu'à son propre plaisir. Et qu'il finirait par payer cette faute.

Le bras lui faisait un peu mal lorsqu'il sortit du laboratoire de la police. Dans le parking, il entendit quelqu'un l'appeler. Se retournant, il aperçut O'Reilly.

L'inspecteur se dirigeait vers lui. D'une main il tenait des dossiers, de l'autre il pressait un portable contre son oreille.

« Monsieur Cassidy, une minute, s'il vous plaît. »

Le policier agita le bras, puis, de l'index, lui fit signe d'approcher. Nick obéit. Une fois sa conversation téléphonique terminée, O'Reilly rangea l'appareil dans sa poche.

« Monsieur Cassidy, je suis content de tomber sur vous. J'allais vous appeler. Il y a un fait nouveau dans notre affaire. »

Nick sentit son cœur bondir dans sa poitrine.

« Ah oui ?

– Un témoin nous a certifié vous avoir vu partir de chez vous quelques minutes après Marianne. Il affirme que vous avez emprunté la direction prise par la victime. Je vais être obligé de vous convoquer au commissariat pour un nouvel interrogatoire. Ça ne vous ennuie pas ? Il faut tirer cette histoire au clair. »

Nick ne répondit pas tout de suite. Il était fatigué. Le sang battait dans ses tempes.

« Quand ? finit-il par dire. Je viens de vous fournir les échantillons de ma personne que vous vouliez. Jusqu'ici j'ai coopéré avec vous. J'ai accédé à toutes vos exigences. Jusqu'ici.

– Oui, oui, en effet. Et croyez que nous apprécions votre attitude. Vous devez cependant reconnaître que nous disposons d'un certain nombre de preuves contre vous. Dans d'autres juridictions, en Grande-Bretagne, par exemple, vous seriez sans doute déjà arrêté et inculpé. Ici, nous sommes moins stricts. Bon, voyons voir... Je ne sais pas quand, mais il est certain que nous nous reverrons bientôt. Vous n'envisagez pas de quitter la ville, n'est-ce pas ? Je vous appellerai pour qu'on fixe un rendez-vous, d'accord ? »

Il n'avait aucune envie de rentrer chez lui. N'importe quel endroit autre que son sous-sol ferait l'affaire. Il alla flâner au bord de la mer. Un vent d'est soufflait sur la baie.

D'où vient le vent, papa ?

Il vient de Russie, Owen. Et même de plus loin encore. D'un endroit appelé Sibérie où, en hiver, la neige forme des amoncellements de trois mètres et le sol gèle si profondément qu'on ne peut pas creuser de trous pendant des mois.

Est-ce qu'elle fond un jour, cette neige ?

Bien sûr qu'elle fond. Au printemps, elle se transforme en eau, dévale les collines et grossit les rivières. Les rivières à leur tour grossissent les fleuves et, finalement, après avoir franchi des milliers de kilomètres, les fleuves se jettent dans la mer. Et sais-tu ce qui se passe ensuite, Owen ?

Qu'est-ce qui se passe ensuite, papa ?

Dans la mer, l'eau devient salée. Toutes les mers et tous les océans se mélangent. Comprends-tu ce que cela signifie, mon lapin ?

Cela signifie que la pluie tombée en Sibérie aboutit à la mer dans laquelle je me baigne. C'est bien ça, papa ? C'est ce que tu m'as toujours dit, non ?

Il remonta la colline par ces rues tranquilles qu'il connaissait si parfaitement. Alors qu'il avançait sur la place, il aperçut Susan devant la maison. En compagnie d'un homme et d'une femme dont les visages lui

308

parurent familiers. Il les reconnut brusquement : c'étaient Jack et Maria O'Neill, les parents de Marianne. Ils étaient blêmes et paraissaient bouleversés. Ils avaient les yeux rouges. Nick comprit d'où ils venaient.

Lorsqu'il ralentit le pas, ils le dévisagèrent.

« Je suis désolé, commença-t-il. Je ne sais que dire. »

Ses mots tombèrent avec une lourdeur de plomb.

« En effet, qu'est-ce que vous pourriez dire ? » Maria O'Neill avait le même regard que Marianne. « Que vous regrettez ce qui est arrivé ? Que vous ne l'auriez pas voulu ? Êtes-vous capable de quoi que ce soit d'autre ? »

Son mari lui entoura les épaules de son bras.

« Voyons, Maria... »

Il essaya de l'éloigner de Nick. Susan commença à monter les marches du perron.

« Vous savez d'où nous venons ? » Maria O'Neill repoussa le bras de son mari. « De la morgue où nous avons identifié le corps de notre fille. Ses restes, comme on dit. Et dans son cas, c'est vraiment le mot qui convient.

– Maria, dit Nick en avançant vers elle.

– Comment osez-vous m'appeler par mon prénom ? »

Maria O'Neill recula. Des larmes jaillirent de ses yeux.

« Maria... » répéta Nick.

Tournant la tête, il vit approcher Chris et Emir. Le garçon allait sautillant devant, Chris suivait avec un sac de provisions dans chaque main.

« Je suis sincèrement désolé, reprit Nick. Jc n'ai

rien à voir avec la mort de Marianne, croyez-moi, je vous en supplie. Ce n'est pas moi qui l'ai agressée. Il se peut que je me sois montré insensible à son égard, mais je vous le répète : je ne l'ai pas touchée. Vous pensez bien qu'après toutes les épreuves que nous avons subies, je serais incapable de faire souffrir qui que ce soit, d'autres parents, un autre père et une autre mère. Vous devriez le savoir tout de même. »

Maria O'Neill tourna vers lui un visage aux lèvres pincées, aux traits figés de colère.

« Tout ce que je sais, moi, c'est que ma fille est morte. » Elle éleva la voix. « C'est tout ce que je sais et que je saurai toujours. Maintenant et pour l'éternité. »

Emir passa en courant à côté d'elle, s'arrêta devant Nick et lui prit la main. Lorsque Maria O'Neill aperçut Chris, elle lui tendit les bras. Ils s'étreignirent. La tête sur l'épaule du jeune homme, Maria se mit à sangloter. Chris lui caressa les cheveux, murmurant des paroles apaisantes à son oreille. Quand elle se fut un peu calmée, il la poussa doucement vers son mari, comme si ce dernier constituait un refuge.

Jack O'Neill entraîna gentiment sa femme par le bras. Ils montèrent l'escalier ensemble. Susan leur tint la porte et la referma sur eux. Tout redevint silencieux.

Chris ramassa ses sacs de provisions.

« Allons-y, Emir, il est temps de rentrer. »

Il agrippa le garçon par le poignet et l'arracha à Nick. Emir résista en pleurnichant.

« Fiche-lui la paix, Chris, dit Nick. Et, pendant que tu y es, fiche-moi la paix à moi aussi. »

Chris le regarda avec un sourire contraint.

« Qu'est-ce que tu veux dire ?

– Tu le sais parfaitement. C'était toi, hein ?

– Quoi, moi ?

– Toi qui es allé raconter à la police que j'avais quitté la maison après le départ de Marianne. Je t'ai vu courir après les flics quand ils sont sortis de chez moi. Je les ai vus entrer chez toi. Je sais ce que tu as fait et je voudrais bien savoir pourquoi. Pourquoi tu as inventé ces mensonges ? Pour quelle raison tu m'accuses, tu peux me le dire ? »

Il envoya ses doigts dans la poitrine de Chris, sentit l'os du sternum. Il accentua sa poussée. Chris chancela.

« Eh, arrête ! Laisse-moi tranquille ! » cria Chris.

Il se raccrocha à Nick en lui attrapant l'épaule.

« T'aimes pas beaucoup ça, on dirait ? » Envahi par une brusque colère, Nick le bouscula de nouveau. « Pourquoi ces fausses accusations ? Tu ne peux pas savoir à quel point tu m'as porté tort. Je ne comprends pas pourquoi. Qu'est-ce que ça te rapporte ? »

Il poussa Chris une troisième fois. Le jeune homme tomba à la renverse. Le saisissant aux revers de la veste, Nick le secoua. La tête de Chris ballottait, évitant de justesse les marches du perron. Nick entendit Susan hurler :

« Qu'est-ce que tu fais, Nick ? Qu'est-ce que c'est que cette manière de se conduire ? Ici. En ce moment. Lâche-le, espèce de sale brute. Laisse-le tranquille. »

Levant les yeux, Nick vit Susan sur le seuil de la maison et les parents de Marianne qui regardaient par la fenêtre. Il entendit le garçon pleurer à côté de lui. Des larmes coulaient sur son petit visage pâle aux traits tirés.

Puis il se mit à pleuvoir.

Il attendit l'appel d'O'Reilly. Il resta tout l'après-midi à l'attendre. Assis devant le poêle, il alimentait le feu avec ses dessins et ses tableaux. L'atelier s'emplit d'une odeur de papier et de peinture brûlée. La pluie ruisselait sur les vitres et le ciel s'assombrissait. Il alla à la cuisine se préparer du thé et demeura debout à regarder le jardin. Soudain il vit bouger les branches du buddleia qui poussait près du mur du fond. Une petite silhouette courbée en deux traversa la pelouse, courant vers le sous-sol. Nick vit le visage de l'enfant contre la vitre. Il ouvrit la porte. Alors il sentit le garçon étreindre ses jambes et appuyer sa joue sale contre ses genoux. Il s'accroupit, prit l'enfant dans ses bras, le serra contre lui, l'embrassa. Puis le porta sur le canapé. Lui servit du chocolat chaud et un biscuit, étendit sur lui une couverture, écouta son souffle devenir régulier. Et s'endormit lui aussi, la tête sur l'épaule du garçon.

Il se réveilla brusquement. La pièce était plongée dans l'obscurité, seul l'éclairait l'écran de l'ordinateur. L'enfant était assis devant, une main sur le clavier, l'autre sur la souris. Nick se redressa et bâilla.

« Dis donc, Emir, qu'est-ce que tu fabriques ? »

Le garçon ne répondit pas. Il se tenait très droit, le dos contracté. Il laissa un instant le clavier pour tirer sur la ceinture élastique de son pantalon. Nick se leva et s'approcha de lui.

« Qu'est-ce qu'il y a, Emir ? Tu as faim ? Tu veux aller aux toilettes ? »

Se penchant au-dessus de lui, il regarda le moniteur. Et en eut le souffle coupé. Sur l'écran, il voyait un enfant à peu près du même âge qu'Emir. Cet enfant-là était tout nu. Une grosse main d'homme l'attrapa et

Nick la vit explorer le corps de l'enfant, le caresser, le presser, le tâter, le manipuler et, pour finir, lui donner des claques et des coups.

« Emir, qu'est-ce que c'est que ça ? »

Nick se rapprocha encore, saisit Emir aux épaules et le tourna vers lui. Mais le garçon se dégagea. Il souriait, une expression de triomphe sur le visage. Sa menotte bougeait avec assurance, poussant la souris, faisant surgir toute une série d'autres images. Un défilé de garçonnets. Un étalage de cruauté, de convoitise, de lubricité.

« Emir, arrête ça ! » cria Nick.

Il tira le garçon de sa chaise et s'assit à sa place, devant l'écran. Il approcha le curseur du bouton « en arrière », cliqua et regarda les images défiler à l'envers. Depuis le garçon sanglotant couché sur le plancher jusqu'au même garçon assis sur un canapé, jouant avec un camion miniature. Soudain, il sentit la main d'Emir sur sa cuisse, les petits doigts de l'enfant la pressant et montant vers l'aine. Il baissa les yeux. L'enfant était agenouillé devant lui. Son visage levé souriait. D'un grand sourire qui découvrait ses dents. Il passa délicatement sa langue sur sa lèvre inférieure, se pencha en avant et posa sa joue contre le genou de Nick tout en avançant la main.

« Arrête ! cria Nick en le repoussant. Et ne recommence jamais ça, Emir. Jamais, tu m'entends ? »

Il se leva et abattit son poing sur la table avec tant de violence que les images sur l'écran sautèrent et se brouillèrent. Le visage de l'enfant se transforma. Il exprima la peur. La panique. La douleur. L'incompréhension. Tandis qu'il s'enfuyait à reculons, tel un animal effrayé, vers la porte donnant sur le jardin. Il leva le bras vers la poignée, ouvrit, sortit. Nick le suivit un moment des yeux, puis se tourna lentement vers l'écran, vers l'image du garçon aux traits pâles empreints d'une terreur muette.

23

La maison était silencieuse lorsque soudain des pas retentirent au-dessus de lui, accompagnés par moments de voix et de musique. Ensuite, il perçut le bruit de la porte ouverte et refermée, des voix dehors, le démarrage d'une voiture qui s'éloignait lentement. Puis ce fut de nouveau le silence. Allongé sur le canapé, Nick contemplait le cœur flamboyant du poêle. Il se rendit compte qu'il avait à présent besoin d'aide. Il se leva, fit le tour de la pièce. Descendit un annuaire de l'étagère, le feuilleta à la recherche d'un nom. Prenant un crayon sur sa table à dessin, il griffonna une adresse sur un bout de papier. Décrocha son manteau de la porte et fourra les dossiers de la police dans le sac de son ordinateur. Sortit du sous-sol et ferma la porte à clé.

Il longea le bord de mer, arriva devant la gare de chemin de fer et se dirigea vers le vieux Coal Harbour. Il dépassa les fenêtres éclairées du yacht-club qui se dressait au bout de la jetée, puis s'engagea dans une zone obscure, suivant le chemin tracé entre la voie ferrée d'un côté et la mer de l'autre. Il marchait tête baissée. Ses oreilles n'entendaient que ses pas sur le gravier et le fracas des vagues contre la digue, chassant ainsi de son esprit le souvenir des sanglots de l'enfant quand il s'était précipité hors de l'atelier. La marée était haute. Les embruns, emportés par le vent, parvenaient jusqu'à lui. Il se passa la langue sur les lèvres : un goût salé, astringent, le fit frissonner et se contracter dans son manteau. Quand le sentier du bord de mer s'arrêta brusquement, il emprunta la route qui menait à Blackrock. Là se trouvaient de douillettes demeures dont les rideaux filtraient la lumière. Parfois, il s'en échappait de la musique ou le vacarme d'un téléviseur monté à plein volume. Aux abords de la ville, saisi d'une soudaine envie de chaleur et de clarté, il entra acheter des cigarettes dans une boutique. Il fut entouré d'une bande de gosses qui voulaient des bonbons et des canettes de Coca-Cola. Ils se bousculaient entre eux et bousculaient Nick pour atteindre le comptoir. Le bruit et la promiscuité lui devinrent vite insupportables, il regagna l'obscurité et continua à marcher, tournant à droite et à gauche, prenant des rues autrefois familières. À présent, des maisons s'élevaient en rangs serrés là où, autrefois, s'étendaient des champs pleins de vaches et de chevaux et où poussaient des hêtres pourpres centenaires aux branches courbes.

Il s'arrêta sous un réverbère et sortit le bout de papier de sa poche. Il vérifia l'adresse qu'il avait inscrite et jeta un coup d'œil à la plaque verte fixée sur le crépi d'un mur. Il poursuivit son chemin et tourna à droite, dans la rue suivante, une voie sans issue qui épousait la courbe d'un espace vert. Des maisons d'un étage s'y succédaient, dotées de jardins communs et de grandes baies vitrées. Des voitures étaient garées le long du trottoir et des chiens aboyaient. Nick ramassa une bicyclette d'enfant couchée sur le côté. Il en redressa le guidon et la fit rouler dans l'allée la plus proche. Il s'approcha d'une porte d'entrée, leva la main vers la sonnette, l'oreille collée au panneau de bois. Entendant des voix d'adultes à l'intérieur, il recula précipitamment. Il revint sur le trottoir et contourna la pelouse jusqu'à se trouver juste en face de la maison. Là, il s'adossa à un petit cerisier et attendit.

Les chambres du premier étaient éclairées. Des ombres bougeaient derrière les rideaux, puis on éteignit. Nick imagina la vie dans cette maison ce soir. On s'était brossé les dents et lavé la figure, on avait lu et relu le même conte à haute voix. Les enfants avançaient leurs petites lèvres pour un baiser, levaient leurs petits bras pour un dernier câlin. Ils réclamaient un verre d'eau, les toilettes, un biscuit, d'autres baisers. Finalement, après un ultime échange de « bonne nuit ! », le silence s'établit.

Nick prolongea cependant son attente. La porte s'ouvrit, livrant passage à une jeune fille. Elle s'arrêta sur le seuil, vérifia le contenu de son sac à main, puis se retourna et appela. Elle avait un accent étranger. Nick vit apparaître Min dans l'entrée éclairée, tendant des clés à la fille. Elle rit avec elle, se pencha pour l'embrasser. Et la regarda descendre la rue avant de reculer et de fermer la porte.

Nick se détacha de l'arbre. Il traversa la rue, remonta la courte allée. Assez tendu, il sonna. La porte s'ouvrit, mettant son visage en pleine lumière.

« Ah, c'est vous, dit Min. Qu'est-ce que vous voulez ?

– Je voudrais vous parler. Il y a des tas de choses que je ne comprends pas. Pour être franc, j'ai besoin qu'on m'aide.

– Écoutez, Nick, je suis désolée, mais je ne peux rien pour vous. La situation a évolué. Vous êtes devenu un suspect dans l'affaire du meurtre de Marianne O'Neill. Je ne peux pas vous recevoir chez moi comme ça. Je dois exiger que vous partiez. »

Elle recula, une main sur la poignée de la porte qu'elle s'apprêtait à fermer. Nick s'avança en même temps, calant le battant de son épaule. Min buta contre l'escalier intérieur.

« Sortez, cria-t-elle. Sortez ou j'appelle à l'aide. »

Elle tendit le bras vers le téléphone posé sur une petite table.

« Arrêtez, Min ! Écoutez-moi. Vous n'avez pas à avoir peur de moi. Je ne veux pas vous causer d'ennuis. Je vous demande simplement de m'écouter. »

Il alla vers le téléphone et en arracha le cordon. Il tenait l'appareil telle une arme.

« Qu'est-ce que vous faites ? cria Min d'une voix apeurée. Sortez d'ici. Laissez-moi tranquille. »

Nick entendit quelqu'un pleurnicher, et il vit la frimousse d'un enfant à travers la rampe du premier étage. Min se leva et se tourna vers le garçon.

« Tout va bien, Joe. Recouche-toi. Ne t'inquiète pas. »

Un second garçon, cependant, avait rejoint le premier. Regardant Nick d'un air belliqueux, il pointa son doigt sur lui.

318

« Allez-vous-en ! Laissez ma maman tranquille. Allez-vous-en, vous êtes un méchant. »

Il avança pas à pas, serrant contre lui un ours dépenaillé.

« Allons, mon chéri ! » Min lui tendit les bras. « Calme-toi. Ce monsieur ne me fera aucun mal. »

Nick recula. Il posa le téléphone.

« Je regrette sincèrement, dit-il d'une voix tremblante. Je n'étais pas venu ici pour semer le trouble. Simplement... Simplement, j'aimerais comprendre la tuile qui me tombe dessus. »

Min hocha la tête. Elle le regarda fixement tout en caressant les cheveux noirs de son fils.

« Bon, c'est entendu. Nous avons tous besoin de nous calmer un peu. Nick, allez vous asseoir dans le séjour. Je vais recoucher ces deux garçons, et puis nous parlerons. »

Le séjour était confortable et bien chauffé. Un feu brûlait dans la cheminée. Des vêtements pendaient sur un séchoir. Deux piles de livres scolaires et des boîtes à crayons identiques étaient posées sur deux cartables rouges. Nick s'assit dans un grand fauteuil et ferma les yeux.

Par moments, la pluie, poussée par le vent, crépitait contre les vitres. Il percevait des voix à l'étage. Des bruits de robinet, de chasse d'eau. Des protestations coupées net par le ton ferme de Min. Des « bonne nuit ! » furent lancés de part et d'autre tandis que Min redescendait. Nick se leva.

« Non, non, restez assis, dit Min. Vous êtes bien là où vous êtes. »

Elle s'installa cn face de lui.

« Et maintenant, racontez-moi ce qui vous arrive. »

Quand Nick eut terminé son récit, Min se rendit à la cuisine. Nick demeura assis, le visage enfoui dans ses mains. Min revint avec une bouteille de vin et deux verres qu'elle remplit.

« Tenez, dit-elle.

– Merci. » Nick but avec avidité. « Alors, que pensez-vous de mon histoire ?

– Je pense que vous avez de gros ennuis et qu'il vous faut un bon conseiller juridique. Conor Hickey est un spécialiste de la pornographie sur Internet. Si jamais il a vent de cette affaire, vous êtes foutu.

– Mais ce n'est quand même pas moi qui ai enregistré ces images. Je n'en porte aucune responsabilité.

– Ces images figurent sur le disque dur de votre ordinateur. Cela représente déjà un délit en soi. Peu importe comment elles y sont parvenues. Si quelqu'un les trouve, ça sera très grave. Le réseau commercial d'images de pornographie pédophile est très étendu. Et la méthode pour le détecter de plus en plus perfectionnée. Vous pourriez vous trouver inculpé par plusieurs juridictions. En cette matière, les frontières n'existent pas. » Min se tut un moment pour boire une gorgée de vin. « Vous savez, Nick, avec la meilleure volonté du monde, vous êtes difficilement crédible. Comment imaginer que ce petit garçon soit capable d'agir comme vous l'affirmez ? Quel âge a-t-il ? Huit, neuf ans ?

– Neuf ans, mais il ne faut pas le juger sur les apparences. Il est vraiment très intelligent. Il a appris à survivre. Je ne veux même pas évoquer les épreuves que sa mère et lui ont traversées en Bosnie pendant la guerre. Lorsqu'on a vécu un enfer pareil, on doit être capable de n'importe quoi. »

Nick vida son verre. Min lui en versa un second.

« Il y a encore autre chose, Min. La veille de sa mort, Marianne m'a fait de curieuses révélations. Je ne cesse d'y repenser. Elle m'a dit que, dans le sous-sol de Chris Goulding, elle avait entendu des hurlements. Elle n'en a pas parlé à la police. J'ai relu toutes les déclarations que vous m'avez apportées. Regardez. » Il prit son sac et en sortit les dossiers. « Voilà sa déposition, celles de Chris, de Róisin et de l'autre garçon. Elles sont pratiquement identiques. Aucune ne mentionne des cris. Pourtant, c'est ce que Marianne m'a affirmé : "J'ai entendu quelqu'un hurler." Elle a ajouté qu'il y avait du sang sur le mur et par terre.

— Attention, Nick ! Marianne avait pris du LSD ! Comment pouvait-elle être sûre de ce qu'elle voyait ou entendait ? Et dans ce qu'elle vous a raconté l'autre soir, il ne faut pas oublier la part de... disons folie. Schizophrène à tendance paranoïaque. Elle avait des crises de démence. Vous avez admis vous-même que la veille de sa mort elle s'était conduite d'une façon bizarre, déconcertante. Et aussi que sa réaction, au moment où vous l'avez repoussée, n'était pas normale. Et vous avez bâti là-dessus votre défense, non ? N'est-ce pas comme ça que vous avez expliqué les égratignures sur votre poitrine, les fragments de peau, de votre peau, qu'on a décelés sous ses ongles, et les cheveux vous appartenant qu'on a trouvés sur son corps ? Vous avez bien dit que cette nuit-là, elle était complètement cinglée ? »

Nick ne répondit pas.

« Vous ne pouvez pas jouer sur les deux tableaux, vous savez.

– La seule chose que je sache, c'est que quelqu'un m'a possédé. Quelqu'un qui cherche à me compromettre. O'Reilly veut de nouveau m'interroger sur la déclaration de ce témoin qui assure m'avoir vu partir de chez moi quelques instants après Marianne. Vous êtes au courant ? En fait, O'Reilly estime que j'ai de la chance d'être encore libre. N'est-ce pas incroyable ? »

Min but un peu de vin, puis hocha la tête.

« Non, hélas ! c'est normal. Lors du prochain interrogatoire, il cessera de prendre des gants avec vous. Il vous arrêtera et vous gardera au poste pendant six heures, détention renouvelable pour six autres heures. Avec l'espoir qu'au bout de ce laps de temps, il aura obtenu suffisamment d'informations pour vous inculper.

– On en revient aux vieux procédés, c'est ça ? On en revient aux pratiques de ce Machin-Chose – comment s'appelait-il déjà ? Il sera là, lui aussi, pour me cuisiner ? »

Min regarda la rangée de photos disposées sur la cheminée.

« Ça m'étonnerait », dit-elle.

Nick suivit son regard. Il contempla le verre qu'il tenait à la main, puis le visage de Min dont les yeux sombres reflétaient les flammes du foyer.

« Je vous demande de m'excuser. J'ignorais qu'il était votre mari. »

Min haussa les épaules.

« Comment pouviez-vous le savoir ?

– J'ai dit du mal de lui. Je m'en serais gardé si j'avais su. »

Min haussa de nouveau les épaules. D'une voix irritée et tendue, elle répondit :

« Tout cela n'a aucune importance. Vous n'êtes pas le seul à vous plaindre d'Andy. À vrai dire, il n'agissait pas méchamment, il se montrait désagréable, c'est tout. Il était comme ça. Un flic de la vieille école. Ses méthodes s'étaient avérées efficaces pendant des années. Il n'allait pas en changer parce que le style de la police avait, disons, évolué. Il ne croyait pas à la transparence, ni qu'il devait se justifier. Il croyait à l'instinct, au flair. À la justice et à l'injustice. Au bien et au mal.

– Ça ne vous empêchait pas de l'aimer, n'est-ce pas ? Vous vous entendiez bien avec lui ? »

Min répondit d'un simple regard.

« Excusez-moi ! » Nick se carra dans son fauteuil. « Cela ne me regarde pas. Et puis ce n'est pas le moment de vous poser des questions personnelles. »

Min sourit.

« Vous êtes très aimable. En fait, ça me plaît de pouvoir parler de lui. Vous savez ce que c'est. Un mort devient vite un sujet embarrassant. La plupart des gens l'évitent.

– J'en sais quelque chose !

– Oui, évidemment. »

Min soupira. Elle contempla le plancher un moment, puis leva de nouveau les yeux vers Nick.

« Oui, je l'aimais, dit-elle lentement. Je suis tombée amoureuse de lui dès que je l'ai vu. Nous avons échangé un regard et ça a suffi ! »

323

Elle but une autre gorgée. Dans l'âtre, les braises crépitèrent, une flamme bleue s'éleva et s'éteignit.

« Est-ce que vos fils ressemblent à leur père ?

– Comment savoir ? Parfois, on dirait qu'ils sont son portrait craché, parfois on a l'impression qu'ils sont très différents.

– Ils se souviennent de lui ?

– Je me demande toujours s'ils s'en souviennent réellement ou s'ils se souviennent de ce que je leur ai raconté. Chaque soir, nous suivons un rite. Je leur dis : Vous vous rappelez quand papa faisait ceci ou cela ? Vous vous rappelez le jour où papa vous a emmenés en bateau et où vous avez attrapé une baleine ? Vous vous rappelez ce qu'il aimait manger au petit déjeuner ou regarder à la télé ? Vous revoyez son visage ? Mais, franchement, je ne saurais dire si tout cela correspond à la réalité. » Min fixa les yeux sur Nick. « Ça doit être la même chose pour vous quand vous pensez à votre fils ? »

Nick ne répondit pas. Il termina son verre et le posa par terre, devant la cheminée.

« Il faut que je rentre, dit-il. Écoutez, je vous prie encore de m'excuser pour tout à l'heure. Je n'aurais pas dû débarquer comme ça, sans prévenir. Je craignais, si je vous appelais, que vous ne refusiez de me parler. Je suis désolé, Min. Simplement, je ne savais plus à qui m'adresser. » Il se leva, ramassa son sac. « Voici les dossiers. Je me disais que vous vouliez sans doute les récupérer. De toute façon, je ne crois pas que ce soit une bonne idée de les garder plus longtemps chez moi. Et puis j'en ai tiré tout ce dont j'avais besoin. »

Nick s'éloigna de la cheminée. Min se leva aussi.

324

« J'ai encore une demande à vous adresser. J'aimerais que vous réfléchissiez à ce que je vous ai dit au sujet de Marianne, reprit Nick. Je vous ai aussi rapporté les paroles du jeune Luke. J'ai le sentiment que cela signifie quelque chose. Alors, je vous en prie, pour moi, pour Owen, pour qui vous voudrez, pensez-y. »

Min acquiesça et l'accompagna à la porte. Nick sortit dans l'obscurité, puis se retourna.

« Et je suis vraiment navré pour votre mari. Si vous l'aimiez, il devait être quelqu'un de bien. »

Nick sourit. Min lui rendit son sourire, puis ferma la porte. Elle retourna dans le séjour, ramassa les verres vides et les porta à la cuisine. Le plus grand désordre y régnait. Elle remplit l'évier d'eau chaude, y empila la vaisselle et regarda dehors, dans le jardin sombre. La vitre refléta son image.

« Qui aurait pu croire qu'un vieux type comme Andy Carolan soit capable d'avoir un coup de foudre ? lui avait-il dit.

– Un vrai coup de foudre ?

– Absolument. Je t'ai remarquée le lendemain du jour où ce gosse, Owen Cassidy, a disparu. Tu étais si belle avec tes cheveux noirs courts, tes grands yeux marron si vivants et malicieux ! Et ton corps...

– Eh bien quoi, mon corps ? Vas-y, j'adore les compliments. »

Mais Andy s'était contenté de secouer la tête. Il lui avait pris la main et dit :

« Dès l'instant où je t'ai vue, j'ai compris que tu étais la femme de ma vie. »

Le vin qu'il avait bu chez Min n'avait pas étanché sa soif d'alcool. Entre la maison de la jeune femme et la sienne, les pubs ne manquaient pas. Cependant, à chaque demi qu'il avalait, Nick se sentait plus seul, plus désespéré, plus anéanti. Il voyait partout des hommes semblables à lui. Des hommes seuls. Voûtés et ridés. Des hommes à mauvaise conscience, qui auraient préféré effacer une grande partie de leur passé. Il vit sa tête. Dans les miroirs sales derrière les comptoirs, dans les verres à moitié pleins de bière brune qu'il portait à ses lèvres, dans le briquet métallique vers lequel il se penchait, dans les vitres obscures devant lesquelles il passa sur le chemin du retour. Il se rappela son père. Au moment où il était rongé par un cancer. Dans les derniers mois de sa maladie, on eût dit qu'on lui ôtait peu à peu la chair. Il n'avait jamais été gros, mais une fois couché dans la chambre qu'il avait occupée toute sa vie d'homme marié, puis dans le lit de l'hôpital, il avait commencé à se consumer, à retourner à son état initial : un embryon. La colonne vertébrale, les yeux, la tête. À la fin, c'était tout ce qui restait de lui.

La forme de sa tête à lui, Nick, les orbites, les pommettes, les mâchoires. Voilà ce qu'il apercevait dans tous ces reflets. Et il se demanda ce qu'il verrait s'il retrouvait Owen. Le crâne, les orbites, les mâchoires, les petites dents, les clavicules et le sternum, la cage thoracique, le cubitus et le radius, les os des poignets et des mains. La colonne vertébrale et le bassin, le fémur, le tibia, le péroné et les petits os bien distincts de la cheville et du pied. Il en connaissait les noms pour avoir interrogé Susan lors de ses révisions.

Il y a plus d'os dans le pied que dans n'importe quelle autre partie de notre corps, disait-elle. Tout commence par le pied, là où l'être humain prend contact avec la terre. C'est aussi ce qui atteste que nous sommes des créatures de chair et de sang, d'os et de muscles. Que nous ne sommes pas seulement conscience, pas seulement des données communiquées par nos sens, mais partie intégrante du monde physique au même titre que tous les autres êtres. Aussi facilement cassés, écrasés, blessés et détruits que les mouches, les fourmis, les vers ou les cafards.

Les pubs fermaient. Nick rejoignit les derniers buveurs qui descendaient la rue principale et parlaient d'une voix forte, agressive. Nick marcha les yeux baissés, évitant de croiser un regard, se tenant à l'écart. Une bagarre était vite arrivée. Il suffisait d'une banale remarque, d'un commentaire désobligeant sur une équipe de foot ou sur une femme pour provoquer une explosion de colère : tête cognée contre le trottoir, botte visant les testicules ou les reins. Il n'avait que trop souvent vu des scènes de ce genre. Il éprouva un certain soulagement à tourner dans la rue qui débouchait sur la place. Enfin, il se trouverait en sécurité dans l'obscurité et le silence où les enfants dormaient dans leurs lits douillets, où les parents verrouillaient portes et fenêtres et, de surcroît, branchaient un système d'alarme. Bientôt, il serait chez lui. Il se glisserait sous les couvertures étendues sur le canapé. Il dormirait de longues heures et se réveillerait frais et dispos. Prêt à affronter une nouvelle journée.

Mais lorsqu'il tendit sa clé vers la serrure, il

constata que son geste était inutile. La porte s'ouvrit toute seule quand il la poussa. Deux hommes se trouvaient dans la pièce : Jay O'Reilly et Conor Hickey. Ils étaient assis à la table, l'un penché vers l'autre.

O'Reilly se tourna vers lui.

« Alors, vous vous êtes décidé à rentrer ? Nous allions envoyer une équipe à votre recherche.

– Qu'est-ce que vous me voulez encore ? Que faites-vous ici ?

– Une plainte a été déposée contre vous, monsieur Cassidy. Une plainte très grave. Nous avons un mandat de perquisition et nous venons de fouiller votre logement.

– Et qu'avez-vous bien pu dénicher d'intéressant ?

– Ceci. »

O'Reilly s'écarta. Nick vit que la table était couverte de photos. Ses photos. Celles de garçons, d'enfants en groupes ou isolés, qu'il avait prises au fil des ans. Des garçons sur la plage, des garçons mangeant des glaces, des garçons et des filles sur des terrains de jeu et dans des parcs. Des garçons aux tignasses blondes et aux yeux ronds et bleus. En maillot de bain ou en short, nus, nageant dans la mer ou jouant sur la plage.

« Et puis cela aussi. » O'Reilly désigna l'ordinateur. « Nous emportons votre machine pour la faire examiner au laboratoire. » Le policier se tourna de nouveau vers lui. « Et enfin nous vous emmenons avec nous. Je vous arrête en vertu de l'article 5 de la loi de 1998 sur le trafic d'enfants et la pornographie infantile. Veuillez sortir et vous diriger vers notre voiture, monsieur Cassidy. »

Comme Nick ouvrait la bouche pour protester, O'Reilly reprit :

« Sortez tout de suite ou je me verrai obligé de recourir à la force. C'est bien clair ? »

Min se réveilla avec des palpitations. Elle avait du mal à respirer. Elle s'assit dans le lit, prit le réveil. Il était quatre heures et demie. Elle tendit l'oreille un moment, puis se leva et enfila sa robe de chambre.

La lumière était allumée sur le palier. Min ouvrit la porte de la chambre des garçons, y jeta un coup d'œil. Les enfants dormaient à poings fermés. Elle ferma la porte et alla dans la chambre de Vika. La jeune fille ronflait doucement. Ses vêtements jonchaient le sol et il flottait dans l'air une odeur d'alcool et de parfum. Min se dirigea vers la fenêtre du palier. Elle regarda dehors par la fente des rideaux. Il continuait de pleuvoir.

Elle descendit et vérifia les verrous de la porte d'entrée. Elle mit la chaîne. Puis ce fut le tour des fenêtres. Toutes étaient bien fermées. Elle se rendit à la cuisine et manipula la poignée de la porte coulissante donnant sur le jardin. Celle-ci ne bougea pas. Min retourna dans l'entrée et s'arrêta près du panneau de l'alarme. Elle pressa le bouton. La voix électronique lui assura d'une voix chantante : « Protection totale. » Protection totale, se répéta-t-elle. Ce terme avait quelque chose de réconfortant. Protection contre toutes les choses horribles tapies dehors, dans la nuit...

Elle se recoucha et serra la couette autour d'elle. Elle ferma les yeux, mais ne put s'endormir. À voix basse, elle répéta d'innombrables fois cette vieille prière :

« Maintenant que je m'allonge pour dormir
Je prie le Seigneur de veiller sur mon âme.
Dussé-je mourir dans mon sommeil,
Que le Seigneur veuille bien l'emporter au paradis. »

24

« Alors, que s'est-il passé ?

– Eh bien, ils m'ont interrogé. Et c'était pénible. Ils m'ont posé et reposé les mêmes questions. Tout ce que j'ai pu dire n'a fait que m'enfoncer davantage. Ils m'ont montré les images trouvées sur mon ordinateur. Un véritable cauchemar. Je n'aurais jamais cru que les hommes pouvaient être aussi cruels. Tu sais, Susan, je pensais avoir tout vu, je pensais être assez blasé. Après tous mes voyages, surtout aux États-Unis... Or, je dois reconnaître que je me suis lourdement trompé : je suis un naïf.

– Et quelle est leur idée au sujet de ce matériel pornographique sur ton disque dur ? »

Nick secoua la tête.

« Ils se sont contentés d'affirmer que c'était moi qui l'avais enregistré. Même quand je leur ai démontré, ou essayé de leur démontrer, que je n'ai pas la moindre notion de comment fonctionne ce truc. Que c'est tout juste si j'arrive à envoyer un e-mail. Je n'utilise ce foutu ordinateur que pour mes dessins. Et pour écrire des lettres. C'est tout.

– Ils ne t'ont pas cru ? »

Nick poussa un profond soupir et enfouit son visage dans ses mains.

« Ils ne m'ont pas encore inculpé, mais ils m'ont fait comprendre qu'ils le feront dès qu'ils en auront la possibilité.

– Est-ce qu'ils t'ont révélé le nom de la personne qui a porté plainte ? »

Nick fit non de la tête.

« Je leur ai posé la question, ils m'ont répondu qu'ils n'en avaient pas le droit. N'empêche que nous savons bien tous les deux qui c'est, hein ? Je leur ai demandé s'ils avaient enquêté sur la situation familiale d'Emir. S'ils s'étaient entretenus avec sa mère et avec Chris. Il paraît que oui. Une assistante sociale est venue voir les enfants. À cause des problèmes psychologiques d'Emir, de son mutisme et de tout le reste. Il a même été examiné plusieurs fois. Les services sociaux possèdent donc beaucoup d'informations à son sujet. Aucune ne conduit à penser qu'on ait jamais abusé de sa personne ou qu'il vive chez lui dans un climat pédophile. Voilà, c'est à peu près tout ce que j'ai réussi à tirer des policiers. »

C'était le milieu de l'après-midi. Ils étaient dans la cuisine. Susan servit le thé. Elle avait préparé des toasts et des œufs brouillés, mais Nick avait du mal à avaler la nourriture.

« Voyons, Nick, il faut que tu te forces à manger. C'est ton médecin qui te l'ordonne. »

Susan lui prit la main en souriant.

« Je te remercie, dit Nick. Je me demandais ce que tu allais penser de tout ça. Si c'est moi que tu croirais plutôt que les policiers. »

Susan l'avait aperçu de la fenêtre alors qu'il traversait la place après sa remise en liberté. Elle était sortie sur le perron et l'avait appelé. Il l'avait d'abord regardée comme s'il ne la reconnaissait pas. Puis avait souri. Elle était venue à sa rencontre et l'avait entraîné dans la maison.

Assis dans la cuisine, ils écoutaient la pluie frapper les carreaux. La bouilloire chantait. Susan refit du thé. « Parle-moi des O'Neill », dit Nick.

Susan soupira. Elle joua avec sa cuiller.

« L'épreuve a été terrible. Je me demande comment ils ont surmonté l'identification du corps. Je leur avais proposé de m'en charger, ils ont refusé. Ils ont montré beaucoup de courage.

– Je regrette la façon dont je me suis conduit devant eux. C'est impardonnable. »

Susan le regarda.

« Oui, je crois.

– Est-ce que je peux réparer mon impair ?

– J'en doute. En tout cas, pas pour le moment. J'essaie de récupérer le corps de Marianne afin que les O'Neill puissent l'enterrer. Mais le médecin légiste attend, pour le leur rendre, d'avoir reçu les analyses d'ADN du laboratoire anglais. Et Dieu sait combien de temps ça prendra.

– Une affaire pareille mériterait tout de même d'être prioritaire ?

– Ce n'est pas si simple, Nick. Aucun laboratoire, ici en Irlande, n'est équipé pour effectuer de tels tests. Les échantillons doivent être envoyés en Grande-

Bretagne. Ces analyses sont très chères et il y a probablement déjà une longue liste d'attente. Ce n'est donc pas demain, ni après-demain, que la police disposera des résultats. Je ferai ce que je pourrai. Le légiste est une vieille connaissance. Un type formidable. Il nous aidera.

– Tu iras à l'enterrement de Marianne ? »
Susan acquiesça.

« Et moi, tu penses que je devrais y aller ? »
Susan détourna les yeux.

« Je peux difficilement te répondre. Cela dépend. »
Nick la regarda fixement.

« Susan, est-ce qu'un doute peut subsister dans ton esprit ? Tu peux rester assise sur ta chaise en toute tranquillité et me dire, à moi que tu as connu plus longtemps et mieux que toute autre personne, qu'il est possible que j'aie violé Marianne et lui aie fracassé le crâne contre le mur du tunnel ? »

Il y eut entre eux un moment de silence. Dehors, le vent agitait les branches des arbres.

« Plus longtemps et mieux. Tu crois ? » murmura Susan, si bas que Nick fut obligé de se pencher vers elle pour l'entendre.

« Plus longtemps que n'importe qui, mis à part ma sœur aînée, répondit-il. Et mieux que tout le monde, y compris mes sœurs. C'est ce qui m'a le plus perturbé durant ces dernières années, lorsque j'étais loin d'ici. O.K., j'ai fait des rencontres. Et chaque fois, il fallait que je recommence à raconter ma vie. Mais sans aucune certitude d'être jamais compris. Ni qu'après leur avoir fourni ces renseignements nous aurions encore quelque chose à nous dire. Tu vois ? »

Susan acquiesça d'un signe de tête en tripotant sa tasse.

« Et je savais que je ferais toujours la comparaison avec toi et avec les rapports que nous avions autrefois, reprit Nick. Qu'en fin de compte, il faudrait que je revienne. Parce que je ne pouvais vivre sans toi.

– Non, vraiment ? » Susan le regarda droit dans les yeux.

« Je me demande bien pourquoi tu es parti alors ? Pourquoi tu ne m'aimais plus, que tu voulais te séparer de moi ?

– Moi ? » Le visage de Nick exprima la stupéfaction. « Je n'ai jamais dit ça. Jamais.

– Mais si. Nous étions ici, dans la cuisine, et tu m'as dit : "Je n'en peux plus de te voir dans cet état. Je ne supporte plus cette absence, cette perte." Tu m'as comparée à un grand trou noir, un espace vide où Owen avait disparu et dans lequel tu t'engloutirais toi aussi. Tu m'as dit que tu en avais assez, que ma présence t'était insupportable. Ne récris pas l'histoire, Nick, ne prétends pas que ça ne s'est pas passé comme ça. Et c'est toi qui m'as quittée.

– Susan. » Nick, agrippant le bord de la table, éleva la voix. « Susan, ce n'est pas ce que je t'ai dit. Ou alors, c'est que je me suis fait mal comprendre. Ce que je voulais dire, c'est que je ne supportais plus ma honte, mes remords. Je ne supportais plus l'image de moi que tu me renvoyais, celle d'un être faible et égoïste. Chaque fois que je te regardais, je me rappelais la disparition d'Owen. Ça ne signifiait pas que je ne t'aimais plus, que je n'avais plus envie de toi, que je ne voulais plus vivre avec toi. Je voulais que tu m'accompagnes, que nous recommencions une nouvelle vie ailleurs. Ç'aurait été possible, tu ne crois pas ? »

Susan secoua négativement la tête.

« Non, Nick. Le seul choix, c'était de rester ici, dans cette maison. Dans cette rue. Dans ce lieu où vivait autrefois notre enfant. Et où, d'après ce que tu m'as écrit, tu voulais revenir.

– Tu veux dire qu'il n'y a pas d'autre choix à présent que de vivre ici ? »

Nick se pencha par-dessus la table, prit la main de Susan et la porta à sa joue. Susan dégageait une odeur de propre, presque stérilisée. Nick lui baisa la paume. Susan amena l'autre main de Nick à son visage. Nick sentit les paupières de sa femme sous ses doigts, sentit son menton contre son poignet.

« Chut ! » fit-elle. Son souffle était tiède, humide. « Ne dis rien. »

Quand ils sortirent, c'était l'heure du crépuscule. Ils marchèrent dans les rues en silence. Des monceaux de feuilles trempées de pluie encombraient les trottoirs. Lorsqu'ils atteignirent l'autel dressé à Lizzie, il faisait déjà nuit. Susan se pencha et enleva le bout de bougie qui restait de la veille. Elle en tendit une neuve à Nick.

« Tiens, allume-la, toi. »

Protégeant la flamme de sa main, Nick enfonça la bougie dans sa bobèche de verre. Il recula de quelques pas, baissa la tête et ferma les yeux.

« Elle m'apporte un certain réconfort, murmura Susan. C'est comme si elle me tenait compagnie. Je ne sais rien d'elle, j'ignore quel genre de personne c'était. Je ne la connais que d'après des photos. Et j'imagine sa souffrance la nuit de sa mort. Je ne sais pour quelle raison mystérieuse elle me console. »

Ils s'éloignèrent. Nick se retourna. La bougie brillait dans l'obscurité, Un point de lumière.

« Veux-tu qu'on fasse quelques pas ? proposa Nick. J'aimerais ne pas rentrer tout de suite. Si... si tu n'attends personne. Je pense à Paul. »

Susan sourit.

« Non, il ne vient pas ce soir. »

Ils poursuivirent leur chemin. Il faisait froid à présent. La lune montait dans un ciel dégagé. On voyait la Grande Ourse au sud.

« Est-ce que Gina t'a jamais parlé de cette fille ? demanda soudain Susan.

– Gina ?

– Oui, Gina Harkin, *Ta* Gina », répondit Susan d'une voix ferme.

Nick essaya de garder un ton neutre.

« Parlé de quelle fille ?

– De Lizzie Anderson.

– Non. Jamais. Elle aurait dû m'en parler ?

– Gina lui donnait des cours. C'était son prof de dessin.

– Je l'ignorais. Tu sais comment elles se sont rencontrées ?

– Oui, Gina enseignait à Laurel Park du temps où Lizzie fréquentait cette école. Lizzie était censée avoir des cours particuliers chez Gina deux fois par semaine. Gina connaissait sa liaison avec Brian Matthews et elle permettait à Lizzie d'alléguer ces cours comme prétexte lors de ses rendez-vous avec Brian. »

Nick garda le silence.

« En échange, Lizzie posait pour elle. Tu te souviens de ce tableau que Gina avait au mur, au-dessus de la cheminée ? »

Il s'en souvenait très bien, en effet. Un tableau immense. Un mètre quatre-vingts sur un mètre quatre-vingts. Il n'avait jamais pu décider s'il l'appréciait. Le modèle était allongé, les pieds devant le spectateur. La tête renversée au bord d'un lit défait. Elle avait le torse étiré, les seins aplatis sur les côtes. On voyait saillir le pubis.

« Je me rappelle un visage à peine ébauché. Gina s'était concentrée sur le corps. Ça me dérangeait. Ça me donnait l'impression d'une aliénation qui privait la fille de son humanité.

— Gina acceptait ta critique ? Est-ce qu'elle t'a dit qui était son modèle ?

— Non, je ne crois pas. Si elle me l'avait dit, je m'en souviendrais certainement. En revanche, je me rappelle qu'elle défendait son tableau, affirmant qu'il s'agissait d'une abstraction, de l'étude d'un corps. Représenter son visage eût doté le modèle d'une personnalité, et ce n'était pas ce qu'elle recherchait.

— Tu es d'accord avec cette conception ?

— Pas du tout. J'ai beaucoup travaillé à partir de modèles ces dernières années, aux États-Unis. J'en faisais venir à mes cours. Je trouvais très intéressante la réaction de mes étudiants. Ou bien ils voyaient dans le sujet un être humain complet ou bien seulement un assemblage des diverses parties du corps. Les modèles eux aussi sentaient tout de suite qui les méprisait et qui les appréciait. »

Ils continuèrent à marcher, s'éloignant de la mer et gravissant la colline.

« Comment as-tu appris que cette fille fréquentait Gina ? demanda Nick.

— Par Catherine Matthews, avec qui je me suis liée d'amitié. C'est la fille de Brian Matthews. La meilleure amie de Lizzie, autrefois. Sa mère et elle allaient tous les jours au tribunal pendant le procès de son père. Elles ont entendu tous les témoins.

— Est-ce que Catherine Matthews croyait... ? »

Nick s'interrompit.

« Croyait son père coupable ? » compléta Susan. Elle fourra ses mains dans ses poches et enfonça son cou dans son col. « Elle m'a dit qu'elle n'en savait rien. Sa mère défendait loyalement son mari. Elle n'accorda d'abord aucun crédit à ce qu'on lui racontait. Puis, quand son mari lui avoua qu'il avait couché avec Lizzie, c'est sur la fille qu'elle fit retomber le blâme. Quand il apparut que Lizzie n'avait rien d'une Lolita et que son mari était à l'origine de cette liaison, elle continua à le soutenir, mettant tout sur le compte de l'andropause, parlant d'une crise de la maturité. Elle s'accusa de ne pas s'être souciée davantage de son apparence, d'avoir grossi. Elle s'était laissée aller. Et, d'après ce que m'a dit Catherine, quand Brian a été acquitté, sa femme l'a reçu à la maison les bras ouverts. Pendant quelque temps, on eût pensé qu'ils pouvaient oublier cette affaire et recommencer leur vie de famille, mais...

— Mais... ?

— En réalité, c'était loin d'être aussi simple, tu peux l'imaginer. Il subsistait des doutes, d'autant plus que la police n'a jamais découvert le vrai coupable. Brian a donc fini par s'en aller. Il est parti pour l'Angleterre, voilà.

– Encore un type qui a fui le merdier causé par sa faute, si je comprends bien ? »

Susan ne répondit pas. Il pleuvait de nouveau, une sorte de crachin cette fois. Les halos d'une douce lumière nimbaient les réverbères. Susan frissonna.

« Nous devrions rentrer, dit-elle. Nous avons pas mal marché, tu sais. »

Nick s'arrêta.

« Tu reconnais où nous sommes ? » Il désigna une grande maison entourée d'un vaste jardin. « Tu vois l'écriteau ? C'est le collège de filles, non ?

– Oui, c'est Laurel Park. Très sélect. C'est là que Chris Goulding enseigne à présent. » Susan se tourna. « Et tu te souviens de la maison d'à côté, Nicky ? Elle fait partie du collège maintenant. Autrefois, elle appartenait à la grand-mère de Chris. Róisín et lui y emmenaient souvent Owen. La propriété comprenait un très beau jardin, un ruisseau et un petit bois. Et aussi ce joli kiosque que Chris a remonté dans son propre jardin. Tu l'as vu ? Il l'a déménagé à la mort de sa grand-mère.

– Ah, c'est donc de là qu'il provient ? De nos jours, ces vieux pavillons à pivot sont très rares. »

Ils reprirent la route, marchant d'un pas plus pressé à présent ; il s'était mis à pleuvoir très fort.

« J'avais oublié ce qu'était la pluie d'Irlande. » Nick évita une flaque. « Quand il pleuvait à La Nouvelle-Orléans, tu aurais eu besoin d'une barque, mais dix minutes plus tard, c'était fini, le soleil brillait à nouveau. Ici, tu as l'impression qu'il s'agit d'une petite averse, mais l'eau traverse tes vêtements et te trempe jusqu'aux os. Et puis, il fait un froid de canard.

– Il te faut un bon bain chaud. Dépêchons-nous de rentrer avant d'attraper la crève. »

Nick était allongé dans la baignoire, de l'eau jusqu'au menton. Fermant les yeux, il sentit la chaleur pénétrer tout son corps. Accompagnée d'un sentiment de bien-être, de sécurité, de paix. Il saisit la savonnette et la renifla. Inodore. Simple voire austère, comme la personnalité de Susan. Sans même regarder, il savait qu'il ne trouverait aucun produit de beauté sur les étagères de la salle de bains. Susan ne se maquillait ni ne se parfumait jamais.

« Tu n'aimes pas mon odeur ? » lui avait-elle demandé un Noël lorsqu'il lui avait offert une bouteille d'un parfum coûteux. Ouvrant son chemisier, elle lui avait offert son cou.

« Tiens, sens. Qu'en dis-tu ? »

Au lieu de répondre, Nick avait simplement inspiré avant de poser ses lèvres au creux de sa gorge.

Il se leva et se drapa dans une serviette. Susan avait pris ses vêtements pour les faire sécher. Son kimono était accroché à la porte. Nick le passa, le serra autour de lui et le ferma par un large nœud à la ceinture. Il se regarda dans la glace et sourit. Il descendit à la cuisine.

« Que penses-tu de ma tenue ? » demanda-t-il.

Debout devant la cuisinière, Susan se tourna vers lui, une cuiller en bois à la main. Pouffant de rire, elle lui tendit un verre de vin.

« Le look de l'année. Ça fait très David Beckham, très "homme nouveau". »

Elle avait préparé un potage poireaux-pommes de terre. Ils le mangèrent avec du pain. Dehors, le vent

faisait rage. Assis à la table de la cuisine, ils regardèrent s'agiter les branches nues des arbres. Les vitres
vibraient et, plus loin sur la place, un système d'alarme
se déclencha dans une maison.

« Dis-moi, Susan ?

– Oui ?

– Tu ne te poses jamais de questions sur Chris ?

– À quel sujet ?

– Qu'est-ce qu'il fout avec cette femme et ces gosses ? Pourquoi les a-t-il choisis ?

– Pourquoi ne l'aurait-il pas fait ?

– Il aurait pu choisir une femme de son âge, de son
milieu. Qui ne traîne pas derrière avec elle ce genre
de passé ?

– Je ne trouve pas ça étonnant. Il s'est montré
généreux envers Amra. Il se donne beaucoup de mal
pour éduquer Emir et il est très gentil avec la petite.

– Moi, ce qui m'étonne, c'est qu'Amra lui fasse
confiance après toutes les épreuves qu'elle a subies.
Au fond, que sait-elle de lui ?

– Faire confiance à quelqu'un, voilà toute la question. » Susan posa sa cuiller et regarda Nick. « Ce
qu'elle sait de lui ? Qu'il les a recueillis, elle et ses
enfants. Qu'il apporte de la nourriture sur la table pour
eux. Elle sait, lorsqu'elle s'endort le soir, qu'il est à
côté d'elle et le matin, lorsqu'elle s'éveille, qu'il est
toujours là. Voilà ce qu'elle sait. Et voilà ce qui explique sa confiance. »

La gorge serrée, Nick ne répondit pas.

« Susan. »

Il tendit la main vers elle, mais elle regardait
dehors.

« Viens voir », dit-elle en se levant.

342

Nick se plaça à côté d'elle. Une forme sombre, clairement visible, traversait la pelouse et se dirigeait vers le mur du fond. Susan posa sa main sur le bras de Nick.

« Elle vient tous les soirs. Et cela depuis trois ans maintenant. Tous les printemps, elle a des renardeaux. Elle les met bas sous le pavillon.

– Tu te souviens ?

– Évidemment. »

Elle leva la bouteille : elle était vide.

« J'en ouvre une autre ? demanda-t-elle.

– Oui, s'il te plaît. »

25

Non, son boulot n'aurait jamais rien d'extraordinaire : il serait toujours lent et exigeant. Méthodique, routinier, fastidieux. Elle avait participé à l'enquête, allant de maison en maison, distribuant des questionnaires, puis retournant les chercher. Marianne avait été vue par plusieurs personnes alors qu'elle longeait la voie ferrée. Jusqu'ici, toutefois, seul Chris Goulding avait identifié Nick Cassidy avec certitude. La femme de Glenageary déclarait avoir aperçu un homme ressemblant à Nick. En fait, il aurait pu s'agir de n'importe qui d'autre. Et plus les policiers l'interrogeaient, plus elle s'embrouillait dans sa description.

Néanmoins, les prélèvements du laboratoire semblaient accuser Nick. Les cheveux trouvés sur le corps de Marianne étaient les siens. Les fragments de tissu pris sous les ongles de la morte correspondaient à sa peau à lui. La police attendait les résultats de l'étude de l'ADN sur le sperme recueilli dans le vagin de la victime. John Harris avait dit à Min qu'ils ne les auraient pas avant un certain temps. En attendant, Nick

Cassidy était le seul suspect dans le collimateur de la police.

En outre, il y avait cette seconde affaire : la pornographie pédophile découverte sur son ordinateur. Min ne savait plus que penser. Conor Hickey avait téléphoné, lui demandant de passer au bureau : il avait quelque chose d'intéressant pour elle. Intéressant ou pas, cette invitation offrait une bonne occasion de rompre avec la monotonie de son travail.

Comme d'habitude, il y avait des bouchons sur la route à deux voies de Stillorgan. Pare-chocs contre pare-chocs durant des kilomètres. Pourtant, ce n'était pas une heure de pointe. Puis Min sut la raison de cet embouteillage : un triple carambolage au carrefour de Foster Avenue. Une BMW, une Nissan Micra et une Golf Volkswagen entravaient la circulation. Partout du verre brisé. Une ambulance aux portes ouvertes. Des infirmiers soignant une femme couchée sur une civière. Deux groupes de personnes serrées les unes contre les autres, en état de choc, pleuraient, criaient, gesticulaient tandis qu'un motard, carnet et crayon à la main, établissait le procès-verbal.

Le reconnaissant, Min lui fit un petit salut au passage. Il était à Dun Laoghaire depuis des années. Il sourit et s'approcha de la vitre ouverte de la voiture.

« Ah doux Jésus ! » Il s'essuya le front d'un geste théâtral. « Tous proclament leur innocence. Ce sont les autres qui ont tort. Quant aux bonnes femmes, elles menacent de porter plainte pour atteinte à la loi sur l'égalité des sexes. L'une d'elles prétend qu'elle a été victime de harcèlement de la part du gars à la BMW alors qu'ils étaient arrêtés à un feu rouge. » Il agita son carnet sous le nez de Min. « J'ai là de quoi écrire un formidable feuilleton de télé, vous savez. »

Min éclata de rire.

« Ouais, et de quoi vous tirer en quatrième vitesse de ce foutoir. »

Le flic recula et lui fit signe de passer. Min le regarda dans son rétroviseur. La patience d'un saint et la sagesse de Salomon, voilà ce qu'il fallait dans ce genre de situation, songea-t-elle.

Quand elle pénétra dans le bureau, Conor était assis devant son écran. Il l'appela d'un ton impatient.

« Approchez, prenez un siège. Venez voir ce que j'ai trouvé. »

Min posa son sac, son manteau et s'assit à côté de lui.

« C'est qui ? » demanda-t-elle.

Conor eut une moue d'ignorance. On ne connaissait pas l'identité de cet enfant, expliqua-t-il, mais on connaissait bien ces images. Elles circulaient depuis bon nombre d'années. Et elles sortaient de l'ordinaire. On y voyait un enfant photographié par-derrière, bras et jambes écartés. L'éclairage était particulier. Le corps du petit garçon luisait comme s'il était translucide, constitué d'une substance inconnue, autre que celle d'un être de chair et de sang. Tout le monde était d'accord sur cette impression d'irréalité. Les photos montraient toujours le garçon dans cette pose, la lumière derrière lui caressant ses formes. Un second trait les caractérisait.

« Oui ? Lequel ? demanda Min en essayant de garder un ton neutre.

– Elles ne montrent jamais son visage. Jamais. Chaque partie de son corps a été vue, utilisée et transmise d'un homme à un autre, dans le monde entier. Mais le photographe, quel qu'il soit, a voulu se réserver le visage de ce gosse. »

La main de Conor bougeait la souris et tapait sur le clavier. Min regarda les images défiler à l'écran. Sur certaines, l'enfant, quoique tourné vers le spectateur, restait masqué. Parfois, il portait un passemontagne de laine, d'autres fois une cagoule qui lui donnait l'air d'un sorcier ou d'un membre du Ku Klux Klan. Il arrivait que les masques fussent couverts de paillettes ou de plumes. De temps à autre, on entrevoyait les yeux du garçon. Ils étaient mornes, privés d'expression, évoquant des yeux noircis à l'encre.

« Certains des experts en la matière auxquels nous demandons d'examiner ces photos pensent que beaucoup ont été retouchées et embellies. Celle-ci, par exemple. »

Conor agrandit la photo. Malgré elle, Min, horrifiée, porta une main à sa bouche et détourna le regard, répugnant à jouer les voyeuses.

Elle contempla par la fenêtre la ligne mauve des montagnes dublinoises à l'horizon. Ses fils lui avaient demandé ce matin quand est-ce qu'il allait neiger. Ils conservaient le vague souvenir d'avoir fait de la luge autrefois avec leur père. C'était peu de temps avant sa mort. Elle ferma un instant ses yeux embués de larmes.

« Et regardez là. Dans le coin. Vous voyez ? Sur le mur. »

Min approcha sa tête de l'écran. À l'aide de la souris, Conor élargit l'image. Il y avait à cet endroit un dessin, une sorte de griffonnage. Conor cliqua de nouveau. Min eut l'impression de reconnaître le graphisme. Cela représentait un enfant à tête de grenouille et au corps couvert d'écailles de poisson.

« Mince alors ! » Min tendit le bras et toucha l'écran. « C'est vraiment étrange, mais je connais ce dessin. Savez-vous ce que c'est ? »

Conor secoua la tête. Il s'apprêta à prendre une cigarette, puis se ravisa.

« Par égard pour vous », fit-il remarquer à Min. Il ouvrit un tiroir de son bureau et en sortit un paquet de chewing-gums. « Là, vous êtes satisfaite maintenant ? » demanda-t-il d'un ton sarcastique. Il déballa la tablette en souriant et se mit à mâcher énergiquement. « Je vous écoute, éclairez ma lanterne, dit-il entre ses dents.

– Commencez d'abord par me dire où vous avez trouvé ces images. »

Conor mastiqua avec bruit, la bouche ouverte.

« À votre avis ? Chez votre copain, M. Cassidy. Il a des trucs vraiment sensass' sur son joli petit portable. »

Min se cala sur sa chaise.

« Je me refuse à y croire. Qu'est-ce que l'enfant-étoile vient faire là ?

– L'enfant-étoile ? C'est comme ça que vous l'appelez ? C'est un nom qui va aussi très bien pour les photos. La série de l'enfant-étoile. On va la nommer ainsi. » Il toucha l'écran du bout de son stylo à bille. « Je te baptise enfant-étoile. Malheur à ceux qui essaieront de profiter de toi.

– Non, ne faites pas ça, je vous en prie. C'est une très belle histoire. Et les illustrations sont vraiment superbes. Le livre a reçu des prix dans le monde entier. Nick Cassidy lui doit sa réputation. C'est un des albums préférés de mes gosses. On ne peut pas permettre qu'il soit souillé par cette fange ! »

Min désigna l'écran.

« Croyez-vous ? ironisa Conor. Je voudrais vous faire remarquer que ce n'est pas moi qui ai souillé cette histoire, ou ce livre, auquel vous tenez tant, mais Cassidy en personne. »

Min fit rouler sa chaise en arrière.

« La présence de l'enfant-étoile dans ces images ne prouve pas que Cassidy soit mêlé à cette affaire de pédophilie. N'importe qui aurait pu scanner ce dessin. Ça ne doit pas être tellement compliqué.

– En fait, ce n'est pas très simple non plus. D'abord, pour avoir accès à ce matériel il faut être membre d'un des clubs pornographiques les plus sélects. Et il faut de plus, pour pouvoir modifier ces photos, figurer parmi les huiles du *newsgroup* d'où elles proviennent. Ce n'est pas à la portée de n'importe qui. Quoi qu'il en soit, nous avons découvert ces images sur le disque dur de l'ordinateur de Cassidy. » Conor plissa les yeux. « Ça commence à faire beaucoup, vous ne trouvez pas ? »

Min resta un moment silencieuse.

« Quel gâchis ! finit-elle par s'écrier. C'est un si joli livre. Mes enfants l'adorent. Chaque fois que je les emmène en ville, je leur montre la maison où habitait Oscar Wilde.

– Ah, parce qu'elle est de lui, cette histoire ? Ça explique tout. »

Conor se pencha en arrière et croisa les mains derrière la tête.

« Qu'est-ce que vous entendez par là ? dit Min.

– Vous savez quand même bien le genre de mœurs qu'il avait, Oscar Wilde ?

– Et quel genre de mœurs, s'il vous plaît, puisque vous êtes tellement bien informé ?

– Mais enfin, c'était un pédophile ! Un amateur de prostitués masculins et de jeunes enfants. De nos jours, il écoperait au moins de quinze ans pour ses actes.

– Vous exagérez un peu tout de même ! » Min éleva la voix. « On l'a persécuté pour ses goûts sexuels. Il a payé très cher sa différence. Sa réputation ruinée, son mariage brisé. Ses fils qui l'ont renié.

– Ouais, et les gosses dont il a abusé, vous en faites quoi ? Vous imaginez leur état à l'époque ? Vous devriez voir celui dans lequel on les ramène aujourd'hui. Il suffit pour ça de faire un tour dans le service de traumatologie de n'importe quel hôpital. Et c'est des individus semblables à Oscar Wilde, appartenant à son milieu, à son rang social, qui garent leur voiture dans Phoenix Park à l'affût de chair fraîche. » Le visage de Conor avait soudain viré au rouge. « Et il semblerait que Cassidy soit un spécimen du même genre. Lui aussi un type cultivé, un artiste. Au fond, il est comme les autres. Un gars qui exploite les faibles. »

Conor se leva, prit son manteau, l'enfila.

« Je m'en vais. J'ai envie de prendre l'air. »

Avant de partir, il cracha son chewing-gum dans la corbeille à papier et sortit ses cigarettes de sa poche. Il s'arrêta pour en allumer une. Puis il quitta la pièce.

« Conor ! »

Min courut après lui dans le couloir. Mais les portes de l'ascenseur s'étaient refermées. Elle retourna dans le bureau et s'assit devant l'ordinateur. Elle fit défiler les images de l'enfant-étoile à l'envers. Penchée vers l'appareil, elle les examina.

Bien que Min se sentît peu d'appétit, son estomac lui disait que c'était l'heure du déjeuner. Et puis, elle avait besoin d'une pause. Dehors, il faisait beau mais froid. Elle appela Conor sur son portable. Comme il l'avait mis sur répondeur, elle laissa un message : « Conor, je pars déjeuner dans ce restaurant que vous aimez. Celui où les lasagnes sont presque aussi bonnes que les frites. Si vous recevez ce message à temps, venez m'y rejoindre. »

Au moment où elle s'asseyait devant son potage, sa salade et un morceau de pain croustillant, elle vit Susan Cassidy s'approcher d'elle.

« Vous permettez ? » Sans attendre de réponse, Susan se laissa tomber sur une chaise de l'autre côté de la petite table et commanda des spaghettis bolognaises. « Je suis crevée. »

Min remarqua qu'elle avait en effet de grands cernes sous les yeux et le teint gris.

« Je déteste cette saison, reprit Susan. Les jours raccourcissent et les souvenirs affluent. Pour moi, c'est le plus mauvais moment de l'année. »

La serveuse lui apporta une assiette de pâtes fumantes. Susan prit sa fourchette et se mit en devoir d'enrouler les spaghettis autour. Puis elle la posa, comme incapable d'accomplir cet effort.

« Je n'arrive pas à manger, dit-elle. J'en ai envie. J'ai faim. Et puis une fois la nourriture devant moi, je suis prise de nausée. C'est encore pire que d'habitude, actuellement.

– Est-ce parce que le retour de votre mari vous a rappelé les événements d'autrefois ? »

Min regarda Susan avec attention ; celle-ci poussa un profond soupir.

« Oui, ça se pourrait bien. Mais c'est peut-être aussi à cause de la mort atroce de Marianne. J'étais avec ses parents pour l'identification du corps. Quand Mme O'Neill a vu sa fille, elle s'est mise à crier. Elle était comme un animal acculé à la mort. J'ai toujours pensé que je supporterais de voir le cadavre d'Owen. Je me disais qu'après avoir vu tant d'enfants mourir, j'aurais la force d'affronter cette épreuve. Eh bien, je n'en suis plus si sûre à présent. »

Min baissa les yeux sur son assiette. Elle essaya de ne pas se rappeler.

« En outre, je ne comprends pas ce qui s'est passé cette nuit-là, reprit Susan. Que Nick soit mêlé à ce meurtre, ça me semble impossible. Durant toutes nos années de vie comnune, je ne l'ai jamais vu manifester la moindre violence physique. Et qui d'ailleurs aurait pu vouloir tuer cette pauvre fille ? Elle était parfaitement inoffensive, pitoyable même. Incapable de faire du mal à qui que ce fût, sauf à sa propre personne... »

Elle essaya de nouveau de manger, n'y parvint pas et laissa retomber sa fourchette.

« Ça vous ennuie si je vous pose une question ? » Min se pencha vers Susan. « Vous savez qu'une plainte a été déposée contre Nick au sujet de votre petit voisin ? Quel est votre avis là-dessus ? »

Susan haussa les épaules.

« Là non plus, je ne comprends pas. Je connais Nick. Il n'a rien d'un pédophile.

– Mais alors, à quoi lui servaient toutes ces photos qu'on a découvertes dans son sac de voyage ?

– À essayer de retrouver Owen. Je vois très bien ce qu'il faisait. Je l'ai fait moi-même. Je ne prenais pas de photos, je me contentais de regarder. Je m'asseyais sur les plages, en Espagne et en Grèce, et je regardais les enfants. Il m'est arrivé d'en suivre certains jusque chez eux. J'ai eu la tentation d'en voler un dans les supermarchés, dans les parkings, dans les grands magasins. Min, vous ne pouvez pas vous imaginer l'effet que la disparition de votre enfant peut avoir sur vous. Vous perdez le sens des réalités. Nick s'est livré à son occupation préférée : saisir la personnalité des gens. C'est ce qu'il a toujours fait. Au début de notre relation – nous étions encore étudiants –, il ne sortait jamais sans son carnet et son crayon. Il pouvait rester assis tout l'après-midi sur Stephen's Green à esquisser des figures. Même quand nous avions rendez-vous, il avait ce foutu carnet sur lui. Sa façon de regarder les filles me rendait folle de jalousie. Alors qu'il ne les regardait pas pour les raisons qu'on suppose – du moins la plupart du temps. Il voulait simplement étudier leurs traits. »

Min joua avec les tranches de tomate de son assiette.

« Vous, c'est peut-être comme ça que vous voyez les choses, Susan. En revanche, ce n'est pas du tout la position des gars du commissariat central qui ont à traiter tous les jours ce genre d'affaire. Pour eux, Nick est un pédophile classique qui s'excite en collectionnant des photos d'enfants. »

Susan repoussa son assiette.

« Nick est sans doute un collectionneur, mais je

peux vous assurer qu'il n'est ni un pornographe ni un pédophile. Je sais à quoi ressemblent ces gens-là. J'en vois parfois à l'hôpital. Et il ne s'agit pas seulement d'amis ou de parents des patients. Il est arrivé que certains membres de notre personnel aient abusé d'enfants. Évidemment, il n'est pas toujours facile de distinguer entre un homme qui aime sincèrement les gosses et un homme qui ne voit en eux que les objets de son propre plaisir. Néanmoins, je vous jure que Nick fait partie des premiers. »

Susan s'essuya les mains avec une serviette en papier.

« Après son départ, je suis descendue dans son atelier sous prétexte de le ranger. J'avais la vague intention de le louer. Je voulais débarrasser cet endroit de tout ce qui pouvait me le rappeler, vous voyez ce que je veux dire ? Je restais assise sur son vieux canapé à boire d'innombrables tasses de thé, comme Nick en avait l'habitude. Il possédait une collection de disques qu'il n'arrêtait pas d'écouter. Un mélange bizarre : les Talking Heads, Little Feat, tous ces groupes américains alternatifs des années soixante-dix. Et puis énormément de jazz. Il adorait John Coltrane. Je poussais le son au maximum. Et je regardais ses carnets et ses blocs-notes. Il y avait là des centaines de portraits d'Owen. Depuis sa naissance jusqu'à la veille, ou presque, de sa disparition. Cela m'a beaucoup aidée à l'époque. J'ai constaté qu'il existe plusieurs façons de garder un être qui vous est cher. Alors que, physiquement, leur présence vous manque, toute une partie d'eux-mêmes continue de survivre dans les débris de nos vies. »

Elle se leva.

« Je dois m'en aller. Un des enfants de l'hôpital me cause du souci. Je me sens mieux quand je travaille. Au moins, là-bas, je n'ai pas le temps de penser. »

Min agita son addition en l'air pour appeler la serveuse.

« Attendez-moi. Je vous accompagne. »

Dehors, la nuit commençait à tomber. Les hauts immeubles obscurcissaient la rue. Susan serra son écharpe en frissonnant. Les deux femmes se dirigèrent vers l'hôpital.

« Nous sommes entre chien et loup, dit Min, enfonçant les mains dans ses poches.

– Entre chien et loup ?

– C'est une expression française pour décrire ce moment du jour où il ne fait déjà plus clair, sans faire encore nuit. *Entre chien et loup**. Ma mère l'emploie souvent. Elle pense que les hivers irlandais sont un permanent "entre chien et loup".

– Je vois très bien ce qu'elle veut dire », déclara Susan avec un faible sourire.

Les deux femmes s'arrêtèrent devant l'entrée de l'hôpital. Susan se tourna vers Min.

« Merci d'avoir bien voulu m'écouter. Je sais que vous me comprenez. Nick m'a parlé de votre mari. Je me souviens parfaitement de lui. Je le trouvais plutôt sympathique. Il s'est montré très franc avec moi et j'ai apprécié son attitude. Vous avez des enfants, paraît-il. Des garçons. Vous avez de la chance. »

Elle tendit la main. Min la prit, la serra un moment entre les siennes, puis s'éloigna. « Les débris de nos vies », se répéta-t-elle. Et à elle, que restait-il d'Andy ? Pas grand-chose. Elle avait donné la plupart des vêtements de son mari à Oxfam[1]. Conservant seulement quelques livres, quelques vieux 33 tours, la voiture. Andy n'avait jamais possédé beaucoup de biens. Quand elle avait fait sa connaissance, il vivait dans un meublé et, à sa mort, la plupart de ses affaires étaient celles offertes par Min. Mis à part ses carnets, se dit-elle. Il y en avait entre cent et deux cents. Andy en prenait grand soin. Ils étaient tous datés et rangés par ordre chronologique dans une boîte glissée sous le lit. Andy les avait parfois ressortis pour retrouver certains détails.

« Ils représentent une vraie mine de renseignements, lui avait-il dit. Toutes ces notes peuvent sembler sans intérêt de prime abord, mais si tu les laisses reposer, elles se mettent à fermenter en quelque sorte, à bouillonner jusqu'à ce qu'une information importante remonte à la surface. »

Min ne s'en était pas séparée. Elle avait l'intention de les transmettre à ses fils quand ils seraient en âge de lire les griffonnages de leur père. Et qu'est-ce qu'Andy disait au sujet de ces carnets ? Que chacun constituait un document unique. Que si on les confrontait aux carnets de tous les autres flics du commissariat, on apprendrait à coup sûr le détail de ce qui s'était passé un certain jour dans un lieu donné.

Min monta en voiture. Elle composa un numéro sur son portable.

« Allô, Dave Hennigan, c'est moi, Min Sweeney. Excusez-moi de vous déranger. Je sais que vous avez

_____

1. O.N.G. (*N.d.T.*)

beaucoup de boulot chez vous, j'aurais seulement besoin d'un renseignement. Cela oblige à remonter assez loin dans le temps. Pourriez-vous m'aider à retrouver les collègues qui travaillaient avec moi à Dun Laoghaire il y a dix ans ? »

Elle écouta. Décelant un peu d'irritation dans la voix de Hennigan, elle expliqua plus longuement la raison de sa requête. Son visage s'épanouit en un sourire quand elle l'entendit dire :

« D'accord, d'accord, vous savez bien que je ne peux rien vous refuser. Je ferai de mon mieux. Quand vous viendrez me voir, je vous donnerai une liste. Leur nom, leur affectation présente, leur numéro de téléphone. Après ça, ce sera à vous de jouer. Ça ira ? »

Ça irait. Il y avait peu de chance que sa démarche réussît, mais elle avait eu comme une illumination pendant qu'elle regardait Susan Cassidy assise en face d'elle, au restaurant. Il devait y avoir une réponse quelque part.

« Andy, dit-elle à haute voix, tu dois te rendre compte que je fais du bon travail. Patiemment. En prêtant attention aux détails. En lisant entre les lignes. C'est ce que tu préconisais, n'est-ce pas ? Alors maintenant, aide-moi, s'il te plaît, Andy. »

26

Assis sur le mur, Emir regardait Nick. Il faisait un temps superbe. Les feuilles dorées du frêne, au bout du jardin, chatoyaient au soleil matinal. Le jeune garçon était vêtu de son pyjama aux couleurs délavées. D'une main, il tenait une tartine à moitié mangée, de l'autre, il s'agrippait au ciment friable qui recouvrait les pierres de granit. Nick s'approcha lentement de lui, esquissant un sourire. L'enfant garda une expression grave. Il laissa tomber le pain, étira sa bouche de deux doigts, sortit sa langue et fit aller sa tête d'un côté à l'autre avec exagération. Puis il interrompit sa grimace et tendit les bras pour que Nick le dépose à terre. Nick recula.

« Désolé, petit, mais nous ne jouerons pas aujourd'hui. Pas plus d'ailleurs qu'un autre jour. Tu dois cesser de venir ici. Rentre chez toi maintenant. Il fait trop froid pour rester dehors sans manteau ni bonnet. »

Le visage de l'enfant se décomposa. Il continua à tendre les bras à Nick, tournant ses petites mains comme une marionnette. Nick resta inflexible. Il secoua la tête et s'éloigna sans se retourner. Il ne vit ni le garçon se mettre à pleurer silencieusement, les larmes coulant sur ses joues barbouillées, ni sa bouche s'ouvrir avec une sorte de désespoir. Il ne vit pas davantage les mains qui attrapèrent l'enfant par-derrière et le descendirent brutalement du mur.

Emir fut entraîné, tiré par les cheveux. Il tomba à terre et se roula en boule pour se protéger des coups qui pleuvaient sur lui.

Le soleil brillait encore, projetant des carrés de lumière sur le bureau de Dave Hennigan. Min s'assit à côté de son collègue et regarda la liste qu'il avait établie. Dave la lui tendit avec un grand sourire.

« Et voilà le travail ! Et maintenant, je vous souhaite bonne chance pour votre enquête de détective. »

Il entoura les épaules de Min de son bras et la pressa légèrement contre lui.

« Merci, Dave, vous êtes vraiment gentil. » Min parcourut la liste des yeux. « Vous vous êtes surpassé cette fois. Noms, adresses, numéros de téléphone. Je suis très impressionnée.

– C'est ça, fichez-vous de moi. »

Dave Hennigan se leva et baissa les yeux vers Min.

« Ça va ? Vous m'avez l'air un peu pâlichonne. Ce sont les gosses qui vous fatiguent ? »

Min secoua la tête.

« Non, ce n'est pas ça. J'ai simplement beaucoup de boulot. Vous savez ce que c'est.

– Alors, nous vous manquons, hein ? Vous regrettez nos bonnes tasses de thé et nos petites conversations ?

– Ah ça oui, votre thé est unique, Dave. Au

commissariat central, personne ne sait le préparer comme vous. Je suppose que c'est la façon dont vous trempez les sachets dans l'eau. Vous les tenez du bout des doigts et vous les remuez avec une petite cuiller. C'est là votre secret, pas vrai ? »

Dave Hennigan éclata de rire.

« Vous avez mis le doigt dessus, mon chou. Bon, à présent je vous mets à la porte. Il y a des gens qui bossent, ici. »

Assis sur le canapé, Nick attendait, aux aguets. Quand il entendit la porte d'entrée se fermer, il se leva et regarda par la fenêtre. Il vit Amra et les enfants se diriger vers l'avenue, la petite fille dans une poussette et Emir traînant derrière. Nick s'éloigna de la fenêtre et sortit dans le jardin de derrière. Il alla jusqu'au mur du fond. Il lui était déjà arrivé de l'escalader d'innombrables fois, sans la moindre difficulté, pour récupérer le ballon d'Owen. Il s'élança et s'appuya sur les bras tandis que ses pieds cherchaient un interstice entre les pierres. Il attendit un moment, le regard fixé sur la maison, espérant qu'il n'y avait personne, puis enjamba le mur et se laissa tomber sur l'herbe de l'autre côté.

Des années auparavant, un grand potager s'étendait à cet endroit-là. Hilary Goulding y cultivait des rangées impeccables de framboisiers et de groseilliers, des laitues et des courgettes aux tiges rampantes dont les fleurs orange ressemblaient à des cors d'harmonie. Et aussi des dahlias en plein été.

« Juste pour le plaisir », lui avait-elle affirmé, montrant sa petite tête aux cheveux poivre et sel au-dessus du mur. « Mon péché mignon, ma concession à la

360

futilité. » Puis elle s'était tournée pour admirer les couleurs vives des fleurs – rouge et orange, jaunes avec des taches d'écarlate sur leurs pétales roulés – disant d'un ton rêveur :

« Elles sont belles, non ? »

Et lui, il avait acquiescé, étonné de cette prédilection qui jurait tellement avec l'austérité du reste du jardin où l'on ne voyait que deux grandes caisses à compost, des haies de lavande taillées et des légumes.

Maintenant poussait à la place du potager une maigre pelouse qu'agrémentait une balançoire de corde. Le pavillon se dressait à côté. Nick s'en approcha. Sa petite porte vitrée était ouverte. Le gond du bas était cassé et le battant reposait sur la plate-forme de bois. Nick grimpa dans le kiosque. Un transat plié, à la toile décolorée et déchirée, était appuyé contre la balustrade. Des feuilles mortes accumulées sur la paroi du fond dégageaient une odeur de pourriture. De vieux journaux déchirés gisaient à terre. De petits os, rongés et mâchés, étaient éparpillés sur le sol crasseux. Ainsi que toutes sortes de plumes : des blanches, des noires et quelques-unes de la couleur gris perle des pigeons qui vivaient dans un grenier, à deux rues de là. Une forte senteur musquée le fit reculer. Il la reconnut tout de suite : celle de la renarde. Sur le rebord de la fenêtre se trouvait une boîte à tabac cabossée et rouillée. Nick en força le couvercle. À l'intérieur, il découvrit un morceau de bougie et une boîte d'allumettes. Avec tout ce bois inflammable, c'était dangereux. Mais un des gosses avait dû bien s'amuser.

Il redescendit dans le jardin et regarda la maison. Ses fenêtres sombres et vides gardaient leur mystère. Immobile sur le gazon, il essaya de se souvenir. Quel aspect présentait ce bâtiment en ce jour fatal, dix ans auparavant ? Il gardait à l'esprit que la porte du sous-sol était toujours ouverte. Les enfants y entraient et en ressortaient à leur guise. Il se rappela le nombre de fois où il avait sauté par-dessus le mur, appelant son fils.

Owen, viens dîner. Owen, c'est l'heure d'aller au lit. Owen, maman est rentrée.

Dès qu'on poussait la porte, une odeur d'humidité et de feu de charbon vous assaillait. Ainsi que de la musique rock assourdissante. Nick revoyait le canapé délabré couvert d'un dessus-de-lit indien. Chris et Marianne se redressant et se tournant vers lui. Owen assis entre eux. Róisín debout devant la cheminée, un seau à charbon à la main. Des tasses ébréchées aux anses cassées. Des cendriers débordants de mégots. Et son fils qui disait : « Je ne veux pas rentrer, papa. Je m'amuse bien ici. S'il te plaît, papa ! » Il fallait alors passer outre. Le soulever, bien que son corps de petit garçon fût devenu plus lourd et moins docile.

Il s'approcha rapidement de la porte du sous-sol et tenta de l'ouvrir. Elle était à présent fermée à clé. Il recula et donna un grand coup de pied dans le battant. Le montant se fendilla, mais tint bon. Nick prit une profonde inspiration et recommença l'opération. Cette fois, la serrure se cassa. La porte s'ouvrit vers l'intérieur. Nick regarda encore aux alentours, entra et referma derrière lui. Son cœur battait la chamade, il avait du mal à respirer. Il prit appui sur le mur. Celui-ci était froid et humide. Nick se hâta de retirer sa main, qu'il essuya sur son jean. Puis il descendit lentement le couloir silencieux.

Le sous-sol de leur maison avait eu cet aspect-là

quand Susan et lui avaient emménagé. Une taupinière de petites pièces minables. Les chambres des domestiques, la cuisine, l'arrière-cuisine et la buanderie, à l'époque où les propriétaires de ces maisons étaient servis et choyés par des personnes démunies. Nick avait abattu les cloisons, ouvrant le sous-sol à la lumière. Mais ici, il faisait sombre. Il régnait une forte odeur de moisi et de pourriture. Il ouvrit la première porte. Les fenêtres garnies de barreaux étaient sales, des toiles d'araignées émaillées de mouches mortes voilaient les vitres. Il s'approcha de l'âtre. De la suie, tombée de la cheminée, couvrait le sol. De petits pieds l'avaient répandue partout. Un matelas était placé contre le mur. Nick le sentit humide au toucher. Une odeur d'urine monta à ses narines. Une couverture gisait dans un coin. La remuant du bout du pied, Nick aperçut un papier en dessous. Il sut ce que c'était dès qu'il le ramassa. Une main d'enfant y avait dessiné de nombreux personnages. À grands coups de crayon qui trouaient le papier. Il plia celui-ci et le glissa dans sa poche. Il s'assit sur le rebord de la fenêtre.

Qu'avait dit Marianne ? Elle avait parlé de cris, de sang sur les murs et par terre. Mais n'était-ce pas une hallucination ? Une réaction psychotique provoquée par la drogue ? Marianne avait été sur le point de sombrer dans des abîmes d'où l'on ne revient pas. En tout cas, c'était ce qu'on avait assuré à Nick.

Susan ne voulait pas que Marianne emmenât Owen quand elle allait voir les jeunes Goulding.

« Ce n'est pas bon pour lui, Nicky, disait-elle. Il ne sait plus où il en est. Marianne n'est pas sa copine, elle s'occupe de lui : ce n'est pas la même chose.

Owen est encore un enfant, non un adolescent à moitié adulte. »

Nick avait rejeté ses objections, arguant qu'ils connaissaient les Goulding depuis des années. Chris et Róisín leur avaient même rendu service en tant que baby-sitters, bon Dieu ! Owen se sentait chez eux comme chez lui. Alors, en quoi c'était différent ? Et Nick avait gagné. Ainsi qu'à son habitude. Mais Owen n'était pas chez les Goulding le jour de sa disparition. C'était ce que les jeunes gens avaient déclaré. Tous les quatre. Owen n'avait pas accompagné Marianne. Elle était descendue seule au sous-sol.

Nick se leva. Il fallait absolument que cette maison lui dévoile ce qu'elle recelait. À présent, il avait besoin de tout savoir.

Il retourna dans le couloir. La deuxième porte était fermée à clé. Il essaya de nouveau de l'enfoncer avec le pied. Le bois se fendit. Il appuya l'épaule contre le panneau et poussa. La pièce était obscure. De lourds rideaux pendaient aux fenêtres qui ouvraient sur le petit jardin de devant. Nick appuya sur l'interrupteur. Un tube de néon fixé au plafond grésilla et vacilla avant d'éclairer des murs blancs et un sol en ciment, peint du même blanc éclatant. Cette pièce-ci était immaculée et complètement vide. Debout sous la lumière, Nick regarda autour de lui, puis sortit.

Juste devant la porte, un escalier menait aux étages. Nick le gravit lentement, faisant gémir les planches sous ses pas. Il s'arrêta dans l'entrée, l'oreille tendue. Silence. Il alla d'une pièce à l'autre, ouvrant placards et tiroirs, regardant sous les chaises et les lits. Il ne trouva rien. La maison était crasseuse et négligée. Partout, il y avait des amoncellements de linge sale. Une odeur écœurante de graillon et de vieille nourriture emplissait l'air. Une petite chambre à coucher donnait sur le palier du premier. Elle ressemblait à celle qu'Owen avait habitée autrefois, sauf qu'ici on ne voyait pas de jouets. Juste un lit d'enfant pourvu d'un matelas recouvert de plastique et, abandonné sur le plancher, un ours en peluche dépenaillé dont la tête perdait sa bourre. Nick le ramassa. Soudain, le bruit de la porte d'entrée retentit dans la maison silencieuse. On marchait dans le vestibule. Et une voix s'éleva :

« Amra, tu es là ? J'ai faim. Il y a quelque chose à manger ? »

Nick s'immobilisa. Il essaya de retenir son souffle. Il sentit son pouls s'accélérer, son cœur s'emballer.

« Amra, ne me dis pas que tu es encore au lit ! Debout, espèce de fainéante ! »

Des pas dans l'escalier, puis dans la chambre à coucher donnant sur le devant. Ensuite, les pas retournèrent dans la cuisine. Le bruit d'un robinet qu'on ouvre, d'eau coulant dans l'évier. La radio. Une musique mise à plein volume. Et un sifflotement.

Nick s'appliqua à descendre avec précaution une marche après l'autre, un étage après l'autre. Devant lui, il apercevait la porte d'entrée. Mais, juste au moment où il allait s'élancer vers elle, Chris sortit de la cuisine, une tasse fumante à la main. Nick s'aplatit, figé, contre le mur. C'est à peine s'il parvint à voir Chris passer et entrer dans le salon de devant. Il serra les poings, s'efforçant de calmer les battements dans sa poitrine. Il attendit quelques secondes, puis dévala les marches restantes deux par deux et s'apprêta à regagner le sous-sol. Le bois craqua très fort et, une fois en bas, Nick entendit de nouveau Chris crier :

« Il y a quelqu'un ? Qui est là ? C'est toi, Emir ? Tu es en bas ? Remonte, remonte immédiatement. »

Sa voix exprimait l'impatience, la colère. Nick recula précipitamment et se dissimula sous l'escalier. Des pas retentirent juste au-dessus de sa tête, si près qu'il voyait ployer les marches. Il s'écrasa contre le mur tandis que Chris répétait : « Il y a quelqu'un ici ? »

Nick l'entendit s'approcher de la porte donnant sur le jardin. L'entendit jurer quand il l'ouvrit et que la serrure tomba à terre. Il la claqua et en poussa les verrous du haut et du bas. Il dut ensuite entrer dans les chambres et les inspecter brièvement. Nick se fit tout petit et ferma les yeux, priant le ciel de le rendre invisible. Enfin, Chris remonta. Et ce fut le silence.

Nick souffla. Plié en deux, il laissa pendre la tête, pris de vertige et de nausée. Au-dessus de lui, la porte d'entrée s'ouvrit et se referma. Un bruit de voix. Nick en profita pour sortir de sa cachette, tirer les verrous et se glisser dehors, dans le jardin. Rasant la façade de la maison, il se dirigea vers le mur, l'escalada sans se retourner et se laissa tomber de l'autre côté, à l'abri, dans son propre jardin. Pénétra chez lui et s'assit, étourdi et hors d'haleine. Posa la tête sur la table et ferma les yeux, attendant que sa respiration redevînt régulière, que son cœur ralentît et qu'il retrouvât son calme et sa sérénité.

Tout était tranquille dans le bureau. Pour une fois, elle se trouvait seule. Elle étudia la liste fournie par Dave. Son collègue s'était montré très méticuleux. Les vingt noms notés correspondaient bien aux numéros de téléphone indiqués. Dix de ces policiers avaient maintenant pris leur retraite. Ils étaient devenus des golfeurs passionnés ou des fermiers à mi-temps. Min laissa des messages sur des répondeurs ou à des épouses. Ceux qui travaillaient encore se montrèrent très aimables, sans cacher leur scepticisme quant à la tâche que Min se proposait d'accomplir.

« Nous avons étudié tout ce matériel en son temps, Min, dirent-ils. Nous avons vérifié tout ce qui en valait la peine, vous le savez bien. Après tout, vous avez participé à la première enquête. Ainsi d'ailleurs que votre mari. S'il y avait eu quelque chose à découvrir, cela ne lui aurait certainement pas échappé. »

Tous voulaient lui parler d'Andy. Raconter des anecdotes sur lui. Elle aurait préféré ne pas en entendre certaines.

Elle appela chez elle dans l'après-midi. Tout allait bien.

Vika était d'une humeur inhabituellement joyeuse.

« Très agréable ici, aujourd'hui, Minouchka. Garçons heureux, soleil brille, Vika heureuse aussi.

– Vous vous êtes bien amusée hier soir ?

– Oh oui, Minouchka, c'était formidable.

– Parfait, Vika, mais dorénavant, quand vous rentrerez tard, n'oubliez pas de mettre la chaîne de sécurité sur la porte et aussi de brancher l'alarme. D'accord ? Juste pour le cas où. »

Pour le cas où il se passerait quoi ? se demandat-elle. Elle se répondit à elle-même : juste pour le cas où.

« Sûr, Min, je ferai tout comme vous voulez. Oh, un homme a appelé à peine une demi-heure de ça. Un Paddy O'Higgins. Ami de votre mari. Il a dit vous téléphoner chez lui. Il demande vous le rappeler. Il a chose intéressante à vous dire. Il a laissé numéro portable. Vous avez stylo ? »

Paddy O'Higgins. Il avait travaillé dans la police de la route. Comme motard. Quelques années plus tôt, il avait eu un grave accident alors qu'il fonçait à toute allure à la poursuite de bandits qui venaient de braquer une poste. C'était le jour des allocations familiales, le bureau était plein de femmes et d'enfants. Les deux malfaiteurs portaient des passe-montagnes et étaient armés de fusils à canon scié. Paddy s'était cassé les deux jambes et le bassin. Une catastrophe. À présent, il tenait des chambres d'hôtes avec sa femme Nancy. Quelque part dans le comté de Wexford.

Il répondit à la première sonnerie.

« Je pense avoir à vous communiquer un renseignement d'un certain intérêt, Min, annonça-t-il d'une voix animée. Si vous croyez pouvoir en tirer quelque chose, je vous faxe les pages de mon calepin. »

Min écouta et prit des notes. *31 octobre 1991 à seize heures trente-cinq. Accident au carrefour de Marine et de Sea Road. Une piétonne est renversée par un véhicule, sans doute une BMW, roulant très vite. Ambulance appelée à seize heures quarante. Victime : Mme Annie Molloy, quatre-vingt-deux ans, 16 Rollins Villas, Sallynoggin. Renseignements concernant la voiture en infraction transmis à la police de la route. La piétonne est victime d'un arrêt cardiaque. Premiers secours donnés par William Metcalfe, 28 Moorview Avenue, Bradford, Yorkshire. Mme Molloy emmenée à l'hôpital St. Michael à seize heures cinquante-huit.*

« Et qu'est-il arrivé au chauffard, Paddy ? Qui était-ce ?

– Un jeune de l'immeuble d'habitation The Dolphin House. Mick Burke, seize ans, et son passager, Damien Smith, dix-sept ans. Tous deux ont été tués une heure plus tard. Dans une collision avec un semi-remorque sur la route d'Arklow.

– Donc un simple fait divers sans rapport direct avec l'affaire Cassidy ?

– S'il y en avait eu un, nous l'aurions vérifié. Mais on ne sait jamais. Cela fait des années que je n'ai plus pensé à cet accident. Appelez-moi si ce renseignement présente pour vous quelque utilité. »

Min regarda son carnet et soupira. Il y avait peu de chance, mais c'était bien la seule information intéressante qu'elle eût reçue jusque-là. La porte du bureau s'ouvrit et se referma avec bruit. Min leva les yeux. Conor se tenait devant elle.

« Salut. Comment va ? »

Min sourit.

« Bien. Et vous ? »

D'un mouvement des épaules, Conor ôta sa veste et s'assit. Il y eut un moment de silence embarrassé. Puis tous deux parlèrent en même temps.

« Eh bien... commença-t-elle.

– Écoutez... » fit-il.

Ils éclatèrent de rire.

« Les dames d'abord, déclara Conor en se renversant sur sa chaise.

– C'est très galant ! » Min se tut un instant. « Je voulais seulement vous dire que je regrettais de vous avoir vexé hier. »

Conor secoua la tête.

« Et moi je regrette d'avoir réagi avec tant de véhémence. Je ne sais pas ce qui m'a pris. Vous avez sans doute raison : je passe trop de temps enfermé ici.

– Bon, n'en parlons plus. » Min regarda de nouveau sa liste. « Écoutez, je voudrais vous demander un service. Il faut que je rentre. Les gosses jouent ce soir à l'école dans un spectacle donné à l'occasion de Halloween, et ma présence est indispensable. Pourriez-vous effectuer à ma place une recherche sur quelques personnes ? Ça ne mènera sans doute à rien, mais on peut toujours essayer. »

Min souligna les noms inscrits sur son carnet et passa celui-ci à Conor.

« Pas de problème. » Le jeune homme posa ses mains sur le clavier de l'ordinateur. « Mes doigts magiques sont à votre disposition. Si je trouve quoi que ce soit qui sorte de l'ordinaire, je vous appelle. Ah, n'oubliez pas de m'apporter un paquet de bonbons et de noix demain. D'accord ? »

Min se leva, passa la lanière de son sac sur son épaule.

« C'est comme si vous l'aviez. Je vous garderai le plus gros. »

Arrivée à la porte, elle se retourna. Conor se tenait penché sur son bureau, les chevilles passées autour du pied de sa chaise à pivot. Il chantonnait d'une voix monotone. Il leva la main vers Min sans la regarder pour lui dire au revoir. Min sortit.

Le 31 octobre 1991, il faisait beau et même inhabituellement chaud. Des feuilles mortes formaient de jolis dessins rouges, dorés et orange sur les trottoirs. Annie Molloy, quatre-vingt-deux ans, jugea la journée assez agréable pour prendre le bus et descendre faire ses courses au bas de la colline, à Dun Laoghaire.

D'habitude, sa petite-fille, Stacy, venait la voir dans sa minuscule voiture rouge, prenait la liste établie par sa grand-mère et se rendait au supermarché à sa place. Mais Stacy n'écoutait pas quand Annie lui disait qu'elle préférait le thé en vrac au thé en sachets et le lait entier au lait écrémé. Et puis elle oubliait toujours de lui acheter les bonbons à la menthe qui rappelaient à Annie le bon vieux temps. Quand il y avait encore des trams en ville et que des fiacres attendaient les passagers du navire postal devant le débarcadère de l'est.

De plus, elle voulait aller chercher sa pension à la poste qui se trouvait au bout de Marine Road. Cela lui permettrait de voir qui venait encore la toucher en personne. Elle fit très attention pour traverser ce jour-là. Elle attendit aux feux jusqu'à l'apparition du bon-homme vert. C'est alors seulement qu'elle descendit du trottoir. Elle ne vit pas la voiture arriver. Elle enten-dit seulement le grincement des freins et sentit un coup sur le côté qui la déséquilibra et la fit tomber sur la hanche.

Elle n'était pas très sûre de ce qui s'était passé après, mais elle se souvenait d'un policier penché au-dessus d'elle. Il portait un casque de motocycliste et un épais blouson de cuir. Il lui demanda son nom et son adresse. Appela une ambulance par radio. Une foule s'était rassemblée autour d'eux. Quelqu'un ôta son manteau et le lui glissa sous la tête en guise d'oreiller. Une autre personne ramassa son sac à main et dit qu'elle le lui garderait. Soudain, elle commença à se sentir très mal. Elle éprouva une brusque douleur aiguë dans le bras gauche et dans la poitrine. Elle s'empara de la main du policier. Des points noirs dansaient devant ses yeux.

Ensuite, un sentiment de panique la saisit. Le policier s'agenouille près d'elle, lui prend le poignet, lui tâte le pouls. Il essaie de l'asseoir. Lève les yeux, cherche de l'aide dans l'assistance. On entend alors une voix marquée d'un accent anglais.

« Elle a un malaise ? Vous avez besoin d'un coup de main ? »

L'agent voit un homme s'accroupir à côté de la vieille dame, appuyer ses doigts sur son cou. Coller son oreille contre la poitrine de la victime. S'asseyant sur les talons, il lui ouvre la bouche et lui pince les narines.

« Attention, je vais compter », dit-il au policier qui s'attache à presser d'une façon rythmique la poitrine de la victime. « Un, deux, trois, quatre, cinq, six, sept, stop. »

Courbé sur elle, l'inconnu lui insuffle de l'air dans les poumons.

« On recommence : un, deux, trois, quatre, cinq, six, sept, stop. »

Il renouvelle plusieurs fois l'opération et, tout à coup, le miracle se produit : le visage de la femme reprend des couleurs, elle ouvre les yeux, hoquette, se remet.

Peu après, quand l'ambulance emporte la vieille dame, le motard se tourne vers le sauveteur.

« Bravo, et merci ! Vous avez été remarquable », dit-il. Il sort son carnet. « Vous pouvez me donner votre nom et votre adresse ?

– Je m'appelle Metcalfe. William Metcalfe. Je suis de Bradford, dans le Yorkshire, au 28 Moorview Avenue. À présent, il faut que je file, sinon je vais rater mon ferry.

– Une seconde. » Le policier lève sa radio et parle rapidement dedans. « Vous inquiétez pas, le bateau va vous attendre. Un simple échange de services. »

Le policier sourit.

Metcalfe lui rend son sourire et le salue en portant deux doigts à un képi imaginaire. Puis il ramasse son sac.

« C'était peu de chose, mon vieux. Ça sert, parfois, d'avoir été boy-scout. »

Il se tourne et se dirige vers l'embarcadère.

« Un scout ! grommela Conor au téléphone. Un foutu chef scout. En réalité, c'était aussi un saligaud de première. Six mois après cet incident, il a été inculpé pour cinquante-deux actes de pédophilie, agression sexuelle, attentat à la pudeur et condamné à dix ans de prison. »

Il était déjà tard. Min allait se mettre au lit. En rentrant de la fête, les garçons s'étaient montrés insupportables. Elle avait failli se fâcher. Joe et Jim n'avaient cessé de se disputer. Joe estimait inégal le partage des dons recueillis chez les voisins. Min dut déployer des trésors de diplomatie pour enlever à Jim le sachet supplémentaire et le diviser entre son frère et lui. Maintenant, elle buvait une tasse de thé devant le feu mourant.

« Répétez-moi ça, Conor. L'homme qui a fait le bouche-à-bouche à la vieille dame a été condamné pour pédophilie, agression sexuelle et outrage aux bonnes mœurs ? Et envoyé en prison ? Et cet homme était à Dun Laoghaire le jour où Owen Cassidy a disparu ?

– Exactement.

– Comment est-il possible que nous n'en ayons rien su ?

– Oh, c'est simple : il n'y avait pas de raison d'effectuer le moindre rapprochement entre un accident mineur survenu ce jour-là à Dun Laoghaire et un individu qui, après tout, n'était accusé ici d'aucun crime.

– Alors, on fait quoi maintenant ? Où cet individu est-il emprisonné ? On peut le voir, vous croyez ?

– Eh bien, il y a un petit problème. Il était dans une prison près de Manchester. Quartier de haute sécurité. Seulement voilà : il n'y est plus. Il a été tué par un autre détenu en juin 1998. »

Min but une gorgée de thé.

« Qui l'a tué ? Et est-ce que c'était pour une raison précise ?

– On n'a jamais découvert le mobile du crime. J'ai parlé au sous-directeur ce soir. On connaît le meurtrier de Metcalfe. Et il n'est pas sans intérêt de savoir qu'il s'agit d'un Irlandais, un certain Colm O Laoire, nom qui se prononce à l'irlandaise. Ce pauvre sous-directeur était incapable de le dire correctement. De toute façon, il n'y avait pas de témoins. Enfin... il paraît qu'il y avait un jeune avec eux, mais il a refusé de parler. Il a donc été impossible de constituer une charge contre l'assassin.

– Et ce O Laoire, il est toujours en taule ?

– Je veux, oui ! Il a été reconnu coupable du meurtre de sa femme. Il a été condamné à perpète, et il lui reste encore pas mal de temps à tirer.

– Vous ne pensez pas qu'on devrait aller le voir ? demanda Min d'une voix pleine d'excitation.

– Oui, je pense que ça s'impose. Je vais encore me livrer à quelques recherches supplémentaires sur le sieur Metcalfe. Téléphonez à la prison demain à la première heure et demandez-leur les conditions et l'horaire des visites. Je laisse les numéros sur votre bureau. Et je vous accompagnerai, si vous voulez. » Conor bâilla longuement. « Je suis crevé. Si vous avez besoin de moi d'ici là, vous m'appelez sur mon portable. D'accord ?

– D'accord.

– Et encore une fois, bravo, Min ! Vous avez rudement bien joué ! Je vous souhaite une bonne nuit. »

Min resta devant le feu jusqu'à ce qu'elle se mît à claquer des dents. Alors, elle monta dans sa chambre. Il y avait des moments où la solitude était particulièrement pénible. Quand vous n'aviez personne avec qui partager votre excitation.

« Andy, dit-elle à haute voix. Quel est ton avis sur tout ça ? Tu crois qu'on tient une piste ? Tu es fier de moi ? Réponds-moi, Andy. »

Mais Min n'entendit que le vent dans les arbres et la sonnerie plaintive d'un système d'alarme de voiture deux rues plus loin.

27

Il faisait encore nuit lorsque Nick se réveilla. Il était couché nu sur le côté, les mains entre les cuisses. Des mots lui trottaient dans la tête. Autrefois, ils étaient accompagnés de musique. À présent, c'étaient seulement des mots.

> *Le regret d'avoir péché*
> *Déchire le cœur coupable.*

Sa mère les avait chantés quand Nick était adolescent. Elle faisait partie d'un chœur. Selon elle, c'était là une première tentative pour retrouver sa propre vie qu'elle avait jusqu'alors consacrée à son mari et à ses enfants. Elle possédait un disque de Kathleen Ferrier qui chantait des arias de Bach : extraits de *La Passion selon saint Matthieu,* de *La Passion selon saint Jean,* de la *Messe en si mineur.* Elle le passait et le repassait, chantant avec la cantatrice. Essayant d'imiter le phrasé, le ton, la qualité de la voix. « Écoute comme c'est beau, Nicky », disait-elle. Lui, il se contentait de grogner et de se concentrer sur son repas.

Il bougea, remua les jambes, tendit le bras. La place à côté de lui, dans le lit, était vide. Alors, il se rappela tout. Ils avaient terminé la seconde bouteille de vin. Puis Susan avait déniché du calvados dans un placard. Ils avaient ri et bavardé. Ils étaient heureux. Nick l'avait embrassée. Assise sur ses genoux. Elle avait incliné la tête sur son épaule. Il avait senti son corps tiède, posé la main sur ses seins. Elle avait glissé sa main à elle sous la chemise de Nick et caressé sa poitrine. L'avait saisi par le bras et entraîné dans l'escalier. Debout près du lit, ils s'étaient regardés, et Nick avait pris Susan par les épaules. Ils s'étaient de nouveau embrassés. Susan avait toujours le même goût. Il l'avait attirée vers lui, serrant son corps contre le sien. Il éprouvait enfin un sentiment de sécurité.

Soudain, elle s'était dégagée et avait commencé à crier. Comment osait-il ? Pour qui se prenait-il et pour qui la prenait-elle ? Croyait-il vraiment que deux bouteilles de vin bues en souvenir du bon vieux temps allaient tout arranger ? Elle avait reculé, les poings serrés, les joues inondées de larmes. Lui avait crié de s'en aller, de la laisser tranquille. S'était précipitée hors de la chambre à coucher, avait dévalé l'escalier, ouvert puis claqué la porte d'entrée.

Un instant, Nick était resté comme pétrifié. Ensuite, il était descendu à la cuisine. Avait lavé et rangé les assiettes. Essuyé la table et balayé, puisant une sorte de réconfort dans ces humbles tâches. Un moment plus tard, il avait entendu la porte se rouvrir et Susan était apparue dans l'entrée. Elle était pâle. Mais ce fut d'une voix calme et ferme qu'elle dit :

« Reste avec moi ce soir, Nick. Cela me ferait plaisir. Monte avec moi. J'ai besoin de ta présence ici. Peu importe le passé, j'ai besoin de toi maintenant. »

Sitôt couchée, elle avait fermé les yeux et s'était endormie. Allongé près d'elle, il l'avait écoutée respirer. Puis lui aussi s'était endormi, pour se réveiller quelque temps après. Susan pressait son dos contre sa poitrine, ils étaient blottis l'un contre l'autre. Nick repoussa les cheveux de Susan et l'embrassa sur la nuque. Elle lui prit la main, la posa sur son sein et, du pied, lui caressa la cheville. Ensuite, ils s'étaient rendormis.

Susan ouvrit la porte de la chambre. Nick se tourna vers elle.

« Il est encore tôt, mais je dois partir. Je t'ai monté du thé. »

Nick se redressa et Susan, déjà en tenue de travail, s'assit à côté de lui. Elle lui tendit la tasse. Nick but une petite gorgée.

« Je rentre vers six heures. Tu seras ici ? »

Il acquiesça d'un signe de tête.

« Bon, nous nous parlerons à ce moment-là. »

Susan l'embrassa sur la joue. Elle sentait le dentifrice. Elle se mit debout et lissa sa jupe. Nick la regarda.

« Susan, je t'aime.

– Vraiment ? »

Elle s'éloigna, puis se retourna pour lui sourire. Nick entendit ses pas dans l'escalier et la porte d'entrée se refermer.

Il se leva et alla à la fenêtre. Tout autour de la place, les maisons étaient éclairées. On y prenait le petit déjeuner. Les enfants se préparaient à partir à l'école, les parents au travail. On entendait des portes claquer ou bien des « au revoir ! ». Des voitures s'écartaient du trottoir pour rejoindre le flot lent des véhicules qui se dirigeaient vers l'avenue. Nick vit deux adolescents couper à travers la pelouse. Ils s'arrêtèrent devant le tas de bois destiné au feu de joie, puis allumèrent furtivement une cigarette, protégeant la flamme du briquet de leurs mains en coupe. Ils traînèrent là jusqu'à ce qu'une fille sortît d'une grande maison, à l'angle de la place. Elle était très jolie, avec de longues jambes sous la jupe écossaise de son uniforme scolaire et son imperméable vert. Les garçons l'appelèrent. Elle s'approcha et se mit à rire et à jouer avec eux, faisant claquer sa ceinture comme un fouet et feignant de s'enfuir lorsque la lanière touchait les mollets de ses compagnons. Alors que tous trois se dirigeaient vers l'autre grille du square, une voix cria quelque chose. Nick vit Chris dégringoler les marches de son perron et courir vers les jeunes gens en les appelant par leurs noms. Nick remarqua l'accueil affectueux que lui réserva la fille, le respect que lui témoignèrent les garçons. Ils restèrent à parler un moment. Chris entourait de ses bras l'épaule de la fille et celle du plus petit des deux garçons. Ensuite, ils se séparèrent, les garçons se dirigeant vers leur collège, Chris et la fille empruntant le raccourci qui passait entre les maisons et menait à la route de Laurel Park.

Autrefois, des bois s'étendaient dans cette large vallée, gravissaient les collines bordant le sud des hauteurs de Dublin. Là se dressaient, au milieu des champs, d'élégantes maisons de campagne entourées de grands jardins où des hommes travaillaient hiver comme été pour fournir à leur employeur fleurs coupées, fruits et légumes. On voyait des courts de tennis, des pelouses de croquet et des terrains de cricket. Tout ceci était à présent remplacé par des rues, des supermarchés, des stations-service, des marchands de journaux, des arrêts de bus, des passages cloutés, des écoles et des maisons. Beaucoup de maisons. De longues rangées d'habitations qui dévoraient l'espace vert avec leurs cours, leurs remises, leurs garages et leurs cordes à linge. À l'endroit même où poussaient jadis des bouquets de hêtres, de chênes, de frênes et d'ormes.

Un moment plus tard, Nick longea le sentier qui passait derrière Laurel Park. Peu de gens le connaissaient, et il était d'autant moins fréquenté maintenant que son entrée était à moitié occupée par une sous-station électrique entourée de fil de fer barbelé et de panneaux d'alerte. Avant, il y avait là un droit de passage, c'était un raccourci entre deux villages, à l'époque où les gens se déplaçaient en vélo ou à pied. À présent, il était obstrué en plusieurs points par d'affreuses barricades en béton recouvertes de graffitis et polluées par des excréments et des ordures jetées négligemment par-dessus les murs des jardins. Ce n'était que derrière l'école qu'il gardait quelque chose de sa paix et de son calme d'antan. Une haie vive de chèvrefeuilles, d'églantines et de mûres, très épaisse en été, séparait le chemin du terrain de jeu. Celui-ci était encore bordé de quelques arbres. Un énorme hêtre cuivré étendait, tel un dôme immense, ses branches gris argent et un bouquet de tilleuls montrait des nids d'oiseaux qui resteraient vides jusqu'au printemps suivant.

Autrefois, Laurel Park était doté d'un jardin à la française avec des haies bien taillées et de larges allées de gravier qu'on ratissait régulièrement. Maintenant, tout était goudronné. Au cours des dernières années, le collège s'était agrandi et avait absorbé les maisons situées des deux côtés du bâtiment d'origine. Les hauts murs qui cloisonnaient les propriétés avaient disparu. Dressé sur la pointe des pieds, Nick regarda autour de lui. Les anciennes dépendances, sans doute des écuries, étaient devenues de petites salles de classe. Et sur le côté se trouvait une construction basse, tout en longueur, pourvue de grandes fenêtres en verre dépoli. La piscine, sans doute, se dit Nick. Il entendait un bruit d'éclaboussures et des cris de filles.

C'était le milieu de la matinée, le moment le plus actif du collège. Nick voyait nettement Chris Goulding qui faisait face à sa classe, un livre dans une main et dans l'autre probablement un morceau de craie. Chris se retourna, inscrivit quelque chose au tableau noir, puis entreprit de faire le tour de la salle, s'arrêtant çà et là pour s'adresser à une jeune fille. Il avait l'air animé, son mince visage exprimant un vif intérêt. Les élèves paraissaient suspendues à ses lèvres. Certaines levaient le doigt, d'autres bondissaient de leur chaise. Chris riait, tout heureux, gesticulant de manière théâtrale. Il s'approcha de la fenêtre et regarda dehors. Nick eut l'impression que Chris l'avait repéré debout dans l'allée, sous les arbres. Il nota de la surprise, puis de l'inquiétude sur sa figure. Il le vit reculer, s'éloigner de la vitre comme s'il craignait que ne disparût cette barrière entre lui et le monde extérieur. De toute évidence, il avait peur. Nick le salua de la main avant de rebrousser chemin en toute hâte.

Conor et Min parvinrent à la prison en début d'après-midi. Une heure et demie plus tôt, ils se trouvaient encore pris dans un embouteillage sur la route menant à l'aéroport de Dublin.

Min enleva son écharpe.

« C'est quand même bizarre, l'Empire britannique. Vous ne pensez pas ?

— Que voulez-vous dire ? demanda Conor.

— Eh bien, visez-moi un peu cette monstruosité. » Min désigna l'épaisse porte de bois et les deux tours de guet en brique. « C'est la parfaite copie de Mountjoy, à Dublin. J'imagine tous ces ronds-de-cuir du XIXᵉ siècle, en chemise à col cassé et complet à rayures, dessinant dans leurs bureaux des prisons, des tribunaux, des gares et des mairies pour les envoyer ensuite aux quatre coins du monde. À toutes ces grandes taches roses qui s'étalent dans les vieux atlas. Des plans et un système culturel dont ils répandraient partout le modèle, de gré ou de force, de Delhi à Dublin.

— Vous avez sans doute raison pour ce qui est de la façade, mais l'intérieur a été complètement modifié. Il a été rénové ces dernières années.

— Ah oui, c'est vrai. Je me rappelle qu'il y avait eu une révolte ici, non ?

— Sur son site Internet, la direction parle de "troubles".

— C'est aussi comme ça qu'on désignait la guerre civile en Irlande du Nord. Les euphémismes sont parfois très utiles, déclara Min en souriant.

— Bon, vous êtes prête ? » demanda Conor.

Pendant le vol, il lui avait fourni des renseignements sur Metcalfe. Metcalfe avait été marié et père de deux enfants. C'était un artisan menuisier. Il fabriquait des éléments de cuisine, des étagères, transformait des greniers et exécutait d'autres travaux de ce genre. Il avait beaucoup voyagé et vécu un certain temps en Belgique et en Hollande. Il avait un casier judiciaire chargé depuis l'âge de vingt et un ou vingt-deux ans. Encore adolescent, il avait tripoté des gosses plus jeunes et plus vulnérables que lui. Par la suite, les délits s'aggravèrent. Finalement, peu après son arrivée à Dublin, il avait été arrêté pour le viol de trois garçons. En fait, cela ne représentait que la partie émergée de l'iceberg. Un tas d'autres plaintes avaient été déposées contre lui. La police avait identifié certains de ces enfants grâce à des photos montrées sur Internet. Ces images faisaient partie d'un matériel saisi chez un des groupes poursuivi l'année précédente en Grande-Bretagne.

« Vous voyez donc pourquoi cela m'intéresse », dit Conor en terminant son plateau-repas.

Ils s'étaient mis d'accord. Min rendrait visite à Colm O Laoire. Conor parlerait à quelques-uns des autres délinquants sexuels de la prison, ceux qui avaient le mieux connu Metcalfe.

« Vous êtes parée ? demanda Conor.

– Affirmatif. Amusez-vous bien. »

Tandis qu'ils se rendaient de la réception au parloir, le gardien parla à Min du prisonnier.

« O'Leary, dit-il en appuyant sur l'anglicisation du nom. Nous l'appelons comme ça ici. C'est simple et ça fait mieux qu'un de ces foutus noms gaéliques impossibles à prononcer. Colm O'Leary, cinquante ans. Accusé du meurtre de sa femme, il y a douze ans.

Condamné à perpétuité avec la recommandation de lui faire purger au moins vingt ans de sa peine.

– C'est lourd. En Irlande, il est rare qu'on fasse plus de douze ans de prison, même pour un meurtre.

– Vraiment ? » Le gardien lui lança un coup d'œil. « Alors, O'Leary aurait peut-être dû choisir l'Irlande au lieu de Londres pour tuer sa femme. Et le mieux aurait peut-être été qu'il la laisse tranquille. Quand il a découvert qu'elle le trompait, il aurait peut-être simplement pu rompre avec elle et retourner à la tourbière d'où il venait. »

Min ne répondit pas. Elle avait lu la description du meurtre dans le dossier de O Laoire. Après avoir ligoté sa femme, il l'avait attachée au lit, puis brûlée vive. Quand elle fut morte, il l'avait détachée et prétendu qu'il s'agissait d'un accident : une cigarette tombée sur les draps. Mais l'autopsie avait révélé des marques de corde sur les poignets et les chevilles de la victime. Et, pour activer le feu, il avait aspergé sa femme de parfum.

Une odeur suffocante régnait à l'intérieur de la prison. Un mélange de chou bouilli et d'urine. Min se sentit le cœur au bord des lèvres. Elle déglutit et garda les yeux fixés sur les dessins du lino.

« Alors, qu'est-ce qui est arrivé à Metcalfe ? »

Ils s'arrêtèrent pour permettre au gardien d'ouvrir encore une porte. Ensuite, il s'effaça pour la laisser passer. Le groupe d'hommes qui attendait de l'autre côté s'écarta de mauvaise grâce. Min entendit leurs commentaires. Les sottises habituelles. Au début de sa carrière, elle escortait souvent des prisonniers. La première fois, le désespoir des détenus l'avait beaucoup affectée. À la longue, elle s'y était habituée.

« En ce qui concerne William Metcalfe, eh bien, c'était un autre beau salaud. Nous ne savons pas exactement ce qui s'est passé. Metcalfe et O'Leary étaient tous les deux à l'infirmerie. C'était un dimanche. Le personnel, très réduit ce jour-là, regardait un match de foot à la télé. Manchester United contre Sunderland, ou un truc de ce genre. Quoi qu'il en soit, on a soudain entendu des cris et un des autres détenus a fait irruption dans la salle des infirmiers pour dire que Metcalfe s'était suicidé. Ils ont trouvé le type la gorge tranchée, un morceau de verre à la main. Du sang partout, une horreur. O'Leary, lui, était assis dans son lit et lisait un livre. Calme comme c'est pas permis. Il n'a même pas levé les yeux. Il a déclaré qu'il n'avait rien vu, rien remarqué, rien entendu. Et le seul autre témoin, le gars qui avait donné l'alarme, s'était transformé entre-temps en une sorte de demeuré qui affirmait ne rien savoir. Mais croyez-moi, le pourcentage de gens qui se tranchent la gorge est de l'ordre de un sur un million. Autant dire que ça n'arrive jamais. »

Le gardien se tut pour déverrouiller une énième porte.

« Un moment, je vous amène O'Leary. Entrez. » Il désigna une petite pièce au bout du couloir. Ça m'étonnerait qu'il vous dise grand-chose. C'est un type plutôt taciturne, votre O'Leary. »

Taciturne, sec, nerveux. Le visage buriné. Le genre d'homme qu'on voit sur un chalutier ramenant les filets par un jour venteux de novembre, un mégot au coin des lèvres, plissant les yeux dans la bourrasque. Debout sur le seuil, il regardait Min en silence. Elle se leva et tendit la main. O'Leary ne bougea pas. Le gardien le poussa au creux des reins.

« Qu'est-ce que c'est que ces manières, O'Leary ? Serrez la main à cette dame comme quelqu'un de poli. Elle est venue exprès d'Irlande pour vous voir.

– Bon, c'est pas grave. » Min recula, se rassit et désigna la chaise placée de l'autre côté de la table en Formica. « Asseyez-vous, je vous en prie. Tenez. »

Elle sortit un paquet de cigarettes de son sac.

« Vous pouvez les prendre. C'est un cadeau de l'État irlandais.

– *Go raibh math agat.* »

O Laoire se pencha, saisit le paquet et entreprit d'en ôter le papier Cellophane.

« *Na bach* », répondit Min.

Elle le regarda froisser le papier et le rouler en boule. Il avait les ongles cannelés et jaunis par la nicotine. Des veines bleu pâle saillaient sur ses mains.

« Oh, il parle gaélique, le petit malin. » Le gardien gratta son menton râpeux. « T'as pas souvent l'occasion de le pratiquer ici, hein, mon vieux ? »

Avec des gestes lents, mais décidés, O Laoire extirpa une boîte d'allumettes de la poche de son pantalon. Il approcha son visage de la flamme. Min remarqua sur sa joue gauche une cicatrice rose pâle, boursouflée et sinueuse.

« Vous avez eu des ennuis ? »

Cherchant ses mots en irlandais, Min désigna la joue du détenu.

« Oh, juste un léger différend avec un gars armé d'un rasoir. Rien de bien grave. Vous devriez voir sa figure à lui ! répondit O Laoire en un irlandais rapide et aisé.

– Dites donc, il me semble que vous avez une petite conversation privée. Ce n'est pas très correct,

dit le gardien en regardant Min d'un air désapproba-
teur.

– Faites pas attention. Ce type finira par disparaître
comme la brume du matin sur la colline. » O Laoire
sourit à Min à travers la fumée de sa cigarette. « En
tout cas, c'est comme ça que j'agis d'habitude. »

Min se cala sur sa chaise et regarda le prisonnier.
Il se tenait très droit, les bras croisés sur la poitrine,
la cigarette pendant de ses lèvres. Il fixait un point du
mur, au-delà de la tête de Min. Celle-ci se demanda
ce qu'il pouvait bien regarder.

Elle s'éclaircit la voix. L'irlandais sortit aisément
de sa bouche. Elle prenait plaisir aux mots qu'elle
employait et à la construction de ses phrases. O Laoire
lui répondait avec tout autant de facilité. Min se rappela les détails qu'elle avait lus dans son dossier. O
Laoire avait vu le jour dans l'île de Cape Clear, l'irlandais était sa langue maternelle. Les seize premières
années de sa vie, il avait affronté le vent et la mer,
s'imprégnant de la beauté de ce lieu sauvage. Pendant
qu'ils conversaient, Min eut l'impression qu'il portait
ce paysage en lui. Les yeux clos, c'était Cape qu'il
voyait. L'eau d'un vert profond de South Harbour, le
roux des fougères poussant sur les falaises, le rouge
écarlate des fuchsias dans les haies, en été, la vaste
étendue du ciel avec ses nuages venus de l'Atlantique
et changeant d'une heure à l'autre.

« Parlez-moi de William Metcalfe », dit Min.

O Laoire haussa les épaules et alluma une autre
cigarette au mégot de la première.

« Que voulez-vous que je vous dise ?

– Il vous était antipathique ? Vous le connaissiez
avant votre emprisonnement et vous le détestiez ? Ou

387

bien c'est ici que vous l'avez connu et détesté ? Quelle est la bonne version ?

– Je ne le connaissais pas et je ne voulais pas le connaître. C'était une ordure. Il ne m'intéressait pas.

– Pourtant, vous l'avez tué, d'après ce que j'ai pu comprendre. Vous lui avez tranché la gorge avec un morceau de verre, et ensuite vous vous êtes tranquillement assis et vous l'avez regardé perdre son sang jusqu'à ce que mort s'ensuive. »

O Laoire haussa de nouveau les épaules et ferma les yeux.

« Il est préférable de ne pas avaler les conneries de tous ces tordus. S'ils me croyaient vraiment coupable, ils auraient déjà retenu une charge contre moi. Or, ils ne l'ont pas fait.

– C'est simplement parce qu'il n'y avait pas de témoin.

– Ni empreintes, ni preuves médico-légales qui auraient permis de remonter jusqu'à moi. Mais je reconnais que je suis resté assis à lire mon livre tandis qu'il était en train de crever. Cela ne constitue pas un crime, à ce qu'on m'a dit. Les responsables, ce sont les infirmiers qui étaient tous occupés à regarder la télé pendant ce temps. À mon avis, vous devriez les interroger eux. Et puis d'ailleurs, pourquoi il vous intéresse tant, ce Metcalfe ? Après tout, ce type n'était qu'un sale Angliche.

– Un sale Angliche qui se trouvait être à Dun Laoghaire l'après-midi du 31 octobre 1991, il y a dix ans. L'après-midi où un gosse de huit ans, nommé Owen Cassidy, a disparu de chez lui. Et qu'on n'a jamais revu depuis. Pas trace de lui nulle part. Pas de corps que les parents auraient pu enterrer. Or, il paraît que

Metcalfe avait été condamné pour des délits de pédophilie, notamment envers des garçons. Assez étrange comme coïncidence, non ? Il est vrai que vous ignorez tout de lui. C'est bien ce que vous m'avez dit, n'est-ce pas ? »

Les yeux mi-clos, O Laoire regarda par-dessus la tête de Min. Il se mit à fredonner. Min connaissait l'air et les paroles de la chanson. C'était *The Rocks of Bawn*, un chant qui exprimait la nostalgie de l'exilé pour son pays natal.

« Allez-y, chantez-la-moi, dit Min. Il y a longtemps que je ne l'ai pas entendue. »

O Laoire la dévisagea un moment, puis baissa son regard. Se balançant d'avant en arrière, il se mit à chanter avec l'assurance de quelqu'un qui, durant des années, a chanté seul, *a cappella*.

Mes souliers, ils sont usés,
Et mes bas fort minces.
Mon cœur tremble sans cesse, je crains d'abandonner,
Mon cœur tremble sans cesse, du matin jusqu'au soir,
Je crains que tu ne sois jamais capable de labourer
Les rochers de Bawn.

O Laoire s'interrompit et leva de nouveau les yeux. Le regard fixé sur Min, il reprit :

Donc, debout mon petit Sweeney
Et donne du foin à ton cheval,
Donne-lui aussi de l'avoine avant de commencer ta
journée,
Ne le nourris pas de navets crus, mon garçon,
Conduis-le à mon pré vert,

Et alors tu pourras peut-être labourer les rochers de Bawn.

Min promena son regard sur les murs beige sale du parloir, les hautes fenêtres à barreaux, le lino éraflé. Elle remarqua l'expression indifférente du gardien. Et elle joignit sa voix à celle du détenu, chantant avec lui le dernier couplet.

Pourvu que la reine d'Angleterre
Me fasse mander sans tarder,
Et m'enrôle pendant que je suis encore à la fleur de l'âge,
Je combattrai pour la gloire de l'Irlande du matin jusqu'au soir,
Mais je ne retournerai jamais labourer les rochers de Bawn.

« Bon, ça suffit, les gars. On est pas là pour donner un concert, hein ?

– Qui sait ? » Min le regarda. « C'est quoi, votre chanson préférée ? Ce que vous aimez chanter après avoir bu quelques verres ? »

O Laoire désigna le gardien d'un mouvement du menton.

« Monsieur Walter ici présent chante joliment bien *The Birdy Song,* pas vrai, monsieur Walker ? Je vous ai vu en bas dans la cour, avec quelques-unes de vos collègues, alors que vous pensiez être seuls. Et vous en connaissez même tous les gestes pour l'accompagner. »

Min retint son souffle, mais le maton se contenta de rire.

« Ouais, *The Birdy Song,* c'est ma chanson à moi.

390

Elle est aussi idiote que toutes ces vieilles goualantes que vous, les détenus irlandais, braillez dès que vous en avez l'occasion.

– À chacun sa marotte, comme on dit chez nous », répondit Min avec un coup d'œil à O Laoire. « Écoutez, monsieur Walker, vous ne pourriez pas nous laisser seuls un instant ? Je voudrais avoir avec le détenu un entretien qui concerne une enquête que nous menons là-bas, à Dublin. Vous comprenez, n'est-ce pas ? » Elle eut un sourire qu'elle voulut enjôleur. « Ce serait très aimable de votre part. »

Elle attendit que la porte fût refermée derrière le gardien, puis se pencha de nouveau en avant.

« Bon, écoutez O Laoire, cessez de tourner autour du pot. Je vous ai dit ce que je voulais savoir sur William Metcalfe. Je crois qu'il est temps que vous me donniez quelques renseignements. »

Le détenu prit une autre cigarette, l'alluma lentement et envoya un nuage de fumée vers le plafond.

« Qu'est-ce que ça représente pour vous ? Et surtout, moi, quel avantage est-ce que j'en tirerai ?

– Je sais que vous avez demandé un transfert. Vous espérez qu'on vous enverra à la prison de Limerick. Votre mère est souffrante, à ce qu'on m'a dit. Elle est percluse de rhumatismes et éprouve des difficultés à se déplacer. Elle a déjà du mal à prendre le ferry de Cape au continent et il lui est pratiquement impossible de venir jusqu'en Angleterre pour vous voir. Si vous étiez à Limerick, ce serait plus commode pour elle, non ? Mais pour ça, vous avez besoin d'un bon coup de pouce, O Laoire. Je vous conseille donc de collaborer un peu. »

O Laoire contempla un moment le sol sans desserrer les lèvres. Il gratta le lino du bout de ses baskets. Puis il leva les yeux vers Min.

« On dit que le plus désagréable chez le cochon, ce sont ses cris. Tout le reste est bon. Les cochons sont intelligents, mangent n'importe quoi, sont propres si vous y veillez et chaque morceau de leur corps est comestible. Ce sont les cris qu'ils poussent quand on les tue qui sont vraiment insupportables. » Il regarda de nouveau le sol. « Eh bien, en ce qui concerne votre type, Metcalfe, c'était exactement le contraire. Il était sale, paresseux, stupide. Il sentait mauvais, on aurait dit comme une odeur de pourriture. Mais lorsque je lui ai tranché la gorge, il n'a pas émis un son. Il était couché et me regardait. Il a ouvert la bouche sans qu'en sorte un cri, ni même un murmure. Il est mort très vite, vous savez. Ça n'a dû prendre que quelques secondes. Pourtant, il est mort au milieu d'une incroyable mare de sang. Chez nous, quand on tue le cochon, on le pend à un crochet et on place un seau au-dessous. Ici, le sang s'est répandu par terre et a commencé à coaguler avant même que le mec ait cessé de respirer. »

O Laoire se remit à fredonner. Min attendit.

« Pourquoi vous avez fait ça, Colm ? Vous aviez une raison ? »

Le détenu s'adossa à sa chaise. Il enfonça la main dans sa poche et en sortit un portefeuille en plastique. Du bout des doigts, il en retira délicatement une petite photo qu'il posa sur la table.

« À cause de lui. À cause de ce gosse. Bill Metcalfe n'arrêtait pas d'en parler, de ce petit Irlandais. À un moment donné, j'en ai eu marre. Après l'avoir tué, et avant que le connard couché dans la même chambre que nous se mette à gueuler, j'ai sorti cette photo de sa poche. Je ne voulais pas que ce garçon reste avec Metcalfe. Je ne voulais pas qu'il passe une minute de plus avec cette merde puante. Et j'en ai pris bien soin depuis. »

Min se pencha en avant. Les yeux bleus et ronds d'Owen Cassidy la regardaient.

« Vous permettez ? »

O Laoire acquiesça. Min saisit la photo et la retourna. Elle passa son index sur les bords rugueux du papier.

« Owen Cassidy avait huit ans, dit-elle. Il en aurait dix-huit aujourd'hui. Est-ce que Metcalfe vous a confié ce qui était arrivé à cet enfant ?

— Non. En fait, il n'en savait rien. Il prétendait qu'il ne faisait aucun mal aux enfants. Qu'il valait mieux s'occuper d'eux pour leur faire plaisir. Cela les rendait — quel était le mot qu'il employait ? — plus "dociles". On en obtenait alors ce que l'on désirait. »

On entendit soudain des cris dehors, sur le palier. Puis un bruit de pas lourds. O Laoire se leva. Il empocha les cigarettes et fit face à la porte.

« Gardez la photo, dit-il. Elle ne représente plus rien pour moi. Elle vous sera peut-être utile. Moi, je n'ai pas pu faire grand-chose pour ce garçon.

— Merci de votre aide. En ce qui concerne votre transfert, je m'en occupe. »

O Laoire se retourna.

« Je n'en doute pas, affirma-t-il en souriant.

— Dites-moi encore une chose, Colm... »

Min s'interrompit.

« Oui ?

— Pourquoi avez-vous tué votre femme ? Vous

393

n'auriez pas pu régler cette affaire d'une autre manière ?

– D'une autre manière ? Et de quelle autre manière, s'il vous plaît ? À chaque crime, son châtiment. Vous le savez aussi bien que moi. Et elle, elle le savait aussi. »

« Vous êtes d'accord avec ça, Conor ?

– Avec quoi ? »

Min agita la tranche de citron et les glaçons contenus dans son verre, provoquant un tourbillon de bulles. Il était tard. Conor et elle avaient dîné à l'hôtel. Un steak-frites accompagné d'une bouteille de Valpolicella. Le bar était à présent à moitié vide. À la lueur des lumières tamisées, Min voyait son reflet dans la baie vitrée donnant sur le parking et, au-delà, sur l'autoroute. La voix de Frank Sinatra coulait doucement des haut-parleurs du plafond.

« Que chaque crime exige son châtiment ? »

Conor haussa les épaules. Il vida sa chope et fit signe de la main qu'on la lui remplisse.

« C'est sympa ici, non ? » Il se laissa aller dans son grand fauteuil de cuir, les jambes étendues. « Ça change du bureau et de toute cette merde que je vois quotidiennement. » Il croisa les mains sur sa nuque et soupira d'aise. « La musique est agréable, elle aussi. J'adore ces vieux tubes américains. Irving Berlin, Rodgers et Hammerstein, Lerner et Lowe.

– Ça alors ! » Min se pencha vers lui. « Vous me surprenez ! Moi qui croyais que votre genre c'était plutôt Meatloaf, Deep Purple ou le *heavy metal*.

– Absolument pas. » Conor poussa des pièces de monnaie vers le garçon qui posait leurs boissons sur la table. « Ma grand-mère, qui m'a élevé, raffolait de Frank, de Bing, de Dino et de Sammy.

– Dino ?

– Dean Martin, évidemment ! Ma grand-mère connaissait leur vie par cœur. Son film favori, c'était *High Society*, avec Frankie. Elle m'y a traîné je ne sais combien de fois. Et j'ai grandi en chantant toutes ces chansons. » Il prit son verre et le leva vers Min. « Buvons aux chansons d'amour-toujours, aux rouges baisers et aux vestes de sport blanches.

– Mais vous ne m'avez pas répondu, Conor. Vous croyez que tout crime exige un châtiment ? »

Conor regarda par-dessus le bord de son verre. Il eut un large sourire.

« Oui, Min, je le crois. Sinon, je n'aurais pas choisi ce boulot. Je serais entré dans l'industrie informatique et j'y aurais fait fortune. Je porterais des complets Armani et conduirais une Jaguar au lieu d'une Honda Civic vieille de dix ans. » Il s'interrompit pour boire. « Vous savez, il y a des gens qui voient dans les flics des assistants sociaux. Ils pensent qu'on devrait aller aider les pauvres, les marginaux, les faibles. Vous ne seriez pas un peu comme ça, par hasard ?

– Voilà une remarque typiquement machiste. » Min se redressa dans son fauteuil. « Ce n'est pas parce que je suis une femme que je dois être une chiffe molle ou une fleur bleue romantique.

– Ce n'est donc pas ce que vous êtes ?

– Non, pas du tout. Je crois à l'organisation de la justice criminelle. Je crois à la loi, aux tribunaux et au système judiciaire en général. Mais je crois aussi à la nécessité du châtiment. J'estime que ceux qui font du mal à autrui doivent le payer. Et je ne crois pas que tout comprendre c'est tout pardonner. Absolument pas. »

Elle se cala de nouveau dans son siège. Ça faisait longtemps qu'elle n'avait plus connu ce genre de soirée. Et elle se rendait compte qu'elle y prenait plaisir. Elle souriait.

– Pourquoi ce sourire ? demanda Conor. Il s'agit d'un amusement personnel ou je peux en avoir ma part ?

– Je me disais simplement que c'était chouette de se trouver ici. D'avoir laissé les gosses à la maison. Je ne les ai pas quittés un seul jour depuis la mort d'Andy. Et je vais vous faire une confidence : demain matin, à mon réveil, je m'occuperai au moins une demi-heure de moi. J'irai nager dans la piscine. Quel luxe ! Faire des longueurs au lieu de barboter dans le bassin des enfants ! »

Conor leva de nouveau son verre.

« Voici un autre toast. À un bon policier et à un être bon. Il est rare que les deux coïncident. »

Min se réveilla dans la nuit. Elle se redressa pour consulter sa montre. Quatre heures et quelques. Comme elle avait oublié de fermer les rideaux, la lumière jaune des réverbères de l'autoroute entrait dans la chambre. Elle éclairait le visage du petit garçon sur la photo que Min avait appuyée contre son sac à main, sur la table de chevet. Elle éclairait aussi le visage de l'homme allongé près d'elle. Min lui avait chanté *The Rocks of Bawn* pendant qu'ils montaient dans l'ascenseur ultra-rapide de l'hôtel. Conor lui avait chanté *True Love* tandis qu'ils se dirigeaient vers leurs chambres. Et soudain, Min se demandait comment c'était arrivé, Conor l'avait embrassée et elle lui avait rendu son baiser. Et pour la première fois en près de quatre ans, elle avait senti la chaleur et la force d'un corps d'homme, le plaisir de l'avoir à ses côtés. Maintenant, son bras posé sur lui, elle songeait à ses fils, là-bas, chez elle, qui dormaient sous la photo encadrée de leur père accrochée au mur de leur chambre. Elle contempla Conor et lui caressa le visage. Elle le vit sourire dans son sommeil et se presser contre sa main comme un bébé se tourne vers le sein qui effleure sa joue. Puis elle pensa à Colm O Laoire et l'imagina étendu sur le dos, les yeux grands ouverts fixés au plafond où il regardait le bleu sombre de l'océan Atlantique.

28

La photo provenait d'un tirage de quatre clichés. À l'évidence, d'un Photomaton, mais c'était bien tout ce qu'on pouvait en dire. Min l'examinait dans le train qui s'ébranlait au sortir de la gare d'Oxford Street à Manchester. Voilà que, après tant d'années, elle revoyait Owen. Sa tignasse blonde, ses yeux bleus et ronds. Aucun sourire, toutefois, n'égayait les lèvres du garçon le jour où il s'était fait photographier.

Il fallait deux heures pour aller de Manchester à Llandudno. D'après les renseignements donnés par le directeur de la prison, c'était dans cette petite station balnéaire que la veuve de William Metcalfe vivait avec ses deux enfants. Appuyant sa tête contre la fenêtre, Min s'efforça de rattraper un peu de sommeil, mais elle souffrait d'une terrible gueule de bois. Elle se sentait nauséeuse et patraque. Presque aussi patraque que Conor quand il s'était assis à côté d'elle pour le petit déjeuner. Elle n'avait su que lui dire. Il s'était penché pour l'embrasser sur la joue, mais elle avait reculé maladroitement et renversé le pot à lait, gâtant ainsi la blancheur immaculée de la nappe. Là encore, un vrai gâchis, se dit-elle.

Elle lui parla sans détour, expliquant qu'elle regrettait ce qui s'était passé entre eux. Elle n'aurait pas dû l'encourager.

Elle était beaucoup trop prise par ailleurs pour pouvoir songer à une liaison. Et, pour l'heure, l'important était d'aller rendre visite à la veuve de Metcalfe.

Elle se leva.

« Je vais donc partir en train dès ce matin. Autant faire ça tout de suite. Je te reverrai à mon retour à Dublin. »

Elle aperçut de nouveau Conor au moment où elle réglait sa note à la réception. Il attendait un taxi, l'air fatigué et triste, une cigarette au bout des doigts.

« Ce n'est pas ta faute, se dit-elle à haute voix. Et Conor est assez grand garçon pour assumer ses erreurs. »

Cependant, dans le train, elle se rappela la douceur de ses caresses. Et le sourire demeuré sur son visage quand il s'était endormi près d'elle.

Des vagues vert-de-gris déferlaient sur la plage de galets. Devant un promontoire où grimpait un funiculaire, une jetée de bois s'avançait dans la mer d'Irlande. La promenade de style victorien qui bordait le rivage s'incurvait, l'extrémité se réduisant à un point noir. Un vrai paysage de carte postale.

Min longea la file des habitations collées les unes aux autres : petits hôtels, chambres d'hôtes, villas à louer. Des visages ridés et ratatinés l'épiaient derrière des rideaux en dentelle. Des vieillards avançaient lentement sur la route en s'aidant de cannes ou de déambulateurs. Min avait entendu parler de ce genre d'endroit, mais c'était la première fois qu'elle en voyait un. Cela lui donna froid dans le dos.

La rue où demeurait Jean Metcalfe donnait sur le front de mer. Au-dessus du porche, un panneau décoloré indiquait *Chambres d'hôtes*. Le nom de Jones, en caractères d'imprimerie, figurait à côté de la sonnette. Min vérifia dans son carnet. C'était bien là. Elle sonna et attendit. Une adolescente lui ouvrit.

« Excusez-moi de vous déranger, dit Min. Je cherche une femme nommée Jean Metcalfe. On m'a donné cette adresse, je ne suis pas sûre que ce soit la bonne. »

La fille la regarda, impassible, puis cria en direction de l'étroit couloir derrière elle :

« Maman, c'est pour toi !

– Je ne me suis donc pas trompée ? Elle s'appelle bien Metcalfe ?

– Vous lui poserez la question vous-même », répondit l'adolescente en s'éloignant.

Jean Metcalfe était une grande et forte femme. Son imposante silhouette remplissait l'embrasure de la porte. Quand Min lui exposa l'objet de sa visite, la femme fronça ses sourcils noirs.

« Vous perdez votre temps et vous me faites perdre le mien, finit-elle par dire. Je ne sais rien de ce salaud-là. Nous nous sommes séparés il y a des années, les enfants étaient encore petits. Au moment où on l'a mis en prison, cela faisait six mois que je ne l'avais pas vu. Et quand j'ai appris sa mort, je suis allée m'acheter une bonne bouteille de scotch pour boire à sa punition en enfer.

– S'il vous plaît... » Min se faufila dans le couloir. « Vous croyez ne rien savoir, mais vous étiez encore mariée avec lui il y a dix ans. Vous vous souvenez peut-être d'un détail, insignifiant à vos yeux, mais qui pourrait nous être utile. Si vous me permettez d'entrer une minute... Voyez-vous, depuis toutes ces années, nous enquêtons sur la disparition de ce petit garçon. Or, votre mari est la première piste sérieuse que nous découvrons. En tant que mère, vous pouvez imaginer ce qu'ont éprouvé les parents de cet enfant. »

Le visage de la femme se figea. Ses yeux s'emplirent de larmes. Elle se tourna et partit dans le couloir. Après avoir fermé la porte derrière elle, Min la suivit.

Dans la cuisine tiède et encombrée, une bouilloire fumait sur la gazinière et une odeur de pâtisserie flottait dans l'air.

Jean Metcalfe prit une paire de gants molletonnés, ouvrit la porte du four et en retira avec précaution un plat de petits pains aux raisins. Min se mit à saliver.

« Mmm... ça m'a l'air drôlement bon.

— Vous avez faim ? demanda la femme. L'air marin ouvre l'appétit. Attendez une seconde que je les prépare. »

Elle beurra les petits pains, puis les recouvrit d'une épaisse couche de confiture de framboise. Min en dévora un. Du beurre dégoulina sur ses doigts.

« Tenez. » Jean lui passa une serviette. « Essuyez vos mains, sinon vous allez vous mettre du beurre partout. Et votre figure aussi tant que vous y êtes. » Elle désigna la joue de Min. « Vous avez de la confiture sous le nez.

— Oh, mon Dieu ! » Min éclata de rire. « Je ne suis vraiment pas sortable. »

Les deux femmes restèrent un moment assises dans

un silence convivial. Après avoir vidé sa tasse de thé, Min demanda :

« Vous avez divorcé d'avec Metcalfe ? Jones, c'est votre nom de jeune fille ? »

Jean secoua la tête.

« Non, je suis contre le divorce. Il y a comme ça des domaines où je me montre très stricte. Jones était le nom de mon premier mari. Quand j'ai rencontré Metcalfe, j'étais veuve. Les enfants sont issus de mon premier mariage.

— Je suppose que vous ignoriez complètement les penchants de votre deuxième mari ? »

La femme regarda Min avec une expression de surprise mêlée de dédain.

« Non mais... cette question ! Vous croyez que je me serais liée à un individu de ce genre ? Je n'aurais jamais accepté de mettre mes enfants en danger. Quand j'ai fait sa connaissance, je l'ai pris pour un type bien. Travailleur, honnête, un pilier de notre communauté. Un excellent menuisier. Il fréquentait l'église et s'occupait des scouts. C'est d'ailleurs à partir de là que ça a commencé entre nous. Terry, mon fils, était scout. Un soir, il a emmené William à la maison. » Jean s'interrompit pour remplir sa tasse. « Et pour répondre d'avance à votre question, je dirai que, non, il n'a jamais touché à mes gosses. En fait, il était très gentil avec eux et les enfants l'aimaient beaucoup. Tout comme moi, d'ailleurs. J'avoue que j'étais assez amoureuse de lui. Quand j'ai appris qu'il était recherché par la police, ça m'a complètement retournée. »

Des larmes se mirent à couler sur ses joues rondes. Min fouilla dans son sac et en sortit un paquet de

Kleenex. Elle le posa sur la table et le poussa vers Jean.

« Merci. » La femme s'essuya les yeux et se moucha bruyamment. « C'est bête de se mettre à pleurer alors que c'est fini. Je croyais avoir dépassé tout ça. Que désormais ça ne me ferait ni chaud ni froid. »

On entendit des pas dans le couloir : l'adolescente réapparut. Jean se tourna et tendit le bras pour l'attirer vers elle.

« Vous avez déjà fait la connaissance de ma petite Jackie, pas vrai ? C'est un amour de fille. »

Jean la serra par la taille. Jackie lança à Min un regard hostile.

« Voilà de nouveau maman dans tous ses états ! Vous, les flics, vous ne pourriez pas la laisser un peu tranquille, non ? Ce n'est quand même pas sa faute si elle a épousé ce type. Elle ne savait pas qui il était. Nous non plus, d'ailleurs, nous ne le savions pas,

– Vous ne vous êtes jamais doutés de rien ? Son comportement envers vous et envers votre frère ne vous a jamais paru bizarre ou déplaisant ? »

Jackie fit non de la tête. Elle s'assit sur les genoux de sa mère avec une expression de petite fille.

« William ne s'en est jamais pris à Jackie, confirma Jean. C'est sur Carol, la meilleure amie de ma fille, qu'il a jeté son dévolu. Mais c'est seulement lorsqu'il a été mis en prison que nous l'avons découvert. Quand Carol a appris son arrestation, elle a tout raconté à sa mère. Nous avons été obligés de déménager. Nous vivions à Bradford. Je me sentais un peu responsable de ce qui était arrivé. La famille de Carol n'a jamais voulu croire que j'ignorais les agissements de mon mari. Nous nous sommes donc installés ici. Dans cette maison qui appartenait à mes parents.

– Je vois. » Min se tut un instant. « Pourriez-vous juste me confirmer la chronologie des événements ? À l'époque où William est allé en Irlande, vivait-il toujours avec vous ? Et avez-vous remarqué un changement dans son attitude ? »

Il y eut un silence.

« Non. » Jean baissa les yeux sur la table. « Mais plus tard, je me suis rendu compte qu'il avait l'intention de s'enfuir. Il ne m'a jamais parlé de son voyage en Irlande. Il partait souvent quelques jours, disant que c'était pour le mouvement scout. Et moi, je le croyais. » Elle se remit à pleurer.

« Ce que j'ai pu être bête ! Je gobais tout ce qu'il me racontait. »

Inversant les rôles, la fille posa la tête de sa mère contre sa poitrine menue, lui caressa les cheveux et lui murmura des paroles apaisantes à l'oreille. Min se leva.

« Je vais refaire du thé », dit-elle en s'emparant de la théière.

Un peu plus tard, une fois que Jean et Jackie eurent pleuré tout leur saoul, Min leur demanda de nouveau :

« Donc vous ignoriez et son voyage à Dublin et la raison de ce voyage ? »

Les deux femmes acquiescèrent d'un signe de tête.

« Avez-vous conservé quelques-unes de ses affaires ? Je pense à des carnets d'adresses, un journal intime, des lettres, des factures ou des notes de téléphone ?

– Non. » Jean avait repris son expression hostile. « Après son arrestation, j'ai fouillé dans ses affaires.

404

Il gardait une grosse valise au grenier. Il l'avait apportée lors de notre mariage. Je ne lui ai jamais demandé ce qu'elle contenait. Je supposais qu'il s'agissait de ce genre de choses qu'on accumule au cours de la vie et dont on ne veut pas se séparer. Des lettres ou des photos de famille, par exemple. Mais quand je l'ai ouverte, j'ai cru mourir. La valise était pleine de trucs dégoûtants. Des saloperies. Des photos d'enfants. Alors, j'ai tout brûlé. »

Jackie se leva et quitta la pièce. Sa mère la suivit des yeux.

« J'avais une peur bleue que son frère ou elle ne tombent sur ces saletés. C'était déjà assez pénible d'entendre tout le monde parler de William. Lors de son procès, sa photo s'étalait dans tous les journaux et même la télé a monté son histoire en épingle. Nous étions assiégés par les reporters. Un vrai cauchemar. On persécutait mes gosses. Cependant, aucun des articles que j'ai pu lire sur mon mari ne mentionnait le gamin que vous cherchez. Aucun ne faisait allusion à l'Irlande ou à un Irlandais quelconque. Je suis désolée de n'avoir pu vous être plus utile. »

Min posa sa main sur celle de la femme.

« Ne vous tracassez pas pour ça. Je sais que vous avez beaucoup souffert. Moi aussi, j'ai des enfants. Et je suis veuve. Jusqu'ici, je n'ai jamais pensé à me méfier des gens que j'amenais chez moi, mais je peux vous assurer que, dorénavant, je le ferai. »

Elle se leva, ramassa son sac.

« Bon, je dois m'en aller. Je vous ai suffisamment dérangée. » Elle se dirigea vers la porte, puis se retourna. « Si par hasard vous vous souvenez de quoi que ce soit...

– Oui, bien sûr, je me mettrai en rapport avec vous. »

Jean prit la carte que lui tendait Min et la lut.

« Je dois tout de même reconnaître que vous êtes plus sympa que les flics anglais qui sont venus me voir au cours de ces années, déclara-t-elle. Certains d'entre eux se sont conduits comme de véritables salauds. Inutile de les défendre ou de me dire qu'ils ne faisaient que leur boulot, parce que ce n'est pas vrai. »

Tandis qu'elle parlait, son regard se dirigea vers la porte de la cuisine.

« Où diable as-tu trouvé ça, Jackie ? » demanda-t-elle.

Min regarda à son tour. Debout derrière elle, la fille portait un masque. Une tête d'oiseau aux plumes blanc et noir et au bec pointu. Une pie.

« Tu ne te rappelles pas, maman ? demanda l'adolescente d'une voix étouffée par le masque. C'est William qui me l'avait apporté. Et il y en avait un autre pour Terry. Je crois que ça représentait un renard. Un de ses amis de Dublin les avait confectionnés à notre intention. Des masques de Halloween. William a dit qu'ainsi on pourrait se déguiser pour la nuit de Guy Fawkes. »

Le renard et la pie. Le chat et le blaireau. L'écureuil. Min les revoyait tous à présent. Les dessins de Nick Cassidy. Ce dernier les avait punaisés au mur de son atelier. Dans sa déclaration, Marianne avait dit qu'ils avaient travaillé des semaines à ces masques afin de les porter ce soir-là, le soir de Halloween.

Nous allions tous nous déguiser. Nos costumes

étaient prêts. Celui d'Owen – un renard – était le
plus élaboré, mais chacun de nous possédait le sien.

Min tendit la main.

« Vous permettez ? »

Jackie ôta son masque et le lui remit. Jean s'avança
pour mieux voir.

« Oui, maintenant, bien sûr, je me les rappelle. Ils
ne m'ont jamais plu. Un peu sinistres à mon goût. »

Min tourna et retourna le masque entre ses doigts.
Un masque en papier mâché recouvert de plumes, de
fragments de verre et de coquillages qui lui donnaient
un reflet irisé. Pareil au lustre du plumage de la pie,
songea Min. Le bec était acéré et pointu. Une bonne
imitation.

« Essayez-le. »

Jackie posa le masque sur le visage de Min, en
glissa l'élastique derrière sa tête. Min regarda par les
trous. Elle eut de la cuisine une vision rétrécie. Une
sensation désagréable. Oppressante. Pendant un instant, elle eut l'impression d'étouffer. Ses paumes pico-
tèrent, devinrent moites. Son pouls s'accéléra. Elle
arracha le masque. S'efforçant de paraître calme, elle
demanda à Jackie :

« William Metcalfe n'a jamais précisé d'où
venaient ces masques ? Il n'a jamais prononcé de
nom ? Ou dit comment ils avaient été fabriqués ? »

La jeune fille secoua la tête.

« Je n'en ai aucun souvenir. Il y a si longtemps de
ça. J'étais toute petite alors.

– Et à vous, Jean, est-ce qu'il vous en a jamais
parlé ? »

La femme fit un signe de dénégation.

« Il m'a juste expliqué qu'ils avaient été faits à la main par un ami. Qu'on les mettait pour Halloween. C'est tout. »

Min emporta le masque de la pie. Jackie l'avait emballé dans un carton à chaussures dont elle avait attaché le couvercle avec du ruban adhésif. Durant le vol de Manchester à Dublin, Min le garda à ses pieds, puis dans le taxi qui l'amenait chez elle, elle le prit sur ses genoux. Une fois dans sa maison, elle le plaça hors de portée sur l'étagère supérieure du placard de l'entrée. Le lendemain, elle l'emmènerait au commissariat central et le confierait au laboratoire médico-légal. Les experts découvriraient peut-être quelque chose d'intéressant sous les plumes, mais elle en doutait. Elle savait sans doute déjà tout ce qu'il y avait à savoir sur ce masque : qu'il avait été dessiné et confectionné par Nick Cassidy, qu'il avait été donné à William Metcalfe par un homme qu'il appelait son ami et que Metcalfe l'avait apporté à Bradford. Tout comme la photo d'Owen. Qui lui avait remis cette photo ? La même personne que celle qui lui avait offert les masques ?

Min trouva sa maison silencieuse et plongée dans l'obscurité. Les jumeaux dormaient. Vika aussi. Min mit la bouilloire sur le feu. Elle versa du whisky dans un verre, ajouta du sucre roux, des clous de girofle et une rondelle de citron. Puis elle remplit le verre d'eau bouillante en la faisant couler par-dessus le dos d'une petite cuiller. Elle s'assit sur le canapé et sirota sa boisson. Fermant les yeux, elle appuya la tête contre un coussin. Dehors le vent agitait les branches, s'engouffrait en gémissant dans l'étroite impasse. Il était tard et Min se sentait trop fatiguée pour bouger. Le plus grand désordre régnait dans le séjour. Les enfants avaient dû se déshabiller près du feu. Leurs vêtements s'entassaient sur la carpette devant la cheminée avec le fouillis habituel de livres, de crayons et de jouets. Min se pencha et commença à ranger. Ses doigts effleurèrent les surfaces brillantes des livres. Puis elle en aperçut un plus grand avec, sur la couverture, une illustration aux couleurs vives. Elle le prit sur ses genoux. *L'Enfant-Étoile et autres histoires*, annonçait le titre imprimé en lettres cursives. Le nom de l'auteur était orné de fleurs dorées, celui de l'illustrateur, placé en dessous, d'oiseaux et d'autres animaux. Pies, corbeaux, renards, écureuils. Min regarda la photo familière figurant à la fin, sur le rabat, et lut le paragraphe suivant :

Nick Cassidy, illustrateur plusieurs fois primé, est né à Dublin et a étudié au National College of Art and Design. Ses dessins, ses tableaux et ses illustrations pour ce livre et bien d'autres best-sellers lui ont valu une célébrité internationale. Il est connu dans le monde entier pour son interprétation des œuvres d'Oscar Wilde.

Couchant le livre sur sa poitrine, Min se radossa. Elle vida son verre et le posa soigneusement par terre. Elle serra ses bras autour d'elle. Les yeux grands ouverts, elle resta là à contempler le plafond. Elle ne s'endormit qu'à la pointe du jour.

29

Róisín était revenue. Nick l'observait depuis la cuisine de Susan. Elle jouait avec Emir dans le jardin. Tenant l'enfant par les mains, elle le faisait tourner de plus en plus vite. Elle se penchait tellement en arrière qu'elle aurait pu tomber à la renverse. Nick regarda le visage du garçon. Était-ce de la peur ou du plaisir qu'il y lisait ? Difficile à dire. Mais l'attitude de l'enfant montrait comme une attente. Attente de quoi ?

Emir finit par s'étaler par terre. Il avait lâché les mains de Róisín. Ou bien était-ce elle qui avait lâché celles du gosse ? Il s'affala sur le dos, dans l'herbe mouillée, bras et jambes en l'air. Nick vit Róisín s'incliner sur lui, le remettre sur ses pieds, murmurer quelque chose à son oreille, puis, le prenant par la main, le conduire au kiosque.

Ce jour-là, la place semblait grouiller d'enfants. Les vacances de la Toussaint. Ils entouraient le bûcher. Certains ajoutaient du bois à la pile. Un jeune gars dégingandé aux cheveux coupés ras s'approcha d'eux en dribblant avec un ballon. Aussitôt deux équipes se formèrent. Nick suivait la partie de la fenêtre. Il appréciait l'agilité des joueurs, leurs bonds, leurs coups de pied, leurs courses soudaines. Leur gaieté, leur grâce, leur humour. Mais, alors qu'il assistait à leur jeu, il se souvint tout à coup de l'appel de Conor Hickey.

« Nous avons identifié d'autres garçons parmi ceux qui figurent sur votre disque dur. Ils ont été victimes d'un pédophile. Un certain William Metcalfe : vous le connaissez ? Il était du nord de l'Angleterre, mais nous avons des raisons de penser qu'il sévissait aussi à Dublin au début des années quatre-vingt-dix. Ce nom vous dit quelque chose ?

— Non, absolument rien.

— Vous en êtes sûr ? Vous ne voulez pas essayer de chercher ?

— Je viens de vous dire que je n'ai jamais entendu parler de cet individu.

— Écoutez-moi attentivement, Nick : il y a très peu de gens qui ont accès à ce genre de documents. Ils proviennent d'un *newsgroup* extrêmement protégé. Pour y entrer, vous avez besoin de toute une série de mots de passe. Et, de plus, vous devez fournir au Web quelque chose comme dix mille nouvelles images avant qu'on vous donne quoi que ce soit en échange. Ça signifie qu'il faut connaître à fond Internet pour parvenir à ce site. Ce ne sont pas là des photos sur lesquelles vous tombez en tapant simplement quelques mots-clés dans le moteur de recherche. Vous voyez ce que je veux dire ? »

Nick n'avait pas répondu.

« On a également trouvé ces images sur un site à accès payant aux États-Unis. Or, je sais que vous avez vécu pas mal d'années en Amérique. Ce type de

411

commerce rapporte gros. Nous vous demandons donc de revenir au commissariat pour un nouvel interrogatoire.

– Pour quelle raison ? Vous m'arrêtez ? Vous allez m'inculper cette fois ?

– Je ne sais pas encore, ça va dépendre.

– Dépendre de quoi ?

– De la nature de votre collaboration avec nous. De ce que vous nous direz. De la vraisemblance de vos déclarations. De votre bonne volonté à nous livrer le nom des autres personnes impliquées dans ce trafic.

– Mais bon Dieu, combien de fois dois-je vous le répéter ? J'ignore tout de cette affaire. Je n'ai pas de complices. Je ne fais partie d'aucun gang, c'est bien comme ça que vous voudriez l'appeler ? Est-ce que je ne vous ai pas déjà clairement expliqué ma situation ? »

Après un court silence rompu par un soupir d'exaspération, Hickey avait continué.

« Vous persistez, Nick ? Vous tenez vraiment à nous compliquer l'existence ? Écoutez, prenez le temps de réfléchir à tout ce que je vous ai dit. Je vous rappellerai cet après-midi et nous fixerons un rendez-vous. D'accord ? »

Un autre silence.

« Nous savons que vous n'avez pas l'intention de quitter Dublin, Nick. Si jamais vous le faisiez, nous vous retrouverions et ça barderait. Nous pourrions commencer dans ce cas à vous suspecter sérieusement. Je vous conseille d'en parler avec votre femme : elle m'a l'air d'avoir du bon sens. Étudiez toutes vos options. Si vous avez besoin d'un avocat, ce n'est pas ce qui manque. Eh bien, qu'en pensez-vous ? Ça vous paraît raisonnable ? À tout à l'heure. »

Nick vit un grand garçon bien charpenté courir dans le square. Ses cheveux blonds étaient ramassés en une queue-de-cheval. Il portait un jean très ample qui lui battait les chevilles alors qu'il s'avançait au milieu du terrain. Nick reconnut Luke Reynolds. Il le regarda jouer avec les autres. Puis il ferma les yeux. Ç'aurait pu être Owen. Owen poursuivant le ballon en riant. L'envoyant en l'air d'un coup de pied et se penchant pour le recevoir sur la tête. Et se redressant au moment propice, les tendons de son cou tendus.

Regarde-moi, papa. Regarde ce que je sais faire.

Nick ouvrit les yeux. Les gosses avaient interrompu leur partie. À présent, ils entouraient Luke Reynolds. L'un d'eux tenait un journal. Leurs têtes rapprochées formaient un cercle au-dessus de l'imprimé. Levant les yeux, Luke aperçut Nick. Il esquissa un sourire, puis baissa de nouveau le regard. Nick s'éloigna de la fenêtre, gagna l'entrée et sortit sur le perron. Tandis qu'il en descendait les marches, les garçons s'écartèrent, embarrassés. Quand il s'approcha de la grille, il vit Luke s'emparer du journal pour le cacher d'un geste maladroit derrière son dos.

« Salut, Luke, comment va ? cria-t-il en franchissant le petit portail en fer forgé et en s'avançant sur la pelouse. Ça me fait plaisir de te revoir. »

Un silence tendu l'accueillit. Les garçons le regardèrent avant de se disperser, abandonnant Luke.

« Qu'est-ce qui se passe ? Y a quelque chose qui ne va pas ? »

Luke reculait d'un pas à mesure que Nick se rapprochait. Nick lui arracha le journal qu'il tenait dans son dos.

« Il y a quoi là-dedans ? »

Gêné, le garçon se tortilla et rougit. Il fixa d'abord les yeux sur le bout de ses chaussures boueuses, puis regarda de nouveau Nick.

« Oh, c'est juste un article sur... sur les événements d'il y a dix ans. Vous savez comment sont les journaux. Toujours en train de remuer la merde. Aucun des gosses d'ici (il étendit le bras) n'a connu Owen aussi bien que moi. Alors, ils essaient d'en savoir plus sur cette affaire. Mais moi... » Luke s'interrompit. « Moi, je voulais vous cacher cet article pour pas qu'il vous bouleverse. Vous voyez ce que je veux dire ? »

Tout en lissant le papier froissé, Nick retourna chez lui. Le journal montrait une photo d'Owen à huit ans. À côté de l'enfant, il y avait une vue de la place. Et enfin un cliché flou où on les voyait, Susan et lui, devant le commissariat, enlacés et le visage anxieux.

Le titre annonçait : *Mystères persistants dans une banlieue tranquille de Dublin.* Au bas de la page, dans un cadre séparé, s'étalait la photo d'une jolie jeune fille aux longs cheveux noirs ondulés avec, au-dessous, cette légende : *Les nuits d'hiver apportent un lot de crimes non élucidés.*

Nick s'assit sur la marche supérieure du perron et se mit à lire. Installé près de lui, Luke lut par-dessus son épaule. Le texte était simple et direct : il se contentait de rappeler ce qui s'était passé.

« Ne te fais pas de bile, Luke. Cet article ne contient rien qui puisse m'atteindre. Merci quand même de ta sollicitude. »

414

Luke contempla le journal. Ensuite, il regarda Nick.

« Vous la connaissiez ? Cette fille qui a été assassinée non loin d'ici ? »

Nick secoua la tête.

« Non, ça date d'avant que nous emménagions. Je ne me souviens même pas d'en avoir entendu parler à l'époque. Je crois que les gens évitaient ce sujet. Pourquoi tu me poses cette question ? Tu ne peux pas l'avoir connue, toi. Elle est morte avant ta naissance.

– Ouais, bien sûr. Il y a seulement que son visage me dit quelque chose, répondit Luke, le front plissé.

– C'est une affaire célèbre. Je n'avais jamais fait le rapprochement, mais c'est vrai que son meurtre et la disparition d'Owen ont eu lieu à l'automne. » Nick passa son bras autour des épaules de Luke. « Alors, qu'est-ce qui t'amène ici aujourd'hui ? Tu venais me voir ?

– À dire vrai, non. C'est les vacances de la Toussaint, vous savez. J'avais envie de prendre un peu l'air, de sortir de la ville. » Luke se leva. « Envie de fuir papa et ses conneries. Bon, je me tire. »

Les autres jeunes s'étaient de nouveau rassemblés autour du bûcher. Luke leur fit signe d'attendre.

« On va tous au cinéma », expliqua-t-il.

Nick plongea la main dans sa poche et en retira quelques billets.

« Tiens, c'est pour le pop-corn. » Il se cala contre la marche. « Si tu as besoin de quelque chose, n'hésite pas à venir me trouver, d'accord ? »

Le garçon sourit, puis dévala l'escalier, sa queue-de-cheval battant contre sa veste en peau de mouton.

Il se retourna au milieu de la place et salua Nick de son poing fermé. Nick se leva et, du bras, lui rendit son salut. À ce moment, il entendit la porte des Goulding s'ouvrir. Chris, Róisín et Emir sortirent ensemble. Ils ne parlaient pas. Ils descendirent le perron main dans la main. Chris portait un sac de sport à l'épaule.

« Vous partez en excursion ? » leur cria Nick.

Chris lui adressa un sourire froid. Emir dégagea sa main de celle de Róisín et l'agita. Nick lui répondit de la même façon. Il les suivit tous trois du regard tandis qu'ils longeaient rapidement la place. Quand ils eurent disparu, Nick rentra et posa le journal sur la table. Il enfila son manteau, ouvrit la porte de derrière et pénétra dans le jardin. Il traversa la pelouse, franchit le portail menant au sentier des écuries et le ferma d'un geste vif derrière lui. Ensuite, il s'éloigna de la maison à pas pressés.

Chris, Róisín et un petit garçon blond. Ils traversèrent la place. Où iraient-ils une fois parvenus au bout de la rangée de maisons ? Se dirigeraient-ils vers l'avenue et la ville ? Ou vers les montagnes ? Nick essaya de le deviner. Il les voyait de loin. Le frère et la sœur. L'un avec des cheveux bruns et lisses tombant sur le col de son pardessus. L'autre avec des cheveux blonds coupés court qui épousaient sa petite tête. Et le garçonnet qui, leur tenant la main, sautillait et dansait entre eux.

Ou alors est-ce qu'il se débattait ? Essayant de se dégager ? Pesant de tout son poids sur les bras de ses compagnons ? Traînait-il les pieds, tentant de libérer ses poignets de l'étreinte de leurs doigts ? Quand il courait d'avant en arrière, s'agissait-il d'un simple jeu ? Nick n'aurait su le dire. Le trio descendait les rues calmes où les feuilles tombées des arbres formaient des tas bruns, dorés et rouges sur le sol. Les maisons bâties en retrait de la route montraient des fenêtres vides et des jardins bien soignés. Aucun signe de vie nulle part lorsque Nick passa devant les bouquets, les bougies et les messages manuscrits déposés à la grille de Lizzie Anderson. Le trio devant lui ne s'y était pas arrêté. Il continua son chemin et Nick le suivit en hâte pour ne pas le perdre de vue.

Les vacances de Halloween. *Samhain* en gaélique. Les écoles fermaient quatre jours. On était à la saison où le jour se fondait dans la nuit avec la même douceur que la ligne de l'horizon se fond dans la grisaille du ciel. Et que disait la fille alors qu'elle se penchait à l'oreille de l'enfant ? Des mots consolants et affectueux ou d'effrayantes menaces ? Nick vit le garçon tenter de s'éloigner d'elle, puis heurter en gambadant les jambes de Róisín. Celle-ci s'arrêta et parla à Chris par-dessus la tête de l'enfant. Les deux adultes se mirent à rire et, se penchant l'un vers l'autre, s'embrassèrent sur les lèvres. Un baiser qui n'avait rien de fraternel, songea Nick, tandis que les deux silhouettes se rejoignaient sur l'arrière-fond du soleil d'hiver.

Ils allaient au collège de filles. Nick le savait à présent. Il ralentit et les regarda remonter la longue allée. Parvenus au sommet, ils tournèrent à gauche, se dirigeant vers la maison qui avait autrefois appartenu à leur grand-mère. Le camion d'un entrepreneur était garé devant la porte d'entrée restée ouverte. Un homme en salopette en sortit, un pinceau à la main. Chris échangea quelques mots avec lui puis, faisant passer Róisín et le garçon devant le peintre, les poussa à l'intérieur.

Nick se mit à courir le long du haut mur de pierre qui bordait le sentier derrière l'école. Arrivé au bout, il traversa la haie et pénétra dans le jardin. En face de lui se dressait la piscine. Le verre dépoli des fenêtres l'empêchait de voir à l'intérieur, mais il percevait des voix. Il s'approcha furtivement et entendit des cris. Étaient-ce des cris de joie, des rires ? Un bruit d'éclaboussures lui parvint. Nick pressa son visage contre la vitre froide, sans distinguer autre chose que des taches sombres et claires. S'éloignant du mur, il s'assit sur le sol. Et attendit.

L'après-midi s'écoula lentement. L'air avait fraîchi. La lumière commençait à se retirer du jardin. Le bâtiment en béton qui abritait la piscine était redevenu silencieux. Nick le contourna et s'approcha de la maison. Les fenêtres du rez-de-chaussée étaient garnies de barreaux. Un escalier de secours en colimaçon grimpait aux étages. Nick le gravit rapidement. En haut, il trouva une porte vitrée qui s'ouvrit dès qu'il en eut tourné la poignée, donnant accès à un large palier. Des draps maculés de peinture couvraient le tapis. On sentait une forte odeur de térébenthine. De la musique frappa les oreilles de Nick : une radio jouait dans une des pièces de l'étage inférieur.

Nick dévala le large escalier. Debout sur un échafaudage, un peintre abaissa son regard sur lui et le salua de son pinceau.

« Ça boume ? s'enquit Nick. Tout va comme vous voulez ?

« – Ouais, pas de problème.

– Eh bien, tant mieux. »

Nick descendit les marches restantes deux par deux. Il gagna l'entrée, toujours ouverte, et prit l'étroit escalier qui menait au sous-sol. En bas, il faisait froid. Un silence total régnait. De petites portes, chacune marquée d'une étiquette, s'alignaient des deux côtés du couloir. Nick lut les noms à haute voix. Mlle Jennings, Mlle Nelson, Mlle Williams, M. Benson, M. Goulding. Il saisit la dernière poignée, mais ne put ouvrir. La porte était fermée à clé. Sans hésiter, Nick donna un grand coup de pied dedans. Le bois se fendit et le battant sortit de ses gonds. Nick se précipita dans la pièce obscure. Ayant allumé, il vit une bibliothèque, un bureau et une chaise. Un grand classeur occupait un des murs. Il s'assit au bureau. Un petit calendrier était posé sur le plateau de bois éraflé. Les jours du mois y avaient été rayés les uns après les autres. Nick le prit et chercha le mois de novembre. La date du six avait été entourée d'un gros trait au feutre rouge. Après l'avoir remis en place, Nick essaya d'ouvrir les tiroirs. Eux aussi étaient fermés. Alors, il souleva le bureau et le renversa brutalement. Il cassa le bois des tiroirs avec ses pieds, puis il les tira. Dans l'un d'eux, il découvrit un ordinateur portable. Il s'assit par terre et l'alluma. L'appareil émit un bourdonnement agréable. De sa main droite, Nick actionna la souris. L'écran se remplit de listes de fichiers. Il les passa en revue, en ouvrant quelques-unes au hasard. Des rapports, des dissertations notées, des appréciations du travail d'une élève, des lettres adressées à des parents ou à des élèves. Rien d'autre que des documents scolaires.

Il vida les tiroirs restants. Des cahiers, des crayons, des trombones, la moitié d'une tablette de chocolat et quelques sachets de thé se répandirent sur le sol. Il se releva et inspecta le classeur. Les casiers étaient ouverts et presque vides. Ils ne çontenaient que de vieilles copies d'examen et des dossiers relatifs à des élèves. Debout au milieu de la pièce, Nick promena son regard autour de lui. Il aurait voulu tout démolir, arracher le plancher, gratter le plâtre des murs. La colère lui donnait le vertige, son cœur cognait contre ses côtes.

« Calme-toi, se conseilla-t-il à haute voix. S'il y a quelque chose d'intéressant ici, on doit pouvoir le trouver assez facilement. »

Il s'approcha de la bibliothèque et pencha la tête de côté pour lire les titres. Surtout des classiques : Jane Austen, les sœurs Brontë, Fielding, Trollope, Dickens. Il y avait aussi des œuvres de James Joyce, Beckett, Yeats et Synge. Bref, les ouvrages indispensables à un prof d'anglais. Et, sur une étagère suffisamment basse pour qu'un enfant pût l'atteindre, de la littérature destinée à la jeunesse. Nick s'accroupit. C'était donc ici qu'avaient échoué ses propres livres. Il les sortit l'un après l'autre. *Les Trente-Neuf Marches* et tous les *William*. *Mon amie Flicka, Thunderhead* et *L'Herbe verte du Wyoming*. L'exemplaire de *L'Île au trésor* qui avait appartenu à son père. Sa couverture beige représentant Long John Silver correspondait exactement au souvenir que Nick en avait gardé.

Il sépara ce volume des autres, l'ouvrit et se mit à le feuilleter. Il s'aperçut alors qu'il manquait la moitié des pages, remplacées par une mince boîte en plastique. Il posa le livre par terre et força le couvercle de la boîte. Celle-ci contenait deux cédéroms. Il les saisit délicatement par leur bord argenté et s'agenouilla près de l'ordinateur. Il en inséra un dans le lecteur. Il cliqua sur *ouvrir*. L'ordinateur émit un bip bruyant et une boîte de dialogue apparut à l'écran. *Mot de passe protégé,* disait-elle. Le curseur clignotait. Nick tapa *Owen.* L'ordinateur ronronna. Nick lut : *Mot de passe incorrect. Ce mot ne peut ouvrir le document.* Il essaya *Cassidy.* Même réponse. *Marianne,* sans plus de succès. Il recommença plusieurs fois : *Chris, Róisín, Victoria.* Il utilisa chaque nom ou mot qui lui venait à l'esprit. Même son propre nom. *Nick, Nicky, Nicholas.* Puis *Susan, Suzy, Sue.* Toujours rien. Au bord de la crise de nerfs, il s'assena des coups de poing sur le front. Il entreprenait une tâche désespérée : la liste des mots de passe possibles était infinie.

Promenant son regard autour de lui, il aperçut le livre par terre. Il se rappela combien Owen l'avait aimé. Surtout le perroquet. Il l'appelait « le livre du perroquet ».

« Lis-le-moi, s'il te plaît, gloussait-il, imitant la voix de l'oiseau. Pièces de huit, pièces de huit. »

Pièces de huit. Nick posa ses doigts sur le clavier. Il épela les mots à haute voix en les tapant, puis il cliqua sur OK. Et entendit le bourdonnement du disque qui s'engageait. La liste du contenu et des documents annexes s'afficha. Il cliqua deux fois sur chacune des petites icônes. Il vit alors les photos. Des photos d'Owen. Des photos de Marianne. Des photos d'eux ensemble. Puis d'autres photos encore. Celles d'un petit garçon dont on avait soigneusement cadré l'image. Des mains exploraient son corps. Des mas-

421

ques cachaient son visage. Les feux des projecteurs étaient si intenses qu'ils semblaient traverser la peau blanche, translucide de l'enfant. Et Nick se sentit tout à coup incapable de continuer à regarder : un flot de larmes brûlantes et salées l'aveuglait.

30

Il était une fois un petit garçon. Il avait huit ans, une tignasse blonde avec des épis qui rebiquaient sur sa tête, des yeux bleu vif et des membres longs et minces. Il n'avait pas peur dans le noir. Il n'avait peur de rien, affirmait-il. Sauf quand il lui arrivait au milieu de la nuit de se dresser en hurlant dans son lit et d'appeler sa mère. De sa bouche grande ouverte ne sortaient que des gémissements, des sons informes, de petits cris de détresse. Il était incapable de prononcer un mot. Il enfouissait son visage dans la poitrine tiède de sa mère et se mettait à pleurer. Sa mère s'allongeait près de lui et le serrait contre elle jusqu'à ce qu'il se rendormît. Ensuite, elle se dégageait très doucement et, après s'être assurée que son fils ne bougeait pas, elle partait se recoucher. « Il y a quelque chose de pas normal. Je ne comprends pas la raison de ces cauche-mars. » À moitié endormi, son mari répondait : « C'est de son âge. Ça lui passera, tu verras. »

Maintenant, Nick savait. Il avait vu les images qui expliquaient les peurs de son fils. Et bien d'autres encore. Dont les photos de Lizzie Anderson. Très jolie dans son uniforme scolaire. Marchant avec son cartable dans ces mêmes rues qu'il empruntait à présent. En train de rire avec ses amis. Vivante, heureuse. Il l'avait également vue morte. Le visage tuméfié, le blanc des yeux rougis par l'éclatement des vaisseaux. Il avait couvert ses propres yeux et regardé l'image sur l'écran à travers ses doigts. Ainsi que toutes les autres images. Des garçons et des filles d'âges divers et de différentes tailles. Qui apparaissaient grâce à une simple pression sur le clavier ou sur la souris.

Il avait vainement essayé d'effacer ces photos. De les chasser. Elles semblaient hors d'atteinte, persistant à surgir sur l'écran. Finalement, Nick ne trouva d'autre solution que de prendre l'ordinateur et de le fracasser contre le sol. Il piétina l'amas de plastique, de verre, de câbles et de métal, réduisant tout en miettes sous sa botte. Les images, cependant, demeuraient en lui, intactes.

Il était une fois un homme qui jouissait d'une vie merveilleuse. Il avait une femme, un enfant, une maison. Un certain renom. La beauté naissait sous ses doigts. C'était un artiste. Pareil à l'enfant-étoile du conte, il était comblé. Mais un jour il commit une mauvaise action et se métamorphosa en un être à tête de crapaud et au corps recouvert d'écailles comme celui d'une vipère. Il se sentit rejeté, méprisé, perdu.

Nick se mit à courir, respirant avec difficulté et poussant du pied des tas de feuilles mouillées. Il était une fois un petit garçon. Et ce petit garçon était mort. Nick en était sûr à présent. Il l'avait vu couché par terre. Les yeux ouverts, mais fixes. Une autre photo encore était apparue : elle représentait le kiosque.

Dans le jardin qui avait autrefois appartenu à la grand-mère Goulding, Róisín était assise sur la première marche du pavillon. Elle tenait un bouquet de fleurs. Et elle souriait.

Nick se précipita à travers l'entrée de derrière et monta deux à deux les marches conduisant à la cuisine. Susan était assise à la table, l'air pâle et fatiguée. Elle se leva.

« Où diable étais-tu passé ? Je t'ai cherché partout. »

Nick se planta devant elle en essayant de reprendre son souffle.

« Le kiosque. À côté. Pourquoi Chris l'a-t-il transporté là ?

– De quoi me parles-tu ? cria Susan. Et qu'est-ce que ça peut te faire ? »

Nick fit un pas vers elle. Susan recula.

« N'approche pas, ordonna-t-elle. Comment as-tu pu accomplir un acte pareil ? J'ai toujours cru que tu n'avais rien à voir avec la disparition d'Owen. Je savais que quelques personnes te soupçonnaient. Et que d'autres vont jusqu'à prétendre que le père est toujours mêlé à ce genre d'histoires. Seulement, de ta part, cela me paraissait impossible. Absolument impossible.

– Mais enfin... Qu'est-ce que tu racontes, Susan ? Que se passe-t-il ?

– Tu croyais vraiment que tu allais t'en tirer, hein ? Et tu y aurais peut-être réussi si tu n'étais pas revenu. Pourquoi es-tu revenu, d'ailleurs ? Pourquoi ?

– Susan, dis-moi ce qui est arrivé. »

Nick essaya de lui prendre les mains, elle le repoussa. Il voulut l'enlacer, elle se dégagea.

« Ne me touche pas, je te le défends. Tu es attendu par les policiers. Ils m'ont demandé de les appeler dès ton retour. Et c'est ce que je vais faire, tout de suite. »

Susan se dirigea vers le téléphone. Nick saisit l'appareil et le jeta par terre. Livide, Susan se mit à sangloter.

« Susan, explique-toi. Je ne comprends rien à ton attitude. Qu'est-ce qu'il y a eu ? Assieds-toi. Tu sais bien que je suis incapable de te faire du mal. Pas plus à toi qu'à une autre personne. Aie confiance en moi, je t'en prie. »

Les policiers étaient venus une heure plus tôt. Susan rentrait à peine du travail. Ils lui apprirent qu'ils avaient été en Angleterre pour rencontrer un détenu. Or, cet homme avait sur lui une photo d'Owen.

« Ils me l'ont montrée. Je la voyais pour la première fois. Elle a dû être prise dans un de ces Photomaton qu'on trouve dans les centres commerciaux. Il paraît qu'elle avait d'abord appartenu à un autre prisonnier, un homme condamné pour abus sexuels sur des enfants, mais qui était mort entre-temps. Il semble que cet autre prisonnier était ici, à Dublin, le jour où Owen a disparu. Sa veuve, quand les flics sont allés la voir, leur a remis une chose ramenée de Dublin par son défunt mari. C'est un de ses amis irlandais qui la lui avait donnée. Et cette chose, tu sais ce que c'est ? »

Susan plongea son regard dans les yeux de Nick.

« Non, je t'écoute.

– C'est un de tes masques. Celui de la pie. Et si j'ai bien compris, il y en avait encore un autre de la même provenance : celui du renard. Le masque d'Owen. Le masque que tu avais confectionné pour lui. »

Une profonde stupéfaction se peignit sur les traits de Nick.

« Mais comment... bredouilla-t-il. Comment se les est-il procurés ? »

Susan haussa les épaules.

« Ça serait plutôt à toi de me l'expliquer, Nick.

– Qui c'était, ce type ? Est-ce qu'ils t'ont dit son nom ? »

La réponse de Susan rappela aussitôt à Nick le coup de fil de Hickey. Metcalfe, le pédophile, et les garçons dont la police avait découvert les photos sur son propre disque dur. Poussant un gémissement, il enfouit son visage dans ses mains,

« Alors, et maintenant qu'est-ce que tu as à dire ? » demanda Susan d'une voix devenue froide et calme.

Ils stationnaient devant la maison des Cassidy, dans la voiture de Conor. Min se réjouissait qu'il fît nuit. Depuis son retour de Llandudno, elle avait évité de se retrouver seule avec le jeune homme, mais ce n'était plus possible. Elle sentait Conor en colère et tendu. Il regardait droit devant lui, une main sur le volant, tenant une cigarette. De son autre main, il se frottait la cuisse sous son jean étroit.

Min souleva le couvercle de la boîte à chaussures et regarda le masque.

« Oui ou non Susan Cassidy était-elle au courant, qu'est-ce que tu en penses ? demanda Conor avec un calme étudié. En tout cas, elle a farouchement nié que son mari fût pour quoi que ce soit dans la disparition de leur fils. Tu l'as crue ?

– Cru qu'elle n'était pas au courant ou cru que Nick Cassidy était innocent ?

– L'un ou l'autre. Ou les deux. »

Conor tira sur sa cigarette dont la lueur éclaira son visage.

« Je crois qu'elle n'était pas au courant. Elle m'a semblé sincèrement surprise et horrifiée. Quant à lui ? Avant notre voyage en Angleterre, j'aurais juré qu'il n'était pas mêlé à cette affaire. À présent, j'hésite à me prononcer. »

Conor s'agita sur son siège.

« Non, sans blague. Voilà qui ne te ressemble guère.

– Que veux-tu dire ?

– Eh bien, que d'habitude, Min, tu es plutôt sûre de toi, non ? Par exemple, tu étais sûre de vouloir coucher avec moi. Puis, le lendemain, tu étais sûre que tu ne voulais plus me voir. Pas la moindre hésitation. Juste une foutue certitude. »

Min éprouva un malaise. Elle regarda par la vitre. Conor se cala contre son dossier et se tourna à demi vers elle.

« Alors, aucun commentaire, tu n'as rien à dire ?

– Je t'ai déjà dit tout ce qu'il y avait à dire sur ce sujet, Conor. C'était bien, et même très bien. J'y ai pris beaucoup de plaisir, mais regarde un peu ma situation. D'abord, je suis plus âgée que toi. Ensuite, j'ai deux gosses qui ont totalement besoin de moi.

– Et surtout, dis que je ne te plais pas, que tu ne me désires pas, bref, que tu ne m'aimes pas, acheva-t-il d'un ton agressif.

– Oh, arrête, Conor ! Tu ne vas quand même pas

me dire que toi tu m'aimes. Alors qu'il n'y a eu entre nous que...

– Qu'une baise dans un hôtel miteux. À la suite de trop d'alcool et d'un état euphorique qui nous a fait perdre la tête. C'est bien ça le sens de tes paroles ?

– Si c'est comme ça que tu veux voir les choses, libre à toi, répondit Min avec colère. Tu fais bien l'amour, Conor, mais ça ne va pas plus loin. »

Elle descendit de voiture et claqua la portière derrière elle. Traversant la rue, elle s'approcha de la grille. Les cerisiers projetaient de longues ombres sur l'herbe. De l'autre côté de la place, un feu d'artifice explosa, lançant dans le ciel une gerbe de couleurs. Min entendit la portière s'ouvrir et se refermer. Conor la rejoignit.

« Je te demande pardon, je n'aurais pas dû... »

Il s'interrompit. Min se tourna vers lui.

« Tu n'as pas à t'excuser. Tu ne portes aucune responsabilité. C'est moi qui aurais dû dire non. Tu vois, Conor, ces dernières semaines ont été très importantes pour moi. Cela fait un moment que je ne sais plus trop où j'en suis. Il faut que je prenne une décision. Qu'est-ce que je veux ? Redevenir un vrai agent de la police judiciaire ? Ou m'occuper de mon ménage, de mes enfants et ne travailler qu'à mi-temps ? Eh bien, figure-toi que ton exemple, te voir bosser, constater ton amour pour ton métier, ça m'a montré la voie. Je dois poursuivre mon travail, tu comprends ? »

Conor acquiesça d'un signe de tête.

Min s'adossa à la grille.

« Je crois que nous devrions rendre une nouvelle visite à Susan Cassidy, dit-elle. Il est tard. Elle peut avoir appris quelque chose entre-temps. »

Min se dirigea vers le portail.

« Tu viens avec moi ? » demanda-t-elle.

Levant les bras et serrant un de ses coudes d'une main, Conor s'étira.

« Évidemment », répondit-il.

Nick se hissa sur le mur. Il hésita un moment, puis se laissa tomber dans l'herbe de l'autre côté. Le kiosque était ouvert. Il jeta un coup d'œil derrière lui. Susan se tenait à la porte de la cuisine. Nick lui fit un signe. Elle n'y répondit pas.

Il lui avait dit :

« Écoute-moi, je t'en supplie. Il faut que tu me croies. Je n'ai pas revu ces masques depuis le matin du jour où Owen a disparu. J'étais entré dans la chambre de Marianne. Owen et elle les décoraient de plumes. Je n'ai aucune idée de ce qu'ils ont pu devenir. Je te demande tout juste de m'accorder une heure. Après, tout sera terminé, je te le promets. »

Susan était restée silencieuse.

« Une petite heure, c'est tout ce dont j'ai besoin. Ensuite, tu pourras appeler la police. Je ferai alors ce qu'ils voudront. D'accord ? »

L'idée lui en était venue dans l'après-midi quand il avait vu la photo de Lizzie Anderson. Róisín lui avait dit : *On vous épiait, vous et cette pute qui habitait la place. Oui, on vous épiait.* L'atelier de Gina était éclairé par une immense fenêtre. Gina et son mari avaient détruit la fenêtre d'origine, rectangulaire et à guillotine, pour la remplacer par une grande baie vitrée. *Tu devrais mettre des rideaux,* lui avait-il dit. Mais Gina s'était contentée de rire. *Moi ? Mettre des rideaux ? En voilà une idée !* La bande avait donc également aperçu Lizzie. Une fille jeune, belle, nue. Offerte à leur regard. Nick en était sûr.

Il se dirigea vers le pavillon, y pénétra. Le plancher craqua sous son poids. S'accroupissant, il fouilla dans le tas de feuilles mortes et de bouts de papier qui jonchaient le sol. Ses doigts rencontrèrent la boîte à tabac. Il l'ouvrit, en sortit la bougie et l'alluma, mettant ses mains en coupe autour de la flamme pour la stabiliser. Puis il fit couler de la cire sur le rebord de la fenêtre et y ficha la chandelle. Il s'assit par terre, adossé contre le mur. Il ferma les yeux. Et attendit.

« Quand est-ce que nous aurons une chance de revoir votre mari, docteur ? demanda Conor avec froideur.

– Je vous le répète : j'ai essayé de le joindre sur son portable, mais il l'a éteint, répondit Susan sur le même ton. Je ne suis pas sa gardienne. Je ne surveille pas ses allées et venues. Si vous avez quelque chose à dire, je suis disposée à vous écouter. »

Min s'approcha d'elle.

« Susan, je me demande si vous vous rendez compte du sérieux de la situation. Savez-vous que Conor a trouvé sur l'ordinateur portable de Nick les photos d'un certain nombre de petits garçons que nous avons identifiés et qui sont des victimes de William Metcalfe ? Ce même Metcalfe dont la femme m'a donné le masque de la pie. »

Susan demeura silencieuse.

« Donc, si ça ne vous dérange pas trop, nous attendrons encore un moment. »

Susan acquiesça. Elle s'effaça pour laisser les policiers entrer dans le séjour.

« Et vous, vous restez avec nous », dit Conor d'un ton aimable mais ferme.

Susan acquiesça de nouveau. Elle remit du charbon sur le feu, puis s'assit, tournant le dos à la place. Dehors, on entendait de plus en plus le bruit des feux d'artifice.

« Les chats et les chiens détestent cette saison », dit Conor. Il se leva et alla à la fenêtre. « À Halloween, le caniche de ma grand-mère devenait complètement braque. »

Min sourit.

« Ça fait un peu bizarre, non, un caniche qui devient braque ? »

Susan continuait à se taire. Elle avait l'air épuisée, tendue, terrifiée. Min se pencha vers elle.

« Écoutez, dit-elle. Je suis sûre qu'il y a une explication à cette affaire. Et je suis également sûre que lorsque nous retrouverons Nick, il pourra enfin nous permettre de comprendre.

– Quand vous le retrouverez ? s'écria Susan. Qu'est-ce que ça signifie ?

– Oui, quand nous le retrouverons. » Conor se rassit. « Nous le recherchons. Son signalement a été communiqué à toutes les polices du pays. Il est coincé. Mais vous le saviez, non ? »

Nick ouvrit les yeux et regarda la maison des Goulding. La cuisine était éclairée. Chris et Róisín apparurent à la porte. Nick les vit descendre l'escalier qui menait au jardin. Il mit la main dans la poche de son manteau. Ses doigts rencontrèrent les cédéroms. Il les sortit et les posa à terre. La lueur de la bougie se refléta sur leur surface brillante, les faisant miroiter.

Se penchant, Nick aperçut son propre visage et imagina tous ceux dont l'image était piégée dans ces disques de métal poli.

« Tiens, tu as fini par les découvrir. » Chris se tenait à la porte. « Je me demandais si tu y parviendrais. »

Il grimpa à l'intérieur, suivi de sa sœur. Ils s'assirent en tailleur, l'un à côté de l'autre, en face de Nick.

« Bon, et maintenant... »

Chris passa son bras autour du cou de sa sœur et l'attira sur son épaule. Les yeux verts de Róisín devinrent vagues. Ils faisaient penser à des pierres, songea Nick. Celles qu'on trouve au fond d'une flaque, au bord de la mer. Luisantes quand elles étaient mouillées, ternes une fois l'eau évaporée.

« Bon, et maintenant... ? répéta Nick.

– Maintenant, je suppose que tu veux savoir, non ? Pourquoi, comment, où ? »

Nick fit oui de la tête.

Chris regarda sa sœur. Elle leva son visage vers le sien. Il l'embrassa doucement sur les lèvres.

« Eh bien, nous allons tout lui dire, n'est-ce pas, ma chérie ? Lui raconter toutes ces choses passionnantes que nous avons faites.

– Commençons par "où", dit Nick en changeant de position. Où as-tu mis mon fils ? Il est quelque part ici ? Au-dessous de nous ? Il a fallu que tu le déplaces, pas vrai ? Quand on a construit la piscine dans le jardin de ta grand-mère. Tu as été obligé de le déterrer, je me trompe ? »

Chris sourit et serra Róisín contre lui. Il lissa la longue jupe noire de sa sœur qui laissait voir des bottines lacées sur le côté.

« Je dois reconnaître ton intelligence, Nick, dit-il.

Tu es très intelligent. Comme Owen. Mais Owen n'était pas assez futé pour comprendre à quel moment il faut savoir se taire. Tu es bien de mon avis, Róisín ? C'était ça le problème avec Owen : il était intelligent, mais pas futé. »

Róisín garda le silence. Elle saisit la main de Chris et la posa sur sa joue. Puis la pressa contre sa mâchoire avant de la descendre sur sa gorge. Ses ternes yeux verts fixèrent Nick.

« Bien, on ne va rien lui cacher. Autant abréger ses souffrances. D'accord ? »

Róisín ferma les yeux.

« Ferme les yeux, Nick, et ouvre grande ton imagination. Je vais te raconter une histoire. Toi, tu pourras l'illustrer dans ta tête. Tu es prêt ? Concentre-toi. Je commence. Il était une fois... »

« Il était une fois un petit garçon. Il avait huit ans, une tignasse blonde avec des épis qui rebiquaient sur sa tête, des yeux bleu vif, des membres longs et minces. Il vivait dans une grande maison avec ses parents et la fille qui s'occupait de lui. En fait, cette fille n'était pas seulement celle qui le gardait, elle était bien davantage : c'était son grand amour. Il aurait fait n'importe quoi pour elle. Mais elle ne partageait pas ses sentiments. Elle en aimait un autre. Pour lequel elle aurait fait n'importe quoi. Ils formaient un trio, chacun dépendant de la conduite de l'autre.

« Puis le garçon devint jaloux des deux autres. Ce jour-là, le 31 octobre 1991, il les vit ensemble. Et ça lui déplut. Il était intelligent. Il lisait très bien, trop bien même, pour son âge. Ce jour-là, il avait lu dans un journal un article sur la mort d'une jeune fille dont on publiait la photo. Alors, le petit garçon comprit soudain ce qu'il devait faire. Il se souvenait d'avoir vu la photo de cette fille quelque part. Et il savait qui l'avait prise.

« Il s'est introduit dans notre sous-sol. Nous lui avions pourtant interdit de venir. Et il m'a déclaré qu'il allait parler à la police de mes photos de Lizzie. Il les avait vues. Pas toutes, mais un certain nombre. Le petit garçon était furieux. Il criait et il pleurait. Je n'arrivais pas à le faire taire.

– Alors, tu l'as tué.

– Non, ce n'est pas lui, c'est moi. » Róisín ôta la main de Chris de son cou. Elle avait un regard calme et froid. « Je l'ai tué pour l'empêcher de nuire à Chris. Je l'ai attrapé à la gorge et j'ai serré. J'ai serré et serré, comme Chris l'a fait quand il a tué Lizzie. Après ça, Owen était mort et Chris sauvé. Ça m'a paru tellement facile ! »

Elle soupira, s'appuya contre Chris et reprit la main de son frère dans la sienne. Elle en embrassa la paume. Nick déglutit avec peine. Il essaya de parler, mais il avait la bouche sèche. Sa langue était comme paralysée, ses lèvres refusaient de s'ouvrir.

« C'est donc Chris qui a tué Lizzie, parvint-il enfin à proférer.

– Exact, acquiesça Chris. Je l'ai tuée le jour où elle s'est moquée de moi quand je l'ai rejointe dans la remise. Ce jour-là, elle m'a dit qu'elle ne voulait pas de moi. Qu'elle n'avait nul besoin de moi. » Chris prit une voix de fausset. « "Je ne veux pas d'un gosse comme toi dans mes jambes", qu'elle a dit. J'étais trop jeune. Je n'avais que treize ans. Elle en avait quinze et connaissait un homme, *un vrai*. Elle m'a ordonné de décamper. De lui ficher la paix.

– Mais tu ne l'as pas fait.

– Non, je ne l'ai pas fait. Je n'allais pas la laisser s'en tirer à si bon compte. Pendant des semaines, je l'avais regardée poser pour son portrait. Elle savait que j'étais là, à observer. Elle m'avait vu la suivre quand elle se rendait à ses rendez-vous avec son "vrai homme". Je lui ai donc réglé son affaire.

– Et moi, j'ai assisté à la scène, dit Róisín. J'étais partie à la rencontre de Chris. Et j'ai tout vu. Ce qui nous a étonnés tous les deux, c'est à quel point ç'a été facile. »

Ses yeux brillaient à présent. Ils avaient repris leur couleur d'eau de mer.

Le vent secoua la charpente du kiosque. La flamme de la bougie vacilla.

« C'est l'effet de surprise qui a joué, dit Chris. La fille ne s'attendait pas du tout à être agressée.

– Non, elle ne s'y attendait pas du tout, confirma Róisín. Elle se moquait de Chris. Alors, je l'ai poussée. Et elle est tombée.

– Elle était saoule. Elle avait bu de la vodka avec son "vrai homme". Aussi, lorsque Róisín l'a poussée...

– Oh, très légèrement !

– ... très légèrement, Lizzie est tombée à la renverse comme une de ces poupées qui ne tiennent pas debout.

– Alors, Chris lui a sauté dessus.

– Oui, je lui ai sauté dessus et je l'ai saisie à la gorge. Ça l'a stupéfaite.

– Et elle a continué à rire jusqu'à ce qu'elle étouffe.

436

– Personne n'a jamais su que c'était nous. Personne ne nous a jamais soupçonnés. Après ça, on s'est dit que nous pouvions faire n'importe quoi à n'importe qui.

– Mais Owen avait bien compris et il allait vous dénoncer, dit Nick d'une voix calme.

– Oui, Owen avait compris. Et il allait nous dénoncer. Nous l'avons donc tué. Nous l'avons enveloppé dans une couverture et caché dans le placard, sous l'escalier.

– Mais pas avant... » Nick déglutit péniblement. « Pas avant de l'avoir photographié. J'ai vu la photo.

– En effet. Je savais que ces images coûtent très cher. Elles sont rares, précieuses. Quand M. Metcalfe est venu, je lui ai dit que j'aurais quelque chose de très spécial à lui proposer quelques jours plus tard. Je lui ai offert deux masques et une petite photo d'Owen que j'avais trouvée dans la poche du gosse. Metcalfe était très content.

– Metcalfe ? L'homme sur qui la police veut m'interroger. Tu le connaissais ?

– Et très bien, même. Ça faisait un moment que je le connaissais. C'était un ami de mon père. À propos... » Chris prit un air amusé. « ... tu n'étais pas au courant pour mon père, hein ? C'était lui le spécialiste. Il m'a tout appris. Pas vrai, Róisín ? Les gosses et tout le reste, c'était l'idée de papa. »

Róisín sourit et opina. Une autre rafale secoua le kiosque et la flamme de la bougie se remit à vaciller. Nick s'éclaircit la voix. Il avait froid et mal au cœur. Il ne se sentait plus tout à fait lui-même, comme si les mots qui sortaient de sa bouche étaient ceux d'un autre.

« Vous avez donc tué Owen, dit-il. Vous avez pris

437

des photos de lui. Vous l'avez enroulé dans une couverture et caché dans le placard. Et ensuite ?

— Ensuite, qu'est-ce que j'ai fait, Róisín ? demanda Chris. Tu t'en souviens ?

— Oui, je m'en souviens, répondit sa sœur. Tu as caché le corps jusqu'à la tombée de la nuit. Puis, comme les parents d'Owen étaient affolés par la disparition de leur fils, tu leur as fait croire que tu allais le chercher. Au fond, tu ne mentais pas vraiment. Tu omettais simplement de leur dire que tu savais où il était. J'ai donc mis Owen dans la voiture qui était garée sur le chemin de derrière. Quand tu es revenu, tu l'as emmené chez grand-mère et là tu l'as caché dans le coffre à compost. Le lendemain, nous sommes allés aider grand-mère pour ses travaux de jardinage. Grand-mère tenait beaucoup à ce que tu bêches le jardin en automne. Moi, je suis restée avec elle dans la maison. J'ai préparé du thé et j'ai montré à mémé la danse que j'apprenais pour notre spectacle de ballet. Tu as retourné son potager, tu y as enterré Owen, et le tour était joué.

— Bien entendu, ajouta Chris, je pensais qu'à sa mort, grand-mère nous léguerait sa maison. Or, elle l'a laissée au collège. Et la direction a décidé d'installer une piscine. Alors, tu peux imaginer ce que j'ai été obligé de faire. »

Il soupira.

« Pourquoi me racontes-tu ça, Chris ? » Nick se redressa. « Et c'est aussi toi qui as tué Marianne, n'est-ce pas ?

— Non, là tu te trompes. Ça a été un accident. Véritablement. Enfin... » Chris s'interrompit et détourna un instant les yeux. « Peut-être pas véritablement. Elle ne voulait pas faire l'amour avec moi. Elle s'est débattue, mais j'ai persisté. Je l'ai poussée contre le mur et, pour qu'elle se tienne tranquille, je lui ai tapé la tête contre la paroi, juste deux fois. Seulement, après, plus moyen de la remettre debout. Alors, je l'ai allongée sur les rails...

– Et ma montre, comment a-t-elle échoué là-bas ?

– Ah oui, ta montre. Ça, c'était un trait de génie. »

Chris se pencha et ramassa les cédéroms. Il les tendit à Róisín.

« Tu es beaucoup trop confiant, tu sais, reprit-il. Tu laisses ton jeune ami Emir, ce pauvre petit muet, fouiller dans tes affaires. Il a trouvé ta montre et il te l'a volée. Je la lui ai reprise avec l'intention de te la rendre, mais ensuite j'ai imaginé autre chose. Pas vrai, Róisín ? »

Sa sœur acquiesça. Elle ôta la bougie du rebord de fenêtre et passa les cédéroms au-dessus de la flamme jusqu'à ce que les disques soient complètement déformés. Ensuite, elle les remit par terre.

« Et c'est toi qui lui as appris à se servir d'un ordinateur ? demanda Nick. Qu'est-ce que tu lui as fait pour qu'il me montre ces photos ? Tu l'as battu ? »

Chris sourit.

« Battu ? Mais pas du tout, voyons. Il m'a suffi de le corrompre. Quelques bonbons par-ci, quelques baisers par-là. Emir a un énorme besoin d'amour. Comme il n'a pas de père, il est toujours en train de s'en chercher un. Pour les assistants sociaux, les psys et les flics, c'est le "conditionner". Moi, j'appelle ça "s'amuser". C'est ce que notre papa faisait avec nous. Évidemment, il n'était pas question d'ordinateurs à l'époque, mais il y avait tout de même des livres, des magazines, des films. Puis sont venues les caméras vidéo. Tu vois ce que je veux dire ? Il y a des générations de gens comme moi et comme mon père. Son père à lui était déjà comme ça et probablement aussi son grand-père. Voilà pourquoi nous avons décidé de tout te raconter, n'est-ce pas, ma sœur chérie ? »

Róisín opina.

« Alors, continua Chris, dis-lui pourquoi nous agissons ainsi et ce que nous comptons faire. »

Róisín tourna la tête et regarda Nick.

« Nous nous libérons, il n'y a pas d'autre mot. Nous avons pris notre décision. Nous en avons assez de la vie que nous menons ici. Nous quittons cet endroit. Mais, avant de partir, nous accomplirons une bonne action.

– Laquelle, sœurette ?

– Nous allons lui rendre son petit garçon. »

Nick se pencha vers eux.

« Et en échange, vous demandez quoi ?

– En échange, tu nous donneras le temps de fuir. »

Chris se leva et aida la fille à se mettre debout. « Bon, et maintenant on s'en va. » Chris se balança d'un pied sur l'autre. « J'ai donc une dernière chose à te révéler. » Il descendit dans le jardin. « Viens avec moi. »

Nick hésita.

« Allez, viens, insista Chris en riant. Je ne te ferai rien, si c'est ce que tu crains. Je n'ai aucun intérêt à te faire du mal. »

Il fit signe à Nick, qui le suivit lentement dans l'obscurité. Chris contourna le kiosque. Une bêche à long manche était appuyée contre le mur. Il la leva au-dessus de sa tête et l'abattit avec force.

« Tiens, dit-il, creuse ici. Creuse profond. Et tu le trouveras. »

Min se tenait dans la cuisine des Cassidy. Elle avait offert de préparer du thé.

« Je connais la maison, déclara-t-elle. Je sais où vous rangez les choses. »

Elle posa la main sur l'interrupteur, puis s'immobilisa. Elle s'approcha de la fenêtre. Une petite flamme vacillait dans le jardin des Goulding. Min ouvrit la porte et sortit. Du haut de l'escalier, elle vit bouger une silhouette et entendit quelqu'un bêcher. Un bruit mat et régulier. Elle dévala les marches et courut jusqu'au mur. Elle bondit, enfonçant ses doigts dans les interstices des pierres, ses pieds cherchant un appui. Elle réussit finalement à se hisser dessus et se laissa choir de l'autre côté. Une bougie était posée sur la marche inférieure du kiosque. À sa lueur, elle aperçut un corps d'homme couché à terre. Il avait le visage ensanglanté et du sang s'écoulait de sa tête, formant une flaque sombre dans l'herbe. Des mottes de terre s'entassaient à côté de lui. Nick, à genoux, fouillait dans la fosse qu'il avait creusée.

« Nick, appela Min doucement. Qu'avez-vous fait ? Qu'est-ce que vous faites ? »

Nick leva les yeux. Il pleurait. Il tenait un objet rond entre ses mains.

« N'approchez pas, dit-il. Vous avez des enfants, vous aussi. Je ne veux pas que vous assistiez à ce triste spectacle. »

Min s'apprêtait à descendre dans la fosse, à côté de lui.

« Je vous en prie, dit Nick, Allez chercher Susan. Owen a besoin de sa mère maintenant. »

31

Quelle ne fut pas la surprise du garde forestier lorsqu'il découvrit une paire de chaussures soigneusement rangées l'une près de l'autre sur la rive du lac supérieur, à Glendalough. Il se pencha pour les examiner. C'étaient des bottines de femme, de celles qui se lacent sur le côté. Pointure numéro cinq, noires, à petits talons carrés.

Les gens qui veulent se noyer se déchaussent toujours. Il arrive qu'ils laissent aussi leurs vêtements. Ce n'était pas le cas cette fois. Le lac de Glendalough est froid et profond. Il répugne à livrer ses secrets. On abandonna les recherches au bout d'une semaine. Un jour, se dit Min en regardant le bateau gonflable orange et son équipe de plongeurs de la police glisser sur les vagues grises, un jour le corps de Róisín Goulding, le bourreau de Lizzie Anderson, la meurtrière d'Owen Cassidy, remonterait à la surface. Un de ces jours. Alors, elle rejoindrait son frère Chris et ils seraient enfin unis à jamais.

Owen fut enterré une deuxième fois. Il reposait à présent à côté de ses grands-parents paternels. Nick dessina une pierre tombale très simple : une plaque de pierre à chaux bien lisse où il fit graver le nom de son fils, sa date de naissance et la date de sa mort. Nick et Susan allaient souvent au cimetière. Au printemps et en été, ils apportaient des fleurs. Ils vivaient de nouveau ensemble. Ils avaient dû se réadapter l'un à l'autre, mais ils savaient tous deux que, malgré les épreuves traversées, leur avenir reposait sur leur union. C'est généralement ensemble qu'ils allaient voir Owen. Main dans la main. Bras dessus bras dessous. Mais quand la grossesse de Susan fut très avancée, Nick se mit à venir seul. Il ne restait jamais bien longtemps. Juste un moment pour raconter à son fils les dernières nouvelles. Il lui parlait de l'état de sa mère, de l'impatience avec laquelle ils attendaient le nouveau bébé. Bien entendu, cet enfant ne remplacerait jamais Owen dans leur cœur, mais il ferait renaître l'espoir.

« La renarde a quitté notre jardin, dit Nick à son fils. Trop de nouveaux habitants troublent la quiétude du quartier. Elle ne s'y sent plus en sécurité. Et le kiosque a disparu lui aussi. Mais ne t'inquiète pas : elle trouvera sûrement une autre tanière pour mettre bas sa prochaine portée. »

Parfois, Min traverse la place en voiture et passe devant leur maison. Elle ralentit, mais ne s'arrête pas. Elle ne leur rend pas visite. Elle a vu le faire-part de naissance dans le journal. Elle était contente pour le couple. Ses fils ne lisent plus l'histoire de l'enfant-étoile. Ils s'intéressent à d'autres choses. Et elle aussi.

Elle devra témoigner au procès de Nick Cassidy,

443

accusé du meurtre de Chris Goulding. En ce qui concerne la sentence, les avis divergent. Min pense que Nick purgera une peine de prison, mais la supportera bien. Il fera preuve de bonne conduite. Il offrira ses services à l'école de la prison. Dans quelques petites années, on le libérera et tout sera terminé. Pourtant, de temps à autre, entre chien et loup, elle croit voir du coin de l'œil une silhouette familière. Celle d'une fille mince, aux cheveux blond platine et aux ternes yeux verts. Alors, elle se pose des questions au sujet des souliers au bord du lac. Reste vigilante, se dit-elle, reste vigilante.

Composition réalisée par PCA

Imprimé en France sur Presse Offset par

BRODARD & TAUPIN

GROUPE CPI

La Flèche (Sarthe).
N° d'imprimeur : 29986 – Dépôt légal Éditeur : 58379-06/2005
Édition 01
LIBRAIRIE GÉNÉRALE FRANÇAISE – 31, rue de Fleurus – 75278 Paris cedex 06.
ISBN : 2 - 253 - 11388 - 3